NERI POZZA
BLOOM

275

Dello stesso autore:
Il party
L'arte di saper fallire
La gazza

Alcuni nomi utilizzati nell'opera sono stati modificati.
Qualsiasi somiglianza è puramente casuale.

Esperite tutte le pratiche per acquisire i diritti di riproduzione dei brani citati, l'editore rimane a disposizione degli eventuali aventi diritto che non è stato possibile rintracciare.

Titolo originale:
Friendaholic

ISBN 978-88-545-2902-1

www.neripozza.it

ELIZABETH DAY

CONFESSIONI DI UN'AMICA

traduzione dall'inglese di
Aurelia Di Meo

NERI POZZA EDITORE

A Emma, la mia migliore amica

Sommario

Introduzione

Una volta qualcuno mi ha parlato di un uomo che odiava le chiacchiere di circostanza. Alle feste, per esempio, non faceva commenti sul meteo, non si informava su che lavoro facesse un invitato né chiedeva quanto ci avesse messo ad arrivare, che strada avesse preso o se fosse riuscito a evitare il proverbiale traffico sulla A40. Al contrario, rompeva il ghiaccio così: «Lasciando da parte il lavoro e la famiglia, quali sono le tue passioni?»

La mia prima reazione all'aneddoto è stata di ammirazione per l'originalità di quell'uomo, ma poi mi sono resa conto che non avrei saputo come rispondere. Già, qual era la mia passione?

Da ragazzina avevo imparato che era importante avere degli hobby da indicare nel curriculum, per dimostrare di essere una persona completa e piena di interessi, però faticavo a metterli nero su bianco. Avevo detestato l'unica lezione di salsa a cui avessi mai partecipato, eppure l'avevo aggiunta al CV per tenere buoni i consulenti per l'orientamento professionale. Da bambina mio padre mi aveva portata a fare arrampicata, così avevo inserito anche quella. Non avevo trascurato nemmeno il fatto che suonavo la tromba. Avevo scritto anche «film», perché in effetti mi piaceva andare al cinema e prendere una porzione media di popcorn dolci e salati. Risultato: qualsiasi potenziale datore di lavoro mi avrebbe vista come una provetta ballerina di salsa che amava il cinema, la tromba e la montagna. Tuttavia non potevo dire di essere appassionata a queste cose (popcorn a parte), anche perché le passioni sono diverse dagli hobby, giusto? Le prime possono riguardare concetti, sensazioni, una persona; i secondi prevedono invece una qualche attività (magari con un'imbragatura in vita).

Poi, due anni fa, la risposta è arrivata con grande chiarezza. Eravamo nel pieno di una pandemia e, come milioni di persone in tutto il mondo, la mia vita sociale, fino ad allora molto attiva, fu completamente azzerata. I miei amici mi mancavano con un'intensità preoccupante. Mi mancavano i loro volti, gli abbracci, persino il profumo. Le chiacchiere. Mi mancava poter dare un senso alle cose parlandone con loro.

Avevo scoperto qual era la mia passione: l'amicizia.

Gli amici mi erano stati vicini nei momenti più imprevedibili della mia esistenza. Mi avevano aiutata ad affrontare storie d'amore finite, problemi di fertilità, due matrimoni, un divorzio, aborti spontanei, cambiamenti lavorativi, traslochi e molto altro. Mi avevano sostenuta offrendomi consigli utili e gesti gentili. E, quando le cose erano andate bene, avevano festeggiato con me. Insieme avevamo riso, pianto e camminato mano nella mano lungo la strada del successo e quella delle avversità.

Non trovavo le parole giuste per descrivere con esattezza cosa significassero per me. Gran parte del lessico legato all'affetto era appannaggio esclusivo dei rapporti amorosi. «Ti voglio bene» ripetevo in continuazione ai miei amici, ma naturalmente non ero innamorata di loro. Provavo un sentimento più sfumato: loro erano la mia passione.

E, come spesso capita, quella passione era diventata un'ossessione. A posteriori, mi rendo conto che quella sensazione di connessione mi piaceva talmente tanto da esserne dipendente: non facevo altro che cercare di instaurare nuove amicizie, ancora e ancora. Non appena conoscevo qualcuno, mi sforzavo di creare un legame, anche superficiale. Mentre parlavamo sapevo che, se avessi prestato sufficiente attenzione, sarei riuscita a trovare un punto di contatto: lo stesso senso dell'umorismo, oppure un libro, una canzone o una serie tv che ci avevano entusiasmati. Era uno scambio momentaneo che mi mandava su di giri, pura adrenalina da amicizia; in quel frangente mi sentivo accettata, benvoluta, meritevole di affetto. All'inizio *desideravo* provare quella sensazione più spesso. Poi avevo iniziato ad avere *bisogno* di provare quella sensazione. E infine era diventato l'elemento base della mia autostima. Avere così tanti amici significa che sto bene, pensavo.

A quasi quarant'anni, però, la questione si è rivelata insostenibile: non ero in grado di stare al passo con i miei amici come avrei voluto. Non avevo il tempo materiale di frequentare tutti quanti e condurre una vita operativa, funzionale. Era chiaro che, sovraccaricandomi di impegni, non ero più granché, come amica. Cercando di non deludere nessuno, finivo inevitabilmente con il farlo. Accettavo di partecipare a cene, giri di shopping, matrimoni, feste di compleanno e baby shower perché temevo che, rifiutando, avrei deluso l'amico che mi aveva invitato. Distribuivo attenzioni in modo indiscriminato; mi sembrava che la cosa fondamentale fosse continuare a dire di sì per mantenere a galla quei rapporti. Se avessi fallito, sarei stata etichettata come una persona spiacevole e scomunicata dalla cerchia delle persone socialmente frequentabili. E, una volta rimasta senza amici, avrei dovuto guardare a fondo dentro me stessa, affrontare la solitudine esistenziale di chi non merita di essere amato: una prospettiva terrificante.

E così ho scoperto che l'amicizia non era la mia passione, bensì la mia droga. Soffrivo di una dipendenza fisica ed emotiva, avevo l'impulso di soddisfarla a tutti i costi, anche quando significava intaccare la mia serenità. Per farla breve, ero una *friendaholic.*

Forse, leggendo queste parole, starete pensando che avere troppi amici non è poi un gran problema. Forse vi sembrerà che me la stia cantando e suonando da sola e non riuscirete a versare per me che poche, semplici lacrime di coccodrillo. Se fosse così, non avreste del tutto torto: avere un'ampia cerchia di conoscenti può essere meraviglioso, specialmente se l'alternativa è l'isolamento forzato. Ci sono persone che soffrono di ansia sociale debilitante, hanno difficoltà di comunicazione o convivono con una serie di disturbi psicologici per cui a volte faticano a uscire di casa, figuriamoci a stringere nuove amicizie. Da un resoconto pubblicato dal servizio di counseling Relate nel 2017 emerge che il 13 percento degli inglesi non ha alcun amico[1]. L'assenza di interazioni sociali può danneggiare la salute quanto fumare quindici sigarette al giorno, e in termini di speranza di vita può essere due volte più nociva dell'obesità[2].

Se l'assenza di amici intacca la qualità della nostra vita (e ne riduce la durata), anche averne troppi produce conseguenze negative. Alcuni ricercatori che studiano i rapporti di amicizia fra adolescenti hanno scoperto che quelli con cerchie sociali troppo ampie o troppo ristrette presentano livelli più alti di sintomi depressivi[3]. In tutta Europa gli individui di cinquant'anni o più mostrano tendenze simili: la depressione si riduce al minimo quando si hanno quattro-cinque rapporti stretti e ci si impegna in attività sociali a cadenza settimanale. Se i rapporti e gli impegni aumentano, i benefici che ne derivano diminuiscono, scompaiono del tutto o si rivelano persino dannosi. Questo circolo vizioso è evidente soprattutto in chi ha sette o più rapporti stretti; in questi casi, gli sforzi necessari a mantenere vive le amicizie sono collegati a un aumento dei sintomi depressivi[4].

Benché si dia per scontato che un individuo con molti amici sia una persona di cui vale la pena *essere amici*, in realtà è vero il contrario: preferiamo diventarlo di chi frequenta una cerchia sociale relativamente ristretta, guidati dall'intuizione – corretta – per cui qualcuno con troppi amici ha una ridotta capacità di ricambiarne le attenzioni in modo significativo o affidabile[5].

E io, che per moltissimo tempo avevo creato e alimentato legami, ho danneggiato proprio l'aspetto a cui tenevo di più. In altre parole, nel disperato tentativo di essere accettata dalle mie numerose conoscenze, ero diventata un'amica peggiore per le poche persone che contavano davvero.

Il problema non era avere troppi amici, bensì aver frainteso il concetto stesso di amicizia, che dovrebbe essere stabile, reciproca e ricca di attenzioni. Voglio essere chiara: per me un amico è una persona con cui abbiamo voglia di trascorrere del tempo e che quindi scegliamo di frequentare, che non appartiene alla nostra famiglia e con cui non intratteniamo un rapporto romantico o sessuale. Una vera amicizia, secondo me, si fonda sul rispetto, sul sostegno, sull'affetto e sulla gentilezza reciproci. E non si possono dimostrare tutte queste cose a chiunque entri nella nostra orbita... a meno di non scoprire un modo per trasformare il *continuum* spaziotemporale.

In ogni caso, capire di essere dipendenti dai rapporti di amicizia non significa anche sapere come curare sé stessi. Io non avevo la minima idea di come dovessi correggere la rotta. Non sapevo dove cercare le risorse che mi aiutassero a capire meglio il concetto di amicizia, né dove trovare un lessico adatto per parlarne. In sostanza non sapevo cosa fosse l'amicizia, un termine così utilizzato da risultare quasi privo di senso. Paradossalmente per me racchiudeva tutto ciò che contava di più, e questo lo rendeva incomprensibile al di là del significato letterale.

E così ho fatto quello che faccio ogni volta che provo a dare senso al mondo che mi circonda: ne ho parlato con i miei amici, e questo libro è il risultato dei nostri scambi. È un tentativo di riempire alcune lacune e di fornire qualche parola utile. È un viaggio all'insegna della scoperta, innescato dalla curiosità, che non pretende di fornire tutte le risposte. Anzi, forse non ne darà proprio nessuna. Ma spero ponga domande interessanti e offra utili spunti di conversazione capaci di ampliare il dibattito.

Si può essere amici in talmente tanti modi diversi che è impossibile rendere giustizia a tutti, anche perché i nostri atteggiamenti rispetto all'amicizia variano in base al retroterra culturale, all'educazione ricevuta, all'età e al luogo in cui siamo cresciuti. In Ghana, per esempio, c'è una certa cautela nello stringere amicizie e ci si focalizza piuttosto sull'importanza di ricevere un aiuto pratico. In Nordamerica, invece, c'è l'attitudine ad avere cerchie sociali più ampie e a tenere in più alta considerazione la compagnia e il sostegno emotivo[6]. In Cina, gli adolescenti si preoccupano della levatura morale delle amicizie più strette, mentre in Occidente si concentrano perlopiù sull'interazione, sull'intimità e sulla capacità di mantenere le promesse[7]. In Gran Bretagna e Australia si apprezzano gli amici che mostrano una mentalità affine, con cui si costruisce un rapporto fondato sulle somiglianze. In India, Medioriente e Sudest asiatico le persone affermano spesso che un buon migliore amico debba avere una «vasta rete sociale»[8]. Abaj Kunanbaev, poeta e filosofo kazako del XIX secolo, spiegò come riconoscere un compagno sincero: «Un amico falso è come un'ombra: quando il sole splende su di te non riesci a liberartene, ma diventa invisibile non appena le nuvole si radunano sopra la tua testa»[9].

L'amicizia è considerata fondamentale in varie tradizioni religiose. Per l'Islam, circondarsi di buone compagnie è considerato un essenziale costrutto sociale e spirituale. Gli *ḥadīth* ci incoraggiano ad «avere più veri amici possibile, poiché rappresentano scorte di felicità e rifugi in caso di avversità»[10]. Fra i dettami basilari del cristianesimo troviamo il principio «fai agli altri quello che vorresti fosse fatto a te»[11]. Nei Vangeli, Gesù prepara i discepoli al suo arresto e alla sua morte imminenti dicendo che «nessuno ha un amore più grande di questo: dare la sua vita per i propri amici»[12].

Secondo il buddhismo, il vero amico è dotato della compassione e del coraggio necessari a dirci anche le cose che non vorremmo sentirci dire, ed ecco le parole del Buddha: «L'amicizia con i saggi ed i virtuosi, il frequentare i saggi ed i virtuosi, l'amicizia verso i saggi compagni è il pieno compimento della Nobile Vita di Purezza»[13].

Se quasi tutte le religioni concordano sulla sua importanza, l'approccio all'amicizia cambia però in base alle fasce d'età. I membri della Generazione Z (nati fra il 1996 e il 2006) e i Millennial (nati fra il 1979 e il 1995) sono i più esperti nell'arte delle amicizie online: il 33 percento si sente apprezzato dopo un'interazione con un amico online, mentre soltanto il 18 percento dei nati fra il 1944 e il 1964 può affermare lo stesso[14].

Non esiste opera dedicata all'amicizia che possa trasmetterne appieno la forza e la poliedricità: ecco perché il libro che avete fra le mani adotta, per forza di cose, un punto di vista personale.

Ciò significa che le mie percezioni sono influenzate dalla mia vita; una vita che, in linea generale, non posso che considerare molto fortunata. Sono grata di vivere in un'epoca in cui si comincia ad affrontare le ingiustizie e le disuguaglianze sistemiche del passato, e sono assolutamente convinta che le persone come me debbano essere consapevoli dei privilegi e dei vantaggi di cui godono. Tale privilegio mi spinge a riconoscere che non posso comunicare con lo stesso grado di autorevolezza ogni tipo di esperienza (senza contare che anche solo provarci sarebbe un tentativo quantomeno goffo). Per questo, dove necessario, ho chiesto il parere di persone che potessero parlare con molta più competenza di me.

Tutti noi dovremmo avere l'opportunità di raccontare le nostre storie. E le storie, per loro stessa natura, sono specifiche. Quindi sì, quello che state leggendo è un libro personale, ricco di riflessioni, opinioni e ricerche personali. Scrivendolo ho avuto la fortuna di parlare con tante persone fantastiche che mi hanno raccontato cose interessanti e sagge; fra loro ci sono cinque dei miei più cari amici, ciascuno dei quali rappresenta un aspetto diverso ed essenziale di quello che l'amicizia è per me: conoscerete Joan, Sathnam, Sharmaine, Clemmie ed Emma. Mentre altre ancora – da una donna neurodivergente irachena a una regista paraplegica di trent'anni, fino a un'ottantenne affetta da una malattia terminale – vi spiegheranno in prima persona cosa significa per loro l'amicizia. Le loro sono storie straordinarie, così come le vostre. Magari i prossimi capitoli vi forniranno l'ispirazione per raccontarle.

In conclusione, spero che questo libro risulti esaustivo, inclusivo, generoso e sincero; che vi possa intrattenere e tenere compagnia. Spero che possiate ritrovarvi fra le sue pagine e che vi aiuti a individuare le vostre passioni. Spero, insomma, che si riveli la migliore delle compagnie.

In caso contrario, nessun problema: sto imparando che non dobbiamo essere tutti amici per forza.

1. La pandemia
Cos'ho imparato sull'amicizia grazie al lockdown

C'è un parcheggio di un certo drive-through di Starbucks che occuperà per sempre un posto speciale nel mio cuore. È poco distante dalla A3, una di quelle strade fuori Londra che, malgrado le dimensioni modeste, ostentano una discreta presunzione: non è proprio un'autostrada, ma è un gradino sopra la classica strada a due corsie. Lo Starbucks in questione è un edificio basso a un solo piano, di un color grigio ardesia che un brand fighetto di vernici potrebbe chiamare «ala di piccione». Se lo cercate su Google (io l'ho fatto per capire come arrivarci), scoprirete che su Tripadvisor ha una media di 2,5 stelline. Le recensioni che i clienti si sono presi il disturbo di scrivere hanno toni piuttosto eterogenei. Una si intitola *Pausa caffè disastrosa*, un'altra critica il classico panino *breakfast roll* sostenendo che «L'Odore [riporto fedelmente le maiuscole] che è uscito dal sacchetto era rivoltante». Se continuate a leggere, troverete un uomo felicissimo perché «c'è un sacco di parcheggio, anche per le monovolume più grosse», quindi immagino che tutto dipenda dalle nostre personali priorità.

Non ho lasciato una recensione di questo Starbucks, ma se l'avessi fatto sarebbe stata entusiastica. Perché è qui che nel maggio 2020 ho rivisto Emma, la mia migliore amica, dopo due mesi e mezzo di lontananza. Come tante altre persone, eravamo state divise dalla pandemia da Covid-19. Il primo lockdown nazionale era entrato in vigore qualche settimana prima, e il 16 marzo il governo aveva imposto ai cittadini di interrompere qualsiasi contatto sociale non necessario. Il 23 marzo, il primo ministro Boris Johnson aveva chiesto ai britannici di «restare a casa» con un annuncio televisivo; saremmo potuti uscire solo una volta al giorno per fare attività fisica. Gli assembramenti di più di due persone non conviventi erano proibiti ed era stata ordinata la chiusura dei negozi che non vendevano prodotti di prima necessità. Matrimoni e funerali erano stati sospesi all'istante. Quella sera avevamo chiuso le porte delle nostre case su un mondo molto diverso da quello che avevamo sempre conosciuto, e la cosa peggiore era che nessuno sapeva cosa ci avrebbe riservato il futuro.

Nei momenti di crisi mi sono sempre rivolta alla mia migliore amica, ma in quella situazione sapevo che non avrei potuto abbracciarla per chissà quanto tempo. Non potevo saltare su un treno e andare da lei, forte della certezza che aveva già riempito la dispensa con il mio cibo preferito (ovvero *crumpets*, piccole focaccine dolci, e Marmite). E lei non poteva venire da me e dormire nella stanza in più, quella stanza che riteneva – a ragione – sua e che mi sembrava quasi sbagliato cedere ad altri ospiti, quando capitava. Non potevamo starcene sedute sul divano ad analizzare nei minimi dettagli *Matrimonio a prima vista Australia*, mentre una allungava il braccio per farsi sfiorare dalle dita dell'altra. La consapevolezza che nell'immediato futuro tutto questo non sarebbe stato possibile ci aveva tolto la terra sotto i piedi, se non generato un po' di panico.

Emma e io siamo migliori amiche dal giorno in cui ci siamo conosciute, durante l'orientamento per le matricole dell'università. Lei era spiritosa, sveglia, mezza svedese e benvoluta; io non ero molto sicura di me e mi ero slogata una caviglia dopo che la squadra di lacrosse mi aveva convinta a buttare giù una gelatina alla vodka di troppo e a rincorrere la palla sul piazzale in cemento davanti al bar del college, il tutto mentre indossavo degli stivali dal tacco alto (se non fosse chiaro a chiunque volesse provarci, sottolineo che è una pessima idea).

Emma aveva lunghi ricci biondi; io sfoggiavo un caschetto scuro che non mi donava un granché, lascito di una parrucchiera troppo zelante di Cape Town da cui ero stata nel corso del mio anno sabbatico. Mi ci erano voluti diversi anni per far ricrescere i capelli: a quel punto avevo perso circa cinquecento mollette di Claire's Accessories ed Emma e io avevamo creato un solido legame fondato sul talento condiviso grazie a cui ricordavamo, parola per parola, i dialoghi del primo film di *Austin Powers.*

Ancora oggi ritengo che incontrare Emma sia stato un incredibile colpo di fortuna, per non parlare del fatto che – non so bene come – l'ho infinocchiata al punto da convincerla a diventare la mia migliore amica. Quante probabilità c'erano che l'universo, nella sua meravigliosa imprevedibilità, ci facesse conoscere? Quale magia imperscrutabile ha fatto sì che i suoi antenati scandinavi tramandassero una determinata serie di cromosomi a sua madre Ingrid, geni che si sono fusi alla perfezione con il DNA di Keith (suo padre, un veterinario inglese) creando le basi di questo essere umano unico e speciale? Com'è stato possibile che, malgrado avessimo un passato diverso e fossimo cresciute in angoli opposti del paese, malgrado volessimo studiare materie e seguire percorsi differenti, noi due ci siamo incontrate e platonicamente innamorate l'una dell'altra?

Si è trattato di una meravigliosa coincidenza, come sa chiunque abbia avuto la fortuna di conoscere uno spirito affine, cosa che tra l'altro accade con una frequenza di per sé stupefacente. Perché, se la maggior parte di noi conta di poter incontrare un numero limitato di partner sentimentali (e nella migliore delle ipotesi una sola anima gemella, come ci insegnano i romanzi d'amore e il puritanesimo vittoriano), ci aspettiamo invece di tuffarci in molteplici amicizie nel corso della nostra esistenza.

L'amicizia non esige monogamia e, anzi, quando accade lo consideriamo un po' strano. Immaginate che qualcuno vi dica di avere un unico amico: con ogni probabilità pensereste che quella persona ha qualcosa che non va, giusto? Al contrario, avere un unico coniuge è non solo socialmente accettato ma, secondo gli standard occidentali, considerato la norma (a meno di non essere mormoni).

L'amicizia con Emma mi ha aiutata ad affrontare alcuni dei periodi più duri della mia vita – aborti spontanei, un divorzio, problemi di salute –, oltre a rappresentare una delle mie più grandi fonti di felicità. Prima di incontrare mio marito, era lei la persona con cui volevo trascorrere la maggior parte del mio tempo. Mi capisce più di quanto io stessa sia in grado di fare, un po' perché mi conosce da tantissimi anni e un po' perché è una psicoterapeuta, quindi ha anche le capacità professionali per smascherare le giustificazioni che accampo con me stessa.

Com'è naturale, con il passare del tempo siamo cambiate. A ventisette anni Emma ha sposato un uomo meraviglioso con cui sta ancora oggi. Io invece sono rimbalzata da una storia all'altra, prima di arrivare a un divorzio, a trentasei anni. Dopodiché ho deciso di mettere a frutto tutto quello che avevo imparato sui rapporti disfunzionali sostanzialmente ignorandolo, e sono finita in una relazione di ripiego che è durata due anni prima di concludersi, in modo drammatico, subito prima del mio trentanovesimo compleanno. Ovvero quando ho conosciuto Justin, il mio attuale marito, su un'app[1]. A quel punto mi fidavo talmente poco della mia capacità di giudizio che dopo pochi appuntamenti gli ho proposto di uscire a cena con me ed Emma. Volevo che lei lo vedesse e mi dicesse cosa ne pensava. Me la immaginavo mentre, in silenzio, esibiva il pollice in su o in giù come un imperatore romano che decide la sorte di un gladiatore. Non l'ha fatto, ma all'indomani della cena mi ha mandato l'emoji di un pollice sollevato: non avevo bisogno di sapere altro. Justin non ha capito che si trattava di un esame (non potevo certo dirglielo, vi pare? Ho preferito sorvolare e poi scriverlo, anni dopo, in un libro), ma per fortuna l'ha superato e io ho continuato a frequentarlo e ad approfondire il rapporto con una rinnovata sicurezza.

Con il trascorrere del tempo Emma e io siamo diventate sempre più intime, nonostante alcune cose ci abbiano allontanate. La geografia, per dirne una, dato che viviamo in due città diverse. E le responsabilità familiari: lei ha due figli, io un gatto rosso. Lei non è più bionda, è tornata al suo colore naturale, più scuro. Io invece sono ancora mora e più gli anni passano, più la gente ci dice che sembriamo sorelle.

Neanche prima del lockdown ci vedevamo ogni singolo giorno, e nemmeno ci parlavamo ogni singolo giorno, perché entrambe preferiamo un lungo messaggio (di testo o vocale) a una telefonata. Tuttavia, sapere che *potevamo* vederci ogni volta che volevamo ci trasmetteva una sensazione di sicurezza. Con l'arrivo delle restrizioni quella rete di sicurezza è sparita di colpo. Non avremmo potuto vederci nemmeno se avessimo voluto. E lo volevamo eccome, morivamo dalla voglia. Sentivamo l'una la mancanza dell'altra al punto che la tristezza ci avvolgeva come una nebbia fittissima. Ci mancavamo così tanto che abbiamo infranto le nostre solite regole di comunicazione e iniziato a chiamarci su FaceTime. E abbiamo scoperto che non era così male, anzi.

Abbiamo cominciato a seguire lo stesso corso online di yoga, il sabato mattina, ma dopo un po' quella piacevole novità ci è venuta a noia. A quanto pare, scrutarci nei quadratini di Zoom per osservare la reciproca posizione del cane o del corvo mentre Bart, l'insegnante, si spazientiva sempre più per la nostra distrazione e approssimazione era affascinante fino a un certo punto.

«Rachel, porta avanti la gamba sinistra» lo sentivo dire intanto che cercavo di assumere con grazia la posizione della mezzaluna. «Non la destra, Rachel. La sinistra». La voce di Bart era sempre più affilata e decisa. Osservandolo sullo schermo, era chiaro che stava tentando di emanare calma zen malgrado i suoi organi interni si stessero fondendo in un'indicibile colata di rabbia. «La sinistra. Oh, bene. No, Rachel, guardami. Non quella. La gamba sinistra». A quel punto sia Emma che io avremmo voluto urlare: «Rachel, la gamba sinistra, cazzo», abbandonando così ogni speranza di concludere la lezione con una sensazione di freschezza e pace. Spero proprio che alla fine Rachel ce l'abbia fatta.

Io ed Emma ci sentivamo un po' stupide a provare tutta quella nostalgia l'una dell'altra, perché non era cambiato granché rispetto ai nostri soliti livelli di interazione; con il senno di poi, credo che fossimo spaventate. Non avevamo mai vissuto una pandemia, con un virus ignoto che si diffondeva in tutto il mondo uccidendo milioni di persone con una ferocia inaspettata. A nessuno di noi era mai capitato. E quando si ha paura, anche se non si riesce a confessarlo nemmeno a sé stessi, ci si rivolge alle persone che si amano e di cui ci si fida di più al mondo.

Per me quella persona era Emma. Ed è su questa nota poetica che ritorniamo al drive-through dello Starbucks di Cobham. Dopo sei settimane di lockdown pressoché totale, c'era stato un lieve allentamento delle restrizioni e alcuni bar e locali avevano riaperto soltanto per il servizio d'asporto. Emma sapeva quanto mi era mancata la mia solita tazza di tè al gelsomino di Starbucks[2] e così si era messa a cercare su Google un posto dove poterci incontrare: doveva essere a metà strada, servire qualcosa da bere e permetterci di restare nel parcheggio come una coppia di adolescenti in preda alle pene d'amore. Ecco come mai sono finita proprio lì, in un ventoso sabato mattina, dopo aver guidato per quasi un'ora in trepidazione con il cuore che batteva forte. Ero emozionata, ero emotiva. Ero addirittura... nervosa. Provavo tutte le sensazioni che in genere associamo all'amore romantico, solo che in quel caso erano rivolte a un rapporto del tutto platonico. Era come avere un appuntamento con una vecchia fiamma che non vedevo da molto tempo, ma senza dovermi preoccupare di cosa avrei indossato per trasmettere un'impressione di sensualità disinvolta ed enigmatica disponibilità. I vestiti che avevo messo per vedere Emma non avevano la minima importanza. Contava solo il fatto che avrei rivisto lei.

E d'un tratto eccola lì. Era dietro di me, al volante della grossa familiare che mi lasciava sempre senza parole perché mi ricordava che eravamo adulte. Abbiamo ordinato e parcheggiato l'una di fianco all'altra (il recensore di Tripadvisor aveva ragione: c'era un sacco di spazio anche per le monovolumi più lunghe). Abbiamo rispettato il distanziamento sociale sedute su un muretto di cemento finché non abbiamo stabilito che faceva troppo freddo; senza bisogno di dircelo, siamo tornate in auto e ci siamo messe a parlare con le portiere aperte. Stare con lei era così bello che mi sentivo quasi sopraffatta, ma era anche bizzarro e limitante. Di solito le corro incontro e la abbraccio non appena la vedo e anche per lei, molto meno incline alle dimostrazioni fisiche di affetto («Ho bisogno di non essere toccata per un po'» mi ha detto una volta, dopo una mattina passata tra le grinfie dei suoi figli), è stato strano che non potessi farlo. E così siamo rimaste lì sedute, un po' a disagio, desiderose di un contatto fisico che ci era precluso, e per un istante carico di commozione entrambe ci siamo ritrovate con gli occhi lucidi per la gioia di essere insieme e l'impossibilità di esprimerla nei gesti.

Abbiamo parlato di tutto e niente, come sempre: dell'impatto del lockdown sulle nostre famiglie, di come fosse tragica e terribile la pandemia, di quanto fossimo fortunate a vivere in una condizione di relativa sicurezza e tranquillità, di come la nostra autostima fosse crollata ora che le solite strategie per renderci più belle erano fuori dalla nostra portata e avevamo dovuto accettare i capelli bianchi (o almeno fingere di farlo); e poi ci siamo interrogate sullo stato mentale di Bart, che all'ultima lezione di yoga era parso sull'orlo di un esaurimento nervoso e aveva quasi urlato contro Rachel durante la posizione del saggio, e poi ci siamo chieste se anche Rachel stesse bene, se fra lei e l'insegnante non ci fosse magari un flirt proibito... Abbiamo parlato a lungo, immerse nel flusso felice di chiacchiere libere, risate, intimità. Siamo andate avanti per parecchio, anche dopo aver finito i tè, finché ci siamo rese conto che non potevamo restare in quel parcheggio per sempre, benché l'idea fosse allettante. C'erano altre persone che dovevano parcheggiare, compreso un furgone ben più lungo di una lunga monovolume. E così abbiamo chiuso le portiere e avviato il motore, poi ci siamo scambiate un sorriso da dietro il parabrezza (parlo al plurale ma in realtà Emma ha fatto una faccia esageratamente triste, da clown) e siamo tornate a casa, incerte sul futuro ma più che mai certe della solidità della nostra amicizia.

L'ho tenuto, il bicchiere da asporto di Starbucks. L'ho portato a casa con me, l'ho lavato e sistemato sul bancone della cucina. Ogni giorno, nelle settimane seguenti, l'ho usato per bere il tè perché mi faceva sentire più vicina a Emma. Dopo un po' la carta si è afflosciata e riempita di macchie schifose; l'ho buttato, ma il conforto mentale ottenuto da quelle due ore nel parcheggio di Starbucks mi ha accompagnato per molto, molto tempo.

A qualche giorno dall'inizio del lockdown, ben prima del tè da asporto e dei corsi di yoga online, un'amica di nome Ella mi scrisse su Facebook. Era uno strano modo di contattarmi, dato che aveva il mio numero e di solito chattavamo su WhatsApp, e poi chi ha il tempo di controllare Messenger? Nonostante il suo obiettivo iniziale fosse collegare il mondo intero, Facebook è diventato un brodo primordiale di irritazione e disinformazione, l'equivalente online di uno di quei pranzi di nozze in barca, situazioni in cui è assolutamente impossibile sfuggire a Bob, il cugino dello sposo, convinto che i media raccontino bugie sull'efficacia dei vaccini.

In ogni caso, Ella era caduta nella trappola dell'inquietante algoritmo Ricordi di Facebook, che aveva fatto spuntare sul suo feed, come un fungo cresciuto all'improvviso su un praticello umido, una foto di noi due scattata qualche anno prima a una festa. E me la mandò insieme al seguente messaggio: *Questo accadeva prima che diventassi ossessionata dai bambini e decidessi che non ti andava più di divertirti con me.*

Dovetti leggerlo un paio di volte per capire che non stava scherzando, anzi: il tono acido era stato una scelta deliberata. A stupirmi non fu soltanto il contenuto, ma pure il fatto che si fosse presa il disturbo di inviarmi un messaggio simile. Di sicuro tutti noi, in vari momenti della vita, abbiamo provato fastidio per il comportamento di un amico, però metterlo nero su bianco e stabilire che quella persona deve sapere quanto siamo irritati mi sembrava eccessivo. Farlo su Facebook, poi, mi sembrava davvero poco elegante.

Però, mi dissi, la pandemia stava rendendo tutti un po' instabili e forse si trattava solo di un errore di giudizio. E magari sarei riuscita a passarci sopra, se non fosse stato per le numerose frecciatine che, come se niente fosse, Ella mi aveva sempre lanciato da quando ci conoscevamo.

Ci eravamo incontrate durante l'estate in cui avevamo lavorato come interinali per la stessa agenzia di collocamento. Ella era simpatica, l'amica giusta con cui divertirsi. Uscivamo a cena, bevevamo troppo e immancabilmente il tizio al tavolo accanto al nostro ci provava con lei (è una donna molto attraente); dopo andavamo a ballare e altri uomini ci provavano con lei, mentre io ballavo da sola, sorbendo a piccoli sorsi un vodka tonic ormai tiepido da un bicchiere di plastica, fingendo che non mi pesasse non ricevere attenzioni, fingendo di godermela un mondo, certo, come no, fingendo di saper ballare disinvolta sulle note di *Toxic* di Britney Spears… finché non sono riuscita ad ammettere a me stessa che non mi stavo divertendo quanto avrei dovuto. Ero caduta nella trappola: pensavo che il divertimento più diffuso nella cultura popolare (quel divertimento eteronormato e poco fantasioso rappresentato in milioni di sitcom e commedie americane sulle confraternite universitarie) fosse quello giusto per me. Se non mi piaceva, la colpa doveva essere per forza di cose mia.

E così avevamo continuato a uscire insieme finché, entrambe trentenni, ci eravamo sposate. In realtà Ella, che non ha mai voluto dei figli, aveva proseguito sull'onda del divertimento e poi si era trasferita all'estero per qualche tempo. Ero felice per lei, anche se quello fu il primo segnale del fatto che la nostra amicizia aveva qualche crepa. Mi chiedeva spessissimo di andarla a trovare e, benché lo facessi, avevo sempre l'impressione che non fosse abbastanza. A un certo punto Ella me l'aveva detto chiaro e tondo, e avevo cominciato a vederla come un animale affamato di cui non sarei mai riuscita a placare l'appetito.

Tornò a vivere a Londra nel periodo in cui stavo cercando di rimanere incinta. Non riuscivo a concepire in modo naturale e nemmeno la Fivet, la fertilizzazione in vitro, stava funzionando. Dopo qualche mese, in maniera completamente inaspettata, rimasi incinta ed Ella mi convinse ad accompagnarla a un addio al nubilato a Cracovia a cui non voleva partecipare da sola. Ci andai, senza chiedermi se fosse opportuno presenziare all'addio al nubilato di una donna mai vista prima, in una città straniera, senza poter bere alcolici. Ci andai perché Ella me l'aveva chiesto, presentandomela come un'occasione di divertimento assoluto, e io volevo a tutti i costi essere ancora l'amica con cui poteva farlo. Com'era prevedibile, mi trovai a disagio in mezzo a un gruppo di donne che si conoscevano bene e si scambiavano battute a me incomprensibili. Verso mezzanotte, esausta, mi trascinai all'Airbnb, perdendomi lungo il tragitto, per poi essere svegliata da Ella che, alle quattro del mattino, bussava con forza perché aveva dimenticato le chiavi. Il che, ovviamente, è proprio quello che si dovrebbe fare all'addio al nubilato di un'amica. Il problema era che non capivo cosa ci facessi io lì. La domenica cominciai ad avere delle perdite di sangue.

«Probabilmente non è nulla di grave» mi rassicurò Ella.

Ma, nel profondo, sapevo che non era così. Quella sera rientrai a casa, a Londra, in preda all'ansia e alla stanchezza. A quel punto avevo affrontato così tanti trattamenti per la fertilità da essere già agitatissima all'idea di una gravidanza spontanea. Mi dissi che stavo esagerando. Cercai su Google «spotting durante il primo trimestre» e scoprii che succedeva spesso, che sarebbe passata in fretta. Le perdite durarono una settimana. Venerdì andai in ospedale per un'ecografia. Il cuore del bambino aveva smesso di battere.

Mentre piangevo, l'ecografista mi spiegò che mi avrebbe fissato un appuntamento, di lì a qualche giorno, per rimuovere il «tessuto fetale residuo», una definizione decisamente orribile. Ma l'indomani il mio corpo cominciò da solo a espellere i tessuti. Passai una settimana in ospedale, da sola e addolorata, malgrado l'angoscia mi rendesse quasi insensibile. Credevo che avrei impiegato qualche giorno a riprendermi, invece ora mi rendo conto che ci sono voluti anni. Ora mi rendo conto che quella parte di me sta ancora guarendo, e che questo processo non si concluderà mai del tutto.

In seguito all'aborto spontaneo, il mio matrimonio andò in pezzi. Divorziai mentre la mia vita sprofondava in un baratro. Però, siccome avevo l'abitudine di fingere che andasse tutto bene e avevo commesso l'errore di dare un valore eccessivo a concetti tutti britannici come lo stoicismo e la forza d'animo, dall'esterno era difficile accorgersene. Con ogni probabilità vedendomi avreste pensato che stavo affrontando il trauma alla grande. Vi sareste accorti della verità solo se vi foste sforzati di notare ciò che *non* dicevo o *non* facevo, di comprendere i silenzi e le assenze. Una cosa non semplice, nemmeno per un amico.

Quello che feci subito dopo la fine del mio matrimonio fu cominciare a uscire moltissimo, come tecnica per distrarmi. Forse una parte di me voleva che la mia vita pubblica riflettesse la caotica tristezza interiore che non riuscivo a esprimere appieno. La conclusione di un matrimonio, nella mia limitata esperienza, aveva quasi sempre il sapore del fallimento. Anche se da un lato sentivo che era la cosa giusta da fare, non potevo esserne sicura al 100 percento. L'odio verso sé stessi affonda le radici proprio nella terra di mezzo fra azione e certezza. E così uscire e crollare a letto all'alba, non dormire abbastanza anche se ero stanca, non mangiare a sufficienza e arrivare in ritardo a qualsiasi appuntamento è stato un modo – almeno credo – per punirmi, dato che non ero riuscita a tenere in piedi il rapporto con mio marito. Non meritavo di stare bene, quindi mi impegnavo per stare male.

Dato che ero sempre fuori, era logico rivolgermi all'amica che non vedeva l'ora di divertirsi, ed Ella era sempre disponibile. Il divertimento prevedeva sushi, vodka, *dark rooms,* incontri con uomini mai visti prima, altra vodka, vodka fino a vomitare, e momenti di solitudine in una toilette in cui piangevo senza però ammettere quanto fossi triste. Il mattino dopo Ella tornava a casa e io aspettavo che l'hangover passasse. Salvo rendermi conto che l'hangover non dipendeva dall'alcol, bensì dall'amicizia con lei.

Mi ci sono voluti anni per realizzare che, ogni volta che la vedevo, parlavamo quasi soltanto di lei. Non era una cosa negativa, di sicuro stava affrontando un sacco di problemi e poi c'era sempre per me! Insieme ci divertivamo un sacco! O, perlomeno, così credevo... giusto? E poi la verità mi piombò addosso: non ci divertivamo affatto. Tutt'e due usavamo quel presunto divertimento per evitare di pensare a ciò che mancava nelle rispettive vite.

Dopo il primo aborto e il divorzio mi accorsi che mi sforzavo da anni di essere una persona che non ero. Perdevo tempo cercando di compiacere gli altri senza chiedermi chi fossi davvero, al di là dell'insaziabile desiderio di piacere a tutti. Lasciavo che i miei bisogni venissero messi a tacere da chiunque mostrasse una certa sicurezza in sé. Per farla breve, avevo ingannato un sacco di gente e, seppur in modo inconsapevole, recitavo un ruolo nella mia stessa vita. Ed ero bravissima. Insomma, non ai livelli di Daniel Day-Lewis in *Il mio piede sinistro* o di Marlon Brando in *Apocalypse Now,* ma ero abbastanza talentuosa da aver convinto persino me stessa per più di trent'anni.

Fu Emma a spingermi ad affrontare questa ambivalenza e a spiegarmi che a volte scoppiamo a piangere disperati nella toilette di un locale per celare emozioni più complesse che abbiamo paura di guardare in faccia. Emozioni come la rabbia. Emozioni come il lutto. Fu sempre Emma a farmi capire che potevo essere me stessa – la vera me, non quella che cercava a ogni costo di soddisfare le aspettative altrui – e che sarebbe andato tutto bene. Anzi, che sarebbe andato tutto *meglio.*

Non vi stupirà sapere che Ella e io finimmo per allontanarci. Stavo cambiando, non ero più la persona che aveva conosciuto all'inizio. Nemmeno lei lo era ma, benché lei fosse in grado di riconoscere i cambiamenti avvenuti nella sua vita, nella nostra amicizia sembrava non esserci spazio per accogliere i miei.

Nel libro *Big Friendship,* Aminatou Sow e Ann Friedman parlano del concetto di «stretching», sostenendo che non soltanto i muscoli, ma pure le amicizie ne abbiano bisogno per poter rimanere in forma ed essere resilienti: «Nelle prime fasi di un'amicizia emergono piccoli esercizi di stretching: per esempio, passiamo sopra il fatto che la nostra amica impieghi sempre un giorno intero per rispondere ai nostri messaggi, o ammettiamo che ci piacciono generi musicali diversi» scrivono. «Esistono poi esercizi più impegnativi, che si presentano in un secondo momento. Magari non viviamo più nello stesso quartiere e, ora che la distanza è aumentata, dobbiamo decidere in quale "territorio" vederci: il nostro o il suo? E ci sono esercizi ancora più laboriosi, che potrebbero riguardare le finanze: da quel punto di vista vi siete sempre sentite sullo stesso livello, ma poi una delle due comincia a guadagnare cifre *davvero* importanti e l'atmosfera si fa tesa ogni volta che arriva il conto al ristorante. Abbiamo poi esercizi molto gravosi, come quelli per ridiscutere i termini della nostra amicizia se una delle due si trasferisce, diventa madre o sviluppa una malattia cronica. Un'amicizia può, per anni, richiedere soltanto una serie di esercizi semplici e familiari; ma poi la nostra amica comincia a lavorare di notte, deve accudire un parente malato o incontra la persona che sposerà, e noi dobbiamo imparare un repertorio tutto nuovo»[3].

Un'amicizia salutare prevede che entrambe le persone coinvolte facciano stretching per soddisfare i bisogni in divenire dell'altra. Nessuno, tuttavia, è costretto a farlo se non vuole: vale la pena sforzarsi in alcuni rapporti, in altri no. Se lo stretching in una direzione è eccessivo, i muscoli dell'amicizia smettono di funzionare correttamente. Ed è quello che è successo fra me ed Ella: fra noi lo stretching era già impegnativo poiché avevamo vissuto in paesi diversi e ora eravamo in fasi diverse della vita. Ma poi mi venne richiesto uno sforzo aggiuntivo, perché io (secondo lei) ero cambiata, e avvicinarmi (secondo me) di più alla vera me stessa fu la goccia che fece traboccare il vaso. I muscoli erano già così tesi da rischiare di danneggiare i legamenti.

Devo riconoscere che Ella mi mandò un messaggio per chiedermi cosa fosse andato storto. Io, però, una *friendaholic* che tende a evitare i conflitti, non seppi come risponderle. Stavamo solo vivendo fasi diverse, insistevo: io continuavo a cercare un partner con cui mettere su famiglia, e lei, felicemente senza figli, non poteva capire appieno i miei problemi. Ma in realtà c'era sotto dell'altro, ed era un problema legato alle «fasi della personalità»: io ero cambiata e, così facendo, l'avevo delusa.

In un certo senso fu un secondo divorzio.

Non smettemmo di vederci, ma quando capitava eravamo perlopiù in gruppo e ogni volta la tensione era palpabile. Mi accorsi che Ella faceva dei commenti negativi su di me di fronte agli altri. Non risposi mai a tono, anche se probabilmente avrei dovuto, e così la mia sofferenza peggiorò: era un innesco pronto a deflagrare in una fiamma.

Così quel messaggio su Facebook, letto nei primi giorni di lockdown, non mi stupì più di tanto. In un certo senso fu la conferma di ciò che sospettavo da tempo, e d'altro canto forse aveva ragione lei, non ero più una persona divertente (almeno per i suoi standard). E, se lei aveva davvero quell'opinione di me, perché avrebbe dovuto desiderare di essere mia amica? E io perché avrei dovuto desiderare di essere amica di una persona che pensava così male di me? Eravamo arrivate alla fine, al punto conclusivo del nostro rapporto, al bivio in cui le nostre strade si dividevano. Potevo lasciar perdere con grazia. Per un periodo avevamo viaggiato fianco a fianco, dirette verso la stessa meta. Ora le nostre direzioni erano cambiate, e non era un dramma. Succede, e va bene così.

Provai sollievo all'idea di non dovermi più sforzare. Sollievo perché era come se avessi ricevuto un lasciapassare. Sollievo per la consapevolezza che la nostra amicizia non sarebbe più dovuta cambiare, e per un motivo ben preciso. «Basta con lo stretching, 'fanculo agli esercizi» mi dissi. «Sono noiosi e dolorosi anche quando li fai bene, e non ho intenzione di impegnarmi ancora con questa persona».

Purtroppo però le cose non sono mai tanto semplici. Sì, nel nostro rapporto c'erano stati dei momenti difficili, ma anche tanti memorabili. Non era colpa di Ella se adesso mi divertivo in modo diverso dal suo. Non era colpa mia se lei non aveva mai desiderato un figlio. Non era colpa sua se avevo bisogno di prendere un po' le distanze da lei per gestire i miei problemi. Nulla di tutto ciò dipendeva da lei, e forse nemmeno da me. Forse non c'era nessun responsabile, ci eravamo semplicemente allontanate.

Sono cose che succedono, eppure un'amicizia che ci sfugge fra le dita è accompagnata da una sensazione di vergogna che in altri ambiti non si verifica. Nei rapporti romantici, le rotture sono nettamente più frequenti. Io stessa ho sei ex importanti: li ho lasciati io o mi hanno lasciata loro, ma in nessun caso siamo stati trattati come dei sociopatici perché avevamo concluso una relazione che non funzionava più. Non sempre eravamo d'accordo: magari uno dei due avrebbe voluto proseguire la storia, però alla fine abbiamo accettato la decisione perché era la cosa giusta da fare. Per quanto voglia bene ai miei ex, oggi non vorrei stare con loro.

Tutto ciò non rende più semplice affrontare il dolore che si prova sul momento, ma significa che esiste un modo per esprimerlo. Se Ella e io fossimo state una coppia che stava insieme da dieci anni – durante i quali avremmo avuto molti alti e qualche punto basso, per poi giungere alla conclusione che era meglio lasciarci perché volevamo cose diverse –, la rottura sarebbe stata socialmente più accettabile. Se la fine delle amicizie fosse considerata un aspetto nobile della necessaria evoluzione del proprio io, e se accettassimo che alcuni amici sono per sempre mentre altri ci accompagneranno per un periodo limitato (per quanto importante), la loro gestione sarebbe più semplice. Non proietteremmo aspettative irrealistiche sui nostri amici. Faremmo gli esercizi di stretching necessari ad assecondare la loro crescita, e loro ricambierebbero il favore. E, in caso le cose non dovessero andare per il meglio, ci saluteremmo comunque con affetto.

Quando Ella e io ci siamo «lasciate», invece, com'era inevitabile che succedesse, ho provato vergogna. Non risposi al suo messaggio su Facebook; in seguito lei mi scrisse per scusarsi e le dissi che apprezzavo il gesto. Da allora ci siamo scambiate qualche messaggio, ma mi sono resa conto che quell'amicizia mi trasmetteva insicurezza: non potevo sapere quando sarebbe arrivata un'altra frecciata ingenerosa e sapevo che non avrei mai scoperto cosa pensava davvero Ella di me.

Il lockdown mi ha spinta a riconsiderare come volessi trascorrere il mio tempo. A livello filosofico, non c'è niente di meglio di una pandemia per ricordare a noi stessi che la vita è breve, fugace. A livello pratico, ritrovarmi di colpo con l'agenda libera da qualsiasi impegno mi ha dato modo di capire chi volevo vedere sul serio e paragonarlo alle persone che in effetti frequentavo di più: le due categorie non avevano molti punti di contatto. In linea di massima, trascorrevo le mie serate pre-Covid con le presenze più esigenti della mia vita, ovvero chi mi chiedeva continuamente di vederci, insistendo sul fatto che dovevamo assolutamente aggiornarci a vicenda e facendomi sentire una pessima amica perché, anche quando accettavo l'invito, rimaneva convinto che non ci vedessimo abbastanza. Be', penserete voi, è una situazione invidiabile: se non la apprezzi, sei solo un'ingrata. E forse avete ragione.

Per gran parte dell'adolescenza non ho avuto molti amici. Crescendo, restavo sempre stupita quando qualcuno mi trovava simpatica. Mi sentivo speciale quando una persona che avevo conosciuto per caso, a un evento o a un corso di yoga, voleva passare del tempo con me. Mi sentivo *piacevole*, la mia autostima schizzava alle stelle: «Finché avrò degli amici» mi dicevo «non sarò mai sola! Ci sarà sempre qualcuno che mi vuole bene!»

Verso i trentacinque anni, la mia fame di amicizie è arrivata al culmine. A quel punto ero una donna divorziata, non più giovanissima, che non aveva ancora avuto dei figli; fra le mie paure più profonde c'era quella di restare sola, e così mi impegnavo a tessere una cerchia sociale il più vasta possibile. In quel modo, se anche qualche amicizia si fosse persa per strada, avrei potuto rimpiazzarla con altre. E i miei amici abbondavano come calzini nel cassetto della biancheria. Ero affezionata a tutti loro, davvero. Ma, con il passare del tempo, ho capito che tanti di questi nuovi amici avevano standard diversi dai miei. Esigevano pranzi frequenti, telefonate regolari e risposte ai messaggi entro un'ora. Ci rimanevano male se non rispettavo i termini di contratti immaginari che esistevano solo nella loro testa. Mi accusavano di essere «troppo impegnata» e dicevano cose tipo: «So cosa succede nella tua vita solo grazie a Instagram!» (al che io rispondevo fra me e me: «E non è fantastico? Viviamo in un'epoca in cui possiamo vedere ciò che accade ai nostri amici anche quando non siamo con loro, evviva!») Erano obblighi sociali che intasavano il mio iCal come i capelli lo scarico dopo una doccia. E vorrei ribadirlo: queste persone mi stavano simpatiche, mi piacevano un sacco. Ma non avevo una scorta infinita di tempo da trascorrere faccia a faccia con loro con la regolarità che avrebbero desiderato, e odiavo sentirmi terribilmente in colpa ogni volta che rifiutavo un invito.

Il lockdown mi ha permesso di capire quanto la mia agenda fosse diventata ingestibile. Fino a quel momento avevo passato tutto il mio tempo libero a soddisfare le richieste di chiunque, ma vedendo pochissimo gli amici a cui tenevo di più. Erano loro a mancarmi di più, le persone che mi sostenevano e nutrivano con la loro energia positiva; quelle che, con una chiacchierata, mi tiravano sempre su di morale; quelle che non pretendevano nulla da me; quelle che mi apprezzavano nonostante i miei limiti; quelle che si dimostravano sempre generose e affettuose nei miei confronti. Se ero stressata, loro non la prendevano mai sul personale; sapevano che mi sarei fatta sentire non appena avessi potuto e capivano il fastidio che mi suscitano le telefonate, per quanto sia assurdo. Quanto adoravo quelle persone. Eppure mi sono resa conto che forse non l'avevo dimostrato a sufficienza perché ero stata troppo presa a cercare di soddisfare tutte le altre. Forse era giunto il momento di cominciare a farlo… e con «forse» intendevo «di sicuro». Se volevo dedicare le giuste attenzioni ai miei amici più cari, dovevo prima creare uno spazio tutto per loro. Non era un compito complesso, in realtà: bastava eliminare le cose che impoverivano la mia vita anziché arricchirla.

E così, al momento giusto, mandai un messaggio (sincero) a Ella per dirle che stavo tentando di risolvere alcuni problemi, e che questo comportava dosare le energie con attenzione e prendere delle decisioni su come volevo sentirmi, su come avevo bisogno di sentirmi. *Ti penso sempre con affetto*, conclusi.

Non fingerò che sia stato facile. Impiegai mesi, non esagero, per arrivare a quel punto. Inviando il messaggio stavo malissimo, ero così spaventata da avere la nausea. Mi sembrava incredibilmente innaturale chiudere un'amicizia anziché sforzarmi con tutta me stessa per farla funzionare. E mi vergognavo, tantissimo. Come avevo potuto comportarmi in modo così orribile? Dovevo essere un mostro per mollare Ella in quel modo senza avere il coraggio di affrontare da subito insieme a lei quello che provavo. Ero una codarda, una vile. Non ero riuscita a soddisfare nemmeno i miei standard di amicizia. Ecco i pensieri che si aggiravano nella mia mente come iene.

Li lasciai fare, e alla fine si placarono un po'. Dopo qualche settimana le iene erano ancora lì ma si limitavano a guardarmi, anziché dilaniare la mia carcassa con le zanne (sì, sarò anche una pessima amica, ma nessuno potrà mai dire che non so sfruttare le metafore fino in fondo).

Passò qualche mese, il lockdown fu sospeso, le iene tornarono nell'ombra. Cominciai a scegliere con maggiore cura gli amici con cui trascorrere il tempo; cominciai a sentirmi meglio. E poi, in modo del tutto inaspettato, iniziai a provare un moto di tenerezza. Affetto per Ella, per la sua imperfezione assolutamente perfetta. Affetto per i momenti vissuti insieme, per le serate finite a ridere come matte, per le cene che avevamo condiviso. Affetto per la nostra amicizia variegata, imprevista, incrinata.

Affetto per le donne piene di difetti che eravamo state e per il viaggio che avevamo compiuto per diventare quelle che eravamo adesso: sempre piene di difetti, ma forse più consapevoli. Magari, nonostante la fine della nostra amicizia, eravamo cresciute l'una grazie all'altra, e non l'una a dispetto dell'altra. Magari, chiudendo quel rapporto, avevamo capito qualcosa di fondamentale su noi stesse. Magari andava bene così. Magari era una forma di amore anche quella.

Questo non significa che abbia smesso di farmi nuovi amici. Non ho sollevato il ponte levatoio del castello dei miei rapporti sociali e il fossato non ne blocca l'accesso, ma sono diventata più selettiva. Una volta accettavo di essere amica di chiunque mostrasse il minimo interesse nei miei confronti, perché per me era più importante essere benvoluta dagli altri che capire e apprezzare chi fossi quand'ero completamente da sola. Era fondamentale essere considerata carina. O gentile, buona, affidabile, piacevole, gentile… tutte qualità ammirevoli, certo. Che però dovremmo percepire innanzitutto noi stessi, dall'interno, anziché affidarci per tutta la vita alla valutazione esterna di qualcun altro per cercare delle conferme.

In sintesi, credo che la pandemia mi abbia fatto capire che per prima cosa bisogna essere sé stessi e solo in secondo luogo scegliere di essere amici delle persone che ci permettono di essere fedeli alla nostra natura. Inoltre, dovremmo essere amati proprio per ciò che siamo, nevrosi comprese. In effetti, la regola di base per l'amicizia è la stessa che si associa, erroneamente, al giuramento d'Ippocrate: «Per prima cosa, non nuocere». Per me, un'amicizia equa deve fondarsi sul tacito impegno ad agire con le migliori intenzioni e a considerare l'altro con affetto e generosità.

Può sembrare semplice, eppure ho impiegato quarantatré anni a capirlo. Ma non c'è niente di male perché, come sostiene Cicerone nel suo fondamentale *De amicitia*, scritto nel 44 a.C., «in linea di massima sulle amicizie va dato un giudizio solo una volta che doti naturali ed età hanno ormai raggiunto il loro pieno vigore». Nello stesso trattato, che ha ispirato personalità che spaziano da Dante a Thomas Jefferson, il filosofo parla anche dell'importanza di un periodo di prova nelle amicizie: «E non è facile dare giudizi se non si è fatta esperienza; e fare esperienza è possibile solo nell'amicizia stessa. Così l'amicizia viene prima della nostra capacità di giudicare le amicizie stesse e ci toglie la possibilità di sperimentarle prima. È proprio, dunque, dell'uomo saggio controllare, come si fa per un cocchio, lo slancio dell'affetto; e come si può governare il cocchio dopo aver messo alla prova i cavalli, così si può godere dell'amicizia solo dopo aver messo alla prova, in qualche modo, i costumi degli amici»[4].

L'isolamento forzato imposto dalla pandemia mi aveva dato l'opportunità di rivalutare il mio approccio all'amicizia, di fare un passo indietro e chiedermi cosa cercassi davvero nelle persone che frequentavo – e, altrettanto importante, cosa potessi offrire io. Immagino si sia trattato di un periodo di riflessione come quello auspicato da Cicerone, ma applicato con il senno di poi.

Dovevo mettere alla prova i miei cavalli, prima di decidere se continuare a tenerli legati al cocchio. In sostanza, avevo bisogno di capire perché fossi dipendente dall'amicizia e come affrontare la questione.

Se volevo comprendere a fondo la mia fissazione, dovevo tornare al punto di partenza: alla prima amicizia che avevo stretto.

Le voci dell'amicizia

Libby

Libby Hall, ottant'anni, fotoreporter
in pensione, oggi vive perlopiù in casa
per via di una malattia terminale

In questo momento della mia vita, dato che sono costretta in casa da una malattia terminale, comunicare regolarmente con gli amici è fondamentale per me. Si tratta senza dubbio di una questione di vita o di morte.

Prima dell'avvento delle email, non ho visto un amico per vent'anni a causa di un malinteso. Ma nel giro di cinque minuti [dopo esserci incontrati di nuovo] abbiamo avuto l'impressione che non fosse cambiato nulla. L'imbarazzo iniziale è passato subito, è stato incredibile.

Adesso che siamo davvero molto vicini, faccio un enorme affidamento su di lui e su sua moglie. E ci siamo dimenticati di quella lunga pausa. Ci conosciamo da quando avevamo ventitré o ventiquattro anni – siamo coetanei e ormai ne abbiamo entrambi ottanta – e secondo me, nei rapporti realmente solidi, ci possono essere anche grandi periodi di lontananza, e va bene così.

Non ho paura di perdere i miei amici. A un certo punto, a scuola, sono stata vittima di bullismo, quindi a volte sono un po' paranoica rispetto alle amicizie e temo di non piacere a qualcuno tanto quanto quella persona piace a me. Ecco, questo mi fa paura. [Ma] non posso aver paura di perderli per via della morte, perché succede a tutti. Quando accade è difficilissimo, però non ci si può spaventare in anticipo.

Non provo dolore, ma mi stanco con facilità e spesso mi manca il fiato. Per molto tempo non ho capito cosa stava succedendo. Sono passati quattro anni dalla pro-

gnosi, che era di solo pochi mesi. È molto strano dover decidere chi si vuole vedere nell'ultimo periodo della propria vita. Trovo interessante che non mi vada di vedere amici a cui ho voluto davvero bene e di cui apprezzavo la compagnia… Erano il tipo di amicizie sbagliate, esaurivano le mie energie, richiedevano troppo a livello emotivo, eppure una volta, quando ancora ne ero in grado, non mi pesava offrire quel tipo di sostegno agli altri. Come dicevo, mi sembra una cosa interessante.

Con il passare del tempo sono diventata sempre più debole, avevo voglia di vedere meno persone. Però ne frequento ancora alcune, spinta dal profondo desiderio di farlo. Ed è davvero una questione di vita o di morte: mi aiutano in modo pratico ma anche emotivo, per me fondamentale. Senza di loro non varrebbe la pena di vivere… e senza questo piccolino, ovviamente! [Indica Pip, il cagnolino acciambellato sulle sue gambe.]

Sentire il bisogno di stare in mezzo alla gente – alla gente sbagliata, o per i motivi sbagliati – senza saper stare da soli non va bene. Le amicizie sbagliate possono far male quanto una relazione sbagliata.

Voglio sottolineare che, secondo me, l'amore è il motore del mondo. L'amore è tutto, è l'elemento essenziale che rende la vita sostenibile. E sono convinta che l'amicizia sia il rapporto d'amore per eccellenza.

So bene di aver avuto un'esistenza ricca di amici e amore, e a volte mi chiedo come mi sentirei se, pensando al passato, vedessi una vita triste, senza amici o quasi. Esistono persone in questa situazione, e credo sia terribile. Siamo animali sociali e vivere in cattività, da soli, è la punizione peggiore che io possa immaginare. Quindi, sì: l'amicizia è fondamentale per tutti noi.

Nel momento in cui scrivo queste righe, Libby è viva e vegeta, con grande sgomento dei medici che hanno formulato la sua prognosi.

2. Stringere amicizia
Perché lo facciamo?

Questa vicenda ha inizio nel Surrey settentrionale. Sono nata a Epsom, una frizzante cittadina periferica di pendolari tra i cui abitanti storici possiamo annoverare Sally Mapp, un'aggiustaossa del XVIII secolo famosa perché guariva le lesioni muscoloscheletriche con la forza bruta e perché si aggirava ubriaca per le strade gridando oscenità. Wikipedia ci informa che era anche conosciuta come «Sally la pazza»[1].

Quando sono arrivata io, nel 1978, i tempi erano cambiati ed Epsom era ormai una rispettabilissima città commerciale, nella cui via principale le oscenità gridate da gente ubriaca riecheggiavano solo di tanto in tanto, di solito il venerdì sera.

Ho fatto amicizia per la prima volta alla scuola materna. Avevo quattro anni, l'età a cui risalgono quasi tutti i miei primi ricordi vividi. Del periodo precedente conservo solo dei flash. Per esempio, ricordo distintamente che, quando da piccola dovevo fare il riposino, mi infastidiva l'idea di perdermi ciò che sarebbe successo nel frattempo. Ricordo anche mia sorella maggiore, che allungava un braccio nella carrozzina per farmi assaggiare una mela. Ero troppo piccola e sdentata per mangiarla, ma la gentilezza di quel gesto mi accompagna ancora oggi. Lo si potrebbe anche definire un gesto amichevole: in fondo si trattava di mia sorella, ma non era affatto scontato che sarebbe diventata mia amica.

Sviluppiamo la capacità di creare ricordi legati da una sorta di *fil rouge* narrativo proprio a partire dai quattro anni: ecco perché la mia prima amica mi è rimasta tanto impressa. È stata la prima conoscenza fatta al di fuori della cerchia familiare. Eravamo in fila nella sala comune della scuola e io ero seduta a gambe incrociate dietro a una bimba dai lucidi capelli castani, con una riga a zig-zag che scendeva fino alla nuca. Quella riga mi affascinava; io portavo i capelli da un lato, fissati da una banalissima forcina nera. Lei, invece, aveva una riga centrale che poi si divideva in uno zig-zag perfetto e portava i codini, stretti da due elastici bianchi con delle palline rosse che sembravano caramelle dure alla ciliegia. Io non avevo mai avuto i codini perché i miei capelli erano troppo corti; lo sarebbero stati per gran parte della mia infanzia, dato che la mamma (ovvero colei che si occupava di tagliarli) sosteneva che mi donassero di più, punto e basta. Mi sono opposta a questo giudizio con tutta me stessa per quasi quarant'anni, per poi ammettere che in effetti aveva ragione.

La riga della sconosciuta e quei due codini irreprensibili mi sembrarono l'apice dello stile. «Oh» mi dissi. «Voglio assolutamente essere sua amica». Il suo nome era Emily Carter.

Non ricordo quasi nulla di come abbiamo effettivamente stretto amicizia, ma di sicuro c'entrava il fatto che il suo cognome venisse poco prima del mio nell'elenco. E poi abitava vicino a me, a poca distanza da casa mia: anche la geografia cospirava per farci incontrare. Le nostre madri erano quasi coetanee e immagino che – al pari di qualsiasi genitore con dei figli piccoli – non vedessero l'ora di stringere amicizie che potevano sfociare in pomeriggi di gioco e attività condivise in cui entrambe potevano tirare un po' il fiato. A volte, per innescare un'amicizia, basta un pizzico di senso pratico.

Emily e io non eravamo spiriti affini. Dopo aver smaltito la gelosia per quell'acconciatura fantastica, avevo scoperto che era piuttosto prepotente e che non aveva un gran senso dell'umorismo. A quell'età, però, non mi era venuto in mente di cercare qualcuno di più simile a me, e di certo non ci aveva pensato nemmeno lei.

Ci accontentavamo di avere tutt'e due quattro anni, degli interessi in comune (le acconciature), una vicinanza geografica (Epsom, nel Surrey), dei contatti regolari (le mattine dei giorni feriali) e due madri che ci tenevano a farci diventare amiche.

Il concetto di «interesse condiviso» è un tema molto ricorrente nella letteratura accademica che indaga i motivi per cui cerchiamo di fare amicizia. Negli anni Settanta del secolo scorso, qualche tempo prima che Emily e io ci conoscessimo sul pavimento della scuola materna, parecchi studi hanno tentato di individuare le fasi dei rapporti umani e di stabilire cosa ci attragga nelle altre persone. Com'era nato quell'improvviso interesse scientifico? Suppongo che dipendesse, in parte, dall'impatto sismico del decennio precedente. Dopo dieci anni all'insegna dell'amore libero, durante i quali le vecchie e restrittive norme sociali erano state messe in discussione e talvolta persino rovesciate, le basi dell'attrazione reciproca dovevano apparire ancora più emozionanti e degne di essere esaminate da una prospettiva nuova.

E fu così che, nel 1970, il sociologo Bernard Murstein ipotizzò che scegliessimo i nostri partner sentimentali seguendo un modello articolato in tre fasi[2]. La prima consiste nello stimolo: apprezziamo gli attributi fisici dell'altro, com'era successo a me con i capelli di Emily Carter; la seconda prevede un confronto con i nostri valori, per verificare che siano allineati; la terza e ultima fase implica la scelta dei ruoli, la condivisione di attività per costruire un rapporto funzionale.

Nel 1973, Irwin Altman e Dalmas Taylor formularono la cosiddetta «teoria della penetrazione sociale», composta da cinque diverse fasi[3]. La prima è l'orientamento (conversazione spicciola), la seconda è quella dell'affettivo «esplorativo» (cominciamo a svelare la nostra individualità e a esprimere attitudini personali), quindi si passa alla fase dell'affettivo vero e proprio (iniziamo a parlare di questioni private) per poi approdare alla fase della stabilità (stabilizziamo il livello di intimità e siamo in grado di prevedere le reazioni emotive dell'altro); a quel punto, ci aspetta solo una caduta libera. Gli autori definiscono «de-penetrazione» la fase conclusiva, ovvero il momento in cui «i costi superano i benefici [...] e si verifica una riduzione della rivelazione di sé». Nel 1976 lo psicologo George Levinger era ancora così legato a queste fasi che ipotizzò la «teoria della fase», secondo cui i presunti partner passano dall'attrazione iniziale agli impegni più vincolanti, «come il matrimonio»[4].

Ad accomunare tutti questi studi è il fatto che, benché nel corso degli anni le loro scoperte siano state applicate alle amicizie platoniche, si concentrino esclusivamente sui rapporti romantici. È inoltre interessante notare le somiglianze nel modo in cui i ricercatori si esprimono: pur delineando teorie nuove, utilizzano un lessico antiquato. Si parla di «penetrazione», «riduzione» e «affetto esplorativo», che ricordano più categorie di Pornhub che altro. A differenza di Pornhub, tuttavia, per la maggior parte di questi studi l'esito di una relazione di successo è il matrimonio, possibilmente che duri per sempre.

Potreste aver colto un altro denominatore comune. Sì, esatto: tutte le ricerche sono state condotte da uomini. Forse questi uomini in particolare erano dei massimi esperti di rapporti romantici convenzionali, eppure sospetto che rispecchiassero una convinzione all'epoca molto diffusa in sociologia, psicologia e non solo: ovvero che l'unico legame degno dell'attenzione accademica fosse quello eterosessuale a scopo riproduttivo. Da ciò deriva l'idea che tutti gli altri rapporti interpersonali debbano derivare da quel singolo esempio, proprio come il lievito madre si tramanda di generazione in generazione. Ma naturalmente le cose non stanno così.

Ai miei occhi è evidente che gli amici svolgono funzioni variegate e importanti che esulano da quelle assolte dai familiari o dai partner romantici e, benché le ricerche successive abbiano analizzato l'amicizia considerandola un tema degno di nota, non sono sicura che il campo da gioco sia stato davvero livellato. Per liberarsi di convinzioni profondamente radicate occorre infatti molto tempo.

E ritroviamo questo pregiudizio anche nella cultura più contemporanea. Quand'ero giovane, le commedie romantiche e le soap opera pronte a intrattenerci dopo l'orario scolastico abbondavano. E pure i libri, le canzoni, gli spettacoli, i dipinti e le sculture erano celebrazioni dell'amore eterosessuale. Per tanti anni gli amici sono passati in secondo piano. La prima serie tv dedicata all'amicizia in cui mi sono imbattuta dev'essere stata *Friends* (il titolo è eloquente), che esordì nel 1994, quando avevo quindici anni. Già all'epoca, parecchie delle trame principali ruotavano attorno alla ricerca di un partner sentimentale. Anzi, a un certo punto i sei protagonisti intrecciavano storie fra loro o si prendevano una cotta per qualcuno del gruppo: Ross stava con Rachel; Monica aveva una tresca con Chandler, e i due finivano per sposarsi; Phoebe si invaghiva di Joey, che però si innamorava di Rachel; e infine Joey e Rachel stavano insieme per qualche episodio. A pensarci meglio, sarebbe stata un'ottima occasione per far innamorare tra loro due protagoniste donne. Forse si potrebbe esplorare questa possibilità in un reboot della serie?

Di certo i sociologi degli anni Settanta, tanto fissati sul matrimonio come fine ultimo di un rapporto, sarebbero delusi di scoprire che Emily Carter e io non siamo approdate alla fase della penetrazione né della de-penetrazione (almeno non fra di noi). Qualche mese prima che compissi cinque anni, mio padre trovò un lavoro a Derry, nell'Irlanda del Nord, e ci trasferimmo lì. Avrei iniziato le elementari a parecchi chilometri di distanza, al di là del Mare d'Irlanda e da Emily e, dato che internet ancora non esisteva, non restammo in contatto. Non ricordo di essere stata triste per questa separazione, e non credo di aver mai sentito la mancanza di Emily: se questa confessione mi fa apparire crudele o sicura di me, sappiate che non è così. Semplicemente, ero una bambina di quattro anni che accettava di non poter controllare quell'aspetto della sua vita.

Non ho mai più rivisto Emily, però i suoi genitori si fecero sentire per anni con una cartolina natalizia che riassumeva i numerosissimi traguardi che avevano raggiunto e forniva un'inaspettata dovizia di dettagli sulla passione per la filatelia del figlio maggiore. Emily uscì dalla mia vita senza causare grossi contraccolpi, tuttavia il suo lascito continuò ad accompagnarmi: non avrei saputo spiegare perché, ma il mio bisogno costante di stringere nuove amicizie diventò un dato di fatto che non misi mai in discussione, come il concetto che due più due facesse quattro e che la Terra fosse rotonda. La situazione era quella, semplicemente. E così, quando iniziai le elementari e capii di essere la bambina con l'accento strano che non conosceva a memoria il *Padre Nostro* e che quindi veniva notata per i motivi sbagliati, avvertii fermamente la necessità di avere degli amici. L'istinto mi suggeriva che l'unione faceva la forza. Il primo giorno, dopo un addio strappalacrime a mia madre sulla soglia dell'aula, la maestra mi propose di giocare nel recinto con la sabbia. Presi un setaccio rosso con due buchi quadrati in cui la sabbia si divideva e cadeva in un flusso molto soddisfacente. Era il gioco migliore che si potesse trovare e, quando notai che interessava a un'altra bambina, glielo passai. Riccia e mora, Susan Marshall diventò la mia seconda amica, un'amicizia che sarebbe durata fino al termine delle elementari e anche in seguito. Quella volta il legame nacque da qualcosa di più profondo, nonostante la banalità dell'iniziale interesse comune (il setaccio): un tacito desiderio di non essere sola.

Si tratta di una delle premesse fondative dell'amicizia, un sentimento che esiste da millenni e risale all'epoca preindustriale, fino a quella dei cacciatori-raccoglitori. Secondo una teoria ampiamente diffusa, gli uomini formavano gruppi per dare la caccia a grosse prede, mentre le donne si aiutavano a vicenda per crescere i figli[5]; di conseguenza, si radicò l'idea che avere una cerchia di conoscenze fosse utile per la propria sopravvivenza. Significava inoltre che, nel momento del bisogno, i membri della stessa cerchia sociale potevano intervenire per fornire aiuto. Gli uomini feriti ricevevano della carne dai compagni di caccia e le donne i cui bambini erano malati potevano contare sulle altre madri.

Un rapido appunto: negli ultimi anni, i presupposti di genere su cui si fonda gran parte degli studi antropologici sono stati messi in discussione dalle scoperte più recenti, fra cui ricordiamo i resti di una cacciatrice adolescente ritrovati nel 2018, durante uno scavo archeologico in Perù. Vissuta circa nel 7000 a.C., al momento della morte doveva avere fra i diciassette e i diciannove anni, ed era stata sepolta insieme a un'«ampia gamma di strumenti per cacciare e trattare gli animali», che comprendeva «punte di freccia in pietra per abbattere le prede più grosse, un coltello e delle schegge di pietra per rimuovere gli organi interni, attrezzi per scorticare e conciare il pellame». Una ragazzina audace e temeraria, insomma.

I ricercatori hanno poi rinvenuto ulteriori reperti archeologici sul territorio americano, scoprendo che il 30-50 percento dei più importanti cacciatori-raccoglitori vissuti oltre 10mila anni fa erano, probabilmente, donne[6]. E proprio le donne avrebbero avuto un ruolo centrale nello sviluppo dell'agricoltura: stando ad alcuni studi, il cacciatore era responsabile appena del 10 percento del cibo necessario al proprio gruppo di appartenenza, mentre la raccoglitrice forniva il restante 90 percento (oltre ad allevare i bambini nello stanziamento)[7].

Ad affascinarmi è soprattutto il concetto di alleanze fra cacciatori di sesso diverso, e il fatto che alcune delle primissime amicizie nella storia dell'umanità potrebbero essersi formate tra uomini e donne. Eppure, quasi tutto ciò che ci viene insegnato oggi tende a smentire quest'eventualità: siamo portati a credere che le amicizie più strette nascano fra individui dello stesso genere, o perlomeno fra persone che non hanno interesse a fare sesso l'una con l'altra. Eppure i cacciatori-raccoglitori hanno dato vita a sistemi sociali che trascendevano i sessi per collaborare in modo efficace e garantirsi la sopravvivenza.

E, dato che abbiamo appreso a vivere in gruppo, per noi esseri umani la solitudine può rivelarsi molto pericolosa – ancora oggi. Uno studio condotto nel 2010 dalla Brigham Young University ha rivelato che le probabilità di sopravvivenza aumentavano del 50 percento per i soggetti con forti rapporti sociali, pur tenendo conto delle disparità legate a età, genere, condizioni di salute e cause di morte[8]. In sintesi, non avere amici può uccidere.

La sensazione alienante di solitudine – il disagio soverchiante che si prova pensando di non appartenere a qualcosa che vada al di là di noi stessi – è inoltre ritenuta uno stimolo evolutivo che spinge gli individui a cercare attivamente compagnia, incrementandone così le probabilità di sopravvivenza.

Ero ignara di tutto ciò quando offrii il setaccio di plastica rossa a Susan Marshall, però è chiaro che questo complesso lascito evolutivo, genetico, antropologico e storico ha influenzato quella decisione inconsapevole: mi feci un'amica per sentirmi più al sicuro. E fu una scelta saggia anche perché Susan si rivelò gentile e divertente. Fu la prima persona di mia conoscenza a possedere una tuta sportiva impermeabile (l'epitome dello stile negli anni Novanta), adorava i New Kids on the Block e amava il Philadelphia spalmato sul pane tostato (c'è una bella differenza rispetto a quello non tostato). Insieme giocavamo a bowling e a Laser Quest e, quando prendemmo la patente, il nostro passatempo preferito consisteva in pizza e film al cinema della città, dove una volta vedemmo *Independence Day*, un film considerato così lungo per gli standard del periodo che a metà proiezione lo schermo diventò nero e ci fu un intervallo. (Di recente ho controllato la durata: due ore e venticinque minuti).

Comunque, Susan era cool e io no. Ero inglese, i miei pantaloni di velluto a coste non erano una scelta di vestiario ironica e il primo disco che abbia mai posseduto è stata una compilation di hit contemporanee, intitolata *Questa sì che è musica*, dono di mia sorella maggiore. Eppure, nonostante le nostre differenze, andavamo d'amore e d'accordo. Susan non mi giudicava mai, mi accettava così com'ero, e questo mi dava sicurezza. Credo che ad accomunarci fosse lo stesso senso dell'umorismo, ingredicnte che considero fondamentale in qualsiasi amicizia di successo.

Alle medie non fui altrettanto fortunata. All'età di dieci anni feci un salto di una classe e cominciai a frequentare un collegio misto a Belfast: se prima ero in una classe di sei alunni e tornavo a casa tutte le sere, a quel punto ero una studentessa in un mare composto da migliaia di blazer blu navy, che ritrovava la libertà solo il sabato mattina. Mi trascinavo alla stazione degli autobus, superando l'Europa Hotel (che aveva la cattiva fama di essere l'albergo ad aver subito più attentati in Europa) e salivo su un bus pieno di gente per un tragitto di un'ora e mezzo. A quei tempi si poteva ancora fumare sui mezzi pubblici (si poteva fumare ovunque, in realtà) e spesso scendevo avvolta da un fragrante alone di nicotina. Il giorno successivo alle diciotto dovevo ripresentarmi a scuola per partecipare a una cupa funzione religiosa che si svolgeva nella cappella; e così risalivo sul bus con dei biscotti fatti in casa che i miei genitori mettevano in una cassetta per gli attrezzi comprata per l'occasione e rivelatasi inaspettatamente adatta. Una volta arrivata, percorrevo i venti minuti di strada con un nodo allo stomaco che pesava come piombo.

Dovevo essere una visione bizzarra, mentre camminavo per le vie di Belfast stretta nel parka e carica di sacchetti. Una volta un uomo, notando la cassetta per gli attrezzi, si fermò e gridò: «Pesca grossa?» Oggi lo trovo divertente, ma all'epoca mi sentii mortificata.

Durante la settimana dormivo in un lungo dormitorio degno di Dickens. La struttura di metallo dei letti cigolava e contribuiva a creare un'atmosfera da reparto tubercolosi di un ospedale vittoriano. Di sera mi addormentavo con un sottofondo di fruscii e colpi di tosse, punteggiati dall'urlo occasionale di qualche altra ragazzina che si svegliava da un incubo. Stringevo forte il mio orsetto di peluche e cercavo di tenere a bada la nostalgia di casa.

Lo so, sembra una descrizione uscita da un romanzo ottocentesco, ma giuro che non sto esagerando. Anni dopo ho visto l'adattamento Netflix di *La regina degli scacchi* e ai primi episodi, ambientati in un orfanotrofio davvero tremendo, ho pensato che il mio dormitorio era identico. La scuola accoglieva perlopiù studenti diurni e il convitto era il relitto di un'epoca lontana che nessuno sapeva bene come gestire. Il cibo era immangiabile e veniva servito in una mensa gotica ricoperta di boiserie. Non dimenticherò mai che i pasti migliori finivano sui tavoli dei ragazzi del convitto, perché «erano di più», in una logica talmente assurda da risultare inoppugnabile. Una volta le mie compagne di classe e io trovammo uno scatolone di provviste destinate ai maschi che era stato consegnato per errore alle cucine femminili. Conteneva dolci di ogni tipo, compresi marshmallow e biscotti al cioccolato… e dire che noi ci consideravamo fortunate se il cavolo non era stato bollito fino al suo totale annientamento.

Sembra incredibile, ma potevamo fare un solo bagno alla settimana. A quanto ricordo, non c'erano docce. Io mi lavavo il mercoledì. Quando chiudevo a chiave la porta del bagno, aprivo i rubinetti e osservavo il vapore che copriva lo specchio, venivo travolta dal sollievo per la privacy a cui non ero abituata, subito seguita dalla consapevolezza che non sarebbe durata a lungo. Per molto tempo non dissi ai miei genitori quanto odiassi quella scuola, un po' perché volevo che fossero orgogliosi di me e in parte perché avevo insistito io stessa per andare in collegio (colpa della serie di libri di *Malory Towers*)[9]. Se avessi avuto degli amici sarebbe stato tutto più semplice, ma faticavo a creare legami significativi.

Se alle elementari la mia diversità era stata tollerata, le medie, infatti, si rivelarono più spietate. Venivo esclusa in quanto «straniera», perché ero la più giovane del mio anno e per via della mia assoluta incapacità di seguire le mode. A ripensarci capisco perché agli occhi dei miei coetanei fossi una sfigata: dormivo ancora con un orso di peluche. Non avevo il minimo gusto nel vestire. Mia madre mi tagliava i capelli. Avevo i denti storti. Suonavo la tromba. Avevo appeso sulla parete accanto al letto le foto delle modelle di Calvin Klein strappate dalle riviste perché le trovavo belle, mentre le altre avevano poster di cantanti pop. Tutte cose che le mie compagne notavano e per cui ovviamente mi prendevano in giro. Imitavano il mio accento così spesso che diventai sempre più taciturna, parlando il meno possibile per proteggermi.

Al terzo anno feci amicizia con un'altra ragazza segnata dal mio stesso destino: era irlandese ma aveva i capelli rossi e le lentiggini, due elementi che nella nostra scuola la rendevano una reietta. Disperate, ipotizzammo che potessi trascorrere la settimana a casa con lei e la sua famiglia, ma il piano non si realizzò mai.

Un giorno, a pranzo, sentii un colpo alla schiena e poi udii dei ragazzi che gridavano mentre correvano via. Toccandomi i capelli trovai una gomma da masticare umida e calda, appiccicata alle ciocche con la tenacia dell'attaccatutto. Più cercavo di districarla, più quella sembrava serrare la sua morsa. Andai dall'infermiera della scuola, che provò a congelarla usando una borsa del ghiaccio; dato che non funzionò, alla fine la tagliò via insieme ai capelli a cui era incollata. Arrivai in ritardo alla lezione seguente e un odore nauseante di menta zuccherina mi accompagnò per il resto della giornata.

Questo è solo un esempio delle cose che succedevano. Non subii mai vere aggressioni fisiche, quindi per anni pensai di non essere stata vittima di bullismo. Guardavo *Grange Hill* in tv ed ero abituata a vedere i bulletti che picchiavano i compagni di scuola, li spingevano a terra e rubavano loro le cartelle. Con il senno di poi ho capito che il bullismo può assumere molte forme, e ora temo che sia proprio il termine giusto per ciò che ho vissuto. Ricordo che una volta, già adulta, un comico mi disse che secondo lui quasi tutti i suoi colleghi erano stati vessati ai tempi della scuola, e avevano sviluppato il senso dell'umorismo per tentare di difendersi. Il clown di una classe può riscattarsi a suon di battute, e sottrarsi così alle prese in giro. Nel mio caso, il bullismo mi ha spinta a voler dimostrare a tutti i costi quanto valessi. Ottenere successo, scrivere dei libri, godere della benevolenza di un'ampia cerchia di amici: ecco le caratteristiche inequivocabili della mia identità. Erano modi per essere notata, ma pure per dimostrare che quei bulli si erano sbagliati sul mio conto.

La scuola di per sé non aveva colpe, anche perché non parlai mai a nessuno di ciò che accadeva; molto semplicemente pensavo che fosse normale, un calvario da sopportare. Da allora, ho incontrato tante persone rispettabili che hanno frequentato la stessa scuola e ne conservano un ricordo positivo. Tuttavia, l'Irlanda del Nord fra gli anni Ottanta e Novanta poteva essere un luogo durissimo e diffidente nei confronti degli individui considerati «estranei», per via di comprensibili motivazioni legate a un passato traumatico fatto di invasori e conquistatori. Nel 1982 ci trasferimmo a Derry, in una zona immersa in un conflitto civile alimentato dal nazionalismo, dal settarismo e dalla politica. C'era chi desiderava un'Irlanda unita e considerava i britannici alla stregua di occupanti sgraditi, e c'era chi voleva continuare a far parte del Regno Unito malgrado il passato turpe del colonialismo. Tutto ciò affondava le radici nei primi anni del Seicento, quando i coloni britannici e scozzesi rivendicarono il possesso di terreni nell'Ulster e poi nel 1649 ci fu l'invasione condotta da Oliver Cromwell e dal suo New Model Army. In alcune parti dell'Irlanda Cromwell è detestato ancora oggi a causa della violenza terribile che portò con sé.

Il conflitto civile che scosse l'Irlanda fra gli anni Sessanta e Ottanta veniva chiamato, in modo un po' sprezzante, *Troubles*, cioè «disordini». Posti di blocco militari presieduti da soldati britannici con caschi protettivi, uniformi mimetiche e fucili a tracolla facevano parte della mia quotidianità. Un giorno di agosto, Susan Marshall e io andammo a osservare alcuni uomini che, coperti dai passamontagna, sventolavano le bandiere dell'unione e marciavano in strada per commemorare la fine dell'assedio di Derry, un evento accaduto nel 1689.

Gli allarmi bomba erano eventi regolari, e i centri commerciali venivano evacuati rapidamente se una telefonata anonima allertava le autorità. Quando le bombe esplodevano sul serio, spesso sentivamo una detonazione squassante e scoprivamo al telegiornale della sera i dettagli sulle vittime coinvolte.

L'indomani, le strade erano cosparse di schegge di vetro e pezzi di metallo contorti. Nel 1998 mio padre, chirurgo all'Altnagelvin Hospital, fu tra i primi a presentarsi sul luogo dov'era avvenuto l'attentato di Omagh, in cui persero la vita ventinove persone e duecentoventi furono ferite. Qualche mese prima era stato firmato l'Accordo del Venerdì Santo, che nel tempo riuscì a mettere fine alla violenza paramilitare. Ma ci sarebbe voluto parecchio[10].

Non era detto che i miei coetanei conoscessero tutti i retroscena storici del rifiuto verso i britannici, eppure la loro visione del mondo ne era influenzata in modo indelebile, a livello consapevole o meno.

Di recente ho parlato della mia infanzia con una nuova psicoterapeuta. «Lei però non è stata trattata come una semplice estranea» ha osservato. «Lei è stata trattata come il nemico».

Non avevo mai considerato quel punto di vista, ed è stata una rivelazione. Non era strano, quindi, che avessi provato il bisogno di stringere delle amicizie, di creare delle alleanze per proteggermi. Non è strano, quindi, che ancora oggi, da adulta, abbia sempre l'impressione di aver sbagliato qualcosa, di essere quella in torto, la persona che deve vergognarsi poiché si è macchiata di crimini non meglio specificati.

Quando rientravo a casa il sabato non mi rilassavo mai del tutto, perché sapevo che il giorno dopo sarei dovuta tornare a scuola. La paura si insinuava con forza nel mio corpo nell'istante in cui varcavo la soglia; si appostava lì per tutto il weekend, annidata come un'ombra mentre guardavamo *Antiques Roadshow* e mangiavamo pollo arrosto. Con il passare di ogni minuto mi sentivo soffocare dalla persona che ero a scuola.

La mia esperienza non è stata in alcun modo eccezionale, e anzi sotto tanti aspetti è stata privilegiata. Il privilegio attutisce la caduta, tuttavia non scherma del tutto dai sentimenti. Molti di noi potrebbero raccontare storie simili alla mia. Sull'orlo dell'adolescenza mettiamo alla prova la nostra identità, in un certo senso prendiamo le misure di noi stessi; spesso siamo confusi, spaventati, in preda agli ormoni. Alle medie gli insegnanti si aspettano di più da noi che in passato. Cominciamo a sostenere esami che potrebbero influenzare le nostre scelte future. Ci allontaniamo dai genitori, in nome di un fondamentale progresso verso l'indipendenza. Eppure non abbiamo un controllo sufficiente sulle nostre vite perché siamo ancora troppo giovani per disporre di un'autonomia completa. E così proviamo un profondo fastidio, ci arrabbiamo perché nessuno ci capisce. Ci sforziamo di creare un legame con i coetanei, proprio come facevano i nostri antenati cacciatori-raccoglitori, poiché sentiamo istintivamente che una tribù può proteggerci. Se sono proprio i nostri coetanei, i nostri pari, a escluderci, ci sentiamo ancora più insicuri e spaventati.

La scuola, però, può anche rivelarsi un luogo in cui stringiamo amicizie importanti. La mia amica Sharmaine aveva un rapporto difficile con la madre e appena sedici anni quando se n'è andata di casa; per un anno ha vissuto con la famiglia di una compagna di scuola. Poi si è trasferita in un appartamento in condivisione a Balham, nella zona sud di Londra, quindi è stata in vari ostelli di Soho. E infine si è ritrovata a dormire fra i cassonetti di Leicester Square. Ogni giorno andava a scuola, dove si rifugiava nei libri della biblioteca: ognuno era un portale che la conduceva in una vita immaginaria diversa. Oggi è la donna nera più esperta dell'editoria inglese.

Quando le ho chiesto di quel periodo, Sharmaine mi ha spiegato che all'epoca faceva amicizia per «capire che è possibile essere amati in modo diverso da come accade in famiglia. Dalla mia famiglia non ho ottenuto amore incondizionato, ma l'ho avuto dai miei più cari amici».

Mi è sembrato un concetto formulato alla perfezione: il gesto intenzionale di stringere un'amicizia può essere un modo per capire sé stessi al di fuori del nucleo familiare, e spesso la scuola è il primo luogo in cui abbiamo l'opportunità di farlo. Non è esatto dire che i nostri amici diventino la nostra famiglia; è vero tuttavia che ci accettano al di là dei ruoli che interpretiamo con i parenti più stretti e che così facendo ci consentono di dare sfogo a un lato di noi stessi che forse, altrimenti, non avremmo scoperto.

Per me, però, dato che non avevo amici ed ero lontana dalla mia famiglia, la scuola era un ambiente solitario. A metà del terzo anno dissi a mia madre, senza preavviso, che dovevo andarmene da lì. Lei non riusciva a capire il perché e io non ero in grado di spiegarglielo come si deve. A dodici anni non pensavo che la frase «Non ho amici» fosse una motivazione sufficiente, così rimasi sul vago, dicendo che non mi piaceva l'atmosfera e che non riuscivo a integrarmi, insistendo sulla necessità di cambiare aria. I miei voti stavano precipitando ed ero quasi sempre arrabbiata: se non me ne fossi andata, avrei rischiato di perdermi del tutto.

Alla fine i miei genitori mi fecero ritirare a metà del semestre e ottenni una borsa di studio per un collegio a tempo pieno in Inghilterra. Una volta lì tornai a frequentare la classe giusta per la mia età e mi ritrovai in mezzo ai miei coetanei. E, per ironia della sorte, grazie all'accento inglese fui accettata subito, cosa che fino ad allora non era mai successa. A quel punto però sapevo che farsi degli amici era la chiave della sopravvivenza. Individuai in fretta la ragazza più popolare del mio anno e mi diedi come obiettivo quello di diventare sua amica. Ci riuscii, e alla fine dell'anno ero piena di amici. Anzi, avevo degli amici a cui sembravo addirittura piacere. Era un gruppo omogeneo per età ma eterogeneo per quanto riguardava l'aspetto culturale, dato che molti studenti provenivano da paesi diversi; credo che questo mi abbia aiutato, dato che non ero più considerata l'unica estranea.

La sensazione di solitudine provata alla scuola media di Belfast, comunque, mi avrebbe accompagnata a lungo. Avevo raggiunto un livello di isolamento talmente profondo che avrebbe influenzato per anni a venire il modo in cui approcciavo l'amicizia. Ero assolutamente decisa a non sentirmi mai più a quel modo, e così cercare nuovi amici diventò una sorta di ossessione. Chiunque incontrassi era un potenziale alleato da conquistare e affascinare: più amici avessi avuto, mi dicevo, più sarei stata al sicuro, soprattutto negli immancabili momenti di crisi. Ci sarebbe sempre stato qualcuno pronto a rispondere a una chiamata o a un messaggio, o ad accompagnarmi al cinema. Qualcuno che mi facesse sentire degna di attenzioni, qualcuno con cui condividere questo pasticcio che chiamiamo «vita».

A vent'anni scoprii di cavarmela bene con le amicizie. La sensazione di estraneità dei primi anni dell'adolescenza era stata a suo modo formativa, mi aveva permesso di sviluppare l'empatia necessaria a capire quando qualcuno si sentiva escluso o inferiore; essere considerata un'estranea mi aveva donato la capacità di relazionarmi con persone molto diverse. Mi crogiolavo nel piacere dei legami che riuscivo a stabilire, che si trattasse di una sconosciuta incontrata a cena che indossava una camicetta identica alla mia, del collega con cui mi lamentavo di un capo irragionevole, di un'amica di lunga data che, dopo aver litigato con il ragazzo, chiamava me per prima. Le amicizie, insomma, mi riuscivano bene, e l'idea di essere una Buona Amica si trasformò in un elemento integrante della mia identità. Se piacevo a qualcuno, ragionavo, non dovevo prendermi il disturbo di piacere a me stessa. Sostituii l'autostima con un patchwork composto dalle opinioni che gli altri avevano di me. Mantenere quelle opinioni positive assunse un'importanza spropositata, perché erano i puntelli che sostenevano la sicurezza che avevo in me stessa. E così dedicavo un sacco di tempo ad aggiungere nuovi elementi a questo patchwork, o a cucire meglio pezzi già presenti per creare una struttura più solida. Non potevo rischiare che si strappasse o che un quadratino si staccasse dal resto, e cucivo come una forsennata. Mi sforzavo di rendere felici tutte le persone che facevano parte della mia vita, alimentandone l'interesse con pegni continui del mio affetto, un po' come se inserissi dei gettoni in una slot machine.

Cercavo sempre di soddisfare le richieste degli amici: se avevano bisogno di me, rinunciavo a weekend e serate liberi, anche quando non mi andava. A dire la verità, in quel periodo della vita non mi chiedevo neppure quali fossero i miei desideri. Era decisamente più importante essere considerata quella affidabile, quella che c'era sempre, quella *meritevole di amore*. All'epoca, il problema era che non riuscivo a distinguere fra le persone con cui volevo trascorrere del tempo e quelle che avanzavano richieste a cui non riuscivo a dire di no.

Chiedendomi quante altre persone si siano sentite allo stesso modo nel corso della loro vita, mi sono imbattuta in uno studio del 2020 condotto dalla University of Nicosia (Cipro), che ha coinvolto 1316 partecipanti[11]. Ai soggetti sono state poste delle domande sulla loro visione dell'amicizia, ed è stato consegnato un questionario da completare (per esempio: «Indichi tutti i motivi che in passato l'hanno spinta, o la spingeranno in futuro, a stringere un'amicizia», un quesito decisamente significativo). Nel complesso, i ricercatori hanno individuato quarantun motivazioni percepite dai soggetti, fra cui «avere qualcuno che mi sostenga» e «per il bisogno di socializzare». Nessuno ha detto: «Perché la mia voce interiore si placa solo di fronte a una lista di tutte le azioni compiute da Buon Amico organizzata in un file Excel», ma immagino non sia sorprendente. La ragione indicata più spesso, comunque, era: «Perché avevo degli interessi in comune con una determinata persona».

Ecco di nuovo gli interessi in comune! Mi affascinano perché mi viene in mente una sola occasione in cui, da adulta, ho stretto amicizia grazie a un interesse condiviso, ovvero la passione per *The Real Housewives* (Dom, se stai leggendo: sappi che ti voglio bene e che la tua imitazione di Dawn Ward è imbattibile). Forse è perché, come ho già accennato, non ho molti hobby. Se avessi insistito con la salsa o frequentato un corso settimanale di zumba, magari, le cose sarebbero andate diversamente. O forse dipende dal fatto che non ho ancora avuto figli (un altro possibile interesse in comune: essere nella stessa fase della vita). Quasi tutte le mie amicizie più durature non sono nate tanto da un hobby in comune, quanto dal brivido iniziale scaturito dall'aver trovato uno spirito affine. È una sensazione impalpabile, che non si fonda sull'apprezzare le stesse cose o avere la stessa visione del mondo. Certo, non credo che potrei diventare amica di un fascista o di qualcuno contrario al voto femminile, ma ho tanti amici dalle opinioni politiche diverse dalle mie e con passioni lontane dalle mie.

Nello studio appena citato, la seconda motivazione per fare amicizia era «per non sentirmi solo»: assolutamente logico, se pensiamo a ciò che sappiamo sulle basi evolutive dell'amicizia e sulla mia salutare esperienza scolastica. La terza era «il carattere di una persona», ovvero apprezzare qualcuno per ciò che è e desiderare di trascorrere più tempo con lui o lei. Anche questo è molto sensato. Alcuni partecipanti hanno dichiarato di voler stabilire un legame per corteggiare il parente di un amico, oppure per fare carriera o migliorare il proprio status sociale. Datemi pure della sessista, ma sospetto che questi partecipanti fossero tutti uomini (e no, non intendo approfondire la questione).

Dobbiamo però ricordare che la metodologia utilizzata dallo studio prevedeva che i partecipanti fornissero la propria opinione personale, e che quindi le loro ragioni si fondavano per forza di cose sulle percezioni individuali e parziali delle loro azioni. Sarebbe impossibile analizzare i dati raccolti per capire se le risposte corrispondano o meno al vero. Tuttavia mi colpisce l'idea che, persino tenendo conto della natura imperfetta della visione che abbiamo di noi stessi, due delle tre motivazioni più gettonate per fare amicizia corrispondano alle mie, e che tutte e tre siano sostenute dalla scienza evolutiva.

Come risponderci alle domande che la University of Nicosia ha posto ai partecipanti allo studio (ovvero quali sono le motivazioni che mi hanno spinta in passato o che mi spingeranno a fare amicizia in futuro)? Credo che l'impulso principale, per me, consista nel bisogno di creare legami come antidoto alla solitudine. Un tempo forse avevo la necessità, radicata nell'evoluzione, di far parte di un branco; oggi invece penso più che altro di voler essere circondata da persone che possano condividere delle esperienze con me, rendendole significative. Oltre al fatto che voglio portarmi a letto i loro parenti (no, scherzo).

Riflettendo sulla questione, a un certo punto mi sono ricordata di quando vinsi un premio giornalistico. Avevo ventisei anni e lavoravo per l'edizione domenicale di un quotidiano. Il premio era accompagnato da un generoso fondo per sostenere le spese di viaggio, e così partii per un mese alla volta di Sudafrica, Kenya, Tanzania e Zanzibar. Il mio fidanzato dell'epoca mi raggiunse per la prima settimana, poi proseguii da sola. Nessuno dei miei amici poteva permettersi i voli o prendere ferie per raggiungermi, quindi visitai le moschee di Stone Town e ammirai il Kilimangiaro e le nebbie della Rift Valley da sola. Il paesaggio nei pressi del cratere del Ngorongoro mi lasciò senza fiato: fitte distese di alberi verdi simili a broccoli in miniatura che cedevano il passo a spianate di terra rosso-brunastra. Vidi rinoceronti, leoni e gnu. Scattai un sacco di foto finché non esaurii i rullini (era pur sempre il 2004), e a quel punto mi ritrovai senza nulla da fare e senza nessuno con cui condividere il mio entusiasmo. Alla fine di ogni giornata mi costringevo a uscire a cena da sola, portandomi un libro per allontanare le attenzioni indesiderate, e mi sembrava stranissimo non avere nessuno con cui parlare di ciò che avevo visto. Nessuno aveva assistito a quegli spettacoli con me, non c'era nessuno con cui ridere o scherzare, e negli anni a venire non avrei avuto nessuno con cui rievocare quel viaggio. Non mi sarei seduta accanto a qualcuno sul divano, con un calice di rosso, dicendo: «Ricordi quella volta che…?» Mi sembrava un'occasione mancata, che in qualche modo sminuiva l'esperienza che stavo vivendo.

E allora, forse, il vero motivo per cui stringo delle amicizie è sempre stato questo: per avere qualcuno con cui affrontare la vita, qualcuno che condivide, sfida e rende più profonda la mia visione dell'esistenza. Creiamo dei legami non soltanto perché abbiamo lo stesso hobby, siamo vicini di casa, abbiamo bisogno di alimentare la nostra autostima o perché l'unione fa la forza quando stiamo cacciando grosse prede con pietre appuntite, lo facciamo perché desideriamo che qualcuno dia un senso a ciò che facciamo, proviamo, pensiamo e vediamo. Io stringo amicizie per non essere sola. E immagino sia per questo che, in uno dei periodi più bui e solitari della mia vita, ho incontrato una donna che sarebbe diventata per me come una sorella, che mi avrebbe insegnato l'importanza dei limiti e del rispetto verso me stessa: Joan.

Quando ci siamo conosciute Joan era sulla cinquantina e io avevo trentacinque anni. In quella fase della mia vita stavo affrontando un momento critico anche per quanto riguardava le amicizie. Non l'avevo ancora messo a fuoco, ma la mia ossessione per la co-dipendenza mi aveva portata ad accumulare troppi legami e avevo bisogno che qualcuno mi spiegasse come ritrovare l'equilibrio. Quella persona per me è stata Joan, che aveva vent'anni più di me. Mi interessavano le sue riflessioni sull'amicizia, su quella che abbiamo creato quando ci siamo conosciute e su quella che ci godiamo adesso, grazie alla saggezza accumulata in anni di frequentazione. Così le ho chiesto di parlarmene, inaugurando le interviste a tema amicizia.

Ma prima vorrei raccontarvi di come le nostre strade si sono incrociate.

Le voci dell'amicizia

Paula

Paula Akpan, trent'anni, storica, giornalista freelance
e direttrice del sito Black Queer Travel Guide

Non credo che l'amicizia abbia uno scopo, e forse è proprio questo a renderla bellissima.

Se si avvia un qualsiasi rapporto avendo in mente uno scopo, si rischia di rovinare il legame che potrebbe crearsi. Per me, lo scopo di un'amicizia è proprio l'assenza di scopo. In questi rapporti non dovrebbero esserci piani né obiettivi da raggiungere, e credo sia proprio questo a consentire all'amicizia di assumere tante forme diverse.

Molte delle mie amiche più intime sono donne nere perché ci rivediamo l'una nell'altra, ci capiamo a vicenda in un modo che sarebbe impossibile con le amiche bianche. Quando rifletto sulla bellezza di questi rapporti – non perché siamo nere, ma perché essere nere crea un legame particolare fra noi –, non capisco perché dovrei accontentarmi di qualcuno che mi dà per scontata o che non mostra rispetto nei miei confronti.

I miei amici che non sono neri, queer, donne ecc. devono impegnarsi un sacco per fornirmi il sostegno di cui ho bisogno, dato che io sono tutte queste cose. Lo stesso vale per i miei amici e le mie amiche neurodivergenti, per esempio: in qualità di neurotipica, devo impegnarmi di più per assicurarmi di offrire loro tutto il sostegno di cui sono capace, di riconoscere la loro diversità e il modo in cui questa modella le loro vite, rendendole diverse dalla mia.

Quindi penso che qualsiasi tipo di rapporto sia possibile, a patto di impegnarsi. Bisogna riconoscere la posizione in cui ci si trova, come questa influenzi una deter-

minata persona, i suoi amici e i legami fra loro. Credo che sia fondamentale.

Lo Stato non ha formalizzato degli obblighi per quanto riguarda le amicizie, quindi siamo noi a scegliere il modo in cui vogliamo bene al prossimo, e tutto ciò che facciamo all'interno di un'amicizia deriva dalle nostre scelte.

Poco tempo fa, sono caduta in una profonda depressione, durata un paio di mesi, e una delle mie migliori amiche si è trasferita da me per una settimana. È stato un gesto che racchiudeva tantissime sfaccettature, tutte espressioni di amore allo stato puro. È stata la mia compagna a proporle di venire da me. Ed è stata sempre la mia compagna a dire: «Hai bisogno di me, ma anche della tua migliore amica»; ha fatto un passo indietro ed è stato significativo, perché credo che molti partner si sentirebbero minacciati all'idea che una persona diversa possa fornire amore e consolazione al proprio compagno. Il fatto che l'abbia capito è stato un gesto d'amore. Avevo bisogno di entrambe, in quel momento. La mia migliore amica, che vive a nord di Londra, è venuta fino a South Norwood e per una settimana ha dormito sul divano, mi ha accudita, ha parlato a lungo con me. E l'ha fatto per scelta, non era in alcun modo obbligata a starmi vicina. L'ha deciso lei. E sono le scelte prive di obblighi a rendere davvero splendide le amicizie: sono il modo con cui decidiamo di impegnarci in quei rapporti, giorno dopo giorno.

3. Joan
L'amicizia oltre la differenza d'età

Sono stata a Las Vegas in due occasioni. La prima volta avevo venticinque anni ed ero andata con Emma a far visita a un amico che studiava a Stanford. Ci aveva invitate a stare da lui, nel campus di Palo Alto, a quaranta minuti di auto da San Francisco, attirandoci con la promessa del perenne sole californiano. In realtà, Emma e io trovammo ad accoglierci una tempesta in piena regola.

«Che strano» ci disse il tassista. «Di solito in questo periodo dell'anno non piove mai».

Quel clima umido e nuvoloso durò per giorni.

«Che strano» ci dissero tutti gli americani che incontrammo dopo. «Di solito in questo periodo dell'anno non piove mai».

Io ed Emma, che ci eravamo immaginate a prendere il sole in pieno relax a bordo piscina e a bere birra direttamente dalla bottiglia, sprofondammo in un baratro di delusione. E così il nostro amico prese in mano la situazione e decise che saremmo andati a Las Vegas.

«È in mezzo al deserto» disse. «Lì non piove mai».

Sapeva che una confraternita universitaria stava organizzando un viaggio a tema anni Settanta a cui potevamo unirci. E così finimmo su un volo per il Nevada vestite con pantaloni a zampa e occhiali dalle lenti rosa, circondate da uomini su di giri che gridavano: «Quello che succede a Las Vegas resta a Las Vegas, belli!» Non era il massimo, ma almeno avremmo trovato il bel tempo che sognavamo, dato che Las Vegas era in mezzo al deserto.

Poco prima dell'atterraggio, la voce del capitano annunciò dall'altoparlante: «Un rapido aggiornamento sul clima, signori. Stasera, la città assisterà alla prima pioggia importante degli ultimi vent'anni».

Il weekend successivo fu come un insieme confuso di pioggia battente, slot machine che emettevano *ping* metallici e steakhouse aperte ventiquattr'ore su ventiquattro. Ricordo vagamente di aver ballato sulle note di *Stayin' Alive* dei Bee Gees con un bel ragazzo della confraternita nella discoteca di un casinò con l'aria condizionata al massimo, e di essere rimasta a bocca aperta vedendo che sull'enorme soffitto di un hotel c'era un dipinto così realistico del cielo da annullare qualsiasi bisogno di uscire all'aria aperta. A parte questo, la città non mi sembrò un granché.

Non pensavo che mi sarebbe venuta voglia di tornarci, ma poi si presentò un'opportunità inaspettata. Nel 2014 mi fu proposto di diventare membro del British American Project, un'organizzazione intercontinentale formata da gente piuttosto interessante che ogni anno si riunisce per una conferenza di quattro giorni in cui si coltivano i contatti e si redige quello che viene misteriosamente chiamato «il rapporto speciale». Se vi sembra una definizione confusa, non siete i soli. Nessun membro del BAP sa davvero di cosa si occupi o chi lo finanzi. Ma, dopo aver superato il processo di selezione, mi fu offerto un viaggio spesato a Las Vegas, e per quanto mi riguardava dietro avrebbe potuto esserci anche la CIA.

Accettai perché, malgrado la città non mi avesse entusiasmata, stavo vivendo un momento difficile. Era la fine del 2014 e qualche mese prima mi ero sottoposta a due estenuanti cicli di fecondazione assistita che non avevano avuto esito. E poi, inaspettatamente, ero rimasta incinta in modo naturale, ma avevo perso il bambino al terzo mese di gravidanza. Mi sentivo intorpidita, triste, stanchissima. Il mio matrimonio era appeso a un filo, e all'improvviso l'idea di partire a novembre per Las Vegas con degli sconosciuti mi parve un'idea fantastica.

Quella volta, il sole splendeva come ci era stato promesso. Il mio gruppo alloggiava in un hotel talmente grande da avere un cinema nella hall. La mia ansia sociale partì in quarta praticamente non appena l'aereo decollò; tuttavia, grazie al meccanismo rodato che mi spingeva a cercare rifugio nei gruppi, mi feci subito degli amici. I miei preferiti erano Phoebe, Duncan e Adam, gli unici tre inglesi, a parte me, che sembravano trovare la situazione un po' assurda (se avevamo un interesse in comune era «non prendo nulla troppo sul serio»).

Nei giorni seguenti andai a una conferenza, poi evitai qualsiasi evento che non prevedesse un open bar. Che dire? Ero immersa in una crisi emotiva al rallentatore e sapevo che sorbirmi l'ennesimo dibattito accorato sulle leggi che regolavano le scommesse non mi avrebbe tirato su di morale. Una vodka doppia, invece? Tutta un'altra storia.

La terza sera coincideva con il mio compleanno. Insieme agli altri calcolai che, per via del fuso orario, avremmo dovuto cominciare a festeggiare in anticipo se volevamo allinearci agli amici e ai familiari rimasti in Inghilterra. Era una semplice questione di buonsenso.

Partecipammo a una festa a tema bulli e pupe. Mi impegnai a buttare giù un vodka tonic dopo l'altro, attenta a non farmi ostacolare dal cerchietto di piume anni Venti. La festa passò rapidamente, senza lasciare il segno, e poi fu annunciata un'asta di beneficenza in cui tutti gli oggetti erano stati donati dai partecipanti alle conferenze precedenti.

A quel punto ero a quota settantotto vodka tonic (una stima al ribasso) e, dato che era il mio compleanno, Duncan continuava a offrirmi da bere.

«Ed eccoci giunti alle battute finali dell'asta» annunciò il banditore da un microfono gracchiante. «In palio abbiamo un soggiorno di una settimana a Los Angeles, gentilmente offerto da Joan Harrison, membro del BAP».

Ero stata a Los Angeles soltanto per lavoro. In qualità di giornalista, mi era capitato di trascorrerci quarantotto ore per intervistare una celebrità mentre lottavo contro il jet lag. Durante quelle brevi incursioni la città mi aveva sempre fatto una buona impressione, anche perché mia cugina Andrea viveva lì e mi aveva portata in tutti i ristoranti e centri commerciali migliori. Ma, fino a quel momento, non avevo mai considerato la città come una possibile meta di vacanza. E, dato che stavo affrontando gli strascichi di quell'anno terribile, dato che la sola idea di tornare a casa mi trasmetteva una tristezza indicibile e dato che – inutile negarlo – avevo bevuto parecchio, mi ritrovai a fare un'offerta. Non avrei saputo dire quanto avessi in banca, eppure continuai ad alzare la mano finché non venne annunciato che mi ero aggiudicata il viaggio per 700 dollari.

«Che cos'ho fatto?» chiesi a Duncan mentre il banditore batteva il martelletto.

«Un ottimo investimento» mi rassicurò. «È davvero un buon prezzo per sette notti a Los Angeles».

«Okay» dissi biascicando un po', prima di buttare giù l'ultimo sorso del drink. «Hai senz'altro ragione».

Pagai con la carta di credito e decisi che mi sarei preoccupata di dove avrei trovato il denaro solo alla fine della conferenza, quando fossimo tutti tornati a casa barcollando, distrutti dall'hangover e con le facce smorte.

Non prenotai subito il volo, perché avevo altre cose da fare. Durante le vacanze di Natale, per esempio, litigai con mio marito perché lui non capiva quanto fossi addolorata per l'aborto spontaneo, e io non capivo perché non ci arrivasse. Passarono settimane senza che nulla cambiasse. A febbraio, presi la difficile decisione di andarmene, e uscii di casa con due sacchi di vestiti.

Il mio ex non riusciva a crederci, mi fece pressione affinché tornassi sui miei passi. E, poiché una parte contorta di me lo amava ancora, era difficile non cedere, convincermi che la mia scelta fosse sensata. Ero sempre stata una persona dotata di scarsa fiducia nel proprio giudizio, una che evitava i conflitti a tutti i costi, quindi per me era un cambio di rotta importante. Sembrava insolito persino ai miei occhi. Ero confusa, esausta e incerta rispetto al futuro. Eppure, un istinto sopito ma innegabile mi spingeva ad andare avanti. Era la stessa sensazione che avevo provato quando mi ero resa conto di dover lasciare la scuola di Belfast. Potevo tornare a casa da mio marito e scomparire, oppure chiudere quella porta e salvarmi.

E a quel punto mi tornò in mente il viaggio a Los Angeles. Avevo i recapiti della donna che l'aveva messo all'asta e le mandai una email.

Cara Joan, scrissi. *Mi scuso per aver impiegato tanto a mettermi in contatto con lei...*

Mi rispose quasi subito. Definire «calorosa» la sua email sarebbe un pallido eufemismo. Era così gentile e premurosa che dovetti leggerla più volte. Oltre a dirmi che potevo andare da lei quando mi era più comodo, aggiunse che, una volta lì, lei e il marito Michael avrebbero organizzato una piccola festa in mio onore in modo che potessi conoscere i loro amici. Inoltre, si chiedeva se per caso poteva offrirmi una messa in piega e un brunch subito dopo il mio arrivo.

Messa in piega, brunch e sole splendente a migliaia di chilometri di distanza dal mio matrimonio fallito? Molto volentieri. Prenotai il volo il giorno successivo e mi presentai sulla soglia di casa di Joan e Michael, nella parte ovest di Hollywood, nel marzo 2014: avevo trentacinque anni, un solo trolley e un bagaglio emotivo dalla mole decisamente più sostanziosa. Loro mi accolsero con un bicchiere di vino rosso, e fu così che ebbero inizio tre degli amori platonici più importanti della mia vita: quello con Joan, quello con Los Angeles e quello con il pinot nero californiano.

Di quel primo incontro ricordo la compostezza di Joan. Io, che stavo cercando di dare un senso al mondo in cui vivevo e a me stessa, trovai subito affascinante quella qualità. Lei sembrava sapere il fatto suo e aveva opinioni molto chiare sulla vita, e desiderai assomigliarle. Era più bassa di me, con capelli castani che le arrivavano alle spalle, occhi dello stesso colore e un portamento da ballerina. Emanava eleganza e una sorta di forza, diceva cose ponderate e ragionate, se faceva una domanda ascoltava con attenzione la risposta. In seguito avrei scoperto che era anche spiritosa e che di tanto in tanto imprecava con un trasporto sorprendente, vista la sua personalità.

Nella settimana seguente fra me e Joan si creò un legame. Ma non si trattava della vicinanza immediata da *friendaholic* a cui ero abituata. Non stavo facendo amicizia con lei per evitare di pensare a me stessa e ai miei problemi; al contrario, avevo la netta impressione che essere sua amica mi avrebbe aiutato a capire che donna ero.

Le confidai che temevo di non diventare mai madre. Lei mi portò al brunch che mi aveva promesso e, davanti a un piatto di uova strapazzate, mi guardò dritta negli occhi – gli occhi di una pallida e smarrita donna inglese che aveva appena incontrato – e disse: «Ma, Elizabeth... tu diventerai madre perché lo desideri. Esistono tantissimi modi di esserlo».

Mi spiegò che molto celebrità hollywoodiane fra i quaranta e i cinquant'anni facevano figli grazie all'ovodonazione e alla maternità surrogata; che gli specialisti in medicina riproduttiva di Los Angeles erano assolutamente all'avanguardia e che, non molto tempo prima, lei e Michael avevano provato ad avere figli ma non aveva funzionato; a un certo punto avevano capito che era il momento di fermarsi, e lei non si era pentita di quella decisione. Aveva smesso di desiderare di essere madre e ora lei e il marito avevano una vita bella e piena, una casa splendida e due carriere di successo.

Joan mi mostrò la prospettiva, ricca di speranza, di una vita diversa, una in cui si poteva scrivere la propria storia anziché incarnare l'idea di donna standard che qualcun altro aveva. Aiutava il fatto che Joan avesse vent'anni più di me: fu un grande conforto stringere amicizia con una donna che aveva affrontato almeno in parte quello che stavo affrontando io, e che era felice di parlarmi della sua esperienza – senza esprimere giudizi – ora che se l'era lasciata alle spalle.

Joan mi fece sentire più in pace con la mia indecisione. La mia mente era un groviglio di impulsi contrastanti, ero combattuta fra il desiderio di tornare alla relativa sicurezza del mio matrimonio, e sopportare un certo grado di infelicità familiare, e quello di correre un rischio maggiore che però poteva darmi, sul lungo periodo, soddisfazione. Joan si approcciò alle mie difficoltà con calma e discrezione e io, nel corso di tante altre chiacchierate, le raccontai di più. Nelle occasioni in cui ero confusa, mi offriva chiarezza. Secondo lei non dovevo tornare con il mio ex, perché mi meritavo di più.

Quando ho organizzato una call su Zoom per parlare della nostra amicizia, le ho chiesto cosa ricordasse del nostro primo incontro: Michael che apriva la porta di casa loro, ha risposto, quella sera di marzo, rivelando la mia presenza sulla soglia. Ma ricordava ancora meglio il momento in cui, qualche giorno dopo, lei e io ci rilassammo nella vasca idromassaggio nel loro giardinetto, bevendo Mimosa e confidandoci i retroscena delle nostre vite.

JOAN
Credo che sia stata quella conversazione a dare inizio a tutto, perché mi hai raccontato quanto stavi soffrendo per l'aborto spontaneo e il divorzio. E ho avvertito con chiarezza il tuo immenso dolore. Se ci ripenso, lo sento ancora adesso. Però per me era evidente che prima o poi avresti avuto una famiglia, in virtù del fatto che ne desideravi una. E quello che stavi vivendo, per quanto doloroso, era un passaggio necessario a ottenere ciò che volevi. Ricordo benissimo quello scambio perché spesso servono anni per costruire quel tipo di sincerità reciproca, mentre fra noi è nata in modo naturale.
E da lì il nostro rapporto è decollato. Ha significato molto che tu ti sia aperta con me, che all'epoca ero ancora una sconosciuta. Come ogni buona amica, volevo farti sentire meglio, trasmetterti un po' di speranza… ma anche condividere il fardello che portavi, aiutarti a sopportare la sofferenza, ecco.

Quel giorno nella vasca idromassaggio, Joan mi parlò della sua vita. Era cresciuta in una famiglia povera e disfunzionale. Lei e i cinque fratelli («Sono la terza dall'alto, la quarta dal basso: il titolo perfetto per la mia autobiografia» scherzava) erano stati allevati in una cittadina operaia di Long Island da una madre che soffriva di disturbo bipolare. I rapporti con i fratelli erano difficili, la facevano sentire «la figlia più debole, più stupida. Quando però mi sono avventurata nel mondo, ho scoperto che la visione che la mia famiglia aveva di me non trovava riscontro nella realtà».

Per Joan, l'amicizia era diventata lo strumento con cui modificare quella visione e per fare in modo che rispecchiasse chi era davvero.

JOAN
Una persona molto sensibile che proviene da una famiglia poco sensibile ha la tendenza a circondarsi di persone che colmino i vuoti lasciati dai propri parenti e soddisfino i propri bisogni emotivi. E credo che questo sia un elemento fondamentale dell'amicizia. Lo vedo soprattutto nelle grandi città che attirano gente da fuori. Los Angeles è la metropoli in cui le persone si reinventano, qui è difficile etichettare qualcuno. Quasi nessuno ti chiede che scuola hai frequentato, non importa a nessuno. È un luogo in cui è possibile crearsi una propria storia e una propria famiglia.

ELIZABETH
Per te, quindi, lo scopo dell'amicizia è colmare i vuoti creati da una famiglia disfunzionale?

JOAN
Sì, direi che è uno dei suoi ruoli principali. E penso che sia così per tutti quanti. Ogni famiglia ha le sue lacune, che si tratti di un genitore poco o troppo presente… o, nel mio caso, di una madre bipolare e di fratelli con cui è difficile relazionarsi. Dopo aver litigato molto pesantemente con la mia unica sorella, riempire quel vuoto con altri rapporti è diventato fondamentale, e l'ho fatto. Ma le amicizie aggiungono alla vita un'ulteriore dimensione anche quando si proviene da una famiglia felice.

La settimana che trascorsi nel 2014 a Los Angeles con Joan mi diede l'opportunità di ridefinire me stessa, di vedermi come una donna che esisteva a prescindere dal suo matrimonio e dal bisogno disperato di essere accettata dagli altri. Nella città in cui tutti scoprivano sé stessi, Joan mi aveva mostrato delle strade alternative, facendomi capire che non erano gli ostacoli vissuti in passato a definirmi. Al contrario, mi si profilavano infinite possibilità: stava solo a me coglierle.

In poco tempo proposi al caporedattore del giornale per cui lavoravo di scrivere degli articoli come inviata da Los Angeles, e lui accettò. Ad agosto di quell'anno mi trasferii in città per tre mesi. Frequentavo Joan con costanza e, da allora, ci vediamo ogni volta che torno lì. Parlare con lei è un po' come fare una regolare revisione di ciò che sento e provo, e l'intimità che condividiamo è tale che ormai la considero a tutti gli effetti una sorella.

Un elemento centrale della nostra amicizia è rappresentato dalla differenza d'età. Ho imparato tanto da lei proprio perché ha vent'anni più di me e una prospettiva diversa dalla mia, che nasce da questo scarto generazionale: lei mi offre saggi consigli e un modello a cui aspirare; io le fornisco l'apertura emotiva che non ha conosciuto durante l'infanzia e innumerevoli suggerimenti di lettura. (In realtà, per essere precisi, ci consigliamo un sacco di libri a vicenda). Quando ne abbiamo parlato, mi ha detto che la pensa allo stesso modo.

ELIZABETH
Ricordo benissimo cosa ci siamo dette nella vasca idromassaggio, per me è stata una conversazione essenziale. Ho finalmente capito che si poteva affrontare la vita in un modo diverso, ed è stato come se mi restituissi la speranza.

JOAN
E tu hai fatto lo stesso con me: rivivere il mio per quanto doloroso tentativo di creare una famiglia e l'ambiguità che aveva accompagnato quell'esperienza è stato rassicu-

rante e terapeutico. Fra noi c'è sempre stato uno scambio alla pari, non si è mai trattato solo di dare o di avere in modo univoco. E un'amicizia senza reciprocità non è una vera amicizia.
Ho vissuto per molti anni in preda al dolore e alla delusione, ma non mi dispiace: sono sensazioni che acuiscono la nostra empatia, la nostra capacità di comprensione. Adesso sono in grado di offrire sostegno alle nostre sorelle [femministe], che mi danno tantissimo a loro volta: l'ottimismo e la vulnerabilità, per esempio, aspetti che quando ero più giovane non avrei mai osato mostrare. Sono come dei libri aperti! Parlano senza problemi di depressione e crisi, di brutte esperienze sessuali... parlano di qualsiasi cosa e lo adoro. Il loro atteggiamento sincero mi dà davvero tantissimo, ho imparato a adottare una mentalità più positiva. Le amicizie con donne più giovani mi trasmettono un sacco di gioia e saggezza. Ma anche i rapporti con persone più anziane riescono a darmi molto. Il mio amico Max ha novantadue anni. Ogni volta che sono preoccupata, soprattutto per ciò che accade nel mondo e in America, lo chiamo. Prima di andare in pensione era un giornalista di alto livello, è sopravvissuto all'olocausto... ha molta esperienza, insomma, ha vissuto una vita piena. Suo figlio ha sposato una donna rimasta vedova in seguito all'11 settembre. L'ho chiamato il mattino dopo l'elezione di Trump: è a lui che mi rivolgo in momenti cardine della storia come quello. Perché mi dà un enorme conforto. Insomma, gli amici – più vecchi o più giovani che siano – sono sempre una risorsa preziosa, e da ambo le parti è possibile trovare dei tesori.

L'espressione «momenti cardine della storia» mi ha colpita e, più ci pensavo, più capivo che si adattava anche all'amicizia. Anche il mio legame con Joan era un cardine, che univa varie fasi della vita, e come tutti i cardini era uno strumento che concedeva a entrambe libertà di movimento e sicurezza; faceva sì che, una volta unite, due unità distinte fossero migliori di quando erano separate.

ELIZABETH
Hai paura che i tuoi amici possano morire?

JOAN
Ad alcuni è già successo. Ho perso un caro amico quando aveva poco più di quarant'anni. E poi ho perso un'amica strettissima a causa di una forma precoce di demenza: è stato terrificante, davvero dolorosissimo. Un'altra amica, anche lei fantastica, è morta poco dopo aver compiuto cinquant'anni. Cerco di accogliere questi lutti come un'opportunità per vivere al meglio, in loro onore. Li penso sempre e spesso mi rivolgo a loro, soprattutto quando faccio qualcosa che avrebbero potuto apprezzare.

Mio marito ha qualche anno più di me. Naturalmente abbiamo parlato della morte e gli ho fatto promettere che, se dovessi andarmene prima di lui, continuerà a condurre un'esistenza piena, attiva. Spero che, in quel caso, trovi di nuovo qualcuno da amare e lui desidera lo stesso per me. E, stranamente, questa prospettiva non mi spaventa più di tanto. Perché sono convinta che i miei amici mi aiuteranno ad affrontare quel periodo, se arriverà. Ci stringeremo gli uni agli altri e andrà tutto bene. So che non sentirò il bisogno di risposarmi, ma che avrò sempre la necessità di godere di un'intimità psicologica.

La capacità di Joan di vedere le cose in prospettiva mi ha aiutata, in più occasioni, a svilupparla a mia volta. Mi ha insegnato l'importanza di stabilire dei limiti chiari in un periodo in cui non riuscivo a imporli né nelle mie amicizie né nel mio matrimonio. Sapere che è un'abilità che lei stessa ha appreso con il tempo, che non si tratta di una capacità innata, mi rassicura e mi dà speranza. Osservare l'educazione e la perspicacia con cui gestisce le situazioni sociali mi è stato molto utile.

Agli albori della nostra amicizia ho notato che, mentre io mi sforzavo a tutti i costi di compiacere gli altri, Joan era sempre in grado di capire chiaramente di cos'aveva bisogno, che cosa poteva fare per il prossimo e in cosa era meglio non investire la propria energia emotiva. Sapeva farlo anche perché per anni era stata una dirigente televisiva di successo a Hollywood. Aveva lavorato ai più alti livelli di un ambiente professionale che si fondava sui favori reciproci, sulle conoscenze e sui complimenti a tutto spiano, e ogni giorno riceveva richieste da parte di autori che cercavano di piazzare una sceneggiatura o di attori e agenti che insistevano per ottenere un ruolo. Insomma, era abituata a misurarsi con le pretese di persone narcisiste. Questo aspetto, unito al fatto che era cresciuta con una madre dai comportamenti spesso imprevedibili, l'ha resa una donna per cui la sincerità e la coerenza sono fondamentali. Con il tempo mi sono fatta altri amici a Los Angeles, ma Joan è rimasta fra i più importanti proprio per il modo in cui *vive* i rapporti.

Qualche anno fa, durante un altro soggiorno nella stanza degli ospiti di Joan e Michael, ricevetti un messaggio su Facebook da una conoscente di Londra che aveva visto che ero a Los Angeles. *Sono qui anch'io,* scrisse. *Vediamoci!*

L'avevo incontrata un paio di volte per motivi di lavoro, era una PR che mirava a far pubblicizzare sulle riviste i marchi di beauty che rappresentava: di sicuro mi stava cercando per quello.

«Che succede, tesoro?» chiese Joan vedendomi sospirare.

Le spiegai chi era quella tizia, che sapeva che ero in città, che non avevo voglia di vederla ma che mi sentivo in dovere di farlo, di essere *amichevole.* Dovevo fare la cosa giusta.

Joan posò la tazza di caffè sul bancone della cucina e mi guardò. Non mi chiese per quale bizzarra ragione avvertissi il bisogno di accontentare qualcuno che conoscevo a malapena, né liquidò il problema definendolo assurdo. Aveva intuito che il pensiero di deludere quella donna, per me, era doloroso. «Dille così: "Che piacere sentirti. Sono appena arrivata e mi sto ancora orientando, ti faccio sapere quando riemergo e ho un po' di tempo"».

Immaginate la classica scena da serie crime in cui la detective, distrutta perché non dorme da giorni, è in piedi davanti alla lavagna bianca: all'improvviso capisce ogni cosa e comincia a tracciare con decisione linee con uno spesso pennarello nero, collegando i vari indizi. Ecco, sentendo quelle parole di Joan mi sentii esattamente così.

Era una soluzione al mio dilemma così elegante da apparirmi magica. Innanzitutto, era tutto vero. Non mi costringeva a mentire per evitare un impegno sociale indesiderato. In secondo luogo mi consentiva di farmi sentire oppure no, in base alle mie esigenze. Infine, era un messaggio gentile, che non avrebbe offeso nessuno. Significava porre dei limiti senza essere scortese.

A chiunque ignori il desiderio costante dei *friendaholic*, quella pulsione a mantenere legami stretti con tutti, e il loro terrore di non essere apprezzati, sembrerà uno scambio banale, eppure per me fu illuminante. Joan mi stava dando il permesso di dire di no. Non solo: mi stava fornendo anche le parole giuste per farlo. Ormai ho perso il conto delle occasioni in cui ho usato quella frase per declinare una proposta. Di sicuro per la persona di turno non è stato un dramma, ma l'importante è che rifiutare in quel modo mi ha fatta stare meglio, anziché farmi vivere nel senso di colpa per ore, e solo perché non avevo accettato. O, peggio, perché avevo accettato pentendomene all'istante. O perché avevo detto di sì e mi ritrovavo costretta a mantenere la parola, con una riluttanza che mi prosciugava ogni energia. Per evitare tutto questo bastava dire: «Ti farò sapere quando ho un po' di tempo»!

Poco alla volta, stavo sviluppando un'etica dell'amicizia. E, guardando Joan, vedevo una donna realizzata e vivace, piena di amici: era chiaro che il suo stile comunicativo diretto non la danneggiava: funzionava, e parecchio. Il fatto che sapesse dire di no significava che, quando diceva sì, i suoi amici sapevano che lo intendeva sul serio. Joan sceglieva attivamente di dedicarsi a un particolare rapporto e, per poterlo fare nel modo migliore, doveva per forza di cose mostrarsi selettiva.

ELIZABETH
Hai mai messo fine a un'amicizia?

JOAN
Sì. Quando [un amico] si dimostra inconsapevole di avere atteggiamenti controproducenti e rifiuta persino di ammettere che esistano... Ora che ci penso, mi rendo conto che quasi non parlo più con quattro delle mie più vecchie amiche. Con ciascuna il *ghosting* si è verificato per motivi ben precisi, però il denominatore comune è che non sopporto più le storie che raccontano a loro stesse.

I rapporti più significativi di Joan sono stati con individui al di fuori della sua famiglia, quindi è naturalmente portata a diffidare degli amici che abbiano comportamenti disonesti. Se un amico non è in grado di vedere sé stesso con sincerità e di ammettere con onestà chi è davvero, lei non si sente più protetta in sua compagnia. Ha bisogno di fidarsi dell'integrità dell'altro per poter credere in sé stessa. Visto il peso che attribuisce a questo tipo di sincerità, tuttavia, è curioso che fatichi a parlarne con i diretti interessati, quando arriva il momento di chiudere un rapporto.

JOAN
È dura dire a qualcuno: «La tua vita si fonda su una serie di illusioni». E così in tanti, soprattutto le donne, preferiscono sparire – il cosiddetto ghosting – o modificare il proprio comportamento fino a rendere il rapporto insostenibile. Non siamo molto brave a chiudere con gli altri... e io non sono certo un modello da seguire. A dirla tutta, in questo periodo sto vivendo un'amicizia fragile, sull'orlo del collasso; quando si concluderà, perché è inevitabile, cercherò di essere diretta e specifica.

ELIZABETH
Dovremmo sentirci in colpa se ghostiamo un amico?

JOAN
Sì e no. In passato mi è successo, e forse mi sarei sentita meno in colpa se avessi affrontato la rottura in modo più esplicito. Ma nessuno vorrebbe mai ferire il prossimo... A un certo punto ho incontrato per caso una delle amiche che avevo perso di vista. È stata molto fredda e ho capito di averla fatta soffrire, quindi sì, mi sono sentita in colpa.

Malgrado il senso di colpa, Joan non ha pensato che fosse il caso di rianimare quel rapporto. La scelta di ghostare l'amica era stata la cosa più sincera che potesse fare, in quelle circostanze. Sì, avrebbe potuto dirle in faccia qual era il problema, ma riteneva che sarebbe stato crudele e non voleva essere indelicata.

È accettabile sentirsi in colpa senza però modificare il proprio comportamento? È vero che, a volte, il modo più semplice o gentile per chiudere un'amicizia difficile consiste nello sparire? Dopo aver concluso la chiamata su Zoom con Joan e averle mandato dei baci digitali, ho chiuso il portatile e mi sono seduta sul divano. Dai recessi della mia memoria è emerso un ricordo doloroso. Non avevo nessuna voglia di scriverne ma, se l'obiettivo era esaminare l'amicizia in tutti i suoi aspetti, sapevo di doverlo fare.

Le voci dell'amicizia

Kyla

Kyla Harris, trentasette anni,
regista, scrittrice e attivista

Ho avuto l'incidente a quindici anni. È successo durante una gita scolastica, all'inizio dell'anno, e da lì sono andata direttamente in un centro di riabilitazione, senza mai tornare in aula [Kyla ora è tetraplegica, ha subito una lesione alle vertebre cervicali C5 e C6, e necessita di assistenza costante][1]. Quell'evento ha influenzato in modo determinante le mie amicizie. Era un cambiamento radicale, sotto ogni aspetto, ma nelle mie amicizie ha segnato un prima e un dopo molto chiari: in seguito all'incidente il 90 percento dei miei amici è sparito.

I motivi erano molteplici. Fra questi, l'abilismo era naturalmente in cima alla lista. [Prima dell'incidente] facevo parte di un gruppo di quattro amiche, eravamo legatissime. Ero convinta di aver trovato un vero sostegno femminile, stavo scoprendo la mia indipendenza e stavo capendo chi ero, cosa mi interessava.

Dopo l'incidente, una di queste amiche non mi ha rivolto la parola per anni. A un certo punto ci siamo candidate entrambe per il ruolo di rappresentante della scuola; dopo che aveva fallito una delle selezioni che io avevo superato, l'ho vista piangere in classe, così sono andata da lei e le ho detto: «Senti, so che è passato parecchio tempo e che non ci sentiamo da tanto, però sono qui per te, ti voglio bene e ti auguro il meglio. Se mai volessi parlare di quello che abbiamo passato, di quello che è successo anni fa, sai dove trovarmi». Lei non ha mai dato seguito a quella proposta. So che si è sposata e che ha avuto dei figli, e mi chiedo se abbia trasmesso loro la sua stessa paura.

All'epoca dell'incidente vivevo a cinque ore di distanza da tutti i miei amici, per raggiungerli dovevo prendere un traghetto, era un viaggio lungo e costoso. Nel primo mese e mezzo i miei compagni si sono dimostrati estremamente partecipi, si presentavano in lacrime da mia madre che lavorava a scuola, mio padre scriveva post sul suo blog per aggiornarli sui miei progressi, su quello che succedeva. E poi tutto è finito di colpo. Non appena sono tornata a casa, dopo otto mesi di riabilitazione, e sono rientrata a scuola, nessuno mi rivolgeva la parola. Ero diventata una completa reietta, un'emarginata. Le dimostrazioni di solidarietà ricevute fino a quel momento mi sembravano finte, una semplice facciata.

L'unico esempio equivalente che mi viene in mente è quello del lutto: sul momento la gente ti si stringe attorno e ti sta vicino, ma due mesi dopo, quando cominci a renderti conto di quello che è successo, si dimentica dell'accaduto. È stata un'esperienza molto forte, molto solitaria. È stato come ricevere uno schiaffo in piena faccia. Sulle prime ho avuto la sensazione che tifassero tutti per me, quasi che avessero vissuto l'incidente sulla loro pelle, che stessero affrontando un trauma terribile. Poi però il trauma è tornato a scuola e ho avuto l'impressione che i miei compagni pensassero: «Ignoriamo il problema, non è davvero qui, non è successo davvero. Non so come affrontarlo, non so nemmeno se dovrei affrontarlo».

Una sola amica, che non faceva parte del gruppo di cui parlavo prima, mi è rimasta accanto: alle feste mi accompagnava al piano di sopra portandomi sulla schiena e mi aiutava ad andare in bagno. È diventata il mio punto di riferimento, è stata l'unica persona che ha continuato a starmi vicina.

Credo che la ragazza che tutti conoscevano, la Kyla che tutti conoscevano, sia morta. Ero tornata a scuola, sì, ma mi sentivo come un fantasma che infestava i corridoi. Mi sembrava proprio di vivere come un fantasma prima di conoscere altre persone disabili e di legare con loro; sono state le amicizie con loro ad ancorarmi al presente e a riportarmi alla vita, a un'esistenza che non era più segnata dalla solitudine.

Ho dovuto liberarmi di una buona dose di abilismo interiorizzato, e continuo a farlo ancora oggi, perché è difficile capire quanto sia profondo e radicato in ognuno di noi.

La mia disabilità agisce come una sorta di muro. Molte persone non mi parlano, non avviano una conversazione con me a causa del mio handicap. Ma questo le rende persone che non mi interessa frequentare. [In un amico] cerco empatia, divertimento, senso dell'umorismo, flessibilità, perché credo che per stringere davvero amicizia con me ci voglia una certa flessibilità nel comprendere il «crip time», la percezione del tempo dei disabili, e tutto ciò che comporta per loro[2].

4. Ghosting
Quando gli amici scompaiono

Più o meno un anno dopo aver lasciato Los Angeles ed essere tornata a Londra, una sera uscii dalla metro e, sulla strada verso casa, incrociai una delle mie migliori amiche, che mi ignorò. L'avevo notata mentre aspettavo che scattasse il semaforo, pensando a cos'avrei comprato al supermercato per cena. Becca camminava nella direzione opposta, sull'altro lato della via. Era vestita come sempre: giacca di pelle, gilet bianco, jeans strappati e Doc Martens. Si era tinta di rosa shocking un ciuffo della frangia e cogliendo quel dettaglio ci rimasi male, perché un tempo me ne avrebbe sicuramente parlato.

Non ci vedevamo da un po'. Non avrei saputo dire come mai, ma Becca aveva iniziato a non rispondere ai miei messaggi e alle mie email. All'inizio era stata evasiva quando le proponevo un caffè, poi aveva accolto in modo secco degli auguri di compleanno. Era strano, per nulla da lei. Per nulla da *noi.* Ma, mi dicevo, forse aveva bisogno di un po' di spazio. Becca aveva sempre avuto un lato imperscrutabile e inaccessibile; perciò, quando ti dedicava delle attenzioni, ti sentivi speciale. Quando le attenzioni sparivano avevi l'impressione che la temperatura si fosse abbassata di colpo, ti sentivi in balia del freddo invernale senza cappotto. Mi ripetevo che non era il caso di preoccuparmi, che a Becca serviva solo del tempo. Non volevo infastidirla standole sempre addosso.

Ma poi era successa una cosa ancora più assurda: Becca aveva smesso del tutto di rispondermi.

Vederla quella sera per strada mi trasmise uno strano

nervosismo. Eppure, ragionavo man mano che ci avvicinavamo l'una all'altra, Becca era una delle mie migliori amiche. Non avevo motivo di provare ansia, pensavo, stringendo più forte i manici della borsa. Ci saremmo salutate e l'imbarazzo che si era creato fra noi nei mesi precedenti sarebbe svanito, ci saremmo abbracciate, avremmo chiacchierato e mi sarei sentita sollevata. Con ogni probabilità quella distanza era frutto della mia fantasia: avevo la tendenza a immaginare il peggio quando non sentivo un amico per qualche tempo, mentre in realtà era semplicemente impegnato in altre faccende o concentrato su una scadenza di lavoro.

Le nostre strade stavano per incrociarsi. Anche se era sul marciapiede opposto, la vidi chiaramente girarsi e accorgersi di me. Dalla sua espressione capii che mi aveva riconosciuta, ma non sorrise. La mia mano si alzò d'istinto per salutarla, un riflesso automatico; la abbassai subito, in difficoltà. Becca continuò a camminare.

Ero così scioccata che scoppiai a ridere. Mi aveva appena ignorata, volutamente, e non sapevo come reagire. Sul momento non riuscii a dire nulla, non trovavo le parole. Al posto del lessico comune che avevamo costruito nel corso della nostra amicizia c'era soltanto una forte vergogna. Mi sentii umiliata. Il mio lato razionale stabilì che dovevo aver commesso un errore imperdonabile: cos'avevo detto o fatto (o cosa *non* avevo detto né fatto) per spingerla a comportarsi in quel modo?

Non ho mai ottenuto una risposta da lei, perché in seguito avrei scoperto che ignorarmi per strada era solo il primo passo di un processo di ghosting *completo.* Non si fece più sentire: niente telefonate, email, messaggi o caffè. Niente più serate insieme passate a ridere come matte davanti a un vodka tonic di troppo. Niente più lunghe chiacchierate in cui parlavamo di tutto, dal sessismo involontario e dalla politica alle migliori commedie romantiche della storia e agli ingredienti perfetti per un panino (per me pomodoro e formaggio, per Becca tonno e maionese). Niente più consigli di moda non richiesti offerti da sua figlia di otto anni. «Elizabeth, quella maglia è orrenda» mi aveva detto una volta vedendomi con un maglione giallo addosso. Becca aveva riso e, per quanto volessi ignorarla – insomma, chi segue le dritte sartoriali di una bambina che indossa una salopette di Hello Kitty? –, alla fine non avevo più messo quel maglione. L'ho dato in beneficenza più o meno nello stesso periodo in cui ho ammesso con me stessa che l'amicizia con Becca era morta e sepolta. Al pari del maglione, non avrei più goduto del suo calore rassicurante.

La cosa peggiore, però, era dover convivere con il fatto che non avrei mai scoperto perché. A volte, il silenzio è l'unica spiegazione che otteniamo per la fine di un'amicizia.

Avevo conosciuto Becca a un corso di spinning. Fino ai trent'anni, più o meno, avevo evitato come la peste l'attività fisica, quasi fosse pensata per farmi del male. Nei weekend fuori porta con gli amici ero sempre quella che rifiutava di fare una salutare passeggiata domenicale se in tv davano *EastEnders*. La colpa era dei brutti ricordi che mi avevano lasciato le lezioni di educazione fisica, quando eravamo obbligate a indossare gli slip d'ordinanza, bordeaux e ruvidi, sotto gonne troppo corte anche nei gelidi mesi invernali, e a cercare di colpire una pallina con un bastone. D'estate, pur di saltare la lezione, dicevo di avere le mestruazioni così spesso che di sicuro gli insegnanti si saranno preoccupati per la frequenza del mio ciclo. Per farla breve ero convinta di essere negata per lo sport e, crescendo, questo rifiuto si è esteso a qualsiasi tipo di esercizio fisico.

Verso i trent'anni, però, le cose cambiarono. Un po' perché stavo affrontando le cure per la fertilità e volevo assicurarmi le migliori probabilità di riuscita tenendomi il più in forma possibile, e un po' perché sentivo il bisogno di rivendicare il possesso del mio corpo. Un corpo che veniva sottoposto a iniezioni, ecografie, test, esami, pungoli di ogni sorta. Un corpo che cercava di concepire un bambino e che continuava a fallire. Un corpo che, sotto questo aspetto, risultava inadatto. Era mio, eppure lo sentivo scollegato da ciò che volevo. E così cominciai a desiderare un'unione, un'integrazione; volevo vivere appieno il mio corpo, amarlo anche se secondo i medici non riusciva a soddisfare un compito biologico all'apparenza semplice. Volevo che facessimo pace, ristabilire un rapporto salutare.

Sentivo anche un bisogno di essere più potente. Volevo essere più forte, per contrastare gli effetti delle onde tumultuose degli ormoni che mi iniettavo ogni sera. Dovevo essere in grado di reggere, affrontare qualsiasi cosa fosse accaduta dopo. E dovevo dimostrare a me stessa che a volte, se mi mettevo d'impegno, il mio corpo sapeva reagire come ci si aspettava da lui.

Qualcuno mi suggerì un corso di spinning, spiegandomi che si trattava di una via di mezzo fra una serata in un locale e un'esperienza religiosa. «In sostanza hai di fronte un istruttore che ti dice che stai andando alla grande, c'è la musica a tutto volume e le luci sono così basse che non ti devi preoccupare del fatto che sarai conciata da fare schifo».

Feci un tentativo e nel giro di poco tempo diventò una specie di ossessione. Ogni volta che ero delusa per il fallimento di un ciclo di fecondazione, frustrata per la disperazione che accompagnava i problemi di fertilità o infuriata per un litigio con mio marito, mi sfogavo sulla bici. Sudavo, piangevo ed esultavo di gioia quando l'istruttore sventolava l'asciugamano sopra la testa alla fine della lezione. Dopo, facendomi lo shampoo nelle docce della palestra, mi sentivo meglio. Mi sembrava di avere un maggiore controllo della situazione, di aver dato un senso alla mia giornata. Con il passare del tempo iniziai a seguire con più facilità il ritmo della musica frenetica che accompagnava il corso. Minuto dopo minuto, pedalata dopo pedalata, diventavo più forte.

Un giorno, entrando nella sala della lezione, mi accorsi subito di Becca perché, al contrario di me, che preferivo starmene sul fondo dove nessuno vedeva le mie smorfie agonizzanti, aveva prenotato una bici in prima fila, proprio di fronte all'istruttore. Indossava dei leggings leopardati e un reggiseno sportivo dorato. I capelli erano raccolti in codini e le sue unghie sembravano lunghi artigli viola scuro. La osservai mentre regolava l'altezza del sellino e allungava una gamba sul manubrio in un esercizio di riscaldamento, come se niente fosse, toccandosi le dita del piede con la grazia di una ballerina classica. Quella particolare palestra si trovava a Oxford Circus, nel centro di Londra, e pareva che fosse frequentata da gente famosa: si diceva che Harry Styles ci andasse di continuo, anche se in realtà io incrociai soltanto John Torode, il giudice di *MasterChef*, una sola volta. Senza offesa, John, ma avrei preferito Harry.

Becca aveva qualcosa – era spavalda, pareva impermeabile all'opinione altrui – che mi fece pensare fosse una celebrità. Avrebbe potuto essere la figlia di Kim Kardashian e David Bowie. Per tutta la lezione seguì senza problemi il ritmo dell'istruttore ed eseguì tutte le complicate mosse di ballo richieste.

Alla fine scesi dalla bici e corsi in doccia sperando di evitare la solita coda. Quando però arrivai nello spogliatoio c'erano già tre donne, tutte avvolte negli asciugamani della palestra e con le guance arrossate dai tre quarti d'ora di attività. Mi misi in fila e la donna davanti a me si voltò. Era lei, la tizia con i leggings leopardati. Cercò il mio sguardo e sorrise con un'espressione dolce; all'improvviso mi sembrò molto più affabile rispetto a cinque minuti prima.

«Che bel tatuaggio» esclamai, augurandomi che il commento rimediasse al mutismo e al leggero fastidio che avevo provato al primo impatto. Ed era vero, mi piaceva sul serio, non ne avevo mai visto uno simile. Raffigurava una rosa di York tracciata in inchiostro grigio sull'avambraccio.

«Oh, grazie» disse. «Sono ossessionata da Riccardo III, ma è una passione per pochi».

Avreste resistito al fascino di una persona che sfoggia reggiseni sportivi dorati e tatuaggi che riproducono lo stemma di monarchi morti e sepolti? Io no di certo.

Nelle settimane seguenti, vidi Becca ad altre lezioni.

Portava sempre leggings e reggiseni non abbinati, dai colori fantastici. Si faceva le treccine o code altissime, e una volta che lasciò i capelli sciolti questi si gonfiarono come la criniera di una leonessa non appena scattò all'indietro. Mi piaceva che non fosse pelle e ossa perché le curve la facevano apparire ancora più forte. Ridacchiava della pancia che sporgeva dall'elastico dei leggings, non si sforzava di nasconderla. Ci scambiammo dei sorrisi e qualche parola sul meteo, e un giorno bevemmo uno smoothie insieme dopo la lezione.

Quegli smoothie diventarono parte integrante della nostra routine settimanale. Pian piano scoprii che ero felice di andare al corso perché, oltre ai benefici fisici, parlare con Becca mi faceva sentire meglio anche sul piano emotivo. Lavoravamo entrambe in ambienti dominati dagli uomini: lei trovava frustranti la misoginia e lo stacanovismo del mondo musicale, io scrivevo per un giornale in cui i ruoli più importanti erano appannaggio maschile. Fu con Becca che feci le prime, sentite, piacevoli ed energizzanti conversazioni sul femminismo. Condividere le nostre idee sul mondo in quelle chiacchierate mi faceva sentire euforica. Becca aveva qualche anno più di me, era sulla quarantina, e da venti stava con la stessa fidanzata dei tempi dell'università. L'esperienza, il buonsenso e il pragmatismo che emanava mi trasmisero la sicurezza necessaria a confidarmi con lei, cosa che feci con grande facilità e rapidità.

Becca e io non frequentavamo gli stessi giri, non conosceva mio marito né i miei amici, non mi aveva incontrata al liceo o al college, quindi non aveva preconcetti su come avrei dovuto essere e non aveva aspettative sul mio comportamento. Mi accettava così come mi presentavo ai suoi occhi. Se per esempio le raccontavo – e glielo raccontavo eccome – di avere problemi con mio marito, lei mi offriva un parere pacato e obiettivo. Mi diceva che meritavo di essere felice e che, se non lo ero, avevo il diritto di cambiare le cose. Non era colpa mia, ribadiva: per funzionare, un matrimonio aveva bisogno di due persone e non potevo sobbarcarmi da sola tutto il lavoro necessario; si trattava di un dialogo, non di un monologo.

Gli smoothie si trasformarono in cocktail e i cocktail in cene in ristoranti accoglienti con tavoli appartati negli angoli. In breve tempo Becca diventò una delle mie amiche più intime, e anche lei si confidava con me. Mi disse che il suo rapporto di coppia non la appagava, anzi la annoiava, e che si sentiva in colpa perché aveva una cotta per una collega più giovane. La sua paura era che, se si fosse lasciata con la compagna, la figlia ne avrebbe risentito. Ma non voleva nemmeno che la bambina crescesse in una casa con due genitori che non facevano altro che litigare e rinfacciarsi le cose. Mi rivelò di averne parlato solo a un'altra persona, a parte me, e io provai un orgoglio ingiustificato all'idea di essere così speciale da poter accogliere i suoi segreti.

E così Becca diventò per me come un'affettuosa sorella maggiore: mi prese sotto la sua ala. Una volta mi propose di andare a fare shopping e mi consigliò di comprare un paio di stivali che, prima di conoscerla, avrei ritenuto troppo audaci per me. Mi incoraggiava a provare gonne aderenti e giacche di pelle, e stabilì che il mio abbigliamento per lo spinning era tutto fuorché stiloso. Di lì a poco cominciai a presentarmi a lezione in leggings leopardati e reggiseni dorati. E, siccome la ammiravo, mi fidavo di lei e soprattutto tenevo al nostro rapporto, la assecondai sempre. Fui non solo consapevole ma complice del mio cambio di look, perché ogni parola di Becca aveva un peso per me.

«Siete sempre più intime» commentò una volta Emma al telefono, dato che continuavo a nominare Becca.

Io risi, pensando che fingesse di essere gelosa, che si fosse calata nei panni della migliore amica possessiva. «Non ti preoccupare» risposi. «Non sarà mai come te!»

Lasciammo cadere l'argomento, però Emma faceva bene a suggerirmi un po' di cautela. Becca e io eravamo diventate molto affiatate, e molto in fretta. Prima di allora non avevo mai provato un simile turbinio d'affetto per nessun amico e mi sembrava quasi che ci fossimo innamorate: finivamo l'una i pensieri e le frasi dell'altra. Essere amica di Becca non mi sembrava una scelta, bensì una necessità.

E immagino che, in un certo senso, fosse proprio così. Il mio matrimonio stava andando in pezzi, e quando avevo bisogno di parlare in totale sincerità con qualcuno di quello che stava succedendo cercavo lei perché mi aveva da subito accettata per quello che ero. Becca capiva ogni cosa – gli errori che avevo commesso con mio marito, le bugie che avevo detto per proteggermi, la decisione sbagliata fin dal principio di stare proprio con quella persona – perché ci era passata anche lei. Comprendevamo quanto fosse disastrosa la vita emotiva dell'altra e ci tenevamo a galla a vicenda per evitare di affondare.

Nel giro di sei mesi, era ormai una delle persone più importanti della mia vita. Quando, un anno dopo averla conosciuta, trovai finalmente il coraggio di lasciare mio marito, fu Becca a darmi una mano con il trasloco. Fu sempre Becca a dirmi che credeva in me, che aveva fiducia in me anche se io l'avevo persa. E fu ancora Becca ad aiutarmi ad affrontare i primi, traballanti momenti della mia ritrovata vita da single. Con il senno di poi, capisco che quella con lei è stata la mia relazione di ripiego: fra noi non c'era nulla di romantico, eppure l'emozione che provavo ogni volta che la vedevo e il modo in cui mi crogiolavo nella sua accettazione erano travolgenti come i primi mesi di un nuovo rapporto d'amore. Può sembrare stupido, ma forse il rispetto che pensavo di provare per lei era in un certo senso più pericoloso. Probabilmente l'avevo idealizzata e la idolatravo. Volevo che mi insegnasse a essere più sicura di me stessa, più alla moda, più decisa, più saggia. E lei, a sua volta, pareva disposta a essere la mia guida. Mi girò i contatti del suo psicologo, della sua parrucchiera, del suo chiropratico. Mi diede i loro numeri con entusiasmo, insistendo affinché li chiamassi perché l'avevano aiutata un sacco e avrebbero migliorato la mia situazione in un modo che non riuscivo nemmeno a immaginare, immersa com'ero nelle nebbie della separazione.

La sua generosità mi lasciava a bocca aperta e non volevo approfittarne. «Sicura che non ti dia fastidio?» le chiesi in più occasioni.

«Ma figurati» rispondeva immancabilmente lei.

Avevo l'impressione che volesse risparmiarmi la fatica di scoprire gli strumenti che lei aveva accumulato nel corso degli anni, tentando e ritentando. E così seguii i suoi consigli, andai dal suo psicologo, dalla sua parrucchiera e dal suo chiropratico, ripetendole spesso quanto le fossi grata; quando mi sembrò che tutti quei ringraziamenti la irritassero, smisi di farlo. Ma poi lei proponeva un'altra cosa da fare insieme o un altro modo per migliorare la mia vita: mi accompagnò a fare un piercing nello studio dove l'aveva fatto lei e mi regalò un piccolo orecchino a cerchio, luccicante come il suo. Fu doloroso, però ero felicissima. Mi strappava una smorfia di dolore ogni volta che si impigliava nei capelli o nel maglione che stavo togliendo, però l'orecchino era un promemoria di una delle amicizie più significative che avessi. Mi faceva sentire ancora più legata a Becca e mi faceva pensare che anche lei desiderasse quell'intimità.

Dopo la fine del mio matrimonio, mi consigliò di prendere in affitto un appartamento nel suo quartiere. Nella fretta di accettare, non ci riflettei nemmeno.

«Hai bisogno dei tuoi amici» disse. «Più vicina sei, meglio è. E poi questa zona è meravigliosa».

Non conoscevo affatto la zona, ma non mi importava. Sarebbe stato bellissimo abitare in un posto che non associavo a ricordi spiacevoli, mi ripetevo. Era l'opportunità perfetta per conoscere angoli nuovi della città! Avrei potuto prendere un caffè con Becca ogni volta che ne avevamo voglia! Avremmo potuto ordinare da asporto e dormire l'una a casa dell'altra!

Trovai un piccolo bilocale molto luminoso con un bovindo, in cui posizionai la scrivania in una sorta di dichiarazione d'intenti. L'inquilino precedente ci aveva messo un tavolino con due sedie, ma io ero decisa a concentrarmi sulla mia vita da single e sul lavoro. Tirai fuori dagli scatoloni i libri e i pochi vestiti che avevo recuperato dal deposito di Croydon in cui stavano marcendo le mie cose, e avvertii un placido orgoglio all'idea di avere, finalmente, una stanza tutta per me.

In quella casa stavo benissimo e dovetti ammettere che Becca aveva ragione: quella zona era meravigliosa. Tuttavia, i caffè insieme e le cene da asporto non si concretizzarono mai. Scoprii che la nostra prossimità geografica era inversamente proporzionale alla frequenza con cui ci vedevamo e sentivamo. Era come se avessi il permesso di avvicinarmi, sì, ma non troppo. Io condividevo qualsiasi cosa con lei, che invece si mostrava più moderata, più reticente.

Nella foga di raggiungere quel grado di intimità non mi ero accorta dello squilibrio al cuore del nostro rapporto. Forse, parlarle tanto delle mie esperienze aveva privato Becca della possibilità di esternare i suoi pensieri e le sue sensazioni. Mi resi conto che io mi ero confidata completamente con lei, ma che lei non aveva mai ricambiato appieno.

Per quanto sembrasse sincera a livello emotivo, cominciai a notare che alcuni argomenti erano off limits. Non parlava quasi mai della figlia, come se non volesse ammettere di essere madre, e quindi discutevamo pochissimo di quella che immaginavo fosse una parte fondamentale della sua vita. Non le offrivo consigli sul suo rapporto di coppia a meno che non fosse lei a chiedermeli; sentivo, senza che me l'avesse mai detto, che si trattava di un discorso da non affrontare. Benché si lamentasse della sua compagna, aveva messo bene in chiaro che non potevo capire le loro dinamiche. Io avevo cercato di starle vicina e allo stesso tempo di rispettare i limiti che imponeva, ma forse ciò mi aveva impedito di comprendere la gravità di quello che lei stava affrontando.

All'inizio del nostro legame avevo avuto l'impressione che entrambe stessimo assistendo al crollo graduale delle nostre storie d'amore, e che cercassimo l'una la mano dell'altra mentre brancolavamo nel buio. La nostra solidarietà si fondava sull'infelicità. Eppure, anche se mi incoraggiava a fare cambiamenti necessari, Becca non applicava la stessa logica alla propria esistenza. Cominciai a chiedermi se non mi nascondesse qualcosa: magari la situazione non era così tragica e lei aveva soltanto bisogno di scaricare su di me le emozioni negative, di sfogarsi. Era difficile capire come stessero le cose perché avevo visto la sua compagna giusto un paio di volte, nei quattro anni della nostra amicizia.

«Non ha mai voglia di uscire» spiegava Becca. «Preferisce starsene a casa davanti alla tv».

Quando però si palesava, la sua compagna era una presenza solida e pacata sullo sfondo di un'occasione sociale a cui Becca e io eravamo state invitate. Sembrava a suo agio col fatto che Becca brillasse mentre lei restava al bancone con una birra in mano. Cercavo di coinvolgerla in una conversazione ma lei si limitava a sorridere, senza mai sbottonarsi un granché. Non stava a me mettere in discussione quello che succedeva a casa loro, mi dicevo, e così non indagavo troppo.

Un altro argomento tabù era rappresentato dalla famiglia di Becca. Aveva accennato un paio di volte a un fratello difficile, che la trattava male e che si faceva sentire solo quando gli servivano dei soldi. Lei aveva volutamente preso le distanze da lui e diceva che ormai erano due sconosciuti. Di tanto in tanto ci scherzava su e trattava il discorso con leggerezza; io non sapevo se unirmi alle battute o chiederle, con delicatezza, se le risate nascondessero una sofferenza più profonda. Quando avevo cercato di capire cosa provasse nei confronti del fratello, lei aveva sempre liquidato la domanda.

«Oh, non mi va di parlarne» diceva. Oppure: «Non devo risolvere un bel niente. È uno stronzo e quindi non lo frequento. Mi sta bene così».

Alla fine smisi di chiedere perché non volevo perderla né infastidirla, ma è possibile che la paura di fare domande mi avesse portata a non farne abbastanza.

Poco tempo dopo il trasloco nel nuovo appartamento, mi disse come se niente fosse che al fratello era stato diagnosticato un tumore alla prostata.

«Mi dispiace tantissimo. Tu come stai?»

«Io sto bene» rispose lei allegra. «Ho accettato da molto tempo che non faccia parte della mia vita».

«Vuoi che ci vediamo?»

«No, tesoro, grazie. Sto bene, non ti preoccupare».

«Okay, come preferisci... Ma se vuoi parlare ci sono».

«Grazie mille. Senti, mercoledì vai alla lezione di spinning di Fox?» (Gli istruttori della palestra si chiamavano con nomi di frutti o animali. Ricordo di aver seguito lezioni guidate da Wolf e da Lemon).

«Pensavo di no, ma se ci vai tu certo».

Ed ecco che l'argomento era stato archiviato. Oggi sono convinta che avrei dovuto insistere, dimostrarle che ci tenevo, perché era davvero così. Tuttavia, pensavo bastasse farle capire che la ascoltavo e che sostenevo le sue scelte, comunque decidesse di vivere la sua vita, proprio come lei aveva sostenuto me, in tutto e per tutto. Se non le andava di parlare di un argomento, lo accettavo. Dato che volevo essere l'amica che lei desiderava, mettevo a tacere alcuni aspetti della mia identità pur di riuscire a entrare nella forma che Becca aveva creato per me.

Questo, per esempio, comportava che me la prendessi per le stesse cose che offendevano lei. Si aspettava che fossi furiosa quanto lei se una collega le «rubava» una promozione perché, così sosteneva, quella donna andava a letto con il capo. Non mettevo mai in dubbio la sua versione dei fatti: era una delle mie più care amiche, quindi perché avrebbe dovuto mentirmi o manipolare la realtà affinché si adattasse meglio alle sue idee? Senza contare che, grazie alle interviste fatte negli anni, conoscevo un po' l'ambiente musicale. Una volta commisi l'errore di dirle che a una premiazione avevo incrociato una tizia che le stava antipatica.

«Spero che tu non le abbia rivolto la parola» ribatté Becca con uno sguardo gelido, posando la tazza di caffè.

«Be', abbiamo chiacchierato un po'». La sua faccia si

irrigidì, era contrariata, e aggiunsi subito: «Ma giusto un attimo».

«Sai che è lei quella che...» E partì in quarta con il complesso resoconto di come quella donna (si trattava sempre di una donna) l'avesse offesa in qualche modo, anni prima che io entrassi in scena. Benché avessi avuto soltanto interazioni piacevoli con quella persona, in qualità di amica di Becca era mio dovere condividere con lei il peso del suo presunto tradimento, e ignorarla ogni volta che se ne presentava l'occasione. Per Becca la lealtà si dimostrava in quel modo: significava non mettere un «Mi piace» al tweet divertente di una giornalista che una volta aveva recensito negativamente il concerto di uno degli artisti della sua casa discografica.

L'hai fatto davvero, non ci credo, mi scriveva pochi secondi dopo che, come un'ingenua, avevo cliccato sull'icona del cuore. *Lo sai cosa penso di lei.*

Già in preda all'ansia, mi affrettavo a scusarmi e a togliere il «Mi piace». In realtà era difficile tenere traccia di tutto ciò che per Becca rappresentava un tradimento o una mancanza di rispetto. I suoi racconti si assomigliavano tutti: era stata amica di una determinata persona finché quella aveva fatto qualcosa di imperdonabile che aveva sancito la fine del loro rapporto. All'epoca non unii i puntini, anche se avrei dovuto. Ma da quell'esperienza ho imparato che se una persona a te vicina parla spesso di una marea di amicizie tramontate (e mai per sua responsabilità, almeno in teoria) è un segnale di pericolo. È l'equivalente di un fidanzato che etichetta tutte le sue ex come «squilibrate»: dopo un po' cominci a pensare che non potevano essere tutte fuori di testa, e che l'unico tratto che le accomuna è proprio il tuo fidanzato.

Ma, naturalmente, il rancore di Becca nasceva dall'insicurezza, cosa che capivo benissimo. E le volevo bene, quindi non diedi troppa importanza alla cosa. Eppure, più mi sforzavo di essere un'amica perfetta (la persona che condivideva il suo risentimento, che non metteva mai in discussione le sue parole, che credeva a tutto ciò che raccontava sulla sua vita, che si faceva gli stessi piercing, che si trasferiva nel suo quartiere; la persona, insomma, che la riteneva meravigliosa e incapace di commettere errori), più lei prendeva le distanze da me.

Non me ne accorsi subito. Era appena iniziato l'anno nuovo e Becca si era riscoperta salutista: aveva rinunciato all'alcol, quindi non potevamo uscire a bere qualcosa; andava a dormire prima del solito per andare a correre all'alba, quindi le cene sul tardi erano fuori discussione. Cominciammo a vederci per qualche caffè nel pomeriggio, ma quei momenti diventavano sempre meno frequenti.

La mia vita, intanto, stava imboccando una strada diversa. La devastazione che mi aveva travolta subito dopo la fine del matrimonio era passata, e i miei avvocati e quelli di mio marito si stavano accordando sui termini del divorzio. Ero diventata una giornalista freelance e cominciavo a ricevere proposte di lavoro interessanti. Avevo il mio appartamento e i miei amici, stavo ritrovando un'identità. Incontrai un uomo più giovane di me; era bello, affascinante e divertente, e iniziammo a uscire insieme. Le cose andavano bene.

Nelle occasioni sempre meno frequenti in cui ci vedevamo per due chiacchiere al volo, Becca faceva sempre meno domande su quello che mi capitava. Quando le chiedevo della sua vita, rispondeva con una serie di banalità; era difficile andare oltre la superficie di «va tutto bene» e «sai, come al solito». Fin troppo abituata ai suoi cambiamenti d'umore, pensavo fosse meglio lasciarle un po' di spazio, così feci un passo indietro ed evitai di scriverle troppo spesso. Per quanto fossi convinta che si trattasse di un atteggiamento premuroso, una parte di me voleva proteggersi. L'inspiegabile allontanamento di Becca mi aveva ferita, e non avevo intenzione di inseguire una persona a cui non interessavo più un granché. Temevo che continuando a stuzzicare quell'orso in letargo avrei ricevuto una violenza zampata, e non volevo rischiare un simile rifiuto. Se avessi ignorato il suo comportamento bizzarro, mi dicevo, magari con il tempo si sarebbe riavvicinata e io avrei capito che andava tutto bene.

Adesso però capisco che Becca stava soffrendo. La mia vita stava prendendo una direzione diversa dalla sua, e lei forse si sentiva abbandonata, triste, smarrita, o provava qualche altra emozione difficile che faticava a esprimere, soprattutto con la persona che l'aveva scatenata.

Becca non si riavvicinò mai. Mentre le settimane si trasformavano in mesi, mi resi conto di non sapere nulla della sua vita a parte ciò che vedevo di tanto in tanto sui social, dove postava selfie in abbigliamento sportivo mentre beveva cappuccini all'avena, accompagnati da frasi motivazionali degne di Pinterest che inneggiavano alla gratitudine e alla celebrazione della propria fortuna. La vecchia Becca, le sue battute sarcastiche e il suo sano senso dell'assurdo sembravano scomparsi. Aveva sempre odiato Instagram, riteneva che fosse troppo autoreferenziale e superficiale, eppure adesso stava cercando di reinventarsi come influencer.

Speravo che fosse felice, come sosteneva nelle didascalie dei suoi post, ma non ero sicura che fosse così. Le persone realmente felici in genere non sentono il bisogno di ribadirlo ai quattro venti su una piattaforma online. Mi domandavo cosa si nascondesse dietro ai sorrisi migliorati dai filtri e agli outfit ricercati del giorno, però non me la sentivo di chiederlo direttamente a lei. Avrei dovuto farlo, avrei dovuto contattarla, invece provavo a mascherare l'ansia con un ragionamento poco convincente e non del tutto logico: «Se volesse, potrebbe farsi sentire lei» riflettevo mentre mi preparavo la cena. «Ho un sacco di impegni e di cose da fare, eppure lei non sa nulla della mia vita, proprio nulla». Il dibattito interiore proseguiva su quella falsariga per ore, ma non riusciva mai a farmi sentire meglio. Mi agitava e basta.

Pensavo che un giorno l'avrei incrociata al corso di spinning e che la nostra intimità collaudata sarebbe risorta come per magia. Ma non accadde mai. Vidi su Instagram che Becca aveva mollato lo spinning per prepararsi a una gara di triathlon: eccola, avvolta nella muta dopo una nuotata, accanto alla figlia e alla compagna che facevano il segno della pace guardando l'obiettivo. Gli hashtag erano #lamiasquadra e #lafamigliaprimadi-tutto. Alcune persone di mia conoscenza – anzi, persone che io avevo presentato a Becca – avevano commentato lasciando sfilze di cuori. Cliccai diligentemente sul cuoricino, anche se lei non lo faceva con i miei post da un sacco di tempo. Quando la cercai fra i miei follower scoprii che non c'era, e rimasi a bocca aperta. Smettere di seguire qualcuno, anziché limitarsi a silenziarlo, è una chiara dichiarazione d'intenti: non stavamo semplicemente affrontando un periodo di lontananza, no: Becca non voleva più essere mia amica. Era una condanna talmente definitiva da risultare offensiva. Avevo le lacrime agli occhi, non capivo dove avessi sbagliato, come mi fossi meritata quella punizione.

Sei mesi dopo, senza alcun preavviso, la ritrovai in prima fila alla lezione di spinning di Wolf. Quando entrò nella sala e salì in sella, il mio stomaco si annodò. Alla fine del corso mi chiesi se avrei potuto evitarla, uscire prima che le luci si riaccendessero, ma lei cercò il mio sguardo mentre andava verso gli spogliatoi e ci scambiammo un sorriso.

«Che bello vederti» disse, abbracciandomi rapidamente.

«Sì, anche per me» ribattei, confusa da quel comportamento così normale. Possibile che mi fossi immaginata tutto? D'istinto le proposi di bere uno smoothie dopo la doccia, e lei accettò.

«Certo» rispose, con scarso entusiasmo.

La raggiunsi al nostro solito tavolo. Mi ero lavata e cambiata in fretta perché non volevo farla aspettare, e quindi stavo ancora sudando quando mi sedetti di fronte a lei. «Ehi» esclamai tamponandomi le guance con il polsino della felpa, sperando di essere abbastanza discreta. «Allora, come stai?»

«Benissimo, e tu?»

«Tutto a posto».

La conversazione si rivelò quasi subito insoddisfacente, perché sembrava che Becca cercasse in ogni modo di evitare qualsiasi punto di contatto o approfondimento. Voleva che il nostro scambio si limitasse alla superficie, come se le nostre parole fossero intrappolate nello smalto impenetrabile di un filtro Instagram. Erano bloccate, sospese nell'aria immobile fra noi. Quando le chiesi della figlia e della compagna, mi disse che la prima soffriva d'ansia e stava vivendo un periodo difficile a scuola.

«Oh, mi dispiace» commentai. «Dev'essere molto dura».

Lei liquidò quella frase con un cenno. «Nessun problema, ormai è passata».

Era frutto della mia fantasia o mi stava velatamente criticando? Era offesa perché non le ero stata abbastanza vicina? Stava insinuando che avrei saputo quelle cose, se solo fossi stata un'amica decente?

«Scusami se non ti sono stata vicina» esclamai di colpo.

Lei mi rivolse un sorriso falso, di quelli che non illuminano gli occhi, e non disse nulla. Non so come sia stato possibile, ma le chiacchiere di circostanza proseguirono ignorando quella parentesi. Restammo al tavolo per venti minuti; poi, dopo un abbraccio poco convinto, ognuna andò per la sua strada. Buttai fuori il fiato non appena fui in metro, accorgendomi solo in quel momento di averlo trattenuto.

Quella fu l'ultima volta che ci parlammo. Qualche settimana più tardi mi ignorò per strada, come ho già raccontato. Un po' di tempo dopo, mentre lavoravo al tavolino di un bar, sentii che qualcuno mi stava fissando; mi girai e scoprii gli occhi di Becca incollati su di me. I nostri sguardi si incrociarono. Ma quella volta, anziché sorridere, finse di non vedermi per poi tornare a concentrarsi sulle amiche che erano con lei. Fui colta da un brivido, completamente raggelata da quella reazione: era come se per lei non esistessi, mi aveva tagliata fuori dalla sua vita.

«Tagliare fuori», in inglese *to cut someone dead*, è un'espressione dalla storia lunga e ignobile. Nell'Ottocento, la *Cassell's Household Guide* (un'enciclopedia di economia domestica e sociale) identificava questo «taglio» come «l'atto più maleducato che si possa commettere in società»[1]. Nel 1898, E. Cobham Brewer si prese il disturbo di individuare vari modi di «tagliare» nel suo *Dictionary of Phrase and Fable.* Il «taglio diretto», scriveva, consiste nel «fissare un conoscente in faccia fingendo di non sapere chi sia»; quello «indiretto» nel «distogliere lo sguardo e simulare di non vedere una determinata persona»; il «sublime» nell'«ammirare il tetto di un palazzo o le nuvole alte nel cielo finché quella conoscenza non è più nei paraggi»; quello «infernale», infine, nel «fermare a sistemarsi i lacci degli stivali finché l'individuo in questione non si è allontanato»[2].

Nel 1922 Emily Post, la massima autorità in materia di buone maniere, descriveva il «taglio» come «uno sguardo diretto che esprime rifiuto, offensivo per chi lo riceve e imbarazzante per chiunque vi assista. Per fortuna» affermava Post con sicurezza, «è pressoché sconosciuto nella buona società»[3]. Per quanto ammiri la sua conoscenza approfondita in materia di bon-ton e biglietti di ringraziamento, temo che su questo Post si sbagliasse. L'arte del taglio è viva e vegeta, anche perché la comunicazione costante su cui si fonda la nostra società ci offre innumerevoli modi per praticarla. Ormai non dobbiamo più limitarci a esercitarla per strada, possiamo farlo online, smettendo di seguire qualcuno; possiamo farlo via WhatsApp, visualizzando il messaggio ed evitando di rispondere; possiamo non ascoltare i messaggi in segreteria e non richiamare chi ci ha cercati. Possiamo chiudere un rapporto scomparendo, diventando fantasmi per nostra scelta.

E a me è successo proprio questo: sono stata ghostata da una delle mie più care amiche. Becca si è volutamente tagliata fuori dalla mia vita, e della nostra amicizia è rimasto solo il famoso piercing. Negli anni seguenti, a volte mi sono chiesta se non mi fossi inventata tutto, se non si fosse trattato di un sogno delirante, l'equivalente adulta della cotta che ti prendi in seconda elementare per le ragazze più grandi. Ma poi scorrevo il mio profilo Instagram e trovavo indizi inequivocabili nelle nostre foto, indossavo gli stivali che mi aveva consigliato di comprare, citavo uno dei suoi commenti sagaci mentre parlavo con qualcuno: quando accadeva venivo travolta da un profondo disagio, da un dolore sordo come se quel taglio fosse stato fisico, come se la ferita fosse ancora aperta. Pian piano la cicatrice è guarita e ormai il ricordo di Becca mi provoca solo un lieve malessere, ma non è stato un processo rapido. È stato un lutto diverso da tutti gli altri che ho provato, che si muoveva al rallentatore. Tanto per cominciare, mi ero convinta che la nostra amicizia non fosse irrecuperabile. A livello inconscio sentivo che ci saremmo riavvicinate, benché non ci parlassimo più. La negazione è sfociata in rabbia senza soluzione di continuità – ce l'avevo con Becca perché non mi aveva spiegato cos'avessi sbagliato, e con me stessa perché avevo così paura di scoprirlo da non averglielo chiesto –, per poi trasformarsi lentamente in accettazione.

«Be'» commentò Emma quando gliene parlai, «io non mi sono mai fidata di lei».

«Sul serio?»

«Sì. Voleva che tu restassi intrappolata nella tua tristezza, che ti lasciassi schiacciare da quel periodo difficile. Ora che l'hai superato, non le interessi più».

Non ero sicura che le cose stessero così e ci pensai su. Non credevo che Becca l'avesse fatto apposta, ero certa che non avesse deciso di diventare mia amica perché ero depressa e avevo bisogno di essere guidata, per poi abbandonarmi non appena avevo iniziato a reggermi sulle mie gambe. Allo stesso tempo ero convinta che, quando siamo in preda alla tristezza ma non riusciamo ad accettarlo perché l'idea di affrontare la situazione ci spaventa, siamo attratti da chi rispecchia la nostra claustrofobia emotiva. Da questa prospettiva, è assolutamente plausibile che vedere un amico che volta pagina possa evidenziare la stasi in cui ci siamo impantanati. Eppure la sua reazione continuava a sembrarmi eccessiva. Forse ero ingenua, ma pensavo che l'intimità di un'amicizia potesse attenuare qualsiasi sorta di invidia. Le donne sono state condizionate per secoli a credere alla bugia della scarsità, in tutti gli ambiti: siamo costrette a competere fra noi per ottenere un lavoro, un partner o una relazione perché il patriarcato ci dice che il successo è disponibile in quantità limitate, e talvolta questo inganno riesce ad avvelenare persino le amicizie più radicate. E in realtà il fenomeno non riguarda soltanto chi si identifica come donna; Gore Vidal, uomo bisessuale, ha dichiarato: «Ogni volta che un amico ha successo in qualcosa, una piccola parte di me muore».

Che Emma avesse ragione? Forse non volevo accettare che l'invidia fosse stata la causa della rottura con Becca perché in quel modo avrei dato troppa importanza a me stessa, e perché avrebbe denotato una mancanza di quella che definisco «empatia negativa». Se spesso siamo in grado di metterci, con grande empatia, nei panni di una persona che si comporta come faremmo noi, è più difficile immaginare e capire le azioni di qualcuno che si comporta come noi non faremmo mai (o almeno così crediamo).

In ogni caso, non chiesi mai a Becca cosa fosse successo ma alla fine ottenni una spiegazione da una conoscente comune. Becca aveva tagliato fuori dalla sua vita anche Candice.

Elizabeth, è successo anche a me! mi scrisse un giorno, e poco tempo dopo ci vedemmo per un caffè al parco, per sfogarci e confrontare le nostre esperienze.

Becca l'aveva ghostata dopo che entrambe si erano candidate per una promozione sul lavoro, che Candice aveva ottenuto. Ora, quando si incrociavano nei corridoi dell'ufficio, Becca fingeva di non vederla. Le somiglianze fra le due situazioni mi colpirono.

«Credo che non sappia gestire il successo di un'amica, se avviene in un ambito che interessa anche a lei» mi disse Candice.

«Mi dispiace per lei» replicai. «Dev'essere brutto essere tanto insicuri».

Candice mi raccontò che Becca non aveva mai accennato alla fine della nostra amicizia; anzi, aveva a malapena accennato a me. In una sola occasione, a quanto pareva, si era lasciata sfuggire un indizio sul nostro allontanamento.

«Mi ha detto che la soffocavi».

«Come, scusa?!»

«Pensava che la copiassi, dato che imitavi tutto quello che faceva... il piercing all'orecchio, per esempio».

Rimasi senza parole. Per tutto quel tempo avevo pensato che le esperienze che avevamo condiviso fossero la dimostrazione della nostra vicinanza. Avevo creduto che fossero la prova del nostro affetto reciproco. Ero convinta che desiderasse che seguissi i suoi consigli e le sue raccomandazioni, che me li desse di sua spontanea volontà. Non avevo mai sospettato che si sentisse invece *soffocata*. Che, malgrado l'incoraggiamento che mi dimostrava, odiasse quell'aspetto del nostro rapporto. Secondo lei la nostra amicizia era stata rovinata dai miei tentativi di carpire i suoi segreti e imitarla, quando per me erano stati modi per creare un legame più profondo. La sola idea mi dava la nausea.

In seguito mi resi conto di essere grata a Candice, perché almeno mi aveva fornito una spiegazione. Anche se non ero affatto d'accordo con quell'interpretazione degli eventi, riuscivo a vederci un senso. Capivo perché Becca potesse considerare in quel modo tutti i momenti che avevamo condiviso, adottare un approccio retroattivo in cui lei diventava la salvatrice generosa sfruttata senza pietà. Trovavo ironico invece essermi preoccupata di non esserle stata abbastanza vicina, quando lei riteneva opprimente quella stessa vicinanza. Oppure, forse, ne desiderava un tipo che io non potevo offrirle, voleva un'intimità gestibile e mantenere il controllo su di me... ma quella per me non poteva definirsi tale.

Il suo ghosting, comunque, ebbe un impatto profondo su di me. Per un periodo addirittura incrementò il mio timore di perdere un amico o di commettere un passo falso. Sapere che una persona cara poteva sviluppare un'opinione tanto terribile di me da spingerla a sparire completamente, senza fornire alcuna spiegazione, fu devastante. Mi resi conto di non avere certezze perché, per quanto mi sforzassi di essere la migliore alleata di qualcuno, quel qualcuno poteva comunque vivere la nostra amicizia in modo del tutto diverso. Arrivando alla conclusione logica di quel ragionamento ebbi una rivelazione inaspettata: non potevo esercitare nessun controllo sulla percezione che gli altri avevano di me. E quindi tutto l'impegno profuso per essere un'amica «perfetta» era una perdita di tempo ed energie. Tanto valeva essere quella che ero – una persona imperfetta, con un sacco di difetti, a volte incapace di comunicare, che odiava le chiamate su FaceTime e le passeggiate nella natura – e correre il rischio. Perché quel rischio sarebbe sempre esistito, a prescindere da come me la fossi giocata, e forse, per quanto strano, era meglio essere rifiutata per la persona che ero, anziché per la persona che mi affannavo a essere.

Ghostiamo il prossimo perché siamo troppo spaventati dall'idea di dire ciò che pensiamo o ci mancano le parole adatte a esprimerlo. Uno studio del 2018 che ha coinvolto 1300 soggetti ha rilevato che quelli che mostravano un'idea solida del futuro e che credevano nel fato e nel destino avevano maggiori probabilità di ghostare il partner[4]. Si tratta di individui che si aggrappano all'idea binaria che, in una folla di spasimanti deludenti, si celi una sola anima gemella; se non sono convinti di aver trovato la «persona giusta», hanno il 60 percento di probabilità in più di considerare il ghosting un modo accettabile di concludere una relazione, e di sparire senza dare spiegazioni. I soggetti con una mentalità orientata alla crescita – ovvero convinti che i rapporti non siano intrinsecamente perfetti ma che richiedano impegno –, invece, hanno il 40 percento di probabilità in meno di ricorrere al ghosting.

Dallo stesso studio è emerso che circa un quarto dei soggetti era stato ghostato da un partner, e che un quinto aveva scelto di farlo in prima persona. È affascinante notare che, secondo i ricercatori, il ghosting era ancora più comune nelle amicizie: più di un terzo dei soggetti ha dichiarato di aver ghostato un amico o di aver ricevuto lo stesso trattamento in almeno un'occasione (e il rilevamento non teneva conto di chi non era disposto ad ammetterlo con degli scienziati che stavano documentando il fenomeno). Questa disparità mi sembra interessante perché, se la letteratura sul ghosting in ambito sentimentale abbonda, non si può dire lo stesso per l'universo delle amicizie.

Sospetto dipenda dal fatto che il fenomeno, nel secondo caso, si accompagna a una forte vergogna. Ho passato anni interi – e non è un'esagerazione – pensando di aver fatto qualcosa di imperdonabile a Becca, per meritarmi una punizione tanto estrema. Parlarne mi metteva in difficoltà. Un'amicizia che si conclude in questo modo è come un sasso lanciato in un lago: i cerchi concentrici del silenzio si allargano e sovrappongono fino a raggiungere la riva; a quel punto l'acqua torna calma, quasi non fosse successo nulla.

Se però ripescassi quel sasso dal fondale, cosa troverei? Quali segreti mi svelerebbe? Ricorriamo al ghosting, credo, perché un determinato rapporto non ci dà la sicurezza necessaria a metterlo alla prova. Scopo di un buon genitore è trasmettere ai figli un amore incondizionato, affinché possano esprimere anche le sensazioni sgradevoli o confessare un comportamento sbagliato nella certezza che la madre o il padre, per quanto delusi o arrabbiati, non li rifiuteranno, non li faranno sentire immeritevoli di amore. Benché un adolescente pieno di ormoni che dice alla madre esausta «ti odio» non sia mai piacevole, in genere si tratta di una crisi passeggera, e mettere alla prova questi limiti è fondamentale per rafforzare il rapporto genitori-figli.

Anche in alcuni rapporti sentimentali ritroviamo lo stesso atteggiamento: possiamo mostrare al partner il nostro lato peggiore perché sappiamo che la relazione si fonda su un amore sufficiente a reggere uno sgarbo occasionale.

La maggior parte delle amicizie, però, non è così, anche se spesso ci aspettiamo che durino quanto un matrimonio. Con i miei amici non mi sognerei mai di discutere, litigare o fare i capricci, con il rischio di incrinare il delicato ecosistema del nostro amore platonico. Immagino che potrebbe, in determinate circostanze, condurre a un silenzio pesante anziché a un chiarimento schietto, come dovrebbe accadere in un mondo ideale. Ma per me la sincerità e la vulnerabilità sono strade percorribili solo se so che la persona a cui le dimostro ha un'opinione positiva della sottoscritta. Ho bisogno di sapere che quella persona è bendisposta nei miei confronti, pensa a me con generosità. Se questa sicurezza viene a mancare, decade anche l'amicizia.

Il comportamento di Becca mi lasciò delle domande a cui dovetti rispondere da sola, cercando la spiegazione più plausibile a tentoni nel buio. Tutti i finali inaspettati all'inizio ci sembrano insensati e ingiusti, ci portano a chiederci perché. Con il ghosting, però, non si ottiene nessun chiarimento, resta soltanto il fatto compiuto: quella persona ha scelto di scomparire.

Il concetto è stato analizzato benissimo da una serie tv drammatica del 2022, *Chloe.* Scritta e diretta da Alice Seabright, è stata trasmessa dalla BCC e racconta la storia di Becky (interpretata da Erin Doherty), ossessionata dalla vita apparentemente perfetta che l'ex migliore amica (che l'ha ghostata) esibisce su Instagram. Nel primo episodio scopriamo che quest'amica, la Chloe del titolo, si è suicidata, e la narrazione si sviluppa a partire da queste due morti – una effettiva, l'altra metaforica – su cui Becky decide di indagare: trovando una spiegazione per il suicidio di Chloe, forse scoverà la ragione per cui la loro amicizia si è interrotta. Di tanto in tanto, Chloe appare sotto forma di fantasma vero e proprio nei sogni di Becky, evidenziando il parallelismo.

Benché il comportamento di Becky diventi sempre più instabile (assume diverse personalità, stalkera gli amici di Chloe sui social e nella vita reale e, in un'occasione, versa una fialetta della propria urina in una bottiglia di vino per punire un capo antipatico), mi sono ritrovata a empatizzare con lei. Anzi, a tifare per lei, un'eroina trasgressiva capace di agire come angelo vendicatore in nome di chiunque sia mai stato ghostato. Guardare quella serie è stato in un certo senso terapeutico, per me. Ero stata ferità, sì, ma almeno non facevo pipì nelle bottiglie di vino.

Secondo una leggenda metropolitana spesso ripresa dalla cultura popolare, per superare la fine di un rapporto sentimentale si impiega la metà del tempo della durata della storia: se abbiamo frequentato qualcuno per due anni, ci riprenderemo dopo dodici mesi dalla rottura.

La mia esperienza con Becca è stata diversa. Siamo state amiche intime per tre anni, e credo mi ci sia voluto più o meno il doppio del tempo per scendere a patti con la sua scomparsa. È stato un processo graduale, composto da piccoli gesti che hanno sortito un effetto cumulativo. Ho smesso di seguirla su Instagram. Ho smesso di cercare occasioni per parlare con delle conoscenze in comune di ciò che poteva essere successo. Alla fine, ho incontrato l'uomo che sarebbe diventato mio marito e ci siamo trasferiti in un quartiere diverso. A volte mi chiedevo come sarebbe stato contattare Becca e chiederle di vederci. Avrebbe accettato? Saremmo riuscite a resuscitare la nostra amicizia? Mi sarei mai sentita abbastanza tranquilla da domandarle cos'era accaduto? Non averlo ancora fatto dimostrava che non ero in grado di essere leale e affettuosa?

E poi, un giorno, parlandone con il mio amico Sathnam, lui disse una cosa che mi colpì: «Ti rispetterei un po' meno, se tornassi a frequentarla».

Stavamo passeggiando a Green Park e come al solito mi stava raccontando gli interessanti aneddoti storici che aveva scoperto nel corso degli anni. Fra una curiosità e l'altra ci eravamo messi a chiacchierare di amicizia e, inevitabilmente, il discorso era caduto su Becca.

«In che senso?» chiesi.

«Be', dimostrerebbe che non hai alcuno standard nello sceglierti gli amici» rispose in tono gentile. «Cioè, cosa significherebbe per il nostro rapporto? Penserei che tu sia amica di chiunque, a prescindere da come vieni trattata».

«Ah». Rimasi in silenzio per un attimo.

«Io non ho molte mezze misure, sono fatto così» proseguì lui. «Per me è come se fosse morta, visto come si è comportata. Se però tu fossi ancora sua amica... Se un amico mi dice che qualcuno l'ha mandato a quel paese, ce l'avrò per sempre con quella persona e non cambierò mai idea. Non le permetterei di tornare a far parte della mia vita. Il carattere si esprime tramite le azioni. Io giudico le persone in base a ciò che fanno, e con te lei è stata inqualificabile».

Continuammo a passeggiare finché non arrivammo in un cortiletto famoso per essere la piazza più piccola di Londra, nonché il luogo in cui si era tenuto uno degli ultimi duelli della città (se vi interessa, è Pickering Place, vicino a St James's). Ci fermammo ad ammirare i palazzi georgiani in mattoni e lo scorcio di cielo limpido fra i tetti.

«È questo che mi preoccupa, quando mi dici che stai pensando di accogliere di nuovo Becca nella tua vita» spiegò Sathnam. «È chiaro che quel rapporto andava chiuso. E, mantenendolo chiuso, mostri dei parametri ai tuoi amici. È come se dicessi: "Per me l'amicizia è fondamentale, la considero una cosa rara e splendida". Se invece riallacciassi i rapporti con Becca, penserei: "Dio santo, ma quindi riesce a essere amica di tutti"».

«Capisco» risposi.

«Non sarebbe un ragionamento consapevole, ovvio». Si stava appassionando al discorso. «Però una parte di me si direbbe: "Non posso fidarmi di quello che Liz dice della nostra amicizia, perché magari pensa che anch'io sia una persona orribile. Non capisco come ragiona". Se tu fossi amica di qualcuno che ti ha trattato di merda, nel peggior modo possibile, non saprei cosa pensi davvero di me. Capisci cosa intendo? Sarei estremamente confuso dal tuo comportamento».

Non avevo mai considerato quella prospettiva e riflettei sulle parole di Sathnam. Il suo discorso era sensato, e credo che mi abbia colpita nel profondo perché riguardava una convinzione per me fondamentale: che essere dei buoni amici è tra gli aspetti più importanti nella vita di ciascuno di noi. Se avessi ricominciato a frequentare Becca, sarei diventata un'amica peggiore per Sathnam, e non solo perché avrei avuto meno tempo da dedicargli: anche le risorse emotive possono esaurirsi. Il nostro rapporto sarebbe stato meno intenso: come avrebbe potuto fidarsi di me, quando, pur di avere più amici possibili e di tenermeli stretti a qualunque costo, finivo con il centellinare l'affetto disponibile per ognuno e permettevo a qualcuno di trattarmi malissimo? Evidentemente la mia amicizia era priva di valore, se potevo concederla a chiunque. Cosa potevo offrire a un vero amico se agivo alla cieca, lasciando che chi mi aveva deluso si facesse di nuovo strada nel mio cuore?

«Hai ragione» dissi. Osservai la piazzetta in cui si era consumato uno degli ultimi duelli londinesi e capii che era giunto il momento di concludere il mio duello personale. Era superato, Becca ormai apparteneva al passato. Ero grata per l'affetto che ci aveva unite e le auguravo di essere felice. Se essere mia amica glielo impediva, pazienza. Non volevo certo causarle dolore. Tornai sulla strada principale con Sathnam e lasciai Becca in quella piazza con gli altri fantasmi della storia, circondati dai palazzi di mattoni grigi.

Dopo quella conversazione, avevo le idee più chiare. Essere ghostata mi aveva insegnato tutto ciò che un'amicizia non doveva essere, ma mi aveva pure mostrato come doveva essere. Ed ero grata anche per quello.

Le voci dell'amicizia

Ray

Ray Winder, sessantotto anni,
presidente del North Walsham Men's Shed,
nel Norfolk settentrionale, un progetto comunitario
con lo scopo di avvicinare individui e collettività

Gli uomini – specialmente quelli che vivono da soli, dopo aver perso il partner – hanno la tendenza a finire in una routine: si svegliano al mattino, svolgono i compiti casalinghi inevitabili (sempre che ne abbiano voglia, non per tutti è così) e poi si ritrovano a fissare il muro, in preda alla solitudine. E, senza nemmeno rendersene conto, si armano di telecomando, accendono la tv e ci si piazzano davanti. Qualche ora dopo capiscono di aver sprecato la giornata perché non hanno visto anima viva. Il Men's Shed dà loro l'opportunità di dire: «Posso andare lì, coltivare nuove amicizie, parlare con qualcuno».

Negli anni, varie ricerche hanno dimostrato che voi donne uscite di casa, vedete le amiche e parlate dei vostri problemi, senza grosse difficoltà! Amo spesso ripetere che noi uomini, purtroppo, siamo convinti di essere James Bond, di poter fare qualsiasi cosa… tranne nei momenti di crisi.

Lo scopo dell'amicizia è avere qualcuno di fidato, con cui si ha voglia di parlare e si può discutere dei propri problemi, soprattutto nei frangenti più difficili, e viceversa. Più parliamo dei nostri problemi, più il loro peso diminuisce, e farlo con un amico ci aiuta tantissimo.

Un mio caro amico che vive a Stevenage è venuto a trovarmi, per caso, proprio quando mi è stato diagnosticato un tumore alla prostata, ed è stato fantastico averlo a fianco e avere il suo sostegno. Sarebbe dovuto tornare a casa quello stesso giorno, ma ha subito chiamato la moglie, che l'ha raggiunto. Si sono fermati una settimana in più per starmi vicini. Ecco cos'è l'amicizia.

Il tumore di Ray è attualmente in fase di remissione.

5. Sathnam
Le amicizie maschili, l'importanza del genere e il dilemma di Harry, ti presento Sally

Conobbi Sathnam perché un'amica ci aveva organizzato un appuntamento al buio.

No, a essere sinceri non andò proprio così. Anni prima ci eravamo incontrati brevemente a una festa e da allora avevo sempre pensato a lui con affetto, un po' perché ammiravo il suo modo di scrivere e un po' perché avevamo degli amici in comune che parlavano benissimo di lui. È strano, ma le nostre strade non si erano più incrociate, dopo, come se l'universo avesse un progetto preciso per la nostra amicizia e sapesse che le circostanze non erano ancora quelle giuste.

Quando traslocai nel mio appartamento da single scoprii che, oltre a Becca, ero vicina a parecchie altre persone che, a quanto pareva, avevano deciso in segreto che quello era il quartiere migliore in cui trasferirsi. Erano tantissime, non me ne capacitavo.

Fra loro c'era Francesca, che nel corso degli anni aveva seguito con interesse le mie pene sentimentali. Era da un po' che sosteneva che Sathnam e io dovessimo uscire insieme.

«È davvero *gentile*» sospirava quando andavamo nel nostro ristorante preferito nei dintorni, dove mangiavamo sempre pollo, patatine e insalata. «E poi ha un ottimo senso dell'umorismo. È fra i partiti migliori che conosca, giuro». (Se vi state chiedendo perché non ci uscisse lei stessa, sappiate che è già sposata con un uomo fantastico, un uomo talmente di successo da avere un tapis roulant attaccato alla scrivania).

Francesca ci mise mesi a convincermi. Non avevo alcuna voglia di frequentare un altro giornalista, e in seguito avrei scoperto che anche Sathnam aveva le mie stesse riserve. Entrambi eravamo rimasti scottati da storie precedenti, e gli alti e bassi (per non parlare delle voragini) delle app di appuntamenti ci avevano esauriti. Io avevo trentanove anni, lui quarantuno: non avevamo tempo per mostrarci inutilmente vulnerabili. Eravamo due ricci, raggomitolati in una posizione di difesa e irti di spine, e non sentivamo affatto il bisogno di essere delusi per l'ennesima volta.

Ma Francesca è una persona molto tenace, e alla fine per tutti e due fu più semplice cedere al suo piano. Ci scambiammo i numeri e Sathnam mi mandò un messaggio; ci accordammo per vederci nel weekend in un pub di Hampstead.

«Sono abbastanza sicura che dovreste fare sesso la sera stessa» mi disse Francesca, serissima, durante una telefonata d'incoraggiamento. «Perché altrimenti potrebbe diventare una specie di ostacolo. No, ubriacati e fallo: via il dente, via il dolore». Una pausa, poi: «E, se resti incinta, tanto meglio!» (Il piano di Francesca prevedeva anche che sarei diventata madre, perché l'alternativa le risultava del tutto inammissibile. È una delle tantissime ragioni per cui la adoro).

Mi presentai al pub con cinque minuti di ritardo perché non volevo arrivare per prima. Sathnam non c'era ancora. «Uff» pensai, «non è nemmeno puntuale».

Quando fece la sua comparsa, ordinammo da mangiare e una bottiglia di rosso. Mentre mi raccontava un aneddoto particolarmente appassionante, allargò le braccia e mi rovesciò addosso una caraffa d'acqua. Avevo i jeans zuppi. Sathnam era mortificato, e la sua reazione mi divertì un sacco. Andai ad asciugarmi in bagno; al mio ritorno lui mi paragonò a un cavallo per via della mia statura, poi aggiunse che la mia faccia gli ricordava quella di una giornalista che mi detestava. Sembrava non avere alcun tipo di filtro.

«Sai che secondo Francesca dovremmo bere tantissimo e andare a letto insieme?» mi chiese dopo qualche minuto.

«Sì. Mi mette un po' in imbarazzo... vale anche per te?»

Lui annuì.

«Decidiamo da subito di non farlo, così non avremo addosso tutta questa pressione» proposi.

Lui parve sollevato. «Sì, ottima idea».

Alla chiusura del locale, insistette per pagare il conto e mi invitò a casa sua per una tazza di tè. Camminammo per venti minuti e durante la passeggiata mi deliziò con una lezione di storia improvvisata indicandomi un palazzo modernista progettato negli anni Trenta da Ernő Goldfinger. Quando l'architetto aveva presentato il progetto di quell'imponente struttura in cemento, molti vicini si erano opposti. La questione era stata discussa al golf club della zona, dove un altro residente di Hampstead, il romanziere Ian Fleming, era rimasto così colpito dal nome di Goldfinger da usarlo, in seguito, per il cattivo di uno dei suoi James Bond.

«Non male» pensai. «Un uomo che sa un sacco di cose interessanti, divertente, socievole e anche gentile, in effetti». I jeans bagnati o il paragone equino non mi disturbavano.

Arrivati a casa sua bevemmo il tè e... non accadde nulla. Niente di niente, nessuno dei due ci provò con l'altra, ci limitammo a chiacchierare ancora un po'. Poi lo salutai e presi un taxi. Anche se ancora non lo sapevo, avevo appena passato una serata con quello che sarebbe diventato uno dei miei migliori amici.

Uomini e donne etero possono essere davvero amici? È il dilemma di *Harry, ti presento Sally*, l'antica disputa trattata nel leggendario film di Nora Ephron, in cui il cinico Harry Burns (interpretato da Billy Crystal) sostiene che «uomini e donne non possono essere amici, perché il sesso ci si mette sempre di mezzo». Sally Albright (interpretata da Meg Ryan) non è d'accordo, e in effetti i due diventano amici... prima di innamorarsi, dimostrando, in un certo senso, che hanno ragione entrambi.

Ho la fortuna di vivere in un periodo in cui gli uomini sono più incoraggiati che in passato a parlare di ciò che provano e in cui alcune barriere di lunga data fra generi sono state abbattute o si stanno ridimensionando. Harry Burns, nel decennio caratterizzato dall'avidità capitalista e dal testosterone alle stelle in cui viveva, avrebbe faticato a sfuggire allo stereotipo dell'uomo bianco etero, proprio come Sally Albright non riusciva a immaginare un lieto fine che non prevedesse il matrimonio eteronormativo.

Quando sul finire degli anni Settanta Rebecca Adams, professoressa di Sociologia dalla University of North Carolina Greensboro, iniziò a fare ricerche sulle amicizie fra uomini e donne, scoprì che nella prima metà del XX secolo si pensava che i membri dei due sessi si frequentassero soltanto per fidanzarsi, sposarsi e riprodursi. Una convinzione che derivava perlopiù dal sessismo radicato e istituzionalizzato. Uomini e donne occupavano sfere del tutto separate: difficilmente si sarebbero incontrati in un ufficio, perché nel 1950 appena il 30 percento degli impiegati americani era di sesso femminile. Nel 1990, invece, le donne rappresentavano quasi la metà della forza lavoro[1]. Quando le donne iniziarono a entrare nel mondo professionale, ad accedere all'istruzione superiore e alla vita pubblica, si vennero a creare maggiori occasioni di socialità fra i generi. E forse l'avvento di una contraccezione più accessibile ridusse, a livello inconscio, l'ansia legata a *qualsiasi* rapporto maschio-femmina (non soltanto in senso sessuale). L'eventualità riproduttiva che tanto aveva ossessionato gli studiosi degli anni Settanta poteva ora essere rimossa dall'equazione.

Ho tre cari amici maschi – Sathnam, Ross e Simon – e con loro il tema dell'attrazione non è mai stato un problema. Simon è gay, Ross è sposato con una donna che adoro (a essere sincera, ho una cotta più per lei che per lui) e di Sathnam vi ho già parlato. Inoltre, sono portata a credere che tutti i rapporti umani abbiano una natura precisa. La chiave per creare un legame appagante è permettere a questa loro natura di esprimersi appieno, anziché cercare di trasformarla in qualcosa di diverso. Ross, Simon e Sathnam sono sempre stati destinati a essere miei amici, e nient'altro.

Quindi sì, penso che uomini e donne possano essere amici senza che il sesso si metta di mezzo. So benissimo, naturalmente, che esistono esempi incoraggianti di amicizie che si evolvono in rapporti sentimentali, ma a me non è mai successo; ecco perché lo considero un modo un po' retrogrado di vedere la questione. Ciò che mi dà il mio rapporto con Sathnam (senso dell'umorismo, gentilezza, una conoscenza pressoché enciclopedica di aneddoti storici) non deriva dal fatto che lui sia un uomo, bensì dal fatto che è una persona piacevole con cui ho voglia di trascorrere del tempo. Che io ricordi, non gli ho mai chiesto la sua opinione «da maschio», né di illustrarmi la prospettiva dei maschi etero. Lo trovo interessante per via della sua personalità sfaccettata, non per il genere cui appartiene, e questo vale per tutti i miei amici.

Qualche tempo fa gli ho domandato cosa pensasse della nostra amicizia e del modo insolito in cui è nata. Mi ha risposto senza esitazioni che fra noi «non c'è mai stata tensione sessuale».

Eravamo su Zoom e, benché questo capitolo si fondi sulla premessa che tra noi non c'è mai stato quel tipo di intesa, una parte di me si è sentita un po' offesa dalla sicurezza con cui l'ha affermato. Una reazione ridicola, lo so, però è andata così.

E quindi gli ho chiesto, giusto per togliermi ogni dubbio: «Ma non ti piacevo proprio per niente?»

«Ecco, è un aspetto che...» L'ho visto dimenarsi sulla sedia. «Mi sa che non ci ho mai ragionato davvero» ha ribattuto. «Forse è solo una cosa che mi sono detto, non lo so. E poi avevo l'impressione che in quel periodo stessi uscendo con più uomini».

Be', in effetti... era così.

«E ho pensato che» proseguì «non mi andava di entrare in competizione con qualcuno. Forse una parte di me non si sentiva all'altezza degli altri… Eri nel pieno della frenesia da appuntamenti, giusto?»

«Nel pieno della frenesia» era un'espressione esagerata, e l'ho interrotto.

ELIZABETH
Ho avuto un altro appuntamento nel giro di due settimane, dopo che siamo usciti insieme. Ma ricordo bene cosa provavo in quel periodo: avevo l'autostima sotto le scarpe e mi serviva qualcuno che avesse le idee molto chiare, che fosse deciso e mi dicesse: «Ho bisogno di questo. Mi sento così». Dall'inizio o quasi.

SATHNAM
Sì, non ti serviva l'ennesimo scrittore dai toni vaghi.

ELIZABETH
Esatto. E poi tu e io eravamo destinati a diventare grandi amici, quindi sono contenta che non sia andata così.

SATHNAM
Sì. Mi fa piacere che l'abbiamo fatto, eliminando il problema… Cioè, che *non* l'abbiamo fatto.

ELIZABETH
Sono *molto* felice che non l'abbiamo fatto.

SATHNAM
Anch'io, davvero. Dico sul serio! In caso contrario, non so se saremmo diventati amici.

ELIZABETH
E poi mi hai detto che somigliavo a un cavallo.

SATHNAM
In realtà avevo in mente più un lama che un cavallo. I lama sono carinissimi.

ELIZABETH
Oddio, è ancora peggio. I lama non sono per niente carini!

SATHNAM
I lama hanno un muso adorabile.

ELIZABETH
Assolutamente no. Hanno solo le ciglia lunghe.

Per mia fortuna, qualche anno prima di conoscermi, Sathnam aveva effettuato una specie di esperimento sulla questione del sesso, andando a letto con una donna di cui poi era diventato grande amico. Ed era arrivato alla conclusione che un uomo e una donna etero che desiderano un'amicizia duratura devono prima verificare di non avere «questioni in sospeso» a livello erotico.

SATHNAM
Per essere veri amici, secondo me, non ci dev'essere alcuna tensione sessuale. Bisogna prima affrontare quell'aspetto. Noi, per esempio, l'abbiamo superato grazie a un appuntamento combinato. Un'alternativa è provarci con l'altra persona, o ancora andarci a letto e scoprire che è un disastro. Capisci cosa intendo? Un altro caso è quello in cui si sta insieme, ci si lascia e si riesce a chiudere completamente la porta: a quel punto è possibile diventare amici.

Era una riflessione interessante, perché il tema «Si può essere amici del proprio ex?» è controverso quasi quanto il dilemma posto da *Harry, ti presento Sally*.

Da una ricerca condotta nel 2017 dalla University of Kansas è emerso che ci sono quattro ragioni per cui gli ex si sentono in dovere di mantenere un rapporto di amicizia o propongono almeno di provarci, ovvero: educazione («Voglio essere gentile e corretto, e fare in modo che questa rottura sia il più indolore possibile»); desiderio sentimentale irrisolto («Voglio tenerti vicino in caso cambiassi idea sul tuo conto»); praticità («Frequentiamo le stesse cerchie di amici o parenti); sicurezza («Mi fido di te e voglio che tu rimanga nella mia vita come confidente e fonte di sostegno»)[2].

Personalmente aggiungerei un altro motivo, ovvero l'errore pregresso («Avremmo dovuto essere amici fin dal principio e mi sono un po' confuso»). Prima di conoscere Sathnam, mi era capitato di essere amica di diversi ex che avevo erroneamente considerato come «potenziali fidanzati» anziché come «compagni platonici». Si trattava di persone con cui ero uscita un paio di volte e con cui magari ero andata a letto nel corso di qualche settimana o mese, ma che alla fine si erano rivelate più che altro gradevoli compagnie. Avevamo frainteso la natura intrinseca del nostro rapporto, però mi sembrava assurdo perdere quelle persone, perché mi piacevano sul serio, anche se non mi sarei mai innamorata di loro. E poi, avendo levato di mezzo il sesso, per dirla con Harry Burns, il nostro legame era ormai libero da quell'ombra minacciosa.

Ho quattro amici maschi che rientrano in questa categoria: solo due per me li definirei miei ottimi amici, ma so che in un momento di difficoltà tutti risponderebbero a una mia richiesta d'aiuto. Non sono attratta da nessuno di loro, non vorrei andarci a letto insieme. Tuttavia, riconosco e apprezzo la vicinanza che un tempo abbiamo condiviso: mi sembra una strada per raggiungere più in fretta un grado di sincerità emotiva per nulla scontata nelle amicizie fra persone di genere diverso. E, dato che la nostra amicizia è nata in modo non convenzionale, né io né loro nutriamo aspettative su una sua possibile evoluzione. Non mi sento mai in colpa per non aver chiamato o mandato un messaggio, o per non averli visti; inoltre – cosa unica nei miei legami di amicizia – nessuno avverte la pressione di dover essere presente nella vita dell'altra. Ci sentiamo quando ne abbiamo voglia, e può capitare che trascorrano mesi o anni fra una volta e l'altra. Per una *friendaholic* con la paura innata di essere abbandonata e restare da sola, è gratificante sapere che i rapporti possono mutare forma senza comportare la perdita della persona con cui un tempo si è stati bene.

Detto ciò, vale la pena di sottolineare che i quattro casi che ho citato non riguardano ex con cui sono stata per molto tempo. Restare amici di ex mariti o mogli, conviventi o fidanzati di lunga data è decisamente più difficile che farlo con persone che abbiamo frequentato per brevi periodi; è possibile solo grazie a tanta buona volontà e parecchi sforzi da entrambi i lati. Non sono amica degli ex con cui ho avuto storie serie. Provo affetto per un paio di loro, ma capisco che nella maggior parte dei casi non riuscirei a dimenticare la sensazione di tradimento, rabbia, tristezza o frustrazione che accompagna quasi tutte le rotture importanti.

Un tempo però ci provavo. Restavo in contatto con i miei ex perché pensavo che passare dal parlarsi quotidianamente a una sparizione completa da un giorno all'altro fosse troppo doloroso. A meno che il rapporto non avesse comportato abusi emotivi o fisici, ero convinta che sprecare l'amicizia di fondo fosse irrazionale e superfluo, anche quando l'amore era ormai finito.

Questo era ciò che mi dicevo, ma in tutta sincerità temo fosse una scusa. In realtà cercavo di mantenere un legame perché, forse, volevo che quella persona continuasse a trovarmi piacevole: se l'avevo lasciata io era perché avevo bisogno di alleviare il senso di colpa; se ero stata lasciata dovevo dimostrarle che si era sbagliata. Mi sforzavo talmente tanto di essere perfetta che non riuscivo ad accettare l'idea che il mio partner considerasse me, o il nostro rapporto, insoddisfacente. L'ironia, ovviamente, stava nel fatto che con ogni probabilità erano stati i miei tentativi di essere perfetta (anziché mostrare la mia vera indole) a rovinare il legame.

In ogni caso, non desideravo tornare con i miei ex. No, la situazione era molto più contorta: desideravo che fossero *loro* a voler tornare con me. Ci vedevamo in un pub scelto in fretta e furia e bevevamo vodka tonic scadenti; quando scoprivo che l'ex in questione era felice senza di me, fingevo di essere felice a mia volta. Era come torturare una ferita che si stava cicatrizzando. Ho impiegato un sacco di tempo a capire che la sensazione che proviamo vedendo qualcuno con cui siamo stati intimi (quell'irrequieta tristezza che sopraggiunge alla fine della serata, quando ci salutiamo con un abbraccio e cogliamo il profumo del loro detersivo, un odore che conosciamo benissimo) non c'entra nulla con l'amore verso quella persona, ma riguarda esclusivamente il modo in cui rifiutiamo di amare noi stessi.

Il mio comportamento aveva anche un'altra spiegazione, più profonda: un ex fidanzato che avevo amato molto era morto sei mesi dopo che ci eravamo lasciati. Si chiamava Rich e a vent'anni eravamo stati insieme per due (l'ultimo di università e il primo dopo la laurea). Io ero pronta a portare il nostro rapporto al livello successivo; lui no, anche se diceva di voler continuare a stare con me. Lo lasciai.

Dopo ci vedemmo ogni tanto, qualche serata in cui piangendo ci promettevamo di cambiare le cose fra noi, però per me era troppo tardi. Lo vidi per l'ultima volta fuori dalla metro di Balham, immersi nel buio. Qualche mese dopo fui invitata alla sua festa d'addio: era in partenza per l'Iraq dove avrebbe documentato, come giornalista freelance, le conseguenze della deposizione di Saddam Hussein. Non ci andai perché non volevo che si creasse un'atmosfera imbarazzante. Due settimane dopo era morto, colpito alla testa dal proiettile di un cecchino non identificato. Non scoprimmo mai perché avesse preso di mira Rich.

Fu un evento traumatico per i suoi genitori e le sue sorelle. Il dolore che provavo io era intenso ma diverso, perché non sapevo se avessi il diritto di provarlo. Non riuscivo a credere di non averlo salutato e di non aver provato ad aggiustare la situazione fra noi.

Dopo la perdita di Rich, i tentativi di trattenere gli ex nella mia vita diventarono quasi un'ossessione perché, in parole povere, non volevo che morissero prima di avere l'occasione di appianare le cose fra noi. Lo feci con i due ex successivi, e ora mi dispiace moltissimo per i segnali contraddittori che devo aver trasmesso loro. Con uno insistetti per andare a un concerto di Justin Timberlake due settimane dopo esserci lasciati, perché avevo comprato i biglietti quando stavamo ancora insieme (una precisazione: erano i primi anni Duemila, l'album *Justified* era fantastico e non avevamo ancora rivalutato il suo personaggio in rapporto a donne fondamentali della sua vita come Britney Spears e Janet Jackson). Smisi di essere amica dei miei ex dopo il divorzio. Stabilii che avrei dovuto accettare il rischio che qualcuno morisse, così come dovevo accettare che tutti avevano la propria versione di ciò che era andato male in un rapporto fallito: non potevo controllare in alcun modo la visione degli altri, né la vita in generale.

La conclusione a cui sono arrivata è che è difficile essere amici di qualcuno di cui un tempo si è stati innamorati – e con cui si hanno delle questioni in sospeso –, ma è assolutamente possibile (almeno per me) essere amici di qualcuno con cui si è fatto sesso. Quando gliene ho parlato, Sathnam si è detto d'accordissimo con me.

SATHNAM

Un tempo ero amico di tutte le mie ex. Ricordo di averne invitate tre alla festa per i miei trent'anni, e che un amico mi disse: «Ecco perché sei così incasinato». Per lui era inconcepibile. Io provai a spiegare le mie ragioni: «Ma no, è fantastico. Mi conoscono bene, quindi tra noi funziona tutto alla perfezione», ma negli anni ho cominciato a pensarla come lui. Secondo me non si può essere amici di qualcuno che ci ha spezzato il cuore o a cui l'abbiamo spezzato noi. E non essere amici dei propri ex è salutare. Ci si può riuscire soltanto se davvero non ci sono questioni in sospeso.

Gli ho chiesto come avesse gestito la rottura dell'amicizia con una donna con cui un tempo era stato intimo, e lui mi ha risposto nel suo solito modo pragmatico.

SATHNAM
Siamo usciti insieme ed è stato terribile. Non c'era intesa, punto e basta. E, se non c'è, bisogna accettarlo, va bene così. A quel punto è possibile voltare pagina, e in realtà è un sollievo.

ELIZABETH
Non ti è mai venuta voglia di andare di nuovo a letto con lei?

SATHNAM
No, e ammetto che parlarne mi mette in imbarazzo. Lo trovo un argomento molto *cringe*, se capisci cosa intendo.

ELIZABETH
Sì, l'amore si è trasformato in una specie di affetto fraterno.

SATHNAM
La cosa fondamentale è chiedersi se si è felici per l'altra persona. Le ho organizzato degli appuntamenti e lei ha fatto lo stesso per me. In molte occasioni, gli uomini con cui usciva piacevano più a me che a lei. A volte provo gelosia o invidia per un rapporto che sta vivendo, ma solo perché comporta vederla meno e mi dispiace. In generale però i suoi partner mi piacciono sempre. O quasi... Credo che l'opinione più diffusa sia che per gli uomini eterosessuali è impossibile essere amici delle donne, fine della discussione. Se così fosse la mia vita sarebbe molto triste e vuota, perché ho soltanto due amici intimi di sesso maschile. La maggior parte delle mie amicizie coinvolge delle donne.
E penso che gli uomini siano negati per le amicizie, davvero incapaci. Non sanno mantenerle. Una volta che si sposano e fanno dei figli, rinunciano a quei rapporti. E alla musica. Aver perso di vista gli amici è fra i rimpianti più comuni sul letto di morte. È terribile che gli uomini finiscano per rinunciarvi, per poi pentirsene.

In linea di massima sembrava che Sathnam avesse ragione. Quasi tutti gli uomini etero della mia fascia d'età con cui avevo parlato avevano perso di vista un sacco di amici senza volerlo. Erano stati distratti dal lavoro, dal matrimonio, dai figli; e, a causa dei troppi impegni, avevano finito con il sacrificare l'aspetto che sembrava meno problematico. Il giornalista americano Billy Baker ha individuato con arguzia il problema nella sua autobiografia del 2021, *We Need to Hang Out*, per il quale, a quarant'anni, si è imbarcato nell'impresa di riscoprire le proprie amicizie.

«Sì, avevo degli amici sul lavoro» scrive, «ma quei rapporti scaturivano dalla vicinanza, erano più casuali che intenzionali. Li vedevo di rado fuori dall'ufficio. Il resto della mia vita ruotava perlopiù attorno ai figli. Passavo un sacco di tempo chiedendo loro dove avessero lasciato le scarpe, e loro passavano un sacco di tempo chiedendomi quando avrebbero potuto trascorrere "un po' di tempo con papà"».

Nel libro, Baker si domanda se gli uomini etero abbiano, in media, minori capacità rispetto alle donne di coltivare i rapporti di amicizia nelle varie fasi della loro vita: lui, per esempio, aveva semplicemente dato per scontato che i legami nati durante l'infanzia sarebbero durati per sempre, a prescindere dal suo impegno. Arrivato però alla mezza età, ha capito che i migliori amici di quand'era piccolo «avevano intrapreso strade diverse, avevano obiettivi diversi e non erano più un elemento centrale del mio ecosistema, come io non lo ero per loro. E andava bene così, è la vita [...]. E loro incarnavano il concetto di "amici per la vita", ma io avevo bisogno di amici nella vita quotidiana»[3].

Quella riflessione mi toccava da vicino, perché la vedevo riflessa in mio marito. Nei primi tempi del nostro rapporto, Justin mi aveva detto senza giri di parole di non avere amici. In quel momento era al volante, io ero sul sedile del passeggero e non ero riuscita a nascondere l'indignazione.

«Cosa... aspetta un attimo... come... In che senso, non hai amici?» avevo farfugliato.

«Non ne ho» aveva ripetuto tranquillo, mettendo la freccia per superare un'altra auto.

«Impossibile».

«No, davvero. Nella mia vita ho tempo per te, per i miei figli e per il lavoro. Ecco a cosa do la priorità... No, forse un amico in effetti ce l'ho» aveva concesso alla fine.

Quel discorso aveva una sua logica, per quanto brutale. Justin è il fondatore e l'amministratore delegato di un'impresa di successo, e passa molto tempo in ufficio; inoltre ha tre figli, avuti a un'età relativamente giovane dalla sua ex moglie. All'epoca in cui io uscivo tutte le sere, con l'ansia di socializzare e di accumulare più amici possibile per costruire un argine contro la solitudine futura, lui cambiava pannolini, insegnava le basi del rugby ai bambini, partecipava agli incontri con gli insegnanti, si impegnava nel suo matrimonio e lavorava sodo per affermarsi come professionista. Dal suo punto di vista, gli restavano ben poche energie da dedicare alle amicizie.

E gli amici che aveva in quel periodo erano legati al contesto quotidiano: erano papà che portavano i figli a rugby, vicini di casa o coppie che frequentava con la moglie. Dopo il divorzio le ultime due categorie erano scomparse, e a quel punto si era concentrato sulla creazione di un rapporto amichevole e funzionale con la sua ex e sul crescere i loro figli in due case diverse. In seguito aveva deciso di cercare una compagna stabile e si era dedicato anche agli appuntamenti. Continuava a non avere tempo per le amicizie. C'erano dei colleghi con cui andava d'accordo, ma in qualità di capo si sforzava di mantenere un confine netto fra il lavoro e la vita privata. Poi aveva conosciuto me: io ero diventata una persona con cui voleva trascorrere del tempo, e si era impegnato a costruire le basi di un legame solido e duraturo.

Insomma, mio marito non aveva amici. Io, *friendaholic* dichiarata, ne avevo talmente tanti da sentirmi, a volte, sopraffatta dalla necessità di dedicare a tutti le giuste attenzioni, e non riuscivo a capacitarmi del suo atteggiamento, soprattutto perché Justin sosteneva di non sentirne la mancanza.

«Non hai paura della solitudine?»

«No, non particolarmente» diceva.

In effetti quello di cui Justin ha paura è la reciprocità non richiesta, l'idea di essere in debito con un amico che ha fatto qualcosa di carino per lui, che quella gentilezza non l'aveva chiesta. Ecco perché, se invitiamo qualcuno a cena, quasi sempre insiste per cucinare tutto da solo. È così grato ai nostri ospiti per aver trovato il tempo di stare con noi che vuole in un certo senso ricompensarli, come per saldare un debito ipotetico prima che si accumulino gli interessi. Per lui, l'inferno è una festa a sorpresa in suo onore (cosa che per me rappresenta la gioia più assoluta: un sacco di persone a cui voglio bene che si sono riunite senza che dovessi organizzare nulla... un sogno!).

Avrei faticato ad accettarlo se l'altra persona più importante della mia vita, la mia migliore amica Emma, non avesse avuto lo stesso atteggiamento. La sua spiegazione è leggermente diversa: lei seleziona con attenzione chi lascia entrare nella propria vita, soprattutto le persone a cui concede l'accesso alla sfera più intima (che al momento comprende suo marito, i due figli e la sottoscritta), perché non vuole rischiare di restare delusa. Per non rischiare di sentirsi tradita, preferisce limitare il numero di persone che potrebbero ferirla.

Accantonando per un istante Justin ed Emma (che sono tanto bizzarri quanto adorabili), mi sono chiesta se fosse vero che, in linea generale, le donne subiscono più condizionamenti sociali degli uomini, condizionamenti per cui pensano di più al prossimo, comunicano e legano di più, svolgono il lavoro emotivo necessario a mantenere vive le amicizie.

Temo sia impossibile dare una risposta univoca e so che, tentando di giungere a una conclusione, si ricade in preconcetti imprecisi su sesso e genere. Questo tipo di ipotesi taglia automaticamente fuori le identità trans, queer, non binarie e fluide, escludendo la loro esperienza e visione del mondo, a livello pratico ed emotivo. Per quello che può valere, da una prospettiva del tutto empirica posso dire che i miei amici dalle identità fluide sembrano cavarsela meglio nelle amicizie rispetto agli uomini etero. In parte perché si tratta di persone (e mi riferisco sempre ai miei amici) che hanno sviluppato l'abitudine a riconoscere vari modi di essere, e che quindi non seguono per forza di cose le convenzioni; per loro, l'amicizia ha un carattere d'intenzionalità. Spesso, inoltre, hanno dovuto lottare per il riconoscimento della propria identità e per un'accettazione da parte della società: ecco perché capiscono meglio di tanti altri l'importanza di avere degli alleati.

Mi sono quindi messa alla ricerca di qualcuno che potesse darmi la sua opinione in merito. La maggior parte dei miei amici ha più o meno la mia età, e mi sono chiesta se un uomo gay più vecchio di me avesse voglia di raccontarmi se le sue amicizie erano sopravvissute al passare del tempo. Ho così incontrato Andrew Lumsden, un pioniere dei diritti gay che ha giocato un ruolo fondamentale nella creazione del Pride e fondato il quindicinale *Gay News*. Energico ottantenne, oggi Andrew organizza i Queer Tour di Londra, che si svolgono rigorosamente a piedi e sono accompagnati dal sottotitolo *Una parata nel tempo*. E, a quanto pare, Andrew ha ancora un sacco di amici. Gli ho domandato cosa li tiene legati dopo tanto tempo.

«Credo che i rapporti più solidi si fondino su un retroterra condiviso» ha risposto. «Per me, di solito, si tratta delle idee politiche, perché gli attivisti, in passato come ora, agiscono insieme creando una connessione che solo questo tipo di azioni può generare… E sì, com'è ovvio ci possono essere delle discussioni, ma è più probabile che riguardino la politica, appunto, che le questioni personali». L'attivismo, ha aggiunto allegro, «è il modo migliore del mondo per farsi degli amici».

Mi ha poi spiegato che per lui il concetto di migliore amico ha un significato molto specifico.

«Nel mondo gay maschile ci chiamiamo *sisters* (sorelle). È un termine molto utilizzato per indicare due uomini omosessuali che probabilmente non hanno un legame fisico o sessuale ma condividono le stesse opinioni e si comportano proprio come farebbero due migliori amici di sesso maschile. Si prendono cura l'uno dell'altro. Se due *queens* [regine] escono di sera e rischiano di essere aggredite fisicamente per strada, si proteggono a vicenda e non si abbandonano mai, in nessuna circostanza. In caso di violenze, si aiutano. Se vengono arrestate, vanno insieme alla polizia e via dicendo».

La sua osservazione mi è sembrata importante e toccante: per chi appartiene a una minoranza, l'amicizia può rappresentare un profondo legame personale e allo stesso tempo un gesto politico. E un amico che ti vede per quello che sei, che ti protegge e ti rispetta in tutto e per tutto, specialmente se la tua identità rischia costantemente di essere negata, diventa essenziale quanto l'ossigeno.

Nel corso della storia gli uomini etero (e, devo specificarlo, bianchi) non hanno subito questa minaccia, e forse è anche per questo che vedono l'amicizia in modo diverso, cioè come qualcosa che può essere messo da parte senza ansie esistenziali finché non è troppo tardi. Ma se fosse invece proprio lo stereotipo secondo cui le donne sarebbero brave a farsi degli amici e gli uomini no a rendere più difficile, per questi ultimi, mantenere dei rapporti sociali salutari? Ho il sospetto che gli uomini desiderino l'intimità emotiva platonica tanto quanto le donne, ma che non si sentano liberi di esprimerlo in una cultura che non si aspetta da loro questo tipo di esternazione. Per quale motivo, altrimenti, avremmo creato un termine apposito per definire l'amicizia moderna fra maschi eterosessuali, una parola che si finge affettuosa ma che in realtà svilisce il concetto, un'espressione che viene usata con leggerezza e che (ecco l'aspetto che più mi infastidisce) incarna una battuta di cattivo gusto? Sto parlando, ovviamente, del termine *bromance*.

La parola fu usata per la prima volta negli anni Novanta da *Big Brother*, rivista dedicata allo skate, per descrivere i ragazzi che praticavano lo sport e quindi trascorrevano molto tempo insieme[4]; tuttavia, come osserva Billy

Baker in *We Should Hang Out*, con il tempo «si è trasformata in un insulto leggero per qualsiasi uomo che osi avvicinarsi troppo a un altro [...]. Il concetto di *bromance* rientrava fra i classici commenti paternalistici [...]. La cosa più triste, per me, è che abbiamo bisogno di un termine per descrivere questi rapporti perché sono così rari da attirare l'attenzione»[5].

Non è sempre stato così. Nell'antichità, le amicizie intime fra uomini erano così comuni da rientrare nella norma, e perciò non costituivano un argomento di discussione. Quando Cicerone scrisse il suo trattato sull'amicizia nel 44 a.C., lo fece anche per rimediare al fatto che «in tanti secoli si ricordano appena tre o quattro coppie di amici»[6]. Decise di concentrarsi su un unico rapporto, quello fra il generale romano Gaio Lelio e il suo vicecomandante Scipione l'Africano, un sodalizio consolidato dalla guerra; e forse furono proprio le campagne militari a fornire un contesto culturalmente accettabile per una vicinanza fra maschi adulti. Se per noi è sicuramente una fortuna vivere in un'epoca più pacifica, ora che la leva obbligatoria è solo un ricordo, molti uomini del XXI secolo non hanno la possibilità di fare la stessa esperienza. Non voglio dire che l'esercito sia l'unico modo, per loro, di stringere amicizie, né che si tratti di un mondo del tutto positivo (anzi), però resta uno dei pochi ambiti in cui la vicinanza fisica e i legami maschili non vengono messi in discussione o in ridicolo. Insomma, c'è un motivo se The Sealed Knot (l'associazione britannica che organizza rievocazioni in costume di battaglie ed eventi legati alla guerra civile inglese) conta migliaia di membri.

In Gran Bretagna, secondo un sondaggio di YouGov del 2019, un uomo su cinque ha dichiarato di non avere amici intimi, e il 32 percento ha sostenuto di essere sprovvisto di un migliore amico[7]. E si tratta di un problema globale: nel maggio 2021 Survey Centre on American Life ha pubblicato i risultati di un'indagine simile, da cui è emerso che il numero di uomini che ritengono di «non avere amici stretti» è quintuplicato negli ultimi trent'anni, passando dal 3 percento del 1990 al 15. Soltanto il 15 percento dei soggetti riteneva di avere dieci o più amici intimi[8].

In Australia, gli uomini hanno iniziato a contrastare il fenomeno riadattando i capanni degli attrezzi nei cortili privati e trasformandoli in spazi comunitari per coloro che soffrono di solitudine o isolamento. Il movimento del Men's Shed si è poi diffuso in tutto il mondo (solo in Inghilterra si contano seicento gruppi), e le sue strutture offrono un'opportunità di connessione, chiacchiere e socialità scevra da imbarazzo e disagio.

Ma, se le amicizie maschili sono in crisi, Sathnam è una felice eccezione. Nel momento in cui scrivo è impegnato (per fortuna) in un rapporto a lungo termine con «una donna assennata e bellissima», per citare le sue parole, ma non si è mai sposato né ha avuto figli, e questo potrebbe spiegare come mai abbia il tempo di coltivare le proprie amicizie. Inoltre, ha un atteggiamento molto diverso dal mio, in merito.

«Tu accumuli amici come se fossi un fondo privato che sta costruendo un portafoglio d'investimenti» mi ha detto una volta.

«Non è vero» ho risposto piccata.

«Ma sì, dipende essenzialmente da un bisogno di affetto, no?» ha ribattuto lui.

E aveva ragione. Forse è per questo che fatico ad accettare la fine delle storie sentimentali importanti e cerco di restare amica anche delle persone con cui ho avuto un flirt: le associo alla possibilità di essere amata.

ELIZABETH
Come mai tu non provi questo bisogno di affetto?

SATHNAM
Ci pensavo giusto oggi. Fra le cose che ho capito su me stesso c'è il fatto che sono, da sempre, poco incline alla socialità. I gruppi mi terrorizzano, non ho mai fatto parte di una cerchia particolare di amici. Un addio al celibato, per esempio, per me è un incubo: innanzitutto ci vanno solo gli uomini, e perdipiù uomini in gruppo,

amici… Già a scuola, da piccolo, avevo al massimo due o tre amici. Probabilmente si tratta soltanto della mia indole, ma anche chi è stato vittima di bullismo, seppur lieve, ha paura dei gruppi.

ELIZABETH
Ma pure io [sono stata vittima di bullismo e ho paura dei gruppi]! In famiglia hai sempre avuto la certezza di essere amato?

SATHNAM
Sì, e forse dipende tutto da questo, alla fine si torna sempre al rapporto con i propri genitori. In famiglia mi adoravano tutti e in effetti non ho mai avvertito la necessità di colmare una lacuna… Ho un sacco di parenti e con loro mi sento al sicuro, tutelato. Sono molto fortunato. Credo che crescendo sentendosi amati sia come vincere alla lotteria. E a me è successo.

ELIZABETH
Qual è l'approccio del sikhismo all'amicizia?

SATHNAM
Un aspetto fondamentale del sikhismo è che questa religione si proietta nel mondo. A livello filosofico ha parecchi punti in comune con il buddhismo, ma tanti monaci buddhisti desiderano sottrarsi alla vita pubblica, mentre i sikh sono profondamente coinvolti in ciò che accade nel mondo. I templi, per esempio, si dedicano ogni giorno a sfamare il prossimo. È una religione incentrata sull'impegno, sul lavoro, sulle lotte contro le ingiustizie, è una cultura molto sociale. Io stesso ho cinquantaquattro cugini di primo grado, sono tantissimi. E oltre alla famiglia ci sono altri membri della comunità: a Wolverhampton puoi incontrarne un sacco semplicemente camminando per strada.

ELIZABETH
Quindi non hai paura della solitudine o dell'alienazione?

SATHNAM
No, per nulla. E, se a un certo punto mi ritrovo con più di tre o quattro amici, devo liberarmi di uno di loro.

Serissimo, mi ha detto che non fatica a chiudere le amicizie in cui non si sente più a suo agio. A differenza della sottoscritta, Sathnam non rifugge attivamente i conflitti, quindi in quei casi adotta una strategia ben precisa: ignora le chiamate dell'amico in questione per un po' di tempo. Se insiste, risponde e spiega con sincerità qual è il problema.

ELIZABETH
Wow, mi sembra un metodo molto salutare, da un punto di vista emotivo.

SATHNAM
Un paio d'anni fa l'ho fatto con uno dei miei migliori amici e in realtà ho salvato il nostro rapporto. Le mie parole l'hanno ferito, però ha ammesso che non avevo tutti i torti e ha cambiato atteggiamento.

ELIZABETH
Qual è, secondo te, lo scopo di una vera amicizia?

SATHNAM
Ridurre la sensazione di solitudine, direi. Divertirsi. Spettegolare. Scambiarsi aneddoti. Ma soprattutto dare un senso alla propria esistenza. Fare le nostre esperienze di vita in un ambiente isolato è come non farle, capisci?

A quel punto ha citato un verso di *The Fly* degli U2 e mi ha detto che, per testare la profondità di un'amicizia, si chiede se una determinata persona lo aiuterebbe in caso di bisogno o, a ruoli invertiti, lui le chiederebbe una mano.

Qualche mese dopo che io e Sathnam avevamo stabilito che saremmo stati meglio come amici che come (*gasp!*) amanti, mi imbattei in un ex a una festa. Era un ex importante, con cui ero stata per due anni. Lui dimostrò una gentilezza impeccabile, ma la conversazione fu a dir poco superficiale, avevo l'impressione di aver parlato con un ologramma. Qualsiasi esperienza condivisa o amore reciproco che potessimo mai aver provato sembravano essere scomparsi senza lasciare traccia. Era come se per lui non significassi più nulla, e con il senno di poi probabilmente era così.

Il mattino dopo mi svegliai in preda alla tristezza. Peggio ancora, mi sentivo tradita. Quello era un ex che mi aveva promesso con solennità che saremmo rimasti amici perché «non riusciva a immaginare» che non facessi più parte della sua vita. Eppure non si era mai sforzato di mantenere i contatti e, dato che era stato lui a lasciare me, ritenevo che prendere l'iniziativa fosse una sua responsabilità. Invece quella promessa non si era mai concretizzata. Inoltre, considerato ciò che stavo capendo su me stessa, ci rimasi malissimo. Magari non ero stata la partner ideale per lui, ma di sicuro, senza dubbio, ero un'ottima amica... giusto?

Stavo cominciando a intuire che scendere a patti con la mia dipendenza dalle amicizie significava anche accettare che volevo mantenere i rapporti con quell'ex per i motivi sbagliati: ovvero per tenerlo vicino a me malgrado la vicinanza fosse dolorosa. Ma avevamo detto, condiviso e perso troppe cose. Non sarebbe stato facile dare una forma diversa all'intensità dei sentimenti che avevamo provato l'uno per altra all'inizio del nostro rapporto.

E poi sì, avevo paura di cosa sarebbe successo se il nostro rapporto non si fosse evoluto da romantico a platonico, ma non era un motivo sufficiente per affrontare quella transizione complessa. Avevo già abbastanza amici, uomini, donne e persone non binarie.

E così indossai la felpa più comoda del mio guardaroba, mangiai una fetta di pane tostato e chiamai uno di questi amici. Chiamai Sathnam e gli raccontai cos'era successo.

«Vuoi che venga da te?» mi chiese.

«Sì, per favore».

Arrivò venti minuti più tardi, armato di una cartolina di George Michael. Può sembrare strano, ma Sathnam lo adora. Sul retro aveva scritto: *Non farti deprimere dagli stronzi.* Posai la cartolina sul bancone della cucina e misi su il tè.

Mi sentivo già meglio. A volte la questione è molto semplice: un amico è una persona che ti permette di aiutarla.

Le voci dell'amicizia

Andrew

Andrew Lumsden, ottant'anni, artista,
guida turistica e fondatore di *Gay News*

Molto, molto tempo prima dell'avvento dei social, in Gran Bretagna gli uffici postali detenevano il monopolio delle linee telefoniche e imponevano strane regole: per esempio il telefono di casa poteva avere un cavo lungo poco meno di due metri che usciva dal muro, dove gli arrivavano impulsi elettrici ecc.. E così, più di una volta, in occasione di un trasloco, ho convinto un ingegnere delle poste a concedermi un cavo di sei metri; perché, se parli con i tuoi amici attraverso una linea fissa, vuoi la possibilità di chiacchierare con loro sdraiato a letto o mentre cucini qualcosa. E, stando alle norme delle poste, non era fattibile.

Era un aspetto bellissimo delle amicizie perché, anche se oggi la gente telefona dai cellulari in posizioni molto comode, era molto piacevole e intimo sdraiarsi con quei vecchi telefoni, la cornetta contro l'orecchio e l'apparecchio sulla pancia. Certo, di tanto in tanto c'erano delle sorprese, ma solo con i propri amanti. Loro non chiamavano! Non rispondevano alle telefonate! [E allora dovevi] uscire di casa e andare fisicamente a trovarli!

6. Contratti

Compilare il CV per le amicizie, con l'aiuto di The Real Housewives

Attaccai la cartolina di George Michael all'anta di un pensile, nel mio cucinotto. Ogni mattina, prendendo le bustine di tè, vedevo il volto sensuale di una delle popstar più iconiche degli anni Ottanta e sorridevo. Mentre facevo colazione e mi preparavo per uscire (vestendomi sempre con la massima attenzione, casomai avessi incontrato uno dei miei ex)[1], sapere che l'amicizia con Sathnam mi sosteneva con discrezione mi metteva di buonumore, mi aiutava ad affrontare la giornata, mi incoraggiava a non farmi deprimere dagli stronzi.

George Michael rimase lì per mesi a fissarmi con i suoi ardenti occhi castano chiaro, l'orecchino a forma di crocefisso che pendeva dal lobo sinistro. Con il tempo il vapore del bollitore avrebbe fatto arricciare i bordi della cartolina, mentre i capelli cotonati e biondo cenere di George persero un po' di lucentezza a causa della luce del sole che entrava dal bovindo. Mi tenne d'occhio dopo gli appuntamenti, quando portavo a casa gli uomini sbagliati, finché non conobbi Justin. A quel punto staccai la cartolina e la infilai in uno degli scatoloni con cui avrei traslocato nella casa che avevo comprato con lui, all'altro capo della città.

Lasciando l'appartamento, provai un moto di riconoscenza: mi aveva offerto un riparo sicuro in un periodo della mia vita segnato da tantissimi cambiamenti. Una parte di me era sollevata all'idea che non avrei più corso il rischio di incrociare Becca e di essere ignorata per strada. Un'altra parte invece era triste nel dover abbandonare un luogo che aveva rappresentato tanto nella mia conquista dell'indipendenza. Soprattutto, però, ero emozionata dalla prospettiva di andare a convivere con l'uomo che amavo e di avere un armadio molto più grande.

Non pensate che fossi assolutamente risolta, che guardassi alla vita con un atteggiamento del tutto equilibrato: insieme a George, portai con me alcuni tratti della mia vecchia personalità. Benché avessi cominciato a cogliere il valore della vera amicizia e a capire che non dovevo per forza diventare amica di chiunque incontrassi (ex compresi), non mi ero ancora liberata del desiderio pervasivo di piacere al prossimo. E così, spostandomi nel nuovo quartiere, mi ripromisi di comportarmi da vicina modello.

Iniziai con il presentarmi a chi abitava nella stessa via, tutte persone carine che si dimostrarono molto pazienti, ritirando la quantità assurda di pacchi (cuscini e lampadine, perlopiù) che ci arrivavano mentre non eravamo a casa. Ma poi mi spinsi oltre e mi unii a un gruppo WhatsApp di zona. Mi iscrissi alla mailing list che avvisava sui giorni di raccolta dei rifiuti e sulla presenza di volpi nei dintorni. Già mi vedevo come un pilastro della comunità, il tipo di donna che organizzava mercatini di quartiere e turni per contribuire al rinnovamento del centro ricreativo locale. Peccato che non ci fossero molte cianfrusaglie da vendere e che il centro ricreativo fosse già in ottime condizioni.

Ma non aveva importanza: quando la donna che gestiva il gruppo mi propose di vederci davanti a un caffè «per conoscerci meglio», accettai con entusiasmo.

Ma certo, le scrissi, con le dita che fremevano per l'impazienza.

Incontrai Maggie in un bar. Aveva qualche anno più di me e tempo addietro aveva divorziato perché il marito la tradiva, ma entrambi si stavano impegnando per crescere insieme i due figli. Quando me lo raccontò le dissi che mi dispiaceva molto e che potevo solo immaginare quanto fosse stata dura. Gli occhi le si riempirono di lacrime e allungai una mano per stringere la sua. Parlammo di divorzio e delle difficoltà di elaborare la fine di un rapporto che, forse, non era mai stato davvero meraviglioso. Mi spiegò che i suoi genitori, benché infelici, erano rimasti insieme per gran parte della sua infanzia, e che in un certo senso lei era sollevata di non aver commesso il loro stesso errore; mi dissi d'accordo: era un atteggiamento più salutare.

Per farla breve, tra noi si creò un'intesa. E a un certo punto mi disse che il figlio maggiore avrebbe voluto lavorare nel mondo dei media e che lei non sapeva come aiutarlo, dato che era un ambiente molto competitivo.

«Ah, è il mio ambito» risposi.

Il suo viso si illuminò. «Davvero?»

Ci fu un istante di silenzio mentre Maggie mi fissava, carica di aspettativa.

«Sì. Se tuo figlio avesse bisogno di qualche contatto o di uno stage, sarei felice di dargli una mano».

«Come sei gentile! In realtà gli farebbe davvero comodo. Posso girargli la tua email?»

«Certo».

Scrissi il mio indirizzo sull'app per gli appunti del suo telefono e, mentre lo facevo, scelsi di ignorare la vocina che, in un angolo del mio cervello, tentava di sovrastare il rumore prodotto dalla determinazione di stringere una nuova amicizia. La vocina che diceva: «Sai cosa sta per succedere, giusto? Ti sbilancerai troppo, poi ti sentirai in imbarazzo e ti lascerai coinvolgere nella vita di questa donna più di quanto vorresti. A dire il vero, Elizabeth, sei la solita stupida: l'hai appena fatto».

Ma quell'avvertimento fu completamente coperto da quello che stava accadendo nella mia testa, occupata da una parata in piena regola, con tanto di banda di ottoni con ventiquattro elementi e un carro carico di drag queen che cantavano in playback, per festeggiare il fatto che ero… be', *bravissima* a farmi nuovi amici. «Fantastica!» gridavano le drag queen immaginarie. «Una nuova amica, evviva! Se solo ti vedessero i bulli che ti tormentavano a scuola! O i tuoi ex: finalmente capirebbero di essersi fatti sfuggire una persona speciale!» Adoro queste donne create dalla mia mente, sono le tifose migliori che si possano desiderare. Purtroppo, non sempre dicono la verità.

Tornai a casa esaltata e soddisfatta per quel legame appena nato. Traboccavo endorfine da *friendaholism*. Ero su di giri. Ero piena di energie. Mi sentivo *viva*.

«Ho conosciuto una delle vicine» dissi a Justin emozionata quando rientrò dal lavoro. «È davvero carinissima. Ne ha passate tante, poverina. Il marito l'ha tradita, hanno divorziato, lei è preoccupata per gli effetti che questo avrà sui loro figli e...» Mi lanciai in un appassionato monologo che avrebbe potuto tranquillamente intitolarsi *La vita di Maggie* ed essere utilizzato come testo di riferimento in un corso di teatro.

Alla fine Justin, anziché ricompensarmi con l'applauso che meritavo, si accigliò. «Sei sicura che...»

«No, so cosa stai per dire, ma Maggie è meravigliosa e sono sicura che sarà bello avere un'amica nel quartiere».

Non era per nulla convinto. «Non fare quello che fai di solito, cioè pensare di aver trovato un nuovo migliore amico».

Alzai gli occhi al cielo. «Ma quando mai!»

Nel giro di qualche giorno, mi misi a caccia di un'opportunità lavorativa per il figlio di Maggie. Non l'avevo mai visto e non avevo la minima idea di come fosse fatto, eppure questo non mi impedì di assillare un collega stimato finché non accettò di prenderlo sotto la sua ala per una settimana. Maggie mi mandò un messaggio riconoscente, poi mi propose di pranzare insieme il lunedì dopo. A quanto ne sapevo era una madre a tempo pieno, quindi in teoria era libera quando i figli erano a scuola. Io invece seguivo orari d'ufficio e quel lunedì mi aspettava una giornata piena, con diverse riunioni e un podcast da registrare. Benché ci fossimo viste una sola volta, cominciai a sentirmi in colpa all'idea di rifiutare e quindi di *deluderla*. Era chiaro che desiderasse un'amica, e io in fondo mi ero offerta volontaria. Non potevó certo tirarmi indietro, no? Sarebbe stato scortese. Peggio ancora: sarebbe stato ostile, una cosa che un'amica non avrebbe mai fatto.

E così riorganizzai i miei impegni e andai a pranzo con lei; avendo solo un'ora a disposizione, arrivai al ristorante praticamente di corsa. Ma il pranzo andò per le lunghe, perché Maggie mi spiegò meglio quanto fosse difficile il rapporto con il suo ex e con la nuova compagna di lui.

«Mi sento un vero fallimento» mi disse davanti all'antipasto che avrei preferito non ordinare, per questioni di tempo.

«Oh, Maggie» esclamai, trangugiando a velocità record il guacamole e le patatine. «Non pensarlo nemmeno per scherzo. Un matrimonio finito non equivale a un fallimento!»

Cercai di tirarla su di morale per un po' e, dopo qualche altra frase d'incoraggiamento e qualche pacca delicata sulla mano, Maggie si calmò. A quel punto avevo una call di lavoro ma mi sembrava fuori luogo chiedere il conto, quindi andai in bagno e informai via email i partecipanti alla riunione che avrei dovuto rimandare.

Perché non avevo semplicemente detto a Maggie che avevo i minuti contati? Meglio ancora: perché le avevo detto che quel lunedì non potevo? Perché ero convinta di non poter in alcun modo rifiutare l'amicizia che qualcuno mi offriva. Ero abbastanza arrogante da pensare di essere un'ottima amica, capace di dare al prossimo ciò di cui aveva bisogno. In realtà davo ciò di cui io stessa avevo bisogno: una dose di autostima.

Nelle settimane seguenti, Maggie mi scrisse quasi tutti i giorni. Rispondevo quando riuscivo, ma pian piano la lunghezza e la regolarità dei miei messaggi diminuirono. Non avevo il tempo materiale né le energie per gestire un'altra amicizia, però non me n'ero accorta subito. Anzi, me n'ero accorta ma non avevo voluto ammetterlo, perché mi sembrava meschino. Per correttezza nei confronti della persona che ero all'epoca, devo dire che non ero andata in cerca di un nuovo legame; avevo solo tentato di essere una vicina gentile e di creare un rapporto funzionale e cordiale con qualcuno che avrei incontrato nel quartiere. Il problema era che non avevo gli strumenti per far sì che accadesse. Conoscevo una sola strada verso l'amicizia, ovvero quella che prevedeva la massima velocità, nessun tipo di limite e una disponibilità totale. Nel mio disperato bisogno di creare una connessione avevo saltato la fase fondamentale di ogni nuova conoscenza, quella in cui bisogna procedere con cautela. Nella fretta di lanciare il cocchio oltre la linea del traguardo, avevo dimenticato il consiglio di Cicerone: non avevo provato i cavalli.

E così ormai Maggie era convinta che fossimo più intime di quanto eravamo in realtà, e quella disparità mi metteva a disagio. Non sapevo come sottrarmi alle continue proposte di prenderci un caffè (che non bevevo) e di cenare insieme la domenica sera (cosa che cerco di evitare perché solo i sociopatici vogliono andare al ristorante la domenica sera). Passando vicino a casa sua sudavo freddo perché temevo che, vedendomi, mi invitasse a entrare per sottopormi ad altre ore di confessioni a cuore aperto. Una volta mi scrisse per dirmi che degli operai sarebbero venuti ad ampliare il suo giardino sul retro: potevo per caso ospitarla per un paio di notti, mentre i figli stavano dal suo ex? Fui travolta dal panico appena lessi il messaggio. Il fatto che pensassi di dover accettare – anche se non mi andava di accogliere una semisconosciuta nella nostra stanza degli ospiti, soprattutto perché lavoravo quasi sempre da casa – la dice lunga sulla mia percezione distorta dell'epoca.

«Cosa faccio adesso?» chiesi a Justin, agitatissima.

«Da noi non può stare» rispose. «Dille che la stanza è occupata perché ci sono i miei figli».

«Okay, va bene. Sì, può funzionare».

Lui ebbe il tatto sufficiente a non aggiungere: «Te l'avevo detto», «Ma perché continui a infilarti in queste situazioni?» o cose del genere, ma in seguito mi fece sedere in cucina e mi illustrò con delicatezza i miei punti di forza (creare dei legami) e quelli deboli (non ero in grado di mettere dei paletti); mi suggerì anche di prendermi del tempo per capire come proteggermi ed evitare di ritrovarmi in circostanze analoghe.

Dissi a Maggie che non potevamo ospitarla e, mandandole il messaggio, decisi che mi sarei sforzata di non assumermi la responsabilità della sua reazione. Era ragionevole immaginare che potesse rimanerci male o sentirsi infastidita, ma non era compito mio alleviare quel fastidio. Alla fine mi chiesi: «Se dovessi perdere l'amicizia di Maggie e lei si facesse una cattiva opinione di me, sarebbe grave?» e arrivai alla conclusione che non lo era. Se avesse tagliato i ponti per una sciocchezza simile, avrei capito che non era il tipo di amica di cui avevo bisogno. Inoltre, se fosse uscita volontariamente dalla mia vita, non sarebbe stato del tutto negativo: in fondo, ero in ansia da settimane perché provavo in ogni modo a soddisfare le sue esigenze. Cliccai su «invia».

Nel giro di pochi minuti, Maggie scrisse: *Capisco, nessun problema! Cerco un'altra sistemazione.*

Provai un sollievo intenso e immediato. Maggie non si era offesa. Avevo posto un limite e lei l'aveva accettato senza difficoltà. E la sua risposta matura me la fece apprezzare di più. Forse non si aspettava che dicessi sempre di sì; magari stava solo tentando di capire che tipo di amica fossi. Forse anche lei aveva letto Cicerone e stava provando il cavallo (o il lama, per usare il paragone di Sathnam) prima di legarlo al cocchio. In quel caso l'errore era stato mio, perché le avevo lasciato credere di essere un tipo di destriero che in realtà non ero.

Un paio di secoli prima che Cicerone scrivesse il suo trattato sull'amicizia, Aristotele espresse la propria opinione sul concetto di *philìa*, termine greco che indica l'amore fraterno in senso ampio. Per il filosofo, la *philìa* andava suddivisa in tre categorie: l'amicizia poteva fondarsi sul vantaggio reciproco (amore per ciò che è utile), sul godimento reciproco (amore per ciò che è piacevole) o sull'ammirazione reciproca (amore per l'indole e l'integrità morale dell'altro, quelle che Aristotele definiva «virtù»). Queste tre categorie potevano sovrapporsi, ma esisteva una chiara linea di demarcazione fra quello che, oggi, potremmo descrivere come un migliore amico appartenente a una cerchia molto intima e le conoscenze di circostanza che rientrano in un circolo meno esclusivo. Quella con Maggie avrebbe dovuto essere un'amicizia fondata sul vantaggio reciproco: io potevo organizzare un'esperienza lavorativa per suo figlio, lei poteva farmi da cat-sitter (anche se, ovviamente, non osavo chiederglielo per paura di farla sentire in obbligo). Secondo Aristotele alcuni amici restano per sempre in quella categoria, tuttavia è possibile – se si apprezza la compagnia l'uno dell'altro – spostarsi nella seconda. Ma soltanto gli animi più affini sono in grado di innamorarsi platonicamente dell'indole di qualcun altro, a prescindere dalla sua utilità. Per il filosofo, la *philìa* del terzo tipo era quindi la più virtuosa, dato che l'amico «è un altro sé stesso». Benché all'epoca fosse opinione comune che solo una vita in cui ci si bastava da sé potesse dare la felicità, Aristotele sosteneva che l'autosufficienza si fondasse proprio su *questo tipo* amicizia, poiché era uno strumento per conoscere noi stessi. È grazie ai veri amici che scopriamo chi siamo davvero. Di conseguenza, essere una persona pienamente virtuosa e soddisfatta implica necessariamente avere altre persone di cui preoccuparsi: senza di esse, la vita è incompleta, scriveva nell'*Etica Nicomachea.* E ancora: «Quindi l'uomo felice avrà bisogno di amici eccellenti»[2].

In un simile contesto le amicizie più sincere sono quelle che vengono scelte liberamente, al di là delle valutazioni legate al vantaggio reciproco. C.S. Lewis espresse il concetto in modo più diretto nel suo saggio del 1960 *I quattro amori*, di cui un'intera sezione è dedicata alla *philìa*: «L'amicizia è [...] il meno *naturale* degli affetti, il meno istintivo, organico, biologico, gregario e indispensabile»[3]. Chiunque abbia sperimentato il legame fra anime che si crea in un'amicizia profonda potrebbe non essere d'accordo sulla definizione di «meno naturale», ma Lewis voleva sottolineare un dato di fatto scientifico: l'umanità non ha bisogno dell'amicizia per potersi riprodurre e migliorare come specie evolutiva. Al contrario, come abbiamo visto, gli scienziati hanno spesso e volentieri sorvolato sullo studio di questi rapporti proprio perché privi di valore riproduttivo (malgrado una ricerca del 2016 abbia dimostrato che persino i pesci zebrati hanno meno paura se avvertono nelle vicinanze la presenza di loro simili conosciuti: si ritiene che sia la prima evidenza di «buffering sociale» osservato al di fuori dell'ambito umano e dei mammiferi)[4]. Assodato che l'amicizia non ha un valore legato alla sopravvivenza in senso stretto, non possiamo negare che dia un valore aggiunto alla mera sopravvivenza: e questo, dalla prospettiva aristotelica, costituisce un livello di affetto più intenso per via della libertà intenzionale da cui nasce.

Tuttavia, non possiamo prendere una decisione realmente libera se siamo incatenati dagli obblighi o se non accettiamo che i limiti che *non* abbiamo posto per dimenticanza non vengano rispettati. Con Maggie era andata proprio così: non sarebbe mai diventata un'amica intima poiché avevo inquinato le acque fin dal principio. Se entrambe fossimo state da subito sincere su ciò di cui avevamo bisogno, tutto sarebbe filato più liscio (e, se fossimo state due pesci zebra, sarebbe stato ancora più semplice). Ma, com'è stato detto talmente tante volte da diventare quasi uno stereotipo, per l'amicizia non esistono rituali approvati dalla società. Le coppie possono scegliere di essere monogame, di andare a convivere, di fidanzarsi e sposarsi, se lo desiderano, e agli occhi del mondo esterno ogni passo simboleggia una diversa fase e un progresso nel loro rapporto. La dinamica genitore-figlio è ricca di pietre miliari analoghe: il primo giorno di scuola, il superamento degli esami, il diciottesimo compleanno ecc. L'amicizia è l'unico rapporto privo di tappe simili – come anniversari, cerimonie, eventi particolari – e ciò significa che è difficile gestirne lo sviluppo con cura e attenzione. Se siete fatti come me, avete la tendenza a tuffarvi di testa dalla scogliera senza sapere quanto sono profonde le acque sottostanti, né se brulicano di meduse. Se siete fatti come Emma, partite dal presupposto che qualsiasi oceano ospita squali e parassiti carnivori, e vi avvicinate al bordo con estrema cautela. Emma è decisamente più diffidente di me (una caratteristica che lei imputa alla propensione tutta scandinava per l'autosufficienza e per il seppellire le dimostrazioni emotive nelle profondità delle foreste nordiche... Non sto usando le sue parole esatte, però il senso è questo) e in situazioni del genere sfodera una discrezione e una capacità di giudizio che io non possiedo. Aristotele la adorerebbe.

Qualche tempo fa, quando Emma ha traslocato con la famiglia, le nostre differenze mi hanno colpita per l'ennesima volta. In attesa che i figli uscissero dalla nuova scuola, rimpiangeva di non poter sfoggiare un cartello che indicasse senza mezzi termini le basi contrattuali per diventare sua amica. «Vorrei poter indicare cosa posso offrire e cosa no, che tipo di amica posso essere, per dire a chi cerca qualcosa di diverso che non sono la persona giusta» mi ha spiegato Emma.

Sul momento ho riso, immaginandola come una specie di San Bernardo con un cartello al collo al posto della classica fiaschetta. Però, più ci pensavo, più capivo che non aveva tutti i torti. E se, alla prima uscita con Maggie, le avessi mostrato un avviso del genere? Cosa ci sarebbe stato scritto? Come sarebbe stato il mio «CV per le amicizie»?

ELIZABETH DAY
Ottima amica con oltre quarant'anni d'esperienza.

CAPACITÀ: Attitudine a creare legami e all'empatia. Secondo alcune persone, sono addirittura simpatica.
PUNTI DEBOLI: Dipendenza dall'amicizia causata da: assenza di paletti, evitamento del conflitto, difficoltà a dire no, odio per le telefonate e scarsa autostima.
COSA CERCO: Una persona disponibile e amichevole che non fraintenda il mio trasporto ed entusiasmo iniziali, prendendoli per una garanzia di vi-

cinanza; che non si aspetti nulla da me; che non approfitti di ospitalità e disponibilità (in senso tanto letterale quanto metaforico). Sono disponibile per un'occasionale (non è un'esagerazione) tazza di tè. Disponibile a svolgere piccoli lavoretti domestici, come fare da pet-sitter e/o bagnare le piante se necessario. Possibilità di promozione alla cerchia degli amici intimi dopo un periodo di prova di dodici mesi. Astenersi perditempo, per cortesia.

Scritto nero su bianco risulta molto freddo e clinico, vero? Sembra esigente e un po' petulante... *poco amichevole*, ecco. E credo che il mio problema sia proprio questo: anche se, a quarantatré anni, so bene cosa cerco in un amico e cosa invece non mi va a genio, non riesco a lanciare alle potenziali conoscenze i segnali non verbali che lo renderebbero chiaro fin dal principio. Ho sempre pensato – sbagliando – che i buoni amici non mettessero dei paletti, mai. I buoni amici non sono quelli che mollano tutto per correre da una persona cara che si trova in difficoltà? I buoni amici non sono in fondo alla propria scala di necessità, poiché prima vengono i bisogni delle persone a cui tengono? Non era proprio questa la definizione di *philìa*?

Sì e no. Dopo l'esperienza con Maggie stavo iniziando a capire che nella mia vita ci sarebbe sempre e solo stata una certa quantità di spazio per quel tipo di legami. Molto semplicemente, gli animi affini per cui molli tutto su due piedi, a cui rispondi al telefono alle quattro del mattino, che sai ti staranno vicini nel momento del bisogno, sono rarissimi. Ed è possibile vivere con quel grado di intensità solo un numero limitato di amicizie. Come scrisse Cicerone, deve accadere dopo un determinato lasso di tempo, in modo che il rapporto possa essere messo alla prova, crescere ed evolvere per soddisfare i bisogni e i desideri in divenire delle due persone coinvolte. Secondo Sathnam, per scegliere questi individui fondamentali è necessario procedere con giudizio: cosa che, oltre a far sentire al sicuro gli amici più intimi, rende chiaro a tutti quali sono i nostri parametri e criteri.

Il mio errore era stato trattare qualsiasi amico potenziale come uno spirito affine, un po' perché mi piaceva l'idea e un po' perché non conoscevo altri modi di gestire le amicizie. Sotto tanti punti di vista, non era un problema terribile. Forse, tra voi che leggete queste righe c'è qualcuno che fatica a stringere amicizie perché la sua scarsa autostima si manifesta diversamente (si traduce magari in timidezza, in ansia sociale, nel timore di un'esistenza al di fuori dell'isolamento controllato); un CV per le amicizie gioverebbe anche a queste persone. Se potessero seguire il suggerimento di Emma, e dare al prossimo un riassunto (possibilmente su carta intestata) delle loro abilità in quel campo, si risparmierebbero l'oltraggio e il disagio che derivano dall'incomprensione.

Com'è ovvio, nessuno scriverà mai un CV simile per distribuirlo fuori dalle scuole. Eppure, anche solo abbozzarne uno si è rivelato istruttivo perché mi ha spinto a pensare (con sincerità e senza troppe sovrastrutture) a cosa posso offrire a un amico. In altri ambiti della nostra vita, questo tipo scambio formale è ampiamente accettato. Nei negozi della catena WHSmith si possono acquistare moduli legali essenziali: contratti d'affitto e testamenti, per esempio, sono lì ad attendervi sugli scaffali; voi dovete solo comprarli e firmarli. Le coppie sposate o i membri delle unioni civili firmano certificati e talvolta accordi prematrimoniali; per accettare un lavoro bisogna sottoscrivere un contratto, come ho fatto io per il libro che avete in mano (stabiliva un numero minimo di battute e la data di consegna dell'opera): in tutti questi casi, le nostre responsabilità e i loro limiti sono molto chiari.

Ma come abbiamo detto non esistono contratti che regolano le amicizie... o almeno così pensavo. È giunto il momento di confessare un'altra mia dipendenza, oltre a quella dalle amicizie: quella da reality show. Credo di essere stata fra le prime estimatrici del genere, dato che ho apprezzato già la prima edizione del *Grande Fratello*, andata in onda quand'ero al secondo anno di università. Durante l'estate del 2000, andai in vacanza in Tunisia per tre settimane con Rich, il mio ragazzo dell'epoca, e mia madre mi tenne aggiornata sugli ultimi scandali della trasmissione via email. Trattandosi dei primi tempi del World Wide Web, Rich e io dovevamo scovare degli internet cafè improbabili per non perderci nessuna novità. Ricordo chiaramente uno di quei giorni: mi trovavo in una cittadina afosa e polverosa del Nord Africa, indossavo degli shorts di jeans e avevo le gambe sudate e appiccicate al sedile di plastica di una sedia. Usando uno dei computer a disposizione, mi loggai nel mio account hotmail.co.uk e lessi d'un fiato l'ultima missiva di mia madre.

«Oddio!»

«Che succede?» chiese Rich, alla postazione accanto alla mia.

«A quanto pare quel viscido di Nick ha scritto dei bigliettini per cercare di influenzare il voto degli altri. E nessuno era autorizzato a introdurre carta e penna nella casa!»

«Wow. Che colpo basso».

Non era un commento ironico: a noi interessava davvero... e anche a mia madre, che di solito aveva gusti diversi in fatto di programmi tv.

Credo che quella stagione del *Grande Fratello* abbia dimostrato che i reality, se fatti bene, sono fra i prodotti più soddisfacenti ed efficaci, a livello antropologico, che si possano guardare. Sono studi sul comportamento umano, con tutte le sue incongruenze, eccentricità e contraddizioni. E, benché questi programmi portino sullo schermo alcuni dei peggiori eccessi della nostra specie, per me ne presentano anche alcuni dei migliori. Per ogni stronzetto che partecipa a *Love Island*, c'è un'amicizia solida che nasce sullo sfondo. Per ogni concorrente affamato di successo di *X Factor*, c'è un nuovo talento che viene finalmente riconosciuto e premiato. Per ogni cena disastrosa di *Come Dine with Me*, c'è la dolcezza di un legame inaspettato che si crea a tavola.

Nel pantheon dei reality, io ho individuato un tempio, sopra gli altri, dove recarmi in pellegrinaggio: *The Real Housewives.* Potrei scrivere, e non scherzo, un libro intero su questo programma, quindi cercherò di farla (relativamente) breve. Per i profani, dirò che all'inizio si trattava di un documentario in stile *fly-on-the-wall* (una tecnica che vuole dare l'idea che i soggetti ripresi non si accorgano della presenza dell'osservatore, come se questo fosse appunto una mosca sul muro) che, intitolato *Behind the Gates,* seguiva le vite di alcune donne ricche di Orange County, in California. Andy Cohen, un produttore giovane e intraprendente, mise le mani sul girato e lo trasformò in un prodotto capace di affascinare un pubblico molto più ampio. Il nome venne modificato per sfruttare il successo di *Desperate Housewives – I segreti di Wisteria Lane,* una serie a metà fra la commedia e il drammatico molto in voga in quel periodo. Con il passare del tempo *The Real Housewives* si spostò in altre località, fra le protagoniste cominciarono a esserci parecchie donne che non erano casalinghe (ed è lecito pensare che nemmeno quelle di Orange County lo fossero davvero): il cast spaziava da donne in carriera (si stima che il patrimonio di Bethenny Frankel, affermatasi grazie a *The Real Housewives of New York City,* ammonti a 80 milioni di dollari) a pezzi grossi dell'industria musicale (Kandi Burruss, di *The Real Housewives of Atlanta,* ha vinto un Grammy per aver scritto *No Scrubs* delle TLC), per arrivare alle attrici (Garcelle Beauvais di *The Real Housewives of Beverly Hills* ha recitato in *Il Principe cerca moglie*). Ad accomunarle è un debole per gli oggetti di lusso, un bel conto in banca e la tendenza a essere favolose. L'ambientazione può essere affettata ed esagerata, ma le emozioni cui assistiamo sono spesso molto credibili e le trame più affascinanti di quelle di qualsiasi altro programma, o quasi. È stato in questa trasmissione che ho visto in tv, per la prima volta, una rappresentazione della fecondazione assistita. Ed è una delle poche che si concentra sulle cinquantenni e sessantenni che affrontano divorzi, vedovanze, appuntamenti, vita da single e menopausa. Non è una coincidenza che gli autori di *And Just Like That...*, il proseguimento di *Sex and the City* in cui le protagoniste hanno ormai raggiunto la mezza età, si siano ispirati proprio a *The Real Housewives.*

Ed è stata sempre questa trasmissione a mostrarmi per la prima (e ultima) volta un vero e proprio contratto di amicizia, stilato dall'ex supermodella Cynthia Bailey per la sua cara amica NeNe Leakes nella terza stagione di *The Real Housewives of Atlanta.* Le due stavano vivendo delle difficoltà e Cynthia pensò che fosse una buona idea chiarire la situazione regalandole una candela profumata e un contratto pieno di regole come: «Se ci arrabbiamo l'una con l'altra, non dobbiamo andare a dormire arrabbiate ma parlarne e risolvere» e: «Non possiamo scaricarci a vicenda come amiche a meno che non ci sia un'ottima ragione, tipo: una delle due viene uccisa in modo inaspettato».

Cynthia continuò a ripetere che si trattava soltanto di uno scherzo, ma vedendola sullo schermo si coglieva una certa serietà.

«Cynthia» disse NeNe con una risata, «non siamo sposate».

«No, ma siamo buone amiche» rispose diretta l'altra. «E non mi piace il modo in cui mi sono sentita negli ultimi giorni».

Lo firmarono entrambe, anche se NeNe era riluttante, soprattutto dopo che Cynthia specificò, ridendo, che si trattava di «un contratto di un anno. Puoi infrangerlo solo se mandi una lettera autenticata in cui affermi che vuoi scioglierlo, ma dev'essere firmata dal presidente, tipo».

Quindici anni fa, quella scena mi era sembrata totalmente assurda. La presi alla leggera, proprio com'era nelle intenzioni dei produttori. In un confessionale, NeNe definì Cynthia come «una donna nera single», affermazione che venne percepita come troppo forte e sopra le righe; la reazione degli spettatori fu tale che Cynthia aprì un blog per difendersi, sostenendo che la faccenda era stata gonfiata a dismisura.

Ma oggi, ripensandoci dopo aver riflettuto sulle mie amicizie, mi sono chiesta se Cynthia Bailey non avesse avuto un'intuizione giusta. Che si trattasse di un genio che, come molti geni, era in grado di risolvere un problema che noialtri non avevamo nemmeno ancora visto? Dovevamo metterci al passo con la sua mente, più raffinata della nostra?

In cerca di risposte, ho chiamato Danielle Bayard Jackson, una *friendship coach.* Esatto, avete capito bene: Danielle è specializzata nell'aiutare le donne a creare legami di amicizia significativi e forti. Ha dato vita al proprio programma di coaching per aiutare altre donne che, come Cynthia, avevano bisogno di esprimere la sensazione di conflitto, delusione o confusione che provavano in un'amicizia, ma non riuscivano a trovare le parole adatte. Quando l'ho contattata Danielle stava per partorire il secondo figlio, ma il fatto che abbia trovato il tempo di parlare con me – e soprattutto che abbia capito *immediatamente* a cosa mi riferissi quando ho citato il contratto Bailey-Leakes – la dice lunga sull'entusiasmo con cui affronta la complessità delle amicizie femminili.

«È molto divertente perché sì, il contratto sembra ridicolo e quando ho visto la scena mi sono chiesta se facessero sul serio, però credo che un contratto del genere offra una sana dose di sicurezza» mi ha detto. «Perché l'amicizia è un rapporto elettivo, volontario, fluido, indefinito... capisco bene la proposta di un contratto che fornisce una garanzia in un legame difficile da catalogare».

Danielle ha aggiunto che «stringiamo amicizie in modo velocissimo, nel tempo di un respiro, mentre nei rapporti romantici ci aspettiamo una sorta di conversazione all'inizio e alla fine e determinate pietre miliari nel mezzo... Ecco, nelle amicizie questo *non* accade. Quasi senza accorgercene cominciamo a frequentare moltissimo una persona nuova, e poi magari di colpo non avvertiamo più quell'intesa. E possiamo chiudere senza necessariamente dire addio. Non dovrebbe essere così, ma abbiamo la *possibilità* di farlo. E quindi non sappiamo mai se siamo sulla stessa lunghezza d'onda dell'altra persona, se ci piacciamo allo stesso modo, se davvero fra noi c'è qualcosa, quanto durerà il legame. E poi ci chiediamo se si tratta di un rapporto esclusivo, se l'altra persona avrà altri amici a parte noi; abbiamo bisogno che si impegni a offrirci ciò che ci serve.

«Quindi, forse, un "contratto" ci sembra tanto ridicolo perché applicare una simile struttura in questo contesto ci appare troppo restrittivo. Molti di noi, credo, vedono l'amicizia come un'attività divertente, ricreativa, facoltativa, come una via di fuga e un rifugio. Se dobbiamo metterci nell'ottica che sia un impegno, un obbligo regolato da un contratto, rischia di risultare una follia ai nostri occhi. Però capisco che tante donne possano sentirsi sollevate da termini messi nero su bianco, che chiariscono il mistero che ammanta le loro amicizie».

Fra parentesi, il contratto di amicizia Bailey-Leakes diventò così iconico da trasformarsi in un elemento saliente di *The Real Housewives.* Nella quinta stagione di *The Real Housewives of Miami* trasmessa nel 2022, Julia Lemigova si è inginocchiata per proporre un «fidanzamento amichevole» alla co-star Adriana de Moura. In quell'occasione non c'è stato un contratto, bensì un anello che simboleggiava la loro vicinanza. La moglie di Julia, la leggenda del tennis Martina Navrátilová, in seguito ha dichiarato di non essere gelosa di quel rapporto, poiché la distinzione era chiarissima: Julia era sposata con lei, ma voleva suggellare un legame platonico e duraturo con Adriana.

«Il mio matrimonio con Martina è felice, la amo» ha detto Lemigova. «E Adriana è la mia migliore amica». Insomma, non c'era alcuno spazio per i fraintendimenti, anche se non è sempre così. Un aspetto inevitabile del problema deriva dal fatto che, quando si conosce un estraneo che ci sta simpatico, è quasi impossibile capire a priori che tipo di amicizia si instaurerà fra noi, perché non esiste una definizione univoca di amicizia. È un'etichetta che racchiude troppe cose, uno spettro variabile, sconfinato e sfumato che, spaziando dalla conoscenza occasionale all'amico del cuore, alla fine perde pressoché di significato.

Quando ho chiesto a Danielle qual è la sua definizione di amicizia, non ha esitato… ma solo perché ha dedicato la sua carriera al concetto e ha studiato per capirlo al meglio. La maggior parte di noi non lo fa.

«È un affetto reciproco, un sentimento di benevolenza rivolto a un'altra persona» mi ha detto senza nemmeno doverci pensare. «Ci ho riflettuto un po' mentre mi chiedevi dei contratti di amicizia e dell'eventualità di chiarire le proprie aspettative. Anche se tutti usiamo lo stesso lessico, le stesse parole, in realtà intendiamo cose profondamente diverse. Quindi, quando qualcuno mi dice di "aver bisogno di amici", spesso mi ritrovo a domandare: "Stai cercando un amico in senso stretto o qualcuno con cui svolgere delle attività?" Perché, a seconda della risposta, nascono due conversazioni molto diverse. Qualcuno con cui fare cose divertenti o un vero amico… per me sono concetti ben distinti, però spesso li usiamo come fossero sinonimi. Di conseguenza, anche le cose che l'altra persona dovrebbe offrirci e le cose che si aspetta da noi possono divergere e creare conflitti… La mia definizione di amicizia, perciò, è questa: un affetto reciproco, un sentimento di benevolenza rivolto a un'altra persona, per cui ci si augura il meglio».

Mentre ragionavo su questi spunti, ho ascoltato l'episodio di un podcast condotto dalla scrittrice americana Glennon Doyle insieme alla moglie Abby e alla sorella Amanda: secondo loro, l'amicizia deve rispondere a tre criteri[5]. Innanzitutto, dev'essere stabile e a lungo termine; poi dev'essere positiva; infine dev'essere reciproca. Con «positiva» intendevano che una buona amicizia deve ricordare una stazione di ricarica energetica ed emotiva che funziona in entrambi i sensi (l'ho trovata una metafora molto efficace). Un'amicizia «negativa», al contrario, fa sentire esausti o sfruttati: una delle due persone coinvolte tratta l'altra come una discarica in cui gettare le proprie frustrazioni, senza mai nemmeno chiedere come sta.

Quello stesso podcast mi ha fatto scoprire l'utilissimo concetto di «omeostasi sociale». Il termine «omeostasi» fu coniato dal fisiologo Walter Cannon nel 1926 per descrivere il bisogno del corpo di raggiungere e mantenere un determinato equilibrio (una curiosità: sempre a lui dobbiamo l'invenzione dell'espressione «reazione di attacco o fuga». Aveva decisamente talento per questo genere di cose, il nostro Walter)[6]: pensiamo, per esempio, alla capacità di regolare la temperatura interna o il livello della glicemia. Applicata all'ambito sociale, l'idea implica che gli esseri umani abbiano dei *trigger points*, dei punti sensibili che determinano l'equilibrio ideale dei rapporti interpersonali. Il nostro cervello, quando funziona come previsto, è programmato per ricercare una condizione ottimale: se le nostre interazioni sociali sono troppo scarse, innesca sensazioni di solitudine, ansia o forte stress, che a loro volta fanno scattare un sistema di allarme interiore che ci incoraggia a uscire di casa e a vedere i nostri amici. La crudele ironia sta però nel fatto che molti di noi non hanno voglia di coltivare i rapporti con gli altri nel momento esatto in cui ne avrebbero bisogno. Ecco perché le campagne di sensibilizzazione sulla salute mentale di solito sottolineano che «parlare fa bene». I legami, spesso, si rivelano fondamentali proprio quando non abbiamo le energie che ci richiedono.

È però anche importante riconoscere che ognuno ha i propri livelli di omeostasi sociale e che, per assicurarsi amicizie durature, può essere utile stabilire qual è il nostro e qual è quello dei nostri amici. Io, per esempio, ho un minor bisogno di contatti *vis-à-vis* rispetto ad altre persone; non saprei spiegare come mai, ma posso sentirmi profondamente amata da un amico e legata a lui anche se non lo vedo di persona da mesi. Bex, per esempio, fa parte della mia cerchia più intima, ma ci vediamo pochissimo perché abbiamo livelli di omeostasi sociale simili. Ci dimostriamo il nostro affetto attraverso l'accettazione incondizionata (ed espressa chiaramente) del fatto che nessuna delle due si aspetta contatti regolari. Ci sentiamo quando vogliamo, perché ci va davvero, e senza aspettarci per forza una risposta. I nostri messaggi sono sporadici e poco frequenti, spesso intervallati da silenzi di varie settimane. Quando ci incontriamo, di solito restiamo sedute sul divano a mangiare cibo da asporto e a guardare la tv, con la consapevolezza che il nostro carattere introverso è stato pienamente compreso e accettato.

Un'altra amica, Minnie, ha esigenze diverse, è una compagnia generosa e attiva. È sempre lei ad alzare il telefono per chiamarmi o a scrivere suggerendo di vederci, ma non mi fa mai sentire in colpa se non riesco a liberarmi. Nei vent'anni del nostro felice rapporto, non mi ha mai fatto sentire una pessima amica. La sua bambina – che adoro – è stata la mia prima figlioccia, e ci tengo a farle sempre gli auguri di compleanno e a mandarle un regalo per Natale; spero, in questo modo, di dimostrare quanto voglio bene a entrambe, anche se fisicamente sono una presenza un po' evanescente.

In definitiva, se abbiamo intenzione di stilare contratti e CV per le amicizie (benché metaforici), dobbiamo tenere a mente questi aspetti, prima di sottoscrivere un impegno troppo gravoso. In caso contrario, corriamo il rischio di restare intrappolati in amicizie che non desideravamo o che non volevamo davvero coltivare, senza avere gli strumenti per mettervi fine.

La mia esperienza con Maggie mi ha insegnato a utilizzare un po' di cautela e di discrezione in più, prima di lanciarmi in una nuova amicizia. Non è necessario offrire tutta me stessa in un'unica e intensissima conversazione fiume, né dovrei aspettarmi che il prossimo intuisca ciò di cui ho bisogno o che condivida la mia stessa idea di amicizia.

E poi ho capito che *The Real Housewives* è in realtà un programma educativo. Le sue protagoniste mi hanno insegnato molte cose. Ma non saprei dire se potremmo essere amiche nella vita reale.

Le voci dell'amicizia

Danielle

Danielle Bayard Jackson, trentacinque anni,
friendship coach

Ricordo un caso specifico: due migliori amiche che si conoscevano da anni e che stavano passando un periodo problematico. Durante la call abbiamo scoperto che una voleva portare avanti il rapporto e l'altra no. È stata molto dura e i nodi sono venuti al pettine solo alla fine della sessione, quando una è sbottata e ha detto: «Non so se voglio continuare così». Ripeto, è stata davvero dura vedere l'altra amica ricevere la notizia. A quanto pareva, sembrava che la prima fosse «cresciuta» più della seconda, che aveva prenotato la seduta sperando che le aiutasse a superare i malintesi e a riavvicinarsi... ma poi è emerso che la prima non voleva saperne. Le sue parole mi hanno dato l'impressione che avesse fatto molti passi avanti: aveva una nuova relazione sentimentale, una nuova carriera, una nuova concezione di divertimento... La seconda ha ripetuto più volte: «Ti ricordi, facevamo questo e quello, e adesso non più» e: «Un tempo mi chiamavi tutti i giorni, ora non ci sentiamo quasi più, hai dei nuovi amici»... È stato doloroso assistere a quello scambio, vedere che una di loro rimpiangeva il passato mentre l'altra alla fine ha risposto: «Mi dispiace, ma non ce la faccio più. Ormai sono una persona diversa». Mi ha spezzato il cuore, però per lei è stato liberatorio: era chiaro che si sentiva davvero in colpa ad ammetterlo, ma pure sollevata di poterlo finalmente dire.

Se dovessi indicare quali sono i cinque principali problemi di amicizia che le donne mi sottopongono, uno sarebbe: essere cambiate rispetto alle abitudini che si ave-

vano con l'altra persona, trovarsi in una fase diversa della vita, aver fatto dei passi avanti... tanto da non ritrovarsi più in quel rapporto. Ecco perché ricordo spesso che dalle ricerche nell'ambito emerge che, ogni sette anni, rinnoviamo metà delle nostre amicizie[7] *e che quindi, in una certa misura, dobbiamo aspettarci che qualche rapporto finirà perché siamo proprio noi a cambiare. È una sorta di potatura naturale, che può essere positiva.*

7. Sharmaine
La gioia della trasparenza

Qualche mese fa la mia amica Sharmaine mi ha scritto: *Ciao, possiamo parlare?*

Se avete letto fin qui, ormai saprete che un messaggio del genere scatena il terrore nella mia corteccia cerebrale. Dovevo aver sbagliato qualcosa, e qualcosa di grave, perché Sharmaine voleva *telefonarmi per discuterne.*

Su di lei però sapevo una cosa: è un'amica che tiene moltissimo alla trasparenza nella comunicazione. Ci eravamo conosciute in un periodo della mia vita in cui ne avevo bisogno, anche se non me ne rendevo ancora del tutto conto. Avevo trentacinque anni, il mio primo matrimonio era finito, non lavoravo più per l'edizione domenicale del giornale e mi ero tuffata nel mondo a me ignoto dei freelance, stavo scrivendo il mio quarto romanzo. All'epoca non lo sapevo, ma di lì a un paio d'anni avrei lanciato un podcast che avrebbe cambiato ogni cosa. Con l'evolversi del mio ruolo professionale, avrei scoperto che era sempre più necessario avere dei confini chiari tra pubblico e privato… e pure che, purtroppo, ero negata nell'impostarli. Mi serviva un amico che riuscisse a vedermi per la persona che ero, in modo realistico, profondo e autentico.

Sharmaine aveva tutte le carte in regola per diventarlo. La incontrai a una cena organizzata da una rivista ricercata; eravamo sedute l'una di fronte all'altra a un tavolo fin troppo grande. Eravamo state selezionate come «trendsetter» per aiutare la rivista a prevedere le tendenze future. Ne ero lusingata, anche perché i trend che mi interessavano rientravano perlopiù nelle categorie «formaggio» e «reality show» e, appena arrivai all'evento, mi sentii fuori luogo. Mentre veniva servita la prima portata, gli altri ospiti stavano parlando di *Lemonade*, l'epico *visual album* di Beyoncé che era appena uscito. Trovavo (e trovo ancora) meraviglioso ogni singolo brano, ma uno dei presenti non era d'accordo. Per quell'uomo bianco, il problema era che Beyoncé era «derivativa» e «non scriveva da sé le sue canzoni» (caro *mansplainer*, se stai leggendo, sappi che nessuna delle due cose è vera).

Vidi Sharmaine fissarlo e trattenere uno sbuffo che avrebbe potuto spazzare via l'intera tavolata, poi la ascoltai mentre smontava, con una calma letale, ogni singola affermazione del tizio. E lo fece con una tale precisione che alla fine provai un po' di pietà per quell'uomo. Notai anche che non alzava mai la voce, non perdeva mai il filo del discorso. Era come se stesse tenendo una masterclass su come mantenere la calma. A un certo punto, quando usò l'espressione «con tutto il dovuto rispetto», mi venne voglia di abbracciarla. E dopo, a cena conclusa, lo feci davvero. Siamo amiche da allora.

Non credo di essere stata attratta da lei per caso. Non c'entrava solo Beyoncé: con il passare degli anni, la trasparenza che vedevo negli altri mi attirava come una calamita. Con ogni probabilità una parte di me intuiva il bisogno di qualcuno che ponesse dei limiti al posto mio, dato che non ne ero capace; in caso contrario avrei finito con l'assumermi la responsabilità di come si sentivano i miei amici, anche quando non lo dicevano chiaramente. E spesso, in questo processo innescato dalla mia immaginazione, non capivo davvero come stessero: si trattava più di una proiezione di come *pensavo* si sentissero nel peggiore scenario possibile, messo a punto con dovizia di dettagli dal mio critico interiore – sempre ricco di inventiva – per farmi pensare che gli amici in questione mi odiassero o fossero arrabbiati con me per un errore trascurabile che non sapevo nemmeno di aver commesso.

È opinione diffusa che ragionare in questo modo sia una forma di premura verso il prossimo («Guardate come sono empatica! Mi preoccupo sempre per gli altri!»), ma scrivendolo mi rendo conto che non è affatto vero, anzi. Quelle riflessioni mi ponevano al centro di una narrazione che non ruotava per nulla intorno a me. C'era forse una parte di me che preferiva l'idea di un amico offeso all'idea di un amico che nemmeno mi pensava? Era meglio essere l'oggetto di pensieri rabbiosi che essere dimenticata? Possibile.

Credo sia per questi motivi, anche se in quel periodo non ero in grado di esprimerli chiaramente, che provai il bisogno di essere amica di Sharmaine. Se fossi stata più simile a lei, non avrei avuto problemi con Ella o Maggie, magari non sarei mai stata ghostata da Becca. Non avrei avuto bisogno di un contratto o di un CV per le amicizie. Al contrario, sarei stata decisa e diretta fin dall'inizio.

Man mano che la nostra amicizia si sviluppava, compresi che grazie alla sua trasparenza era una sorta di spazio protetto in cui potevo esprimere i miei sentimenti. Sharmaine mi incoraggiava a dire quello che pensavo davvero, anziché quello che pensavo volesse sentirmi dire. E aveva l'incredibile capacità di cogliere al volo il nocciolo di problemi che io non ero in grado di confessare nemmeno a me stessa. Quando il mio podcast cominciò a riscuotere successo e a richiedere un impegno maggiore, durante un pranzo estivo lei mi prese da parte e mi disse senza mezzi termini che non dovevo lasciarmi distrarre rispetto alla scrittura dei libri «perché sono la tua vera identità e farai meglio a ricordarlo a tutti». Esistevano tantissimi influencer che conducevano podcast, proseguì, ma io ero un'autrice da prima che loro comparissero sulla scena ed era giusto che fossi conosciuta per quello. A quel punto, Sharmaine era il capo della casa editrice in cui lavorava e credeva in me come scrittrice. In un certo senso, credeva più lei in me di quanto facessi io. Prestai attenzione alle sue parole perché sapevo che derivavano dall'affetto, dal fatto che aveva fiducia nelle mie capacità. Teneva a me e alla mia carriera. Dopo quello scambio riorganizzai l'agenda in modo da dedicare più tempo ai romanzi, e saltò fuori che Sharmaine ci aveva visto giusto: ero più soddisfatta quando mi dedicavo alla scrittura, rispetto a quando la inserivo fra gli altri lavori che facevo per pagare l'affitto, senza mai sentirmi del tutto adatta a quei compiti.

Così, quando ho ricevuto il messaggio in cui mi chiedeva di parlare, ho capito subito che non avrebbe indorato la pillola, qualsiasi fosse stato l'argomento.

Certo, ho risposto, dicendomi che non avevo motivo di preoccuparmi. Mi ha chiamata subito su WhatsApp (è l'unica persona che conosco che lo usa per telefonare, ed è una peculiarità del nostro rapporto). Aveva visto che avevo postato su Instagram il titolo di un giornale in cui una celebrità, appena diventata madre, dichiarava che la sua famiglia era «completa». Avevo sottolineato che le donne non avevano bisogno di figli che le completassero, ricevendo un sacco di commenti ricchi di sostegno (anche chi non è genitore può essere una persona completa) e di indignazione (chi ero io per giudicare?). Una follower aveva condiviso il post condannando l'uso della parola «completa», che considerava una forma di linguaggio non inclusivo; secondo lei, un altro esempio era incarnato dall'idea – molto diffusa – per cui «non esisteva un amore paragonabile» a quello tra madre e figlio.

Sharmaine, già madre di un bambino e incinta di due gemelle, voleva sapere cosa pensassi di quel commento. Perché anche per lei era vero che non esisteva un amore paragonabile, ma ciò non significava che fosse il più profondo o il migliore; significava soltanto che ne esistevano vari tipi, che sperimentavamo in momenti diversi, nei confronti di persone diverse e per motivi diversi.

Dopo averci riflettuto le ho detto che ero d'accordo con lei, ma che l'idea che l'amore materno fosse «il migliore» portava le donne senza figli a pensare che la loro personale esperienza dell'amore non avesse lo stesso valore. Ci faceva sentire in difetto, ci convinceva che la nostra vita non sarebbe mai stata piena e ricca quanto quella delle nostre omologhe fertili.

«Sì, lo capisco benissimo» ha detto Sharmaine.

«E io capisco benissimo cosa intendi tu» ho risposto.

Fine della discussione. Al termine della telefonata, dopo aver chiarito le nostre posizioni, ci siamo sentite meglio. Anziché lasciare che l'ansia montasse fino a trasformarsi in distanza, incomprensione o rancore, Sharmaine l'aveva affrontata subito, e di petto. Grazie al suo atteggiamento la nostra amicizia era diventata ancora più profonda, e non soltanto perché avevamo scoperto come la pensava l'altra, ma anche perché il rapporto ci dava la sicurezza necessaria a toccare argomenti potenzialmente difficili. Era stato un esempio perfetto di comunicazione trasparente e affettuosa. In ultima analisi, non avevo avuto motivo di temere quella chiamata... e per me questo significa moltissimo.

Scorgendo un'occasione per imparare qualcosa, ho deciso di capire come Sharmaine riuscisse a gestire le amicizie con sincerità senza paura di offendere nessuno. E così ho provato a comportarmi come lei: gliel'ho semplicemente chiesto.

SHARMAINE
Per farla breve, non sopporto nessuna forma di falsità o di unilateralità. Voglio che i miei rapporti si svolgano fra pari. Per me, la cosa importante delle amicizie strette in età adulta è proprio il senso di uguaglianza, di parità... Insieme a un certo grado di schiettezza, di accettazione, il vedere l'altra persona per quello che è davvero senza giudicarla per la sua età, l'etnia cui appartiene ecc.... Ecco cosa conta per me.

Ci siamo sentite mentre lei era nella sua casa berlinese e io nella mia a sud di Londra. Era un sabato mattina e Sharmaine, a poche settimane dal parto, sembrava molto rilassata: orecchini vistosi, capelli avvolti in un foulard, la risata spontanea che conoscevo bene.

Ho già accennato al fatto che, da adolescente, si era ritrovata senza fissa dimora dopo aver tagliato i ponti con la madre. Durante la chiamata mi ha spiegato meglio il suo rapporto con gli amici, la famiglia che si era scelta. Erano stati loro a darle l'amore incondizionato che le era mancato nella casa in cui era cresciuta. Ecco perché aveva la necessità di potersi fidare di loro, più di quanto facciano in genere le persone che possono contare sull'aiuto di una famiglia. Entrando nell'adolescenza, il periodo fondamentale per l'identità di ciascuno di noi, si era appoggiata più che mai agli amici nella speranza di essere accettata per ciò che era e ciò che stava diventando.

SHARMAINE
Da ragazza, molti dei miei amici frequentavano il mondo gay, che per loro doveva essere una sorta di famiglia, per proteggere tutti dall'omofobia e dal razzismo… E la comprensione e l'assenza di giudizio sono sempre state aspetti importantissimi delle amicizie, per me.
Ho bisogno che i miei rapporti più stretti siano caratterizzati da una profonda intelligenza emotiva, trovo fondamentale che ci sia fiducia, sincerità, sicurezza da parte di e per tutte le persone coinvolte. E devo sentirmi libera di dire ciò che penso, devo poter essere sincera e voglio che i miei amici possano fare lo stesso con me.

Dato che per Sharmaine l'amicizia rappresenta un vero e proprio pilastro, per lei la lealtà incarna un valore aggiunto di fondamentale importanza. Se un amico mostra un comportamento ambiguo, lei taglia i ponti senza esitazioni. Mi ha fatto un paio di esempi: un'ex amica che aveva invitato a un sacco di feste e presentato a molti suoi amici per poi scoprire che lei invece la escludeva appositamente dai suoi eventi; un'altra vecchia amica le aveva nascosto parti importanti della sua vita e, messa di fronte al problema (Sharmaine è diretta anche nell'esprimere la propria delusione), non vedeva dove avesse sbagliato.

SHARMAINE
Non siamo più amiche proprio perché non riusciva a capire come mai un simile comportamento mi avesse ferita.

ELIZABETH
Ti senti mai in colpa dopo aver chiuso un'amicizia? Pensi di...

SHARMAINE
No!

La rapidità della sua risposta ha fatto ridere entrambe. Non ha nemmeno aspettato che concludessi la domanda!

ELIZABETH
Mostrami la via.

SHARMAINE
Non mi sento in colpa, ma anzi del tutto giustificata, perché i valori e l'etica in cui credo sono per me centrali, così come il trattamento che ci riservano gli altri. Se qualcuno non condivide le mie opinioni, la mia etica, se non sa rispettarle... Non mi sembra di chiedere troppo. Essere brave persone, fedeli, aperte e capaci di comunicare è alla base di ogni rapporto, no? Se qualcuno non riesce a esserlo, capisco che non va bene per la mia vita. E non è un mio problema, perché conosco persone che invece sono in grado di essere tutte queste cose. Non costringo i miei amici a sottoscrivere un contratto o un preciso codice morale, non dico: «Ciao, potresti per cortesia firmare qui prima di lanciarci in questo rapporto?»

«Oh, Sharmaine» avrei voluto dirle, «se solo sapessi quante volte ho pensato di fare una cosa del genere...» Ma era inarrestabile.

SHARMAINE
Per me non funziona così. L'alchimia che unisce le persone consiste nei valori, nell'etica, nelle prospettive che condividono. Ed è una cosa meravigliosa perché può succedere con chiunque, è un aspetto intersezionale. Possia-

mo condividere gli stessi valori di qualcuno che ha una vita e aspettative completamente diverse dalle nostre.

Per Sharmaine, amicizia non significa pensarla sempre allo stesso modo, bensì condividere l'etica che ci guida nel nostro concepire il mondo e approcciarci a esso. Per lei il dibattito e le divergenze non sono necessariamente problematici, a patto che nascano dal rispetto reciproco e dalla sincerità. Sono in un gruppo WhatsApp con Sharmaine e la sua amica Anna, produttrice e sceneggiatrice, e spesso discutiamo, ma lo facciamo con tranquillità e rispetto, perché ci sforziamo di capire l'opinione delle altre. Se mi capita di dire qualcosa di fuori luogo, loro sanno che è un errore in buona fede.

Sharmaine aveva un amico di destra. Benché non approvasse il suo orientamento politico, non era stato un ostacolo finché lui aveva tenuto a mente chi fosse lei, come il suo background l'avesse influenzata e avesse reso unica, per forza di cose, la sua prospettiva. Il loro rapporto è durato per vent'anni ma, quando lui ha votato a favore della Brexit e detto che Sharmaine era un esempio ambulante di successo thatcheriano, lei si era sentita del tutto incompresa.

SHARMAINE
Se non è riuscito a capire questo lato di me – ovvero la forte empatia che provo per chi non ha abbastanza, per chi non può averlo, per chi è stato deluso dalle strutture e dalle istituzioni della nostra società –, cos'abbiamo fatto per vent'anni? Dopo quell'episodio non ci siamo sentiti per un lungo periodo, però adesso siamo di nuovo amici. Lo accetto per quello che è.

Se tutto questo vi sembra leggermente disarmante o spaventoso, immagino che – come me – abbiate posto così pochi paletti nelle vostre amicizie che il solo pensiero di introdurne qualcuno (soprattutto quelli più rigidi, che tutelano i valori a cui tenete di più) rappresenti per voi una sorta di maledizione. Prima di conoscere Sharmaine, ero anch'io di quest'idea. Ma lei mi ha fatto capire che mettere in chiaro i propri valori fin dall'inizio è un passo necessario per costruire la fiducia e la sicurezza che le stanno tanto a cuore. Non ci si può sentire protetti in un rapporto privo di limiti, perché si tratta di un rapporto privo di solidità, che non *si distingue* affatto da tutto quello che lo circonda. Ed ecco che torniamo a Sathnam: se vogliamo che le amicizie abbiano un significato, dobbiamo difendere ciò che riteniamo fondamentale in un rapporto duraturo, e accogliere nella nostra cerchia più intima solo le persone che rispettano i prerequisiti e il codice di condotta giusti per noi. Se l'amicizia fosse un locale che dobbiamo gestire, spetterebbe a noi decidere che musica mettere, che tipo di pubblico ci interessa attirare, chi accompagnare alla porta in caso di ubriachezza molesta per non rovinare la serata a tutti gli avventori. Più ubriachi molesti tolleriamo, meno clienti vorranno frequentare il nostro locale: sta a noi mantenere l'ordine.

Il locale di Sharmaine si fonda sulla fiducia. Lei deve avere la certezza che i suoi amici la accettino senza giudicarla e che capiscano il suo passato. Sharmaine è una donna nera: sarebbe sbagliato ridurre il suo bisogno di accettazione a questo singolo lato della sua identità, ma resta pur sempre un aspetto di lei.

Durante la nostra chiamata mi ha raccontato di quando un'amica le ha telefonato, senza preavviso, una sera sul tardi: voleva che la aiutasse a capire se il principe Filippo fosse razzista o meno. Anche se si trattava più di una conoscente che di un'amica intima, come sempre Sharmaine si è mostrata aperta al dialogo. La conoscente in questione stava discutendo animatamente con il suo ragazzo e voleva che Sharmaine le desse ragione. E la mia amica non si tira mai indietro di fronte a una discussione.

SHARMAINE

Mi sono inserita nello scambio e ho fatto da mediatrice. Poi lei ha esclamato: «Oddio, ho appena chiamato una delle mie migliori amiche nere per chiederle la sua opinione su una questione di razzismo! Scusa, ora ti lascio in pace». E io ho risposto: «Ehm… non ho avuto quest'impressione, ho pensato che l'avessi fatto perché sai che amo discutere e che ho un'opinione su qualsiasi cosa. Non perché sono nera. E comunque non ho nemmeno il tuo numero in rubrica, quindi non sei una delle mie migliori amiche!»

ELIZABETH
Oddio.

SHARMAINE
Il peggio era che mi aveva definita una delle sue «migliori amiche nere». Non sapevo nemmeno come reagire. La mattina dopo mi ha scritto un messaggio per dirmi che mi voleva bene… E ho pensato che non avevo la minima voglia di risponderle.

ELIZABETH
Cioè l'hai ignorata?

SHARMAINE
Esatto!

Sharmaine ha notato che questo tipo di scambi si è intensificato, con una frequenza allarmante, dopo che George Floyd è stato ucciso da un agente di polizia bianco nel maggio 2020. In seguito alla sua morte le manifestazioni di Black Lives Matter sono aumentate in tutto il mondo; molti di noi erano giustamente scioccati e indignati, alcuni sono scesi in strada a protestare. Ma non per tutti ha significato rivivere un trauma, com'è stato invece per qualsiasi individuo nero che avesse sperimentato sulla propria pelle la violenza istituzionalizzata o il razzismo. Mentre i bianchi progressisti dalle buone intenzioni (fra cui la sottoscritta) si torcevano le mani e postavano quadrati neri su Instagram, Sharmaine si è ritrovata a rispondere a chiamate e messaggi di persone che conosceva a malapena e che volevano sapere da

lei cosa dovessero fare. Volevano essere «alleati migliori» della causa e, benché Sharmaine capisse il loro desiderio di aiutare, una parte di lei si chiedeva se capissero appieno il senso della parola «alleato».
Mi ha confessato che l'esperienza è stata «davvero dura».

SHARMAINE
È stato difficilissimo avere a che fare con conoscenti non troppo intimi che all'improvviso volevano frequentarmi perché ero l'unica persona nera del loro giro. Con i veri amici era diverso per via della parità di cui ti parlavo prima. In sostanza, non sarei loro amica se non avvertissi questo senso di uguaglianza. Dato che il rapporto si fonda su basi solide, se i miei amici vogliono parlare con me di razzismo ovviamente (ovviamente!) ne discutiamo, perché si tratta di una conversazione tra pari e perché sanno che ho un'opinione in merito.

Sharmaine poteva avere un'opinione tanto netta anche perché un sacco di persone bianche erano improvvisamente diventate consapevoli del razzismo, ma questo non significava che l'orrore a esso collegato non fosse mai esistito (dato che, in realtà, esisteva da secoli).

SHARMAINE
I neri muoiono tutti i giorni, e non è un'esagerazione. I neri muoiono a causa della disuguaglianza e dell'ingiustizia *ogni singolo giorno.* L'idea che questo sia un momento rappresentativo... Perché George Floyd dovrebbe essere più rappresentativo di Breonna Taylor[1]? Di lui parlavano tutti. Quando è morto Ahmaud Arbery[2] ho ricevuto un messaggio da parte di un amico; quando è stato ucciso George Floyd ne ho ricevuti quattrocento. Eppure sono stati ammazzati entrambi da persone bianche. Entrambi sono stati ammazzati da persone bianche mentre si facevano semplicemente i fatti loro.

Ho detto a Sharmaine che avevo letto da poco *Big Friendship,* scritto dalle conduttrici di podcast americane Aminatou Sow e Ann Friedman[3]. Nel libro, Sow, una donna nera, raccontava di quando Friedman l'aveva invitata a una festa di compleanno a casa sua, a Los Angeles. Durante il party, aveva notato che tutti gli invitati erano bianchi; lo descriveva come un «momento botola» (un'espressione coniata dal critico culturale Wesley Morris) che le aveva annodato lo stomaco.

«Per le persone di colore» ha scritto Morris, «essere amici di persone bianche significa avere la consapevolezza che è possibile cadere all'improvviso nella botola del razzismo, per colpa di un lapsus, durante una festa universitaria o nel bel mezzo di una campagna legislativa. Ma non sempre si può prevedere. Non *ci aspettiamo* che il ragazzo bianco seduto accanto a noi in un luogo di culto ci uccida perché siamo neri»[4].

Pur essendo amiche molto intime, Sow e Friedman non avevano mai affrontato esplicitamente il tema. La festa, insieme al modo in cui Sow l'aveva vissuta, aveva avviato una conversazione che forse, altrimenti, non ci sarebbe stata.

Leggendo quel passaggio mi ero resa conto che, pur avendo parlato con Sharmaine di un sacco di argomenti, non le avevo mai chiesto se nel nostro rapporto avesse mai vissuto dei «momenti botola». E volevo davvero capire se la stavo deludendo in qualche modo.

ELIZABETH
Ti va di parlarmene?

SHARMAINE
Sì. È una domanda difficile perché ho una profonda consapevolezza della società in cui viviamo e delle esperienze che gli individui fanno. Sono sempre stata l'unica persona nera nella stanza, per così dire. E, nel mio lavoro, mi batto affinché le persone di etnie, background diversi ecc. possano essere coinvolte e incluse. Inoltre, quando mi trovo in compagnia di altre persone nere, non mi aspetto affatto che mi capiscano *di più* o che siano d'accordo con me solo perché abbiamo la pelle

dello stesso colore. Voglio che nella stanza ci siano altre persone nere, ma non perché pensi che possono comprendermi. Voglio che siano presenti perché tutti dovrebbero avere delle opportunità e non vedo perché noi dovremmo essere esclusi… Il mio è un ragionamento molto semplice!
Non mi aspetto che i miei amici invitino altre persone nere come me. E poi bisogna porsi un'altra domanda: è davvero l'etnia ciò che conta? O forse si tratta più di una questione di classe? In qualità di donna nera e borghese, so bene di avere poche omologhe coetanee per una pura questione logistica: mia madre e mio padre sono nati nel Regno Unito, io sono inglese di terza generazione. I genitori di quasi tutti i miei coetanei sono nati in altri paesi.
Il mio essere britannica pesa tanto quanto il mio essere nera. E bisogna chiedersi anche cosa *significhi* essere neri. *Somiglia* all'idea di appartenere a una razza, ma non equivale a una sola cultura. Mi pongo tutte queste domande e so che la faccenda non è per nulla semplice. Se lo fosse, per esempio potrei dire cose come: «Dove sono i miei amici asiatici?»… Ho molti amici bianchi e molti amici neri, però non ho amici di altre etnie. Perché, per via delle strutture, della disuguaglianza e del razzismo della nostra società, è davvero difficile conoscere persone di etnie diverse con cui condividere prospettive e idee. Quindi no, non giudico questo, ma solo il trattamento che ricevo, mi chiedo se sia paritario o meno… Tu, per esempio, pensi di avermi delusa in alcuni ambiti?

ELIZABETH
No, però so di *non* poterne avere la certezza. E anche che non è compito tuo istruirmi in merito… Una cosa che mi piace molto di te è la trasparenza. Se tieni a una cosa dici: «Questo per me è importante, per favore cerca di comportarti così o di farmi determinate domande». Lo esprimi in modo diretto, a prescindere dall'argomento, ed è estremamente utile.

SHARMAINE
Sì, ma lo stesso discorso vale per te, che lungo il tuo percorso hai divorziato, avuto degli aborti spontanei e cercato una soddisfazione «familiare» in ambiti al di fuori del lavoro. Anche tu mi parli in modo molto sincero di queste cose. E vedo parità nel fatto che tu abbia vissuto cose che di cui io non ho esperienza e che io abbia vissuto cose di cui tu non hai esperienza. Quindi apprezzo che tu ti senta a tuo agio con me e io con te: è da qui che nascono la fiducia, l'onestà e l'autenticità.

Mentre Sharmaine parlava, mi sono ricordata dell'editoriale per il *New York Times* in cui Meghan Markle, la duchessa di Sussex, spiegava di aver avuto un aborto spontaneo; in quell'occasione Sharmaine mi aveva scritto subito per dirmi che mi stava pensando. Era stato estremamente umano e sensibile da parte sua, dato che sapeva che qualche mese prima avevo avuto il terzo aborto spontaneo e – senza bisogno che glielo dicessi – capiva che, ogni volta che un personaggio pubblico parlava della propria infertilità o di temi simili, per me era motivo di turbamento. Benché apprezzi che sempre più donne (e uomini) raccontino delle difficoltà incontrate nel concepimento, in alcuni momenti vivo i loro resoconti in modo molto personale. E quello era stato proprio uno di quei momenti. Sharmaine l'aveva intuito d'istinto… probabilmente perché, ogni volta che un individuo nero veniva ucciso e i media ne parlavano, i suoi traumi personali riaffioravano. Sia chiaro che non sto paragonando il razzismo all'infertilità: il primo è il risultato di secoli di discriminazione sistemica da cui tutte le persone bianche traggono beneficio, che se ne rendano conto o meno; la seconda è una questione di pura sfortuna, per quanto dolorosa, un mazzo di carte mescolato in modo casuale dalla biologia. Quella però era stata la prima volta in cui avevo colto quanto fosse profonda l'empatia di Sharmaine: mi capiva perché *sapeva* cosa stavo passando, malgrado le differenze fra noi.

Non è un caso infatti che, quando a quarant'anni era

rimasta quasi miracolosamente incinta di due gemelle, fosse stata molto attenta a come comunicarmi la notizia. Per una donna che ha cercato senza successo di avere figli, scoprire l'apparente facilità delle gravidanze altrui può essere un duro colpo. A un certo punto mi ero abituata a un flusso pressoché continuo di post su Facebook che annunciavano pancioni e si lamentavano delle nausee del primo trimestre. Guardavo storie di Instagram che documentavano lo svolgersi di baby shower (tutti virati al rosa o all'azzurro) con tanto di palloncini con la scritta «Sarò mamma» e leziose lavagnette su cui gli invitati indicavano l'ipotetico sesso del nascituro o della nascitura. A volte, i genitori in dolce attesa mi spedivano su WhatsApp l'immagine di un'ecografia accompagnata dalle parole «C'è una novità!», e io mi sforzavo di non piangere. Ognuno di quegli annunci impersonali per me era come uno schiaffo. Ma ovviamente non era colpa dei miei amici, non penso affatto che avrebbero dovuto comportarsi diversamente; però mi sentivo così.

All'inizio avevo cercato di mostrarmi disinvolta: non aveva importanza, si trattava del loro figlio, non di quello che stava aspettando me.

Quando quell'atteggiamento non aveva funzionato, avevo provato con il cinismo: chi poteva desiderare un baby shower? Era una cosa troppo sdolcinata, eccessiva, troppo… *americana.* Chi credevano di essere, le Kardashian? Con il passare degli anni e l'accumularsi dei tentativi di fecondazione e degli aborti spontanei, il cinismo si era – come prevedibile – trasformato in rancore: quelle donne erano così sicure che la propria gravidanza sarebbe andata a buon fine da postarla sui social senza timore. Quelle donne erano assolutamente inconsapevoli del privilegio di cui godevano, e quindi non dedicavano neppure un secondo a riflettere su chi non era altrettanto fortunato, e via dicendo.

Alla fine avevo smesso di fingere e mi ero concessa di provare le sensazioni spiacevoli che avevo provato a nascondere con tutta me stessa. Com'è naturale, una parte di me era felicissima per le amiche che annunciavano di essere incinte, ma non era un'emozione del tutto incontaminata. Con il tempo mi sono resa conto che era possibile provare gioia per una persona cara e dispiacere per una ferita emotiva ancora in via di guarigione. Potevo essere contenta se qualcuna di loro aspettava un bambino, e allo stesso tempo avvertire il dolore per il fatto che a me non era ancora successo.

So che non è facile comprendere cosa fare con un'amica che ha avuto problemi di fertilità, e credo non esistano regole generali perché ognuno li vive a modo proprio. Sono però convinta che personalizzare l'annuncio faccia la differenza. Anziché mandare un messaggio uguale per tutti o postare la notizia sui social, scrivere qualcosa come: *Ci tenevo a dirtelo prima che lo sapessi da qualcun altro, So che per te questo percorso non è stato semplice e che questa notizia potrebbe suscitarti emozioni contrastanti, ma...*, o ancora un semplice: *Ti voglio bene, ti penso e volevo dirti che...* è molto più significativo per il destinatario. Un messaggio offre inoltre a chi lo riceve il tempo di affrontare le proprie emozioni prima di rispondere. Ma anche una telefonata in cui si rispetti il silenzio dell'interlocutore può essere un gesto di amore.

Sharmaine aveva fatto entrambe le cose. Prima mi aveva scritto per sapere se avessi tempo per fare due chiacchiere, perché doveva parlarmi; sapendo che lei e il marito stavano pensando di allargare la famiglia da un po', ho intuito di cosa si trattasse. Poi mi ha chiamata per dirmi che aveva scoperto da poco di aspettare due gemelle e che voleva che fossi una delle prime a saperlo perché avrei potuto provare emozioni ambivalenti. È stato un ottimo esempio di compassione attiva; era stata talmente gentile e attenta che sentendo quella splendida notizia ho avvertito solo affetto. Me l'aveva comunicata in un modo che riconosceva e rispettava il mio dolore, e quindi non sentivo il bisogno di nascondere o dissimulare le mie emozioni. Aveva creato lo spazio necessario ad affrontare ciò che *entrambe* provavamo (perché anche scoprire di aspettare non uno, ma due bambini, è piuttosto complicato).

Quando, circa nove mesi più tardi, erano nate le sue meravigliose bambine, mi aveva onorata con la richiesta di essere la loro *guide parent* (l'equivalente laico di una madrina di battesimo) e me l'aveva proposto via email, nel caso in cui avessi voluto rifiutare ma fosse stato troppo difficile farlo di persona. Io, però, non vedevo l'ora di far parte della vita delle bimbe e avevo accettato senza esitazioni. Sapevo che, avendo una madre come Sharmaine, erano nate sotto una buona stella.

Le amicizie come la mia con Sharmaine sono rare, perché si fondano sulla fiducia nell'onestà emotiva reciproca, una cosa non sempre facile da ottenere. Tuttavia, pur non sapendo spiegare perché, avevo capito da subito di potermi fidare ciecamente di lei. Sì, era stato un caso ritrovarci alla stessa cena e scoprire di adorare Beyoncé, ma entrambe abbiamo altri rapporti che non soddisfano questi standard impegnativi: lei le chiama «amicizie alcoliche del mercoledì». Si instaurano con le persone che si conoscono all'università o intorno ai vent'anni, con cui si trascorrono serate alcoliche in un periodo in cui si hanno pochissime responsabilità, divertendosi un sacco. Ma, man mano che la vita va avanti e si comincia a prendere più sul serio il lavoro o ad avere figli, o ci si trasferisce in una città diversa, ci si rende conto di avere meno tempo da dedicare a queste persone. Eppure sembra importante continuare a coltivare quei rapporti, perché si basano su una storia condivisa e su un mucchio di ricordi, e perché un tempo erano davvero divertenti. E così qualcuno manda una email di gruppo e si passano giorni a cercare una data in cui tutti siano liberi. Ci vuole qualcuno che coordini la comunicazione perché, come ci si ripete a vicenda in questi casi, si è «proprio impegnatissimi».

SHARMAINE
Ci si vede di mercoledì perché il martedì è troppo attaccato al weekend. Il giovedì di solito c'è un impegno di lavoro e il venerdì si fa altro. Il mercoledì dopo l'ufficio invece è perfetto. Ci si accorda per cena e ci si mette una vita a scegliere il ristorante. Quando finalmente ci si

vede, lo scambio sembra una riunione trimestrale in cui si racconta quello che è successo dall'ultimo incontro. Scopo della serata è stabilire l'ordine con cui si presenta il proprio resoconto. Si beve un sacco di vino bianco, non si mangia quasi nulla e alla fine della serata tutti riscoprono l'affetto e l'intesa di una volta. Oppure un membro del gruppo si offende perché gli altri non gli hanno dato il tempo sufficiente a spiegare come se la passa.

ELIZABETH
[*ridendo*] Molto realistico! Il giorno dopo ci si sveglia sempre in hangover... e per una serata del genere non ne vale la pena.

SHARMAINE
Esatto. Cioè, a me in realtà non capita mai...

Concedetemi una pausa per confermare che avete letto bene: Sharmaine non è mai stata in hangover, nonostante abbia bevuto a sufficienza da procurarsene uno. Giuro, l'ho vista con i miei occhi, è un miracolo che la scienza non saprebbe spiegare.

SHARMAINE
... Però sì, ci si pente sempre e ci si chiede: «Perché questa persona fa parte della mia vita?» In altre occasioni ci si domanda se è il caso di rivederla, se davvero si tiene a lei... Ma prima di salutarsi si promette sempre: «Dovremmo farlo più spesso. In fondo lavori proprio dietro l'angolo! Dovremmo vederci tutte le settimane!» E poi passano quattro mesi di silenzio, finché la storia non ricomincia da capo, sempre nello stesso modo: «Vediamoci! Organizziamo una cena con le nostre famiglie! Mi farebbe piacere vederti sabato!» Ma a quel punto bisogna stare attenti a non superare il segno cercando di trasformare il mercoledì in un sabato.

A quel punto della conversazione stavo piangendo dal ridere, però Sharmaine aveva detto una cosa serissima: le amicizie del mercoledì non ci soddisfano perché mancano di profondità. Le storie che si raccontano al tavolo di un ristorante a un gruppo di persone che non si conoscono bene sono per forza di cose superficiali. E, a me e Sharmaine, conversazioni del genere appaiono prive di sincerità; di conseguenza, non possono nemmeno essere paritarie. Quando abbiamo concluso la call su Zoom, ho chiuso il portatile e mi sono sentita come mi sento sempre dopo aver parlato con lei: capita e compresa per ciò che sono. Vista.

Qualche mese dopo la mia amica è tornata con la famiglia a Londra, e sono venuti tutti a cena da noi. Ho così conosciuto le gemelle e, benché tutti gli adulti siano tenuti praticamente per legge a dire qualcosa di tenero sui figli altrui, in quel caso i complimenti sono stati spontanei: le bimbe erano incredibilmente carine.

Quella sera si è unita a noi la figlia tredicenne di mio marito, che si sarebbe fermata a dormire a casa nostra, e sono rimasta colpita dal fatto che Sharmaine sia riuscita a creare con lei un legame istantaneo. Bambini e ragazzi sono bravissimi a fiutare il minimo accenno di falsità (e in particolare un'adolescente sveglia: se i servizi segreti sapessero di questa loro abilità, comincerebbero a reclutare agenti nelle scuole femminili londinesi). La mia figliastra non aveva motivo di essere sospettosa con Sharmaine, che le ha fatto domande la cui risposta la interessava sinceramente e poi le ha raccontato com'era stato per lei il periodo della scuola. A un certo punto, si sono lanciate in un dibattito appassionato sulle migliori tratte di autobus cittadini.

Le gemelle hanno dormito pacifiche per tutta la cena, come a dimostrare di essere un vero miracolo. Quando si sono svegliate, anziché piangere, ci hanno salutati con due sorrisoni tutti gengive. La serata è stata lunga, piena di risate, aneddoti e chiacchiere piacevoli. Ero felice di passare di nuovo del tempo con Sharmaine, e che fossimo molto distanti da un mercoledì sera alcolico.

Cari lettori, sappiate che era un venerdì. E che abbiamo bevuto Pinot nero.

Le voci dell'amicizia

Anonima

Anonima, quarantacinque anni, madre di due figli

Per le madri esistono dei gruppi specifici, come quello del National Childbirth Trust, il più grande ente benefico del Regno Unito a offrire informazioni e sostegno riguardo alla gravidanza, al parto e alla prima infanzia dei figli. Io faccio parte di un gruppo di otto donne; una di noi ha partorito in anticipo di circa un mese e così, anche se le nostre tempistiche erano più o meno allineate, ha vissuto da sola le prime fasi (travaglio, allattamento, momenti di panico, notti insonni...) ed è diventata il nostro punto di riferimento.

Siamo rimaste buone amiche, ci vediamo una volta all'anno e sono io a occuparmi di organizzare i nostri pranzi a Londra. Vivo a Oxford e avevo paura di restare esclusa dal gruppo, ma non è successo! Anche se ognuna ha poi preso la propria strada, abbiamo condiviso un periodo intenso e un'amicizia profonda: sono le persone che più di chiunque altra mi hanno vista a seno nudo! Se mi chiedevano di mostrare loro una parte del corpo intima non mi facevo problemi, perché era un percorso molto fisico e sincero. E poi eravamo sempre tutte sull'orlo delle lacrime perché di notte non chiudevamo occhio, ciascuna stava affrontando qualche difficoltà e tutte eravamo convinte di essere madri disastrose.

Siamo persone molto diverse ma, come dicevo, ci vediamo una volta all'anno. È sempre piacevole e parliamo di tanti argomenti decisamente personali, però è appunto un evento molto sporadico. Per il resto dell'anno ognuna fa le sue cose e ci mandiamo giusto qualche messaggio su WhatsApp, niente di che.

A scuola mia figlia ha conosciuto una nuova amica e quindi io ho cominciato a frequentare sua madre. Ho capito che saremmo andate d'accordo quando, al primo pomeriggio di giochi, ha detto: «Non ho cucinato nulla, anche se avrei dovuto... Però ho comprato dei pasticcini», e io ho risposto: «Va benissimo!»

So che perderò di vista le mamme di alcuni compagni di scuola di mio figlio, quando passerà alla secondaria. Ci vediamo all'uscita e siamo molto cordiali, ridiamo e scherziamo, sono donne piacevoli e di sicuro loro pensano lo stesso di me. Ma non siamo mai andate oltre. Siamo lì perché i nostri figli frequentano la stessa scuola, sappiamo qualcosa l'una sul conto delle altre perché ci vediamo spesso, però non si tratta di amicizie profonde. Non sono paragonabili ad altri rapporti che ho, in cui si condivide ciò che accade nelle rispettive vite.

8. Nemici-amici
Quando gli amici non desiderano il meglio per noi

Al polo opposto della trasparenza di Sharmaine troviamo un tipo di amicizie talmente poco chiare da risultare imprevedibili. Sto parlando degli amici che, anziché farci un complimento diretto, ci dicono che il nostro nuovo taglio di capelli è «interessante». Quelli che si sentono minacciati dal nostro successo anziché gioirne. Quelli che non vogliono renderci parte integrante delle loro vite ma che cercano di avvicinarsi ai nostri amici fino a escluderci da quel rapporto. Di solito riescono a mettersi al centro dell'attenzione alle feste che noi stessi abbiamo organizzato. Suscitano sensazioni di incertezza perché sono capaci di dimostrare affetto ma anche distacco, a volte nell'arco di appena un'ora. Fanno commenti ambigui e battute passivo-aggressive, non danno mai l'impressione di essere davvero felici per noi.

Nel gergo accademico si definiscono amicizie «ambivalenti», espressione che dobbiamo allo psichiatra svizzero Paul Eugen Bleuler, che coniò il termine nei primi anni del Novecento per descrivere la condizione in cui si provano reazioni, convinzioni o emozioni contrastanti[1]. Un'amicizia ambivalente può quindi racchiudere impulsi molto diversi, e la persona che abbiamo di fronte può mostrarsi affettuosa un giorno e conflittuale quello dopo. Nella cultura popolare la definizione è più diretta, e si parla di «nemici-amici».

Pensavo che l'espressione fosse stata introdotta da Gwyneth Paltrow nel 2009 quando, in una email della newsletter di Goop, aveva rivelato di aver avuto un'«amica-nemica [...], una persona che ha cercato in tutti i modi di ferirmi»[2]. All'epoca molti ipotizzarono che stesse parlando della sua collega Winona Ryder: nel periodo in cui stava leggendo la sceneggiatura di *Shakespeare in Love*, Paltrow aveva visto il copione a casa sua e aveva chiesto un'audizione. Oltre ad aggiudicarsi la parte, in seguito aveva girato il coltello nella piaga vincendo un Oscar.

In realtà, l'espressione «nemico-amico» era entrata nell'uso comune già nel 1953, quando il giornalista anticomunista Walter Winchell la usò sul *Nevada State Journal* per descrivere i rapporti tesi fra America e Russia[3]. Negli anni Settanta Jessica Mitford, scrittrice sorella della più famosa Nancy, dichiarò che in inglese il termine era stato in verità inventato diversi decenni prima da una delle sue sei sorelle, «da piccola, per descrivere una bambina un po' noiosa che viveva dalle nostre parti. Mia sorella e l'amica-nemica giocavano sempre insieme, organizzavano un tè almeno una volta alla settimana, erano compagne inseparabili e si stavano decisamente antipatiche»[4].

Nel tempo ho attirato anch'io la mia quota di nemici-amici, sia donne che uomini. Molto diversi per quanto riguardava retroterra e personalità, erano accomunati dal fatto che mi davano l'impressione che la loro amicizia fosse un dono prezioso e senza eguali: erano l'equivalente di un partner tossico secondo cui non esisterà «mai nessuno che ti amerà come me». Ci vogliono anni per capire che non è davvero così e che è un bene, perché quel tipo di amore è malsano, controllante e non poco narcisistico.

Spesso faticavo a diventare amica di questi nemici-amici perché avevano standard pressoché irraggiungibili per chiunque entrasse nella loro orbita. Criticavano l'abbigliamento di uno sconosciuto, l'alitosi di un collega, i pessimi gusti musicali della persona con cui erano appena usciti per un appuntamento. Avrebbero dovuto essere campanelli d'allarme, ma l'ammissione nella loro cerchia ristrettissima dopo aver superato quegli invisibili esami ed essere stata giudicata «degna» della loro attenzione era come vincere una gara (a cui non sapevo nemmeno di partecipare).

Il mio amico Ali è fra le persone più divertenti e chiassose che chiunque possa sperare di conoscere. Con lui ho condiviso alcune delle serate migliori della mia vita e alcuni dei peggiori hangover. È la classica persona che vedi alle tre di pomeriggio per un caffè... e con cui finisci a ballare alle tre di notte. Sa farmi ridere fino alle lacrime.

Ma a volte è assolutamente imprevedibile. Nel corso degli anni mi sono accorta che, quando la mia vita sembrava andare per il verso giusto, significava che alla sua pareva mancare qualcosa. Di conseguenza era del tutto incapace di riconoscere i miei successi; l'avrei capito se lui fosse stato infelice, ma non era così: era impegnato in una relazione a lungo termine e aveva una carriera solida. Eppure, quando pubblicai il mio primo romanzo, lui non me ne parlò mai. Nemmeno una volta. Nemmeno alla festa per il lancio, in cui fu tra i pochi partecipanti a non comprarne una copia. Più avanti, quando l'argomento venne fuori da sé, mi disse allegramente che non l'aveva ancora letto perché «non era il suo genere». Io risi, a disagio, perché non sapevo come altro reagire. «No, scherzo» aggiunse lui, ma sapevo che era una bugia. Non mi aspetto che tutti i miei amici leggano tutto quello che scrivo; a turbarmi era il fatto che Ali sembrasse impegnarsi per non leggere il mio romanzo. Ne pubblicai altri e, al terzo, lui mi scrisse di averlo divorato «mentre facevo il bagno, in una sola sera. Fila benissimo!»

Non credo che si possa leggere un intero romanzo durante un solo bagno, perciò le cose erano due: o Ali l'aveva semplicemente sfogliato, convinto che non valesse la pena di dedicargli troppo tempo, oppure stava mentendo. In ogni caso, il suo comportamento mi suggeriva che non rispettava affatto quello che facevo. Anziché affrontarlo di petto, però, lasciai correre e non gli parlai più dei miei libri.

Spesso un amico-nemico dice qualcosa fingendo che

si tratti di una battuta. Quando mi fidanzai con quello che sarebbe diventato il mio primo marito, Ali fece un commento acido (era stupito che «qualcuno volesse stare con me») e, di fronte alla mia espressione ferita, mi diede una pacca sulla spalla aggiungendo che stava solo scherzando. E io, che fin dopo i trent'anni ho convissuto con la paura di sembrare priva di senso dell'umorismo o piena di me, mi sforzai di ridere e mi dissi che ero troppo sensibile.

Una parte di me capiva che l'atteggiamento passivo-aggressivo di Ali nasceva da un'insicurezza profonda e, dato che conoscevo quella sensazione, rimasi sua amica. D'altronde, Ali era capace di compiere grandi gesti di generosità. Una volta mi mandò un'orchidea giusto perché vedendola «aveva pensato a me». Anche se non era sempre un campione di gentilezza quando ci vedevamo, dei conoscenti in comune mi assicuravano che si mostrava immancabilmente fedele e protettivo nei miei confronti, e questo per me contava tantissimo.

Quei gesti inaspettati mi riempivano di gratitudine, e pure di sollievo, perché indicavano che Ali era in una fase affettuosa. Quel tira e molla emotivo, paradossalmente, mi affascinava e teneva legata a lui. Quando mi dedicava le sue amorevoli attenzioni era fantastico godere del calore che emanava; quando me ne privava, mi chiedevo dove avessi sbagliato e mi sforzavo di rimediare. Mi impegnai, ancora e ancora, finché un'amica mi chiese perché lo stessi facendo.

«È una persona cattiva» disse.

«No, no! È solo che Ali è fatto così».

«Ma perché vuoi essere sua amica, se ti tratta in questo modo?»

Sul momento non riuscii a spiegarglielo, ma ora so che era un po' come uscire con una persona che non era molto presa da me. Ogni volta che Ali mi sminuiva, mi veniva voglia di dimostrargli che si sbagliava. Nelle occasioni in cui mostrava di tenere a me, volevo che non si pentisse della fiducia accordata. Non avevo un'idea chiara di chi fossi e quindi facevo affidamento sull'opinione che lui aveva di me per legittimare me stessa. Lui mi lanciava briciole d'affetto che io raccoglievo e mettevo da parte nella speranza che, un giorno, potessero diventare un panino intero.

È chiaro che il bisogno di amicizie simili è radicato nella mia psicologia; quando Ali si trasferì fuori Londra, in una casa in campagna a tre ore di auto dalla città, ebbi l'opportunità di riflettere meglio sulla questione. La distanza ci faceva bene: smettendo di frequentare gli stessi giri, Ali diventò meno competitivo e, isolato in un paesino rurale, cominciò ad apprezzare di più la mia amicizia. Mi chiedeva di uscire a cena con settimane d'anticipo e quando ci vedevamo sembrava sinceramente interessato alle cose che mi stavano succedendo. Di tanto in tanto riemergeva uno sprazzo della sua vecchia personalità (una volta mi rimproverò perché non l'avevo chiamato il giorno in cui era tornato dalle vacanze, come se avessi dovuto incidermi quella data su una targa appesa sopra la porta di casa), ma in generale le nostre interazioni erano più educate e gradevoli. E, se diceva qualcosa di poco carino, a quel punto me ne rendevo conto all'istante.

In ogni caso, perché tolleravo quell'atteggiamento?

Immaginate di essere cresciute con persone dall'umore imprevedibile, immerse in atmosfere altrettanto imprevedibili. Immaginate di esservi talmente abituate alla natura febbrile di tali tensioni, sempre pronte a esplodere, da equiparare l'amore all'incertezza, con l'idea costante di non sapere mai cosa vi toccherà. E immaginate, sempre restando nel mondo delle congetture, che questo background abbia influenzato la vostra vita sentimentale tanto da portarvi in un rapporto emotivamente coercitivo senza che ve ne rendeste conto (anche perché all'epoca non esistevano definizioni di questo tipo).

Immaginate che il vostro partner sia incline a una gelosia cieca. Immaginate che faccia cose come controllare il vostro computer per vedere se avete cercato su Google i vostri ex. Immaginate che con ogni probabilità vi abbia tradito, dato che quando gli avete chiesto di una donna con cui stava flirtando ha evitato di rispondere alla domanda. Immaginate che sia convinto che dovreste essere grate di stare con lui. Immaginate che una volta, quando gli avete detto che un weekend non potevate fare da baby-sitter ai suoi figli come al solito, lui si sia arrabbiato così tanto da spingervi contro il muro della camera e da alzare una mano come per schiaffeggiarvi. Immaginate di essere così scioccate, in quel momento, da riuscire a dire soltanto: «Dai, fallo», e che lui a quel punto sia tornato in sé e abbia abbassato il braccio. Immaginate di vergognarvi talmente tanto dell'accaduto da essere *voi*, l'indomani, a scusarvi. Immaginate di parlare dell'episodio a una sola persona, scelta con cura fra le amicizie meno intime, una persona che non vi dirà di lasciarlo.

Immaginate, in questo esercizio ipotetico, che il vostro partner sostenga che ciò che è successo sia l'esempio di una passione tanto intensa da sfiorare l'irrazionalità, e che questo vi ricordi le soap opera in cui i mariti violenti dicono di picchiare la moglie solo perché la amano troppo. Immaginate di fare questo paragone ma di tenerlo per voi, perché siete troppo impegnate a ripetervi che non è stato poi così grave. Alla fine sono state solo parole, giusto? Non vi ha picchiate davvero, no? E poi lasciarlo sarebbe durissima... Perché lui va su tutte le furie per un nonnulla e voi passate gran parte del vostro tempo a cercare di non irritarlo, e di solito – eccoci al punto – siete bravissime a farlo. Siete delle specialiste nel camminare sulle uova, uova fragilissime, evitando di romperne i gusci. Il vostro corpo sa come fare, l'ha imparato nel tempo. È una delle vostre migliori qualità, quella di ignorare i danni provocati dal vostro partner. E siete capaci di tessere vivaci arazzi del perdono usando i fili delle sue giustificazioni. Scegliete di considerare come amore quella che in realtà è paura.

Immaginate che tutto questo sia successo... solo in via *ipotetica*, ovviamente. Non una volta sola, ma ancora e ancora, finché non avete trovato il coraggio di fare le valigie e andarvene.

Ora immaginate di trovarvi in un contesto più ampio. Il processo di guarigione sarà lungo, ci vorranno anni per sciogliere tutti i nodi, per capire che l'amore si basa sull'accettazione e non sulla sfida; che la passione nasce da un contesto sicuro e non di rabbia. Nel lasso di tempo che vi servirà ad acquisire questa consapevolezza, sarete vulnerabili a ogni rapporto che rispecchia le esperienze del passato. Immaginate un amico che in alcuni momenti vi adora, in altri vi mette a disagio e in altri ancora ce l'ha con voi per cose che nemmeno immaginate di aver fatto. È possibile che, ancora una volta, confondiate questi gesti per una forma di amore?

Ho deciso di scrivere questo libro perché il lessico legato all'amicizia è molto scarno. Non disponiamo della terminologia specifica e, finché non esprimiamo a parole il concetto, rendendolo così tangibile, faticheremo sempre a chiarire cosa significa per noi. Eppure eccomi qui, ad attingere al vocabolario dell'amore romantico.

Credo dipenda dal fatto che un'amicizia ambivalente, radicata nell'incertezza, è quella che più somiglia a ciò che – come ci è stato (ingiustamente) insegnato – consideriamo un aspetto del corteggiamento vecchio stile. Nei romanzi, nelle canzoni o nei film «classici», il romanticismo è proporzionale agli alti e bassi fra i protagonisti, al «chissà se ce la faranno»: nessuno dei due sa se l'altro lo ama o lo odia fino all'epilogo, sempre soddisfacente. Il signor Darcy ed Elizabeth Bennet ne sono l'esempio archetipico, e in *Orgoglio e pregiudizio* Austen ne descrive le interazioni con tanta maestria da rendere il romanzo emozionante quanto un thriller.

I classici, quelli che per capirci abbiamo studiato a scuola, sono tuttavia stati perlopiù scritti da uomini bianchi morti un sacco di tempo fa: ecco perché l'amicizia ricopre un ruolo marginale, e se compare in qualche romanzo in genere si tratta di una fredda alleanza fra maschi parigrado che discutono di faccende serissime prima di combattere nelle guerre napoleoniche. Rappresentano l'eccezione i libri per l'infanzia di quel periodo: dato che nell'alta società i bambini non vivevano appassionate relazioni sentimentali, gli autori potevano scrivere quasi soltanto di rapporti di amicizia o familiari.

Sono pochi i romanzi che trattano di amicizie durature. Ecco perché, quando ho scoperto la serie di Elena Ferrante, l'ho trovata rivoluzionaria. I quattro libri, che coprono un arco di cinquant'anni e sono ambientati a Napoli, raccontano la storia di Lenù e Lila, migliori amiche le cui vite si intrecciano e allontanano man mano che le loro personalità si sviluppano, nel corso dei decenni, influenzate da studi, politica, amore, femminismo, famiglia e ambizione. Pur volendosi un gran bene, a un certo punto non possono evitare di odiarsi o di provare invidia, rabbia e delusione: ed è questo aspetto a rendere l'opera il ritratto dell'amicizia ambivalente più brillante e convincente che io abbia mai letto.

Ecco un esempio tratto dal primo romanzo, *L'amica geniale*, in cui Lenù ricorda i tempi della scuola: «Lila sapeva leggere e scrivere, e di quella mattina grigia in cui la maestra ce lo rivelò mi è rimasto in mente soprattutto il senso di debolezza che quella notizia mi lasciò addosso»[5]. Lenù sa che dovrebbe essere felice per l'amica che adora, eppure prova risentimento nei suoi confronti.

La competitività è parte integrante del rapporto fra le due ragazze perché entrambe desiderano sfuggire ai limiti imposti dall'ambiente povero in cui sono cresciute. Solo diventando le migliori avranno delle opportunità, e questo significa che, oltre che amiche, sono rivali. Ecco perché Lenù si sente danneggiata dalle capacità di lettrice di Lila e perché – molto più avanti, al ritorno da una vacanza a Ischia – rifletterà sull'ambivalenza del loro rapporto: «Stabilivo convergenze e divergenze. In quel periodo diventò un esercizio quotidiano: tanto io ero stata bene a Ischia, tanto Lila era stata male nella desolazione del rione; tanto io avevo sofferto abbandonando l'isola, tanto lei s'era sentita sempre più felice. Era come se, per una cattiva magia, la gioia o il dolore dell'una presupponessero il dolore o la gioia dell'altra. Anche l'aspetto fisico, mi sembrò, partecipava a quell'altalena»[6].

Convergenze e divergenze. Le forze che ci spingono ad avvicinarci, e le invidie, i risentimenti e i disaccordi che ci allontanano. Nella serie di Ferrante c'è tutto, l'autrice riesce a trasmetterci l'intensità su cui si fondano amicizie simili, il fatto che a volte dimentichiamo dove finiamo noi e dove comincia l'altra persona. Per capirlo, dobbiamo per forza rivederci nel nostro contrappunto: Lenù può trovare la propria dimensione soltanto definendosi come entità separata da Lila, ed è proprio questo l'errore fatale del loro rapporto. Nell'ultimo romanzo della serie, Lenù sostiene che «ogni rapporto intenso tra esseri umani è pieno di tagliole» e descrive la sua amicizia con Lila come «splendida e tenebrosa»[7].

Ciò che Ferrante è riuscita a cogliere con tanta chiarezza è che le amicizie ambivalenti racchiudono la capacità di essere allo stesso tempo splendide *e* tenebrose... e tuttavia si rivelano dannose per il nostro benessere emotivo tanto quanto i rapporti apertamente tossici.

Nel 2003, a migliaia di chilometri di distanza dalla Napoli di Lenù e Lila, due psicologi dello Utah, Julianne Holt-Lunstad e Bert Uchino condussero un esperimento affascinante. Chiesero a centodue soggetti di indossare dei misuratori della pressione sanguigna per tre giorni e di annotare tutte le interazioni sociali intrattenute della durata di più di cinque minuti, segnandosi sensazioni e reazioni. Holt-Lunstad e Uchino scoprirono che, quando i partecipanti interagivano con persone che non stavano loro simpatiche ma che non potevano evitare, la pressione aumentava. L'aspetto più interessante però era che, quando incontravano amici ambivalenti, la pressione saliva di più rispetto a quando parlavano con persone che trovavano semplicemente antipatiche.

Gli autori dello studio giunsero alla conclusione che dipendesse dal fatto che ci aspettiamo pochissimo dalle persone che non ci vanno a genio; gli amici imprevedibili, invece, possono suscitare un ottimismo resiliente: concediamo loro il beneficio del dubbio perché sanno essere affettuosi e generosi, ma non sempre. Ci fanno sperare e poi cambiano atteggiamento senza preavviso[8].

Holt-Lunstad e Uchino condussero ulteriori studi in questo campo. Nel 2014, Holt-Lunstad scrisse che «la positività e la negatività simultanee» nelle amicizie ambivalenti si associa a livelli più elevati di depressione[9] e a una maggiore reattività cardiovascolare allo stress[10]. Uchino scoprì nel 2012 che, più legami ambivalenti ha una persona nella sua cerchia sociale, più aumentano le probabilità che abbia telomeri corti[11]. I telomeri sono le regioni terminali di ogni filamento di DNA che protegge i cromosomi: paragonabili al pezzetto di plastica che avvolge l'estremità dei lacci delle scarpe, sono fondamentali nel determinare l'invecchiamento cellulare (se ve lo state chiedendo: sì, mi sono documentata, perché le mie conoscenze in ambito scientifico-tecnologico si limitano al sapere che la clorofilla è verde e la Terra rotonda). Telomeri brevi sono indicatori affidabili della mortalità per quanto riguarda diverse malattie, fra cui quelle cardiovascolari e infettive, oltre al cancro.

Per farla breve, i nemici-amici nuocciono gravemente alla salute e inoltre provocano danni più gravi della frequentazione regolare di qualcuno che ci sta antipatico. È tuttavia difficile liberarsi da questi rapporti, perché i ricordi piacevoli si aggrappano alla nostra mente come telline sullo scoglio e spesso quelli sgradevoli sono troppo sfumati per essere identificati subito come negativi. Per me, il modo più semplice per identificare un amico ambivalente consiste nel prestare attenzione a come mi sento dopo averlo visto: se la serata trascorsa insieme è stata bella (almeno sulla carta) ma torno a casa con un'inspiegabile sensazione di stanchezza e con il morale un po' a terra, è probabile che si tratti di un amico ambivalente. Di sicuro Holt-Lunstad e Uchino mi consiglierebbero di eliminare Ali e persone simili dalla mia vita. Ma, come ho già accennato, ho la tendenza a evitare i conflitti e – in caso l'aveste dimenticato – sono una *friendaholic*. Quando un amico mi offre un po' di gentilezza, anche solo il minimo sindacale, fatico a rifiutarla, a meno che nel corso di parecchi anni non emerga un pattern di comportamenti negativi ripetuti. È molto difficile spingermi al punto di non ritorno; di tanto in tanto succede (per esempio con Ella e Becca), però il fatto che riesca a contare queste rotture sulle dita di una mano la dice lunga.

Una sera, rientrata dall'ennesima cena occasionale con Ali, cercai di rilassarmi bevendo una tazza di tè in cucina.

«Com'è andata?» mi chiese Justin.

Sospirai scoraggiata e gli riassunsi le frecciate e gli sgarbi passivo-aggressivi che avevo colto, tutte le cose dette da Ali che mi avevano fatta sentire inadeguata e stupida, ogni frase con cui aveva cercato di sminuirmi.

«Non chiedermi perché sono sua amica» aggiunsi, intuendo i pensieri di Justin. «Ha passato dei brutti periodi e a volte sa essere adorabile».

Lui si sedette di fronte a me e annuì, in silenzio. Poi riprese: «È fantastico con te quando tu sei triste, ma non è mai felice per te quando le cose ti vanno bene».

Ovviamente, aveva ragione. E stavo cominciando a capire che fra i pilastri fondamentali delle vere amicizie ci sono bontà d'animo, generosità e reciprocità significativa.

«Però ha pochi amici, non frequenta la sua famiglia e mi dispiace per lui...» cercai di protestare, ma lasciai la frase in sospeso, rendendomi conto di quanto fosse patetica. Senza contare che Ali non avrebbe voluto che mi dispiacessi per lui; anzi, sarebbe inorridito alla sola idea.

«Okay» ribatté Justin. «Allora forse puoi considerarlo come un atto di beneficenza. Ogni anno dono un po' del mio tempo e dei miei soldi a qualche causa meritevole. Perché non provi a vedere in questo modo il tempo che trascorri con Ali? Stai facendo qualcosa di carino nei suoi confronti perché lui ne ha bisogno e ne trae beneficio, o almeno così immagino. Non importa se tu da questo rapporto non ricavi nulla, a patto che si tratti appunto di beneficenza».

Per quanto strano, quel ragionamento aveva senso. Una parte di me era a disagio nel pensare di essere una specie di benefattrice, che devolveva la sua preziosa amicizia da un alto piedistallo; eppure, più ci riflettevo, più capivo i vantaggi di quella prospettiva. Non c'era bisogno che considerassi davvero Ali o me stessa in quel modo, si trattava più di un interruttore mentale che potevo attivare per inquadrare il nostro rapporto in un'ottica più accettabile.

Vedendolo come un atto di beneficenza, avrei smesso di aspettarmi qualcosa da lui e, inoltre, le sue mancanze avrebbero smesso di ferirmi. Mi sarei comportata come una madre di fronte ai capricci del figlio nella corsia dei dolci al supermercato: in una situazione simile, un buon genitore capisce che il bambino non agisce sulla base di decisioni consapevoli e razionali, bensì in reazione a un desiderio insoddisfatto. Un bambino stanco che vuole soltanto le caramelle non si rende conto che la propria infelicità è una diretta conseguenza del proprio comportamento. Allo stesso modo, non credo che Ali si rendesse conto di quello che faceva: come io avevo imparato a conoscere l'affetto (nella sua evoluzione ed erosione) attraverso i rapporti tossici del passato, lui soffriva della sua personale patologia emotiva. Con quella consapevolezza, e decidendo di portare pazienza e di concedergli il beneficio del dubbio, magari per lui sarei stata un'amica migliore. Non aspettarmi nulla da Ali significava che le occasioni in cui mi sosteneva e mi prendeva sul serio sarebbero diventate una piacevole sorpresa, anziché essere un misero cerotto messo troppo tardi su una ferita infettata da anni.

Ed è così che siamo rimasti amici. Ho scelto di apprezzarlo per la persona che è, anziché lamentarmi per ciò che non è. Sono ben consapevole delle convergenze e delle divergenze fra noi e, in linea generale, ho stabilito che lo splendore era sufficiente a giustificare le tenebre. Per quanto rispetti il lavoro dei tanti psicologi competenti che esistono, sospetto che porre fine alla mia amicizia – benché ambivalente – con Ali nuocerebbe alla mia salute più che il continuare a integrarla nella mia vita. Ferrante aveva ragione: forse alcune amicizie sono destinate a essere lunghe, malgrado i telomeri corti.

Le voci dell'amicizia

Mark

Mark Ford, cinquantotto anni,
ex dirigente televisivo e co-proprietario di Sweat Box Soho,
una sauna gay che gestisce con il marito Jason

È assurdo quanti pochi amici abbia.

Non ho mai stretto molte amicizie; in genere nascono da un'attrazione che poi si trasforma in un rapporto platonico. Se permetto a qualcuno di diventare mio amico, dev'essere quella persona a sobbarcarsi l'impegno di corteggiarmi. Penso che le amicizie debbano avere il tempo di crescere in modo organico, armonioso, ed è piuttosto difficile trovare i giusti incastri perché ciò accada [...]. È abbastanza improbabile che qualcuno dica: «Ehi, voglio essere tuo amico»; per me non ha molto senso, bisogna individuare delle cose da fare insieme, e a volte può sembrare un po' forzato. Mio marito e io gestiamo una palestra-sauna gay e, benché sia un ambiente molto tollerante e aperto, non concedo troppa confidenza a chi mi circonda, perché sono quasi tutti miei dipendenti. Quindi, per proteggere l'ambito lavorativo, entrambi coltiviamo le nostre amicizie al di fuori della palestra.

Credo che per tanti uomini gay risulti più semplice stringere amicizie con le donne (etero o lesbiche) perché con loro non c'è alcuna tensione sessuale, se si esclude l'interesse condiviso per gli uomini (nel caso delle donne etero). Insomma, c'è un terreno comune, ma senza imbarazzi!

Gli uomini etero faticano a fare amicizia tra loro, ma penso sia ancora più difficile per gli uomini gay, perché non è semplice capire se ci si vede per un appuntamento, se il rapporto si fonda sull'attrazione o è platonico. Diciamo che non ci viene naturale, ecco.

9. Fertilità

Non avere figli quando tutti i tuoi amici ne hanno

Nel corso di questo libro ho accennato più volte ai miei problemi di fertilità. Fatico a definirla «infertilità», perché mi sembra un termine giudicante e impreciso: io non ho mai avuto difficoltà a restare incinta, bensì a portare a termine una gravidanza. Non amo nemmeno l'espressione «percorso verso la fertilità» perché alle mie orecchie suona stereotipata e mi fa pensare a un gruppo rock sdolcinato che potrebbe mandare in visibilio il coro a cappella di un liceo. So però che questo è il vocabolario che abbiamo a disposizione (la fertilità, come l'amicizia, ha un lessico limitato perché, per secoli, sono stati entrambi argomenti poco trattati), quindi probabilmente finirò per usarlo anch'io. In fondo, non ho mai promesso che sarei stata coerente.

Nei capitoli precedenti ho menzionato la mia fertilità per offrire il contesto necessario al racconto di un'amicizia o di una presa di coscienza particolari. Il tema continua ad affiorare nei miei discorsi perché, negli ultimi dieci anni circa della mia vita, è stato la tela su cui ho dipinto tutto il resto. Ogni amicizia, ogni emozione, ogni traguardo o delusione professionale, ogni storia sentimentale, ogni post sui social, ogni gatto accarezzato, ogni libro letto e ogni episodio di *Line of Duty* visto si è stagliato su questo sfondo, che ha accompagnato come un'ombra la mia quotidianità. Sarebbe sbagliato dire che il mio desiderio di avere un figlio mi abbia formata come donna, perché il mio essere donna *coincide* con questo desiderio. Non esiste giorno in cui non ci pensi.

Non esiste giorno in cui non affronti la tristezza, la paura e l'ansia, mentre cerco le energie per tenere viva la speranza quando l'ottimismo scarseggia.

Una donna che combatte una lotta per la fertilità deve indossare un'armatura fatta da tante maglie metalliche, collegate eppure in conflitto tra loro: le guide spirituali ci invitano a pensare positivo, a trasformare il sogno di un figlio in realtà grazie alla ferma convinzione che arriverà non appena l'universo lo riterrà opportuno. Allo stesso tempo, i medici ci informano che non rispondiamo come sperato ai trattamenti, che i nostri follicoli non stanno facendo il loro lavoro, che i livelli ormonali sono troppo bassi; ci definiscono «geriatriche» o «attempate», ci dicono che è troppo tardi, che il nostro utero non ha la forma adatta. E, di fronte a questo enorme fallimento, l'unico consiglio che riceviamo è quello di continuare a provarci, anche se probabilmente falliremo ancora. Non dimenticherò mai l'illustre esperto della fertilità che, scoprendo dei miei tre aborti spontanei, mi suggerì con grande semplicità di insistere. «Mia moglie ne ha avuti dieci» disse in tono spensierato. «Ma alla fine ce l'abbiamo fatta. Non si arrenda».

Come se fosse colpa mia, come se non mi impegnassi abbastanza. Come se dieci aborti spontanei fossero una cosa da sopportare anziché da indagare e, possibilmente, evitare. Come se le donne non fossero altro che recipienti colmi di dolore e opportunità.

Ci viene detto di coltivare la speranza ma anche di limitare le aspettative, per non rimanere deluse. Ci viene detto che succederà e insieme che non succederà. Vivere in una simile condizione di ambiguità è estenuante. Fiducia e dubbio convivono, e nel mezzo si trova il peso che mantiene la tensione fra i due. E siamo noi, tutte noi, a portare quel peso sulle spalle. Se pure dovesse andare tutto bene, non potremo mai dimenticare il trauma che, pian piano, si è insinuato nel nostro animo, è stato parte integrante della sopravvivenza quotidiana che ci ha condotte all'obiettivo.

Ho scritto in modo approfondito dell'inizio della

mia esperienza (con la fecondazione in vitro e il primo aborto spontaneo) in un libro precedente[1]. Ma il mio percorso (ecco, ci sono cascata) è proseguito anche dopo l'uscita di quella specie di autobiografia e ho molto altro da dire, soprattutto perché più una donna cerca di diventare madre, più la biologia tende a negarle una conclusione felice. In questo caso sto parlando specificamente del tentativo di concepire un figlio, non degli uomini e delle donne ammirevoli che scelgono di adottare o conducono una vita soddisfacente e serena senza figli. Per queste persone nutro soltanto rispetto, ma non potrei mai parlare della loro esperienza come se fosse la mia: se lo facessi, le parole risulterebbero vuote, prive di significato.

Condividere ciò che ho affrontato, in ogni dettaglio, significa ripercorrere alcuni dei momenti più bui della mia vita; allo stesso tempo, è il modo più puro di cui dispongo per capire l'intero processo, per dargli un senso. La verità è che questo tema è intrinseco a qualsiasi discorso io possa fare sull'amicizia: le reazioni degli altri o come ho gestito tali reazioni sono stati per me aspetti fondamentali per comprendere cos'è un amico. Quindi, prendetemi per mano e camminate con me. Cominciamo.

Il 23 marzo 2020, nel Regno Unito entrò in vigore il primo lockdown per contrastare la diffusione del Covid-19. Evento un po' meno rilevante, le mie mestruazioni erano in ritardo. Di un solo giorno, ma di solito erano regolarissime, e un'incerta possibilità si fece strada nella mia mente. Poteva essere che…? Magari ero…?

Il pomeriggio seguente feci un test, uno di quelli costosi che dovrebbe saper indicare con una precisione del 99 percento le settimane di gravidanza. Il display digitale emise il suo verdetto brutale: «Non incinta», scritto in lettere così piccole che mi sentii stupida per aver sperato in un esito diverso.

A dicembre dell'anno prima avevo fatto un altro test, che era invece risultato positivo. Ricordo di essermi seduta sul water, ridendo e piangendo insieme, mentre

Huxley, il nostro gatto rosso, mi fissava confuso. Non potevo crederci. Dopo un difficile percorso di fertilità, a trentasette anni avevo congelato i miei ovuli… che ammontavano a tre. La maggior parte delle mie coetanee ne aveva in media dodici, le donne sotto i trentacinque anni circa quindici[2]. Avevo conosciuto Justin a trentanove anni, quando tutto indicava che la mia fertilità era ormai compromessa e che un concepimento naturale sarebbe stato molto difficile. Se fosse successo ci avrebbe reso felici, però non ci aspettavamo che accadesse. A quel punto della mia vita l'assenza di figli mi riempiva di tristezza, ma era in qualche modo sopita e pensavo di poterci convivere.

Seduta sul water con il test positivo in mano, una gravidanza a sorpresa a quarantun anni mi sembrò un vero miracolo. Fu allora che capii quanto avessi represso quel desiderio per paura dell'ennesima delusione. Eravamo entrambi al settimo cielo, ma Justin era più fiducioso di me: io sapevo che le cose potevano andare male e provavo una forte ansia; lui, già padre di tre bambini sani, non nutriva le stesse preoccupazioni ed era talmente ottimista e allegro che quasi mi lasciai contagiare. Quando ebbi un aborto spontaneo alla settima settimana, mi sentii doppiamente in colpa: innanzitutto per non aver creduto in quella gravidanza e in secondo luogo per aver trascinato Justin in una schiera a cui nessuno vuole appartenere.

Si dice che spesso i bambini ci insegnano ciò che dobbiamo sapere. Quella gravidanza chiarì a entrambi che desideravamo un figlio più di quanto volessimo ammettere. Mi resi conto che avevamo bisogno di aiuto ed Emma, la mia migliore amica, fece qualche ricerca sui centri per la fertilità più all'avanguardia e mi mandò il sito di una struttura in Grecia.

La clinica era interessante per tre motivi: era decisamente più economica dei corrispettivi inglesi; aveva un iter rapido: dopo un consulto al mattino, ci si poteva sottoporre alle procedure necessarie nel pomeriggio, mentre la maggior parte delle strutture prevedeva visite con diversi specialisti in ospedali diversi; infine (ecco l'aspetto più importante) era gestita da una donna, una vera mosca bianca nel settore. Per ironia della sorte, in un ambito medico che riguarda perlopiù il genere femminile, gli esperti sono quasi tutti uomini. Non voglio dire che non siano bravi nel loro lavoro (tanti lo sono), però è innegabile che l'empatia innata abbia i suoi limiti. Non sono molti gli uomini in grado di capire la sensazione provocata dai crampi mestruali – per non parlare di quella legata a un aborto spontaneo –, così come io non potrò mai comprendere il dolore causato da un calcio nei testicoli. Molte delle cure che avevo ricevuto da medici uomini non erano state *accurate.* Nella migliore delle ipotesi erano state compassionevoli, e il lungo resoconto dei miei tentativi falliti di diventare madre era stato accolto da un cenno della testa e da un'espressione comprensiva. Nei casi peggiori, erano state sdegnose e insensibili. Penso allo specialista che non si girò neppure mentre, dopo un'ecografia frettolosa, mi ripulivo dal gel e tiravo su gli slip il più rapidamente possibile per evitare il suo sguardo. Penso al medico che mi disse che avere figli era sopravvalutato, un paio di minuti dopo avermi informata che le mie probabilità di un concepimento naturale erano minime. E potrei fare altre decine di esempi.

Quando però contattai Alexandra, la responsabile della clinica greca, rimasi subito colpita dal suo calore. Aveva sperimentato sulla propria pelle anni e anni di infertilità e adottò un linguaggio neutro per parlare della mia situazione. Le dissi che avevo l'utero bicorne (spesso chiamato «utero a cuore» per via della rientranza a forma di V, il «setto», nella parte superiore), una malformazione congenita che colpisce il 3 percento circa delle donne. Alexandra rifiutò la definizione di «malformazione» e mi disse invece di visualizzare il mio utero come una stanza che dovevamo preparare per accogliere un bambino. Su un lato della stanza, proseguì, c'erano delle splendide colonne: togliendole, si sarebbe creato lo spazio che avrebbe permesso lo sviluppo dell'embrione. La gentilezza delle sue parole mi fece piangere. Era una descrizione molto semplice, che però cancellò all'istante l'idea che il mio corpo mi avesse in qualche modo tradita. Il mio utero era una stanza bellissima! Con tanto di colonne!

In passato, alcuni medici avevano detto che quella forma particolare poteva aver giocato un ruolo nei miei problemi di fertilità... ma non c'erano certezze, quindi dovevo conviverci e basta. Alexandra, invece, pensava che fosse la causa degli aborti spontanei. Ecco perché, in una sera buia e ventosa del febbraio 2020, Justin e io eravamo su un aereo diretto in Grecia che decollò traballando malgrado la tempesta Ciara avesse minacciato di non farci partire affatto.

Ci presentammo in clinica il mattino seguente. La sala d'attesa era occupata da coppie dall'aria sperduta e da una donna sui cinquant'anni che, avremmo scoperto più avanti, aspettava un bambino concepito grazie a una donazione di ovulo e sperma. Eravamo guerrieri esausti seduti su poltrone in finta pelle di scarsa qualità, che strideva al contatto con i nostri vestiti. Tutti evitavano lo sguardo degli altri perché, a un certo punto, è impossibile gestire la tristezza altrui insieme alla propria. Gli appuntamenti erano in ritardo, come accade in tutte le cliniche per la fertilità del mondo.

Alla fine Justin e io fummo accompagnati nell'ufficio di Alexandra, che si rivelò calorosa com'era stata al telefono e assolutamente convinta che la strada da percorrere fosse un'operazione per rimuovere il setto del mio utero. Nel giro di qualche ora, l'intervento fu fissato per l'indomani in un ospedale della zona. Avrei dovuto essere digiuna, non bere nulla e rimuovere lo smalto dalle unghie. Trascorremmo il resto del pomeriggio cercando un'estetista che mi togliesse il semipermanente e facendo una rapida visita all'Acropoli (già che eravamo lì...).

Passeggiando nel tempio di Atena pensai alla dea vergine dell'antichità, che Efesto cercò di concupire. Stando alla leggenda le eiaculò addosso ma il seme cadde su Gaia, la dea primordiale della Terra. Lo stesso Efesto era stato concepito quando la madre aveva mangiato della lattuga, una pianta associata allo sperma per via del fluido lattiginoso che scorre nelle sue foglie. E pure Atena era nata da un concepimento insolito: il padre Zeus l'aveva partorita dalla testa dopo aver divorato l'amante Meti, che era incinta[3]. La mitologia greca mi offriva un bizzarro conforto: al confronto, la mia ricerca di un figlio appariva relativamente semplice.

Il mattino dopo ci svegliammo alle cinque e andammo in taxi in ospedale; lì ricevetti un camice e dei moduli da riempire, poi fui portata via su una barella mentre il personale medico mi parlava in una lingua a me incomprensibile. Justin rimase in sala d'aspetto, su una sedia di plastica, in preda al nervosismo. Stava accadendo tutto talmente in fretta che per un attimo mi lasciai prendere dal panico. Era stato avventato affidarmi a un chirurgo che non avevo mai visto e riporre ogni speranza nel giudizio di una donna che aveva descritto il mio utero come una stanza? Be', ormai era troppo tardi. L'anestesia cominciava a fare effetto e ricordo di aver pensato che il chirurgo somigliava a un attore di un *medical drama* americano.

Al mio risveglio vidi che dalle mie parti intime spuntavano due tubi di plastica e mi fu spiegato che erano collegati a un palloncino che, inserito nel mio utero, gli avrebbe permesso di mantenere la nuova forma mentre le cicatrici guarivano. Sarebbe stato rimosso di lì a cinque giorni e non saprei che parole usare per esprimere il mio sconcerto. I tubi sembravano usciti da una puntata di *Art Attack*, erano di plastica trasparente e fissati con scotch biadesivo. A volte, senza nessun motivo apparente, si riempivano di sangue e dovevo svuotarli nella doccia; se vi sembra un'immagine disgustosa, siete in buona compagnia.

Alexandra ci disse che potevamo tornare a Londra quella sera stessa. Io non avevo ancora smaltito l'anestesia totale e, come Justin, ero confusa dal subbuglio emotivo delle quarantott'ore appena trascorse. Rientrare a casa fu un sollievo.

Un'ecografia successiva rivelò che l'operazione era

andata a buon fine: il setto era passato da 7 millimetri a 2. Una settimana più tardi andai a New York per far visita alla mia amica Clemmie, che era stata colpita da un'emorragia cerebrale e stava imparando di nuovo a parlare e camminare. Rimasi seduta accanto al suo letto e a volte mi sdraiai di fianco a lei, stringendole la mano. Con il trascorrere dei giorni sentivo gli infermieri parlare di Coronavirus, ma non mi sembrava fosse qualcosa per cui preoccuparsi. Sarebbe passato, com'era successo con l'aviaria. Prima che ripartissi un'infermiera mi diede una confezione da viaggio di igienizzante per le mani; sul momento non potevo immaginare quanto prezioso si sarebbe dimostrato quel regalo, però qualche settimana dopo i supermercati londinesi sarebbero rimasti senza gel e carta igienica. Ho ancora il contenitore, che negli ultimi due anni ho riempito più volte.

Vi racconto tutto questo per spiegare il contesto surreale in cui ci ritrovammo nel marzo 2020. Il test di gravidanza, comunque, era negativo. Sì, le mestruazioni erano in ritardo, ma la spiegazione doveva essere un'altra. Scrissi a Emma.

Magari fanne un altro domattina, giusto per sicurezza, mi rispose.

E così il mattino seguente, il 24 marzo, feci un secondo test (al mattino, quando i livelli dell'ormone antimulleriano, AMH, sono più elevati). E, quella volta, il display digitale dichiarò che ero incinta. Di due o tre settimane, per la precisione. Andai di sopra per dirlo a Justin, che aveva iniziato a lavorare da casa. Eravamo entrambi sotto shock. È decisamente strano scoprire di aspettare un bambino mentre il mondo sta affrontando una crisi senza precedenti dall'esito incerto e terrificante. È ancora più strano per chi ha conosciuto l'infertilità, perché a quel punto l'incertezza, oltre che esteriore, è anche interiore.

Vissi le settimane seguenti immersa nella confusione e nello stupore. Ero in una condizione di semi-negazione, eppure allo stesso tempo osavo sperare che quella gravidanza sarebbe andata a buon fine grazie all'operazione a cui mi ero sottoposta. E in realtà l'agenda libera da impegni per via della pandemia mi aiutò a rilassarmi e a stare attenta a non strafare. Mi sembrava di trovarmi in una situazione di pura serendipità.

Scrissi una email per aggiornare Alexandra, che mi consigliò di fare delle analisi del sangue per monitorare i livelli di progesterone e mi mandò una ricetta per l'eparina, una specie di aspirina iniettabile per prevenire i coaguli di sangue. Guidai per le strade deserte di Londra fino all'ambulatorio. La giornata era luminosa e il cielo di un azzurro ipnotico, ma per il resto sembrava un mondo postapocalittico. Quando le inviai gli esiti, Alexandra si disse soddisfatta perché i livelli di progesterone aumentavano come previsto e tutto pareva andare per il meglio.

A sette settimane feci una prima ecografia. Quella fu la prima occasione in cui indossai una mascherina in pubblico: non erano ancora diventate un'abitudine e l'avevo ordinata su Instagram da una donna che aveva cominciato a fabbricarle. Mi sdraiai sul lettino mentre la dottoressa preparava la sonda. Strinsi forte la mano di Justin e mi preparai al peggio. Avevo già vissuto quella situazione, e non associavo le ecografie a momenti felici. Quella volta, però, la dottoressa ci sorrise comunicando la bella notizia: un miracolo! L'embrione si stava sviluppando bene, e ne ascoltammo il battito del cuore, forte e sano. Uscimmo dall'ambulatorio con un video in cui si sentiva il suono regolare e frusciante; lo riascoltammo a casa, abbracciandoci mentre ridevamo e piangevamo insieme.

Il sollievo ci travolse e, per la prima volta, mi concessi di sentirmi incinta. Mi accorsi di sintomi che fino ad allora avevo volutamente ignorato, per non portarmi sfortuna da sola: seno sensibile, stomaco che brontolava, un bisogno pressante di fare pipì di notte.

La settimana seguente tornammo per un'altra ecografia. Ero in ansia, ma più per abitudine che per una preoccupazione reale, dato che la dottoressa aveva detto che era soltanto una precauzione. Conoscevo la routine:

mi tolsi i jeans, mi sdraiai, posizionai le gambe sulle staffe, la sonda fu inserita.

E... non sentimmo nulla.

Non c'era battito.

La dottoressa spostò la sonda a destra e a sinistra, poi di nuovo a destra. Dopo una lunga pausa, mormorò: «Mi dispiace moltissimo».

Justin rimase senza fiato. Io, nei recessi più profondi del mio animo, mi dissi che sapevo già che sarebbe andata in quel modo. Ma non era così. Avevo pensato che quella volta tutto sarebbe filato liscio. Mi ero concessa di sperare.

«Mi sento ancora incinta» dissi.

«Succede spesso, per via degli ormoni ancora in circolo» replicò la dottoressa in tono gentile. «Vi lascio soli» aggiunse prima di uscire.

Mi accorsi dopo qualche istante che stavo piangendo. Mi abbandonai alla certezza che sapevo come affrontare quella fase, perché la conoscevo; era l'altra, la parte che prevedeva un lieto fine, che mi aveva gettato nello smarrimento.

Mi trovai di fronte a due possibilità: potevo aspettare che l'aborto si concludesse naturalmente o prendere un farmaco che avrebbe accelerato il processo. Non potevo sottopormi a un raschiamento per eliminare i residui della gravidanza, perché a causa della pandemia tutte le operazioni non urgenti venivano rimandate o annullate. Presi il farmaco per avere un po' di lucidità: non volevo più saperne di sentirmi incinta e non incinta allo stesso tempo, mi mandava fuori di testa.

Tornata a casa, cercai su Google cosa aspettarmi. I forum non mi rassicurarono. Una cara amica che ci era già passata mi scrisse che avrei potuto provare dolore, ma di non preoccuparmi. Le ventiquattr'ore successive furono tra le più violente che io abbia mai sperimentato: quello fu l'aborto peggiore dei tre che avevo avuto. Il farmaco mi causò ondate di dolore così forti da farmi vomitare; si ritiravano quanto bastava a lasciarmi recuperare le energie per affrontare la seguente. Per fortuna Justin, che appunto lavorava da casa, veniva accanto al letto per tenermi la mano e chiedermi se potesse fare qualcosa. La sua presenza mi diede un conforto indescrivibile, però fu un processo solitario.

Mi trovavo in quella situazione quando le mie amiche più care si rivelarono in tutto il loro splendore. Emma mi chiamava in continuazione su FaceTime e mi scriveva dei messaggi; sentì anche Justin per capire come stessi davvero e, nelle settimane successive, loro due mi tennero d'occhio con discrezione. E poi ci furono le altre: Bette e Sinead si offrirono subito di farci la spesa e lasciarla sulla porta di casa. Sentendomi fortunata ad avere amiche tanto attente, le salutai dalla finestra della camera. Roya ci portò una borsa piena di tulipani e melanzane (be'? Adoro le melanzane). Sally, che non vedevo da anni ma avevo incontrato pochi giorni prima a un corso di yoga per gravide (online), passò da noi per lasciarci uno splendido bouquet. Ricevetti un sacco di messaggi e di gesti d'affetto dalle persone a me care, che sembravano condividere davvero il nostro dolore. Ci ripeterono quant'erano dispiaciute, e non avevo bisogno di sentire altro: era la cosa più amorevole che potessero dirmi. Negli anni precedenti avevo capito che l'amicizia, in simili circostanze, non consisteva nel fare ma nell'essere. Fiori e melanzane erano di conforto, ma il loro vero significato era più profondo del gesto in sé; era racchiuso nella volontà di riconoscere l'importanza di ciò che stavamo vivendo. Gli aborti spontanei spesso si traducono in silenzi su cui gli altri glissano, cercando di portare subito la conversazione su argomenti diversi. Per me e Justin era invece fondamentale che venisse riconosciuta l'esistenza di quella gravidanza, per quanto fosse stata breve.

E sapere di essere nei pensieri dei nostri amici fu essenziale per la mia guarigione. L'infertilità è un dolore che non osa pronunciare il proprio nome. Quando si elabora il lutto per una gravidanza conclusasi prima del suo termine naturale, si elabora un'assenza. Ma, nell'istante in cui si ottiene un test positivo, si inizia a immaginare il proprio futuro con un figlio, è inevitabile. Credetemi, ho provato a oppormi. Ho cercato di non sperare, sapendo che farlo avrebbe potuto rendere il tutto più doloroso sul lungo periodo, però è stato inesorabile. Quell'atto di fede, quella visione della genitorialità totale che si accompagna a potenziali nomi per un bambino, si innesca insieme agli ormoni. Forse, in realtà, *dipende* dagli ormoni; è possibile che la natura, nella sua sconfinata saggezza, ci fornisca gli strumenti per imparare a prenderci cura del nascituro.

Affrontare quest'assenza da soli può far sentire alla deriva, immersi in una condizione in cui ci si chiede se non ci si è inventati tutto. È quello che avevo provato nell'ottobre 2014, all'epoca del primo aborto spontaneo. Avevo avuto un'esperienza simile a quella del 2020, un battito cardiaco udito alla settima settimana e scomparso poco prima dell'ecografia della dodicesima. Sul momento non avevo capito cosa stessi vivendo e mi ero sforzata di ignorarlo, anche perché il mio matrimonio stava andando in pezzi e dovevo occuparmi innanzitutto di quello. Rimandai l'elaborazione del lutto; peggio ancora, lo negai. Non pensavo di avere il diritto di affrontare il dolore legato a qualcosa che era finito prima di iniziare.

Non ricordo di preciso quando decisi di parlare pubblicamente della mia fertilità ma, quando lo feci, mi aiutò a dare forma e dimensione al dolore che mi attanagliava. Fu il mio modo di riconoscere ciò che era stato e non era più. Con mio enorme stupore, centinaia e poi migliaia di donne (e alcuni uomini) mi contattarono per dirmi quant'erano state importanti per loro le mie parole: avevano visto la propria esperienza riflettersi nella mia, sentivano di avere una voce.

Dando un nome alla tristezza che ci accomunava, avevo in un certo senso reso più reale l'esistenza di quei bambini. Capii che la sensazione che per un certo periodo avevo erroneamente scambiato per vergogna si stava trasformando in qualcosa con un'eco molto più universale di quanto avessi potuto immaginare. E mi sentii meno sola. Compresi, per la prima volta, il potere della solidarietà forgiata dal fuoco della vulnerabilità.

Brené Brown sostiene che «la vergogna espressa ad alta voce non può sopravvivere»[4], e ha ragione. Una volta che iniziai a parlare, non riuscii più a smettere. L'impressione di essere un fallimento svanì, la condivisione diventò un'esigenza. Affrontai il discorso della fertilità nel mio podcast, scrissi editoriali sugli aborti spontanei, fui invitata a discutere in radio di questioni di salute femminile e a presenziare a eventi organizzati da enti benefici che si occupavano di fertilità. Più mi aprivo, più la gente si apriva con me. Mi sentivo capita. E, più ne parlavo, più gli amici intimi che non avevano avuto gli stessi problemi capivano la mia situazione, e come comportarsi.

Il lutto è un sentimento scomodo e spinoso. La gente spesso non sa cosa dire e quindi rimane in silenzio per evitare di suscitare ulteriore dolore, come se fosse possibile peggiorarlo con un commento fuori luogo. Non lo è. Il lutto è assoluto e non può essere aggravato, così come non si può riportare sulla Terra un animale estinto. Credo che parlare con sincerità dei miei aborti spontanei abbia alleviato un po' la paura dei miei amici, spaventati dall'idea di dire la cosa sbagliata. A quel punto sapevano che era più importante dire qualcosa che trincerarsi nel silenzio. E, per chiarire meglio la situazione, scrissi un articolo su un giornale nazionale: intitolato *Cosa non dire sul mio aborto spontaneo*, si concludeva con la frase che si può *sempre* dire, ovvero: «Mi dispiace»[5]. Non serve altro, davvero.

Le mie più care amiche l'hanno capito appieno. L'affetto che provano nei miei confronti e il modo in cui riescono a trovare spazio nel loro cuore per la mia esperienza mi lasciano sempre senza parole. È come una candela che non si spegne mai: ricordano la data in cui avrei dovuto partorire; mi mandano un vocale ogni volta che una conoscenza comune posta una serie infinita di foto dei figli; mi scrivono per la festa della mamma per dirmi che mi pensano; mi abbracciano quando mi viene da piangere all'improvviso; sono molto attente a come potrei reagire alla compagnia dei loro bimbi (a volte sono così attente che devo supplicarle di farmi passare un po' di tempo con loro); mi raggiungono ovunque io mi trovi (sto parlando di luoghi mentali, del mio umore; non mi sognerei mai di farle arrivare fino a Vauxhall).

Ma naturalmente, per ogni persona che ha compreso, ce n'è stata una che invece non ci è riuscita. Fra le peggiori ingiustizie dell'infertilità c'è un dato di fatto scontato: nello stesso momento in cui qualcuno fatica a concepire, una donna nella sua cerchia di amici ci riesce senza sforzi apparenti. E alcune ci riescono più e più volte, partorendo bambini come un distributore di caramelle. La loro sicurezza in sé stesse lascia basiti. Ricordo di aver parlato con un'amica rimasta incinta da poco dei problemi in cui si sarebbe potuta imbattere. Volevo dirle che la capivo, che era un periodo carico di preoccupazioni e che era normale.

«Sì, sono davvero preoccupata» mi rivelò a cena.

Allungai una mano sul tavolo e strinsi la sua.

«Perché, se sarà una femmina, non saprò come aiutarla a essere una donna emancipata, visti i tempi che corrono».

Restai a bocca aperta.

«E sono cresciuta con tre fratelli minori» proseguì. «Quindi la mia esperienza con i bambini si limita ai maschi… è molto diverso».

Quest'amica è una persona meravigliosa che pensa al quadro generale in qualsiasi circostanza, e quella non fece eccezione. La mia reazione fu influenzata dalle mie esperienze pregresse: rimasi stupita dal fatto che si potesse ragionare in quel modo, che fosse concesso, che si potesse essere tanto convinti dell'esito positivo di una gravidanza da riuscire a proiettarsi nel futuro, ben dopo che il figlio fosse venuto serenamente al mondo. Mi stupiva che le preoccupazioni non riguardassero aborti spontanei, improvvise perdite di sangue o complicazioni legate alla gestazione, bensì l'educazione di un bambino la cui presenza veniva già data per scontata.

«Wow» pensai. «Immagina come sarebbe. Immagina come sarebbe essere altrettanto sicura».

Avevo provato una sensazione simile leggendo *Maternità* di Sheila Heti[6]. Me lo consigliavano tutti da anni e, quando finalmente lo presi in mano, pensai di ritrovarmi nelle parole dell'autrice. Invece affrontai trecento pagine in cui una narratrice senza nome provava a capire se desiderasse o meno un figlio e se una gravidanza l'avrebbe allontanata dalla sua arte.

In quell'angoscia filosofeggiante e ombelicale, Heti non prendeva in considerazione nemmeno per un secondo la possibilità di non riuscire a rimanere incinta, né che milioni di donne in tutto il mondo non potevano godere del privilegio insito in quelle riflessioni; per loro non si trattava di una decisione da prendere. In quest'epoca di cambiamento sociale – un'epoca segnata da movimenti di protesta necessari come Black Lives Matter e il MeToo – parliamo molto, e giustamente, di privilegio, ma quasi nessuno accenna a quello legato alla fertilità. Chi di noi ha cercato di arrivare alla genitorialità seguendo percorsi complessi è invece fin troppo consapevole della sua esistenza. Credo che non dimenticherò mai cosa si prova a non essere fertili in un mondo in cui tutti sembrano riprodursi senza difficoltà. Se avessi dei figli non ne posterei le foto sui social, proprio come non posterei immagini delle mie ville gigantesche o della mia collezione di Bentley (non possiedo nessuna delle due cose, in caso ve lo steste chiedendo), perché sarebbe insensibile nei confronti di chi non ha le stesse possibilità. Accantoniamo per un attimo il lessico del privilegio: postare foto simili non denota forse un'assenza di empatia basilare o di consapevolezza del contesto? Evitare di farlo non equivale semplicemente a comportarsi come persone perbene?

Purtroppo, la mia lotta per la fertilità coincise con la feticizzazione online della maternità. Negli anni Dieci del Duemila, internet rappresentava per le madri uno spazio di confronto del tutto inedito, che superava i limiti geografici, gli oceani e i fusi orari. All'improvviso, sembrava che la cultura occidentale fosse stata invasa da mamme blogger che si scambiavano consigli su qualsiasi cosa, da come gestire la dentizione alla scelta del passeggino più alla moda. Le *momfluencer* ci incoraggiavamo a comprare tutine in cotone biologico e magliette con la scritta «È sempre l'ora dell'aperitivo» tentandoci con post su Instagram dai filtri accattivanti. I media pubblicavano ogni dettaglio del percorso che portava i vip alla genitorialità: sulle edizioni domenicali dei quotidiani c'erano artistici servizi fotografici preparto; i tabloid propinavano l'esclusiva sul nascituro di turno; la sezione dedicata al *body shaming* del *MailOnline* proponeva l'inevitabile analisi dei corpi femminili post parto chiedendosi se la celebrità in questione era «tornata in forma» nell'arco temporale che un redattore di sesso maschile riteneva accettabile. Insomma, non si parlava d'altro che di uteri e ovaie.

Mumsnet.com, la community online fondata nel 2000 dalla giornalista Justine Roberts, diventò così influente che alcuni politici di alto livello sgomitavano per rilasciare un'intervista al sito nel tentativo di raggiungerne le utenti, perlopiù donne del ceto medio, spesso indecise su come votare e quindi considerate importanti. Nel 2009, l'allora primo ministro Gordon Brown partecipò a una chat di Mumsnet e fu ampiamente preso in giro perché non era riuscito a rispondere a una domanda fondamentale: quali erano i suoi biscotti preferiti? Roberts fu insignita del titolo di commendatore britannico nel 2017, per i servizi resi all'economia del paese, e ancora oggi Mumsnet è fra i siti per genitori più trafficati al mondo, con oltre dieci milioni di visite mensili[7].

Tutto ciò non faceva che sottolineare l'abisso sempre più ampio che separava la fase della vita in cui mi trovavo da quella che stava affrontando la maggior parte delle mie amiche. Molte di loro si stavano impegnando attivamente per diventare madri e crescere i figli. Una piccola ma potente parte di loro non aveva più tempo per altre cose, fra cui le amicizie, ed erano quindi convinte che dovessi essere io a cercarle. In quel periodo non parlavo apertamente dei miei problemi di fertilità e a quella manciata di amiche devo dare atto di una cosa: visto che non raccontavo cosa stavo affrontando, toccava a loro intuirlo; quando lo facevano, seguivano una logica distorta.

Pensando che avessi meno impegni, per loro era naturale e inevitabile che fossi io a sforzarmi di mantenere i contatti. Perché, come mi ripetevano spesso, fare i genitori era *difficile*. Era il compito più faticoso con cui si fossero mai misurate, perciò ogni altro aspetto della loro vita ruotava attorno a quell'asse. Avrei capito cosa intendevano soltanto quando ci fossi passata in prima persona, dicevano. Ero fortunata, dicevano, ad avere ancora un'esistenza tanto spensierata e libera. Dovevo sfruttarla appieno finché potevo, dicevano, mentre allattavano un neonato e si lamentavano di capezzoli irritati e notti insonni.

Naturalmente, non esplicitavano tutte queste cose; quando però non erano loro a dare voce a quello che vivevano, la società era pronta a colmare le lacune. Ero sopraffatta dalle informazioni che indicavano quanto fosse dura la vita del genitore, ma allo stesso tempo mi veniva detto che era il rito di passaggio più straordinario, felice e trasformativo che ci fosse al mondo; mi veniva detto che non c'era un amore paragonabile a quello e che in sostanza, non avendo figli, vivevo soltanto a metà; ma anche che ero fortunatissima a poter condurre un'esistenza priva di responsabilità, all'insegna di Martini e tacchi alti, di locali e della carriera. Nel frattempo, gli algoritmi dei social media si assicuravano che fossi bombardata, ogni singolo giorno, da pubblicità legate alla genitorialità. Ero interessata a tenere traccia dei miei ritmi di ovulazione? Mi serviva un test per verificare i livelli della mia fertilità? Avevo bisogno di vitamine personalizzate per neomamme, che mi sarebbero state comodamente consegnate sulla porta di casa? E, se la risposta era no… che problemi avevo?

Simili messaggi contraddittori mi confondevano, ma avevo la netta impressione che quella confusione fosse una mia colpa. Aggiunsi la voce «mancanza di chiarezza» all'elenco di cose che non capivo in quanto «non ancora madre», immaginando che avrei compreso tutto in seguito, una volta accettata nel regno dorato dei genitori. E, nell'attesa, mi sforzavo con tutta me stessa di essere un'ottima amica per le donne con figli che frequentavo. Correvo all'altro capo della città armata di peluche personalizzati e scarpine di lana dai colori neutri per dare il benvenuto a un neonato. Presenziavo ai primi compleanni dei figli degli altri, dove si respiravano nubi tossiche di estrogeni e le conversazioni venivano interrotte da pianti disperati e urgenti cambi di pannolino. Andavo a picnic estivi organizzati in parchi affollati, la domenica pomeriggio, dove le mie amiche distratte passavano quasi tutto il pomeriggio a inseguire bambini e a strappare dalle loro manine luride barrette di cioccolato mangiate a metà. Mi veniva messo in braccio un infante dopo l'altro, come se mi stessi esercitando a interpretare il ruolo della balia in un brutto film storico. Ogni volta che reggevo un bambino temevo di sbagliare qualcosa, che quel minuscolo e perfetto essere umano intuisse che non ero una madre e iniziasse a piangere; a quel punto tutti si sarebbero resi conto che non capivo la situazione ma che in fondo non era colpa mia, dipendeva solo dal fatto *che non avevo ancora avuto un figlio.* Il profumo dei neonati, che sapeva di latte e novità, mi sembrava così intimo, così intrinseco al legame intoccabile fra genitori e figli, che restavo senza fiato quando mi rendevo conto di esserne necessariamente esclusa. Non riuscivo a goderne, seppur dall'esterno, e mi sentivo in colpa; non apprezzavo appieno la compagnia dei figli altrui, e questo mi rendeva poco materna. Ero un'ingrata e un'egoista. Ero una persona orribile, inutile.

Mi ci sono voluti anni per capire che avevo il diritto di dire come mi sentivo non avendo figli, proprio come chi era genitore aveva il diritto di dire come si sentiva avendoli. Quando iniziai a parlare di quello che stavo vivendo – i trattamenti per la fertilità, gli aborti spontanei, il congelamento degli ovuli, l'utero a forma di cuore, il fallimento che mi ero convinta di essere – fu subito chiaro su quali amici potessi contare e quali, invece, non coglievano il problema (o, peggio ancora, sceglievano di non farlo). Si dice spesso che diventare genitori influenzi per sempre le amicizie. Negli intensi mesi dopo il parto, molte persone tendono a frequentare, comprensibilmente, chi sta affrontando la stessa cosa. E, quando i bambini crescono, può essere confortante discutere con altri genitori dell'offerta didattica di una determinata scuola e della quantità di ore che i figli possono passare davanti alla tv o al tablet. Occuparsi di una famiglia può rivelarsi pervasivo, e lasciare poco tempo per coltivare amicizie con persone che seguono un percorso diverso. Allo stesso modo, scoprii che anche *non* essere genitore influenza le nostre amicizie, poiché rende evidente chi tiene a noi e chi no.

Emma, per esempio, ha sempre trovato il modo per vederci senza i suoi figli; non gliel'ho chiesto, ha scelto lei di farlo. E così, se andavo da lei per il weekend, si assicurava che il marito portasse fuori i bambini per una mezz'ora, la domenica mattina, in modo che potessimo bere un caffè senza interruzioni. Un gesto semplice ma efficace, che però quasi nessuno faceva. Quando la ringraziavo, mi assicurava che le stava molto a cuore, che voleva creare le condizioni per coltivare il nostro rapporto.

Emma non mi ha mai chiesto di farle da baby, una richiesta che viene avanzata in continuazione alle donne senza figli, come se dovessimo essere grate per l'opportunità di frequentare l'oggetto dei nostri desideri. E per alcune persone senza figli è davvero così; ma altre, come me, non desiderano i figli altrui bensì dei figli propri, e pensare che non vedano l'ora di badare alla prole di qualcun altro significa sbattere loro in faccia ciò che non hanno. Quando Emma mi propose di essere la madrina di Thomas ed Elsa, mise in chiaro che non si aspettava regali o una presenza costante da parte mia; ed ecco che all'improvviso mi venne voglia di sommergerli di doni e attenzioni. Emma, inoltre, mi chiede consigli sull'educazione dei figli, perché rispetta la mia opinione di persona attenta e premurosa anche se non sono ancora madre. E grazie a questo suo atteggiamento sento di avere un ruolo nella sua vita, di essere stimata per ciò che sono (e non giudicata per i figli che non sono riuscita a dare alla luce).

Sono fortunata perché Emma non è l'unica amica a comportarsi in questo modo con me. Altre accettano ciò che posso offrire e non mi fanno sentire in colpa per ciò che non posso offrire. In realtà, a volte sono così attente al mio stato d'animo da cogliere cose che io non noto neppure. Qualche tempo fa ho cenato con Emma e Bex, un'amica comune, e le ho aggiornate sui trattamenti per la fertilità che stavo seguendo. Poi abbiamo cambiato argomento ed Emma ha detto che Thomas era stato nominato capoclasse, con mia grande gioia; pochi minuti dopo, tuttavia, ho notato che era insolitamente silenziosa.

«Tutto bene?» le ho chiesto.

«Sì, ma stavo pensando che forse non ti interessa sapere di mio figlio, visto quello che stai passando».

L'ho subito rassicurata, anche se ho apprezzato molto la sua delicatezza: «Oddio, no! Figurati, mi interessa eccome! Non ho nemmeno fatto il collegamento».

Non mi aspetto che i miei amici mi nascondano le gioie legate alla genitorialità, né li trovo insensibili se hanno bisogno di sfogarsi nei momenti difficili. A non andarmi giù è l'estremismo manicheo, l'idea secondo cui quest'esperienza è un gioioso campo di margherite oppure un arrancare faticoso e deprimente costellato da coliche e mancanza di sonno. Si tratta di una visione che mi esclude in ogni caso, dato che non posso sperare di capire né la felicità né la tristezza che ne derivano. Sono certa che la verità si trovi a metà strada fra i due opposti e, se dovessi riassumere con una sola parola l'atteggiamento di Emma, userei il termine «cura». Emma e gli amici come lei si prendono cura dei miei sentimenti, li ritengono degni di attenzione; forse sarebbe meglio dire che li giudicano validi quanto i loro.

Altre persone, invece, non lo fanno. Mi riferisco a coloro che, quando ho cominciato a parlare apertamente dei miei problemi di fertilità, hanno continuato a invitarmi ai picnic con i loro figli piccoli o a casa loro, in caotiche mattine del weekend, come se non fosse cambiato nulla; e a coloro che hanno iniziato a rivolgermi sguardi addolorati, come se fossi un animaletto ferito. La loro pietà era così intensa da lasciarmi senza fiato: mi osservavano, quei genitori, con una preoccupazione mista a imbarazzo dipinta sul viso e un bimbo stretto al petto, e nei loro occhi coglievo una punta di compiacimento. Pur non facendolo apposta, erano sollevati dal fatto che la loro vita fosse risolta e ordinata, diversa dalla mia che invece cadeva a pezzi. Scoprii che esisteva una differenza tra empatia e pietà, tra attenzione gentile e paternalismo. Se Emma incarnava appunto l'empatia, quegli altri amici davano per scontate cose sul mio conto di cui non avevo mai parlato con loro. Immaginavano, per esempio, che non sarei mai diventata madre e dicevano frasi come: «Di certo imparerai a convivere con il dolore», «Non avere figli comporta un sacco di benefici... puoi partire per una vacanza su due piedi, senza preavviso!», «Be', almeno così puoi concentrarti sulla carriera. Per le mamme è sempre difficile tornare al lavoro».

Una volta, a un matrimonio, mi ritrovai seduta accanto a una donna che non era proprio un'amica, più l'amica di un ex che avevo incontrato in varie occasioni. E, siccome era un matrimonio ed entrambe avevamo bevuto parecchio champagne, finii per parlarle un po' della mia esperienza e, prima che potessi rendermene conto, lei mi stava raccontando di aver avuto da poco il primo figlio e che per lei l'esperienza del parto era stata un'estasi orgasmica, un portale spirituale di pura beatitudine che l'aveva trasportata in una dimensione dell'amore fino ad allora sconosciuta.

E disse, senza fiato per l'emozione, la frase che la gente dice sempre: «Non avevo mai sperimentato un amore del genere».

«Già, nemmeno io» avrei voluto rispondere, «però

non significa che non abbia provato un sacco di emozioni che *tu* non capiresti. Non conoscerai mai la specificità del mio dolore. Non vivrai mai la sensazione di lutto che accompagna gli aborti spontanei, soprattutto se ripetuti. Non comprenderai mai l'amore che si può provare per bambini mai venuti alla luce, per i semi che si piantano e che non sbocciano. Non capirai mai quant'è resiliente la speranza, come si fa strada nel terreno, come ti mostra che il potere della creazione e della riproduzione va ben oltre l'improbabilità biologica dell'incontro fra ovulo e spermatozoo. Non avrai mai accesso alla solidarietà che mi unisce a centinaia di migliaia di donne che hanno provato le stesse cose, e non potrai mai cogliere il coraggio che traggo da loro e dalla consapevolezza che, qualsiasi cosa accadrà, continueremo a guardare verso il sole, protette l'una dall'ombra delle altre. Potrei provare tristezza per te, visto che chiaramente tu la provi per me. Potrei sottolineare la crepa nel tuo paesaggio emotivo, visto che tu hai sottolineato la mia. E invece scelgo di provare empatia per la tua ignoranza. Scelgo di lasciare la freccia lì dov'è, nel punto del petto in cui me l'hai conficcata, di crescere intorno a essa; e la mia crescita rappresenterà un'esperienza umana più profonda di quanto tu potrai mai immaginare».

Non dissi nulla di tutto ciò, in fondo eravamo a un matrimonio e non volevo rovinare l'atmosfera con visioni di terriccio, frecce e ferite. Andai a ballare sulle note di *Crazy in Love* di Beyoncé e cercai di dimenticare quella conversazione; ma non ci riuscii, o almeno non del tutto. Le parole dette con leggerezza lasciano una scia di passi pesanti che calpestano le speranze, spezzandone gli steli. Le speranze possono crescere di nuovo, certo, però ogni volta il processo richiede più energia, più pazienza.

Sapevo di dover chiudere quelle amicizie, che era inevitabile. Quelle persone non mi capivano, certo, ma di certo avevano l'impressione che io mi stessi allontanando volontariamente, rifiutando di capire le loro difficoltà. Si trattava di una distanza che né io né loro potevamo colmare e, quando me ne resi conto, era troppo tardi anche solo per provarci; era più semplice liquidarla come «una cosa che succede», una fase della vita che prima o poi capita a tutti.

Sono sicura che, di fronte a una domanda diretta, i miei ex amici non saprebbero spiegare come mai il nostro rapporto si era indebolito sempre più, al pari dei segni a matita che negli anni sbiadiscono sulla carta. Immagino direbbero che ero stata egoista, poco chiara o sgarbata, che darebbero una risposta qualsiasi per proiettare la responsabilità fuori da loro stessi, anziché guardarsi dentro. Perché, a quanto pare, diventare genitori assolve dall'obbligo di fare autocritica.

Avere un figlio è sufficiente a far sì che i genitori occupino più spazio su questa Terra, che le loro opinioni siano prese in maggiore considerazione, che i loro voti siano anelati da politici disperati che non sanno nemmeno qual è il loro biscotto preferito. Avere un figlio è un passepartout che apre ogni porta dell'esperienza umana. E a volte, a essere sincera, non sarei riuscita a trovare le parole giuste nemmeno se quelle persone fossero state disposte ad ascoltarmi. Era tutto troppo difficile da spiegare a chi non c'era stato dall'inizio, bisognava recuperare troppe puntate precedenti, veicolare troppe sfumature complesse.

Ma, dato che la vita è ricca di paradossi, in quel periodo il mio bisogno di amicizie era più forte che mai, perché dovevo esorcizzare la paura innata di morire in preda alla solitudine esistenziale. Senza figli, mi dicevo, chi mi avrebbe accompagnata negli anni del tramonto? Desideravo più amici, non meno, e così sopportai un sacco di cose. Mi facevo in quattro per soddisfare le necessità di un amico anche quando le mie venivano etichettate come irrilevanti e quindi ignorate. E, dato che non ero madre, avevo l'impressione che i miei bisogni non fossero importanti quanto quelli dei genitori che frequentavo, immancabilmente impegnatissimi. I miei potevano essere accantonati, pensavo, anche se in fondo la cosa mi turbava. Ero una persona generosa, sempre e comunque, eppure in cambio ottenevo molto poco. Hanno da fare, mi ripetevo. Crescere dei bambini è dura. Andai avanti in quel modo finché non esaurii le energie. Ero esausta, non avevo altro da dare.

E così persi molti amici; mi consolavo pensando che erano troppo occupati per avvertire la mia mancanza (in caso contrario, non me lo dissero).

Si facevano sentire soltanto quando volevano che festeggiassi con loro l'ennesima pietra miliare della loro vita: a quel punto avevo la conferma di aver fatto bene, e che in fondo non avevano sbagliato nemmeno loro. La fine di un'amicizia non dev'essere drammatica, e anzi lasciare che si spenga senza troppo clamore può essere un atto di gentilezza da parte di tutti gli attori coinvolti. In ogni singola amicizia ci sono delle fasi naturali, ma ci sono anche fasi «esterne» della vita a cui i rapporti sopravvivono o soccombono. Tali periodi, al pari degli oceani, possono includere mari placidi o tsunami, e l'approdo sulla terraferma è possibile solo se ci si è impegnati a costruire il giusto tipo di imbarcazione. Alcune esperienze umane sfuggiranno per sempre alla nostra comprensione. Se non riusciamo a capire cosa sta passando un amico, forse il gesto più comprensivo che possiamo compiere è concedergli lo spazio per capirlo da sé. Ci stiamo dirigendo verso rive diverse: lasciamo che la loro nave salpi, e auguriamo loro un buon viaggio.

Le voci dell'amicizia

Grace

Grace Latter, ventotto anni,
speaker e *body lover*

Amicizia significa trovare le persone che mancavano nella propria vita ma di cui c'era bisogno, anche se non lo sapevi. Persone che, con la loro presenza, riempiono un vuoto inspiegabile.

Durante la pandemia era opinione diffusa che le persone che dovevano tutelarsi di più erano le più anziane, quelle che soffrivano di qualche malattia o correvano rischi più ovvi, ma io appartenevo a una nutrita comunità che aveva bisogno di proteggersi anche se dall'esterno appariva in ottima salute. [Grace ha un tumore al cervello, un astrocitoma pilocitico a basso grado di malignità, insolitamente situato in profondità nel lobo temporale. Soffre inoltre di una lieve forma di sindrome dell'intestino irritabile, estrema sensibilità, dolore e disturbo post-traumatico da stress legato ai problemi intestinali, che l'hanno costretta a sottoporsi a importanti interventi chirurgici].

Quando ho capito di dovermi tutelare sono stata inondata dall'affetto dei miei amici, ed è stato davvero bello. E devo dire che il mio ragazzo, in quel frangente, si è rivelato piuttosto inutile! Non sapeva cosa fare, mentre i miei amici mi sono stati molto vicini.

Gli amici sono un elemento fondamentale della vita. Sono le persone che preferiamo, quelle a cui non vediamo l'ora di dare una bella notizia e a cui confidiamo quelle brutte; sono le persone con cui non dobbiamo fingere ma possiamo essere noi stessi.

Tutti noi, in quanto esseri umani, abbiamo paura di

essere rifiutati. Io per prima mi chiedo, con un po' d'ansia, cosa pensano gli altri di me. Ho un'amica ferratissima sulle questioni che riguardano la salute mentale. Dopo ogni nostro incontro, mi manda un messaggio per dirmi: «Voglio solo che tu sappia che non hai parlato troppo di te stessa». Ho davvero apprezzato la nostra chiacchierata, è bello sapere cosa succede nella tua vita. Non hai detto nulla di stupido e non hai motivo di andare nel panico.

10. Clemmie
Le amicizie possono sopravvivere ai grandi cambiamenti?

La vita di tutti noi è caratterizzata da varie fasi, però alcuni sperimentano più transizioni di altri. Ludolf Bakhuizen fu tra questi. Non conosciamo con esattezza la data di nascita di quest'uomo dall'identità volubile, originario della Germania: secondo i documenti potrebbe essere stata il 18 dicembre 1630 oppure il 28 dicembre 1631. Figlio di uno scrivano, inizialmente si guadagnò da vivere come calligrafo; tuttavia amava reinventarsi, e nel corso della sua carriera cambiò più volte la grafia del proprio cognome.

Nel 1649 si trasferì ad Amsterdam e negli anni seguenti il suo interesse per la parola scritta fu rimpiazzato da quello per la pittura. Iniziò a realizzare complessi disegni a penna che ritraevano navi, i cosiddetti *penschilderij*, per poi approdare all'olio su tela[1].

Si sposò quattro volte, la prima con una vedova che aveva quindici anni più di lui: il giorno delle nozze, lei ne aveva quarantadue (per gli standard del XVII secolo era pressoché decrepita) e lui ventisei o ventisette (a seconda della data di nascita prescelta). Il matrimonio ne durò tre, e la seconda moglie di Bakhuizen morì meno di dodici mesi dopo la loro unione. Restò legato alla terza moglie per quattordici anni prima che anche lei passasse a miglior vita. Fu solo dopo le nozze del 1680 con la quarta, Anna, che ebbe un figlio: Johannes, nato nel 1683 quando Ludolf aveva cinquantadue o cinquantatré anni[2].

Quando Johannes fu a un passo dall'adolescenza, il padre realizzò quello che è senza dubbio il suo capolavoro. *Navi da guerra nella tempesta*, dipinto nel 1695, mostra diverse imbarcazioni sballottate da onde terrificanti, sotto un minaccioso cielo coperto da nuvole cupe. La nave più alta è inclinata, pericolosamente piegata verso un'onda aggressiva. Eppure, malgrado il caos, rifiuta di cedere: osservando bene, si notano la fiammella di una candela che brilla dentro lo scafo e la bandiera olandese che sventola orgogliosa dall'albero maestro. All'orizzonte, le nubi color acciaio si scostano per lasciare posto a un cielo più terso e alla promessa del sole.

Il quadro risulta ipnotico anche grazie a questi dettagli. Ludolf aveva l'abitudine di immergersi nella natura, spesso in senso letterale, dato che amava uscire in mare su una scialuppa per osservare da vicino gli effetti delle tempeste. I suoi dipinti sono intrisi di un profondo realismo che contribuisce ad amplificarne l'impatto allegorico, e non si tratta di opere esclusivamente decorative. Secondo il filosofo Alain de Botton, co-autore di *L'arte come terapia*, «racchiudevano un esplicito scopo terapeutico: trasmettevano una morale al pubblico, che viveva in un paese fortemente dipendente dal commercio marittimo, una morale che riguardava la fiducia nell'attività nautica e la vita più in generale [...]. Bakhuizen voleva renderci orgogliosi della resilienza umana che emerge di fronte a sfide in apparenza terrificanti. I suoi quadri ci emozionano dicendoci che siamo in grado di cavarcela meglio di quanto crediamo, che possiamo sopravvivere a ciò che appare terribilmente minaccioso. E quanto accade con le tempeste nel Mare del Nord può applicarsi anche ai tumulti delle nostre vite. Le tempeste si placheranno e, anche se qualcosa non ne uscirà indenne, alla fine approderemo di nuovo a rive più sicure, mentre il sole sorge sopra le guglie di Alkmaar»[3].

Ludolf voleva dimostrare, come ho fatto io nel capitolo precedente, che la vita è fatta di climi mutevoli. Alcuni momenti saranno soleggiati e piacevoli, altri piovigginosi e incerti; ci saranno tempeste che ci ricorderanno la nostra capacità di affrontare i tumulti e tuoni degni di un cataclisma che indeboliranno o spezzeranno il nostro spirito, ma si può sopravvivere a ogni evento atmosferico, a patto di arrivarci preparati. Di Ludolf mi piace che abbia vissuto allo stesso modo in cui dipingeva. Tanto in pubblico quanto in privato, il suo messaggio era lo stesso, ovvero che l'esperienza umana è caratterizzata da evoluzione e adattamenti; fondamentale è cogliere le opportunità quando si presentano e reagire alle circostanze mutevoli al meglio delle proprie possibilità. Ciò può comportare trasferirsi in un altro paese, fare una scelta radicale in ambito lavorativo, sposarsi quattro volte e cambiare la grafia del proprio cognome in più occasioni. L'adattabilità di Ludolf gli fece gioco, dato che fu corteggiato da mecenati del calibro di Cosimo de' Medici e Pietro il Grande, e visse fin quasi a ottant'anni.

Anche le amicizie possono essere sballottate dal clima mutevole della vita. Nel mio caso, i rapporti sono stati scossi dal fatto che non avevo figli mentre le donne che mi circondavano diventavano madri. Ma esistono altre fasi formative che ci allontanano dagli amici, per esempio il divorzio. Quando il mio ex marito e io ci lasciammo, persi alcuni dei suoi amici che, durante il nostro matrimonio, erano diventati anche miei. Non fu troppo doloroso perché capivo che per loro era naturale stare dalla sua parte e sostenerlo. Non avrebbero potuto farlo appieno, se avessero continuato a frequentarmi e a vedere la situazione dal mio punto di vista. E i miei amici fecero lo stesso con me, com'era prevedibile: certe cose vanno così.

Ci sono però delle spaccature più difficili da ignorare: la distanza fisica che si crea quando gli amici traslocano in città o paesi diversi, o quella metaforica che si insinua quando il partner di un amico non ci va a genio. Poi ci sono i dissapori politici. Viviamo in un'epoca di estremismi, in cui l'ambito personale si mescola in modo evidente a quello politico. Se un amico vota a favore della Brexit o di Donald Trump, si rivela razzista o transfobico senza esserne consapevole, per alcune persone è impossibile scindere quelle opinioni dall'individuo in sé. Il mix composto da notizie aggiornate ventiquattr'ore su ventiquattro, social media e cultura del clickbait ci mette tutti a conoscenza di presunti fatti su argomenti specifici che risuonano, amplificati, nelle nostre personali camere dell'eco. E questo complica la possibilità di considerare punti di vista differenti senza collegarli a significati più ampi. Le opinioni sono la valuta attuale dell'identità individuale: siamo portati a credere che, quando qualcuno formula un'opinione esplicita, si identifichi con una tribù più o meno desiderabile ai nostri occhi. In quest'atmosfera binaria e febbrile, anche l'*assenza* di opinioni può essere considerata il sintomo di una scarsa fibra morale.

Non ho mai perso un'amicizia per dissapori politici, vuoi perché ogni disaccordo è rimasto nei confini della ragionevolezza, vuoi perché la mia tendenza a evitare i conflitti mi porta a rifuggire qualsiasi conversazione potenzialmente agguerrita prima ancora che cominci. O magari gli amici che hanno capito che non avevamo più granché in comune sono scivolati fuori dalla mia vita senza fare rumore. Sono convinta che i rapporti più meritevoli concedano lo spazio necessario alle sfide: se non ci sentiamo abbastanza sicuri da esprimere il nostro dissenso, è probabile che una determinata amicizia abbia qualche problema.

Ma, se a me non è successo, a tanti è capitato di perdere degli amici a causa di divergenze politiche. Durante la pandemia da Covid-19, gesti pubblici come indossare la mascherina o vaccinarsi sono diventati indicatori delle persone che eravamo nel privato. All'improvviso, ci siamo trovati di fronte alla disarmante prospettiva che coloro a cui tenevamo potessero non dedicare la stessa attenzione a temi importanti. Peggio ancora, abbiamo pensato che il loro modo di affrontarli fosse più pericoloso ed egoista del nostro. È stato un periodo ad alto rischio per le amicizie, soprattutto perché a dirci come comportarci erano leader politici già di per sé forieri di profonde divisioni.

A Los Angeles, la mia amica Joan ha riflettuto sulle proprie amicizie. Suo marito Michael, più anziano di lei, era particolarmente vulnerabile a un eventuale contagio, e lei ha deciso di interrompere i rapporti con persone che rifiutavano di vaccinarsi o avevano votato (continuando a sostenerlo) l'allora presidente americano, nonché detrattore delle mascherine, Trump.

«Mi piace frequentare persone molto diverse, ne vado orgogliosa» mi ha rivelato Joan. «Però la distanza da chi sostiene un candidato fascista si è rivelata eccessiva da colmare. Non ce l'ho fatta. Nemmeno con chi era contrario al vaccino, era troppo dura».

Mi ha fatto l'esempio di un'amica che condivideva su Facebook notizie false sui pericoli legati al vaccino. All'inizio Joan aveva provato a ragionarci, commentando i suoi post in tono equilibrato e cercando di sottolineare le contraddizioni che ne emergevano. Lei, tuttavia, non l'aveva presa bene e aveva risposto alle sue osservazioni con rabbia e con un abuso di maiuscole. Dopo un po' Joan aveva capito che non avrebbe cambiato idea, e che non l'avrebbe fatto neppure lei stessa, e l'aveva rimossa dai contatti di Facebook.

«Tutti noi abbiamo dei difetti» ha proseguito Joan, «e più persone – compreso mio marito – mi hanno rimproverata di essere troppo giudicante. Ma fatico a non esserlo, soprattutto con gli amici, perché... be', immagino che dovrei accettare le persone per quello che sono, eppure è difficile con gli amici che mi sembrano attuare da anni, se non da sempre, comportamenti autolesionisti di cui non vogliono parlare e che di sicuro non vogliono cambiare. È in quei casi che tendo a esprimere giudizi. In realtà alle persone chiedo solo che si assumano la responsabilità delle proprie decisioni e dei propri gesti. Lo esigo dai miei amici, da me stessa, dal mio compagno, e senza dubbio da tutti i rapporti stretti che intrattengo».

In ogni amicizia dobbiamo stabilire, com'è successo a Joan, cosa possiamo tollerare e quali sono invece i nostri limiti. Ripensiamo alla metafora dello stretching: con alcune persone siamo disposti a farne di più perché il rapporto in questione vale più di qualsiasi disaccordo superficiale; con altre, il gioco non vale la candela. E, in determinate circostanze, non esiste sforzo in grado di colmare il divario. Un conto sono gli eventi esterni (divorzi, politiche, distanza geografica...), ma le amicizie possiedono anche i propri ritmi circadiani, esiste una trama e un ordito della vicinanza, percezioni condivise e affetti reciproci che mutano nel corso degli anni.

Parliamo molto, e giustamente, della salute fisica e mentale, però dovremmo tenere in considerazione anche una terza categoria, ovvero quella della salute relazionale. In che stato sono i nostri legami? Hanno bisogno di attenzione e cura, oppure ci prosciugano le energie e ci rendono ansiosi? Cosa ci fanno provare? Come vogliamo sentirci, in compagnia dei nostri amici? Che misure possiamo attuare per arrivare all'obiettivo che ci siamo prefissati? Se un'amicizia finisce, come possiamo rassicurare noi stessi e convincerci che non equivale a un fallimento, che non dobbiamo vergognarci? E quanto stretching siamo disposti a fare per evitare che si verifichi una rottura?

Si tratta di domande importanti. Per analizzare le risposte, mi sono rivolta a una persona sopravvissuta a un cambiamento tanto difficile da aver riassestato tutti i suoi rapporti, una situazione paragonabile a ciò che accade alle placche tettoniche dopo un terremoto. Ne ho parlato con la mia amica Clemmie.

Clemmie era (ed è) una donna dalla bellezza leggendaria che ho conosciuto prima per fama che di persona. Per anni, dopo che entrambe avevamo finito l'università, ho ammirato la sua stella salire sempre più radiosa. Ha così tanti talenti da sembrare il progetto realizzato da un'avanzata razza aliena per mostrare a noi umili mortali cosa sia la perfezione. Dopo una laurea in Letteratura inglese (conseguita con il massimo dei voti a Cambridge) ha intrapreso svariati percorsi professionali, tutti impressionanti: è una violinista, un'attrice, un'autrice, la più giovane editorialista ad aver mai scritto su un giornale nazionale inglese, nonché una fantastica presentatrice radiofonica e televisiva. Agli occhi di molti di noi appariva quasi irreale. Era incredibile che avesse tutte quelle doti, quell'intelligenza, quell'acume.

Negli anni mi è capitato di scambiare due parole con lei alle feste e alle presentazioni di qualche libro. Era sempre molto carina, ma mi sentivo immancabilmente un passo indietro. Era chiaro che la sua era solo gentilezza, un modo per ingannare il tempo, perché dubitavo che potesse trarre qualche beneficio dal chiacchierare con me, senza contare che c'erano un sacco di persone più interessanti con cui avrebbe potuto parlare. Poi, nel 2015, partecipai a un matrimonio a Brooklyn in cui non conoscevo nessuno tranne la sposa. Ero da sola e single, faceva caldo e stavo sudando, avevo messo delle scarpe scomode. In coda per il bar, cercavo di non farmi prendere dal panico all'idea delle ore di impegno sociale e convenevoli che mi attendevano. A quel punto la donna davanti a me si voltò, le diedi un'occhiata rapida e riconobbi Clemmie. Anche lei era lì da sola; unite da quella coincidenza inaspettata, legammo subito. Ricordo che ordinò un cocktail e «un seltz», che mi sembrò l'apice della sofisticatezza.

«Ma cos'è un seltz di preciso?» le chiesi, dopo anni che ne sentivo parlare nei film e ne leggevo nei romanzi americani.

«Semplice acqua frizzante» mi spiegò lei. «Sto morendo di caldo! Avrei potuto chiedere dell'acqua, ma gli americani non capiscono mai la mia pronuncia britannica!»

«Succede anche a me!»

Ecco come nacque la nostra amicizia. Incontrare Clemmie in quel contesto dopo anni passati a osservarla da lontano fu come ricevere un regalo prezioso. Venne fuori che avevamo così tanti argomenti di cui discutere che la sera successiva uscimmo a cena. E scoprii che dietro ai traguardi che aveva raggiunto si nascondeva una dolce vulnerabilità derivante da una scarsa autostima (cosa che capivo *benissimo*, come potete immaginare). Da allora non abbiamo mai smesso di frequentarci.

Clemmie diventò un'amica carissima. Ogni volta che la vedevo, sembrava pensare e muoversi al doppio della velocità normale: aveva un sacco di cose da dire e di idee da condividere. Emanava gioia di vivere, assaporava appieno ogni momento cercando di sfruttarlo al meglio. Scriveva libri nell'arco di settimane quando chiunque altro impiegava anni, riusciva a presentare un programma mattutino e allo stesso tempo a prendersi cura della sua nuova famiglia, godendosi la sfida di incastrare ogni cosa. Quando la incontravo era sempre reduce da una mostra o da una partita dell'Arsenal (è una tifosa sfegatata) e prossima a presentare un concerto alla Royal Albert Hall oppure ad andare a vedere un gruppo che non avevo mai sentito nominare. Una volta la accompagnai a farsi un piercing all'orecchio e assistetti alla sua conversazione con il piercer, che nel giro di dieci minuti accettò di partecipare al suo podcast.

Il tempo, con Clemmie, sembrava essere elastico (nell'ora che io impiegavo a vestirmi, lei faceva cinque cose diverse) e la nostra amicizia aveva la stessa intensità: una cena con lei era una *vera* cena. Ricordo che una volta ordinammo praticamente l'intero menu di un ristorante perché ci era venuta voglia di provare tutto. Assaggiammo un piatto e, dato che era delizioso, ne ordinammo un altro, e poi un altro ancora e via dicendo, senza farci mancare i contorni. Se ci vedevamo per bere qualcosa, non si trattava mai di un solo drink.

«Io ne berrei un altro, e tu?» buttava lì Clemmie con gli occhi che brillavano. E io rispondevo sempre di sì, perché con lei era impossibile rifiutare.

Ogni tanto però anche lei esauriva le energie. Avere una mente come quella di Clemmie comporta anche passare del tempo nell'ombra, e alla mia amica capitava di vivere periodi d'ansia, se non di depressione. In quei momenti mi chiamava e mi diceva che si sentiva un fallimento: non era affatto vero, ma aveva aspettative inflessibili su se stessa e credeva più nel valore altrui che nel proprio.

Nel 2018 Clemmie si trasferì con il marito e i due figli piccoli a Manhattan, dove era stata assunta dalla prestigiosa New York Public Radio. Adorava la sua nuova casa e, se lei fosse stata una città, sarebbe stata proprio New York, un luogo di opportunità frenetiche e dalla rapidità supersonica, dove le esperienze umane si consumano tanto in metropolitana quanto agli angoli delle strade avvolti dai pennacchi di vapore che escono dai tombini.

Quel trasferimento segnò una nuova fase per molte delle sue amicizie. A migliaia di chilometri di distanza, Clemmie si faceva valere nel nuovo lavoro (che amava) e stabiliva nuovi legami, ma le mancavano le amicizie londinesi. Ci sentivamo con messaggi vocali e su FaceTime, e lei tornava nel Regno Unito regolarmente, anche per coltivare i contatti professionali. Spesso ci vedevamo per pranzo: anche se era il giorno stesso del suo arrivo, si presentava nel locale affollato che avevamo scelto con un'aria riposata e perfetta, indossando uno dei soliti maglioni con le scritte e una serie di orecchini scintillanti che andavano dal lobo alla punta dell'orecchio. L'eyeliner era sempre applicato con una cura talmente certosina da spingermi a chiederle come ci riusciva. «Anni di esercizio» rispondeva pragmatica.

«Non sei stanca?» le domandavo. «Sei appena scesa da un volo transoceanico».

«Per nulla» ribatteva. Aveva risolto il problema del jet lag ascoltando le *Variazioni Goldberg* o Roni Size durante il volo; la ripetizione della melodia e il ritmo avevano qualcosa, mi spiegava, che rifornivano il suo cervello di energia. Devo ammettere di non aver mai sperimentato quella tattica, ma ero sicura che funzionasse perché il suo entusiasmo era contagioso.

A gennaio 2020 mi mandò un messaggio per dirmi che si sentiva davvero giù e per chiedermi se potessimo sentirci. Parlando con lei scoprii che la sindrome dell'impostore, l'impressione di non essere abbastanza brava in nessun campo della sua vita, era tornata ad assillarla, esacerbata dal fatto che stava lavorando moltissimo, spesso presentando anche eventi serali, oltre a essere la consueta presenza attiva con il marito e i figli. Ero preoccupata per il suo benessere mentale e sviscerammo il discorso il più a fondo possibile. Le dissi che, anche se non avesse mai più raggiunto nessun traguardo, le avrei voluto bene allo stesso modo, sperando di farle capire che il suo valore come persona non dipendeva dalle sue performance ma era innato, andava oltre i successi materiali. Non aveva bisogno di fare, poteva limitarsi a essere. La gente la adorava perché era Clemmie, non perché riusciva bene in tutto ciò in cui si cimentava.

Il 21 gennaio 2020 mi svegliai e vidi un suo messaggio. La settimana successiva sarebbe tornata a Londra e ci saremmo viste per cena, quindi immaginai che volesse definire i dettagli dell'appuntamento. Aprendo il messaggio, però, mi resi conto che non era stata lei a scriverlo; si trattava di una chat WhatsApp che portava il suo nome e a scrivere era stato suo marito James, alle due di notte del fuso di Londra.

Clemmie non sta bene, lessi. *Qualche ora fa il lato sinistro del suo bellissimo, splendido cervello ha deciso di sanguinare. I medici hanno fermato l'emorragia ma ritengono che abbia causato molti danni alle funzioni motorie e del linguaggio. Non sappiamo ancora quanto della nostra Clemmie sarà ancora lì al suo risveglio.*

Mi misi a sedere sul letto, immersa nell'oscurità. Non riuscivo a capacitarmi di quella notizia. A volte si dice che lo shock renda insensibili, ma non era il mio caso. Non ero insensibile, al contrario ogni mia terminazione nervosa sembrava fremere, in allerta. Chiamai Amber, la migliore amica di Clemmie, che mi disse che stava cercando di prenotare il primo volo disponibile per New York. Mi alzai e preparai un tè perché non sapevo cos'altro fare. La distanza fisica tra noi intensificava l'impotenza che provavo. Dopo il tè fui travolta da una nausea così forte da dover correre in bagno a vomitare. Nelle ore seguenti si delineò un quadro più chiaro: durante una riunione di lavoro, all'improvviso Clemmie aveva avuto difficoltà a parlare, aveva cominciato a biascicare. Si esprimeva in modo incomprensibile, e poi il suo mondo era sprofondato nelle tenebre. Era stata estremamente fortunata a trovarsi in compagnia di persone che avevano capito la gravità della situazione e chiamato l'ambulanza all'istante. La loro reazione immediata, e l'operazione effettuata per bloccare l'emorragia, eseguita dal dottor Christopher Kellner e dal suo team al Mount Sinai West, le avevano salvato la vita.

La grave emorragia cerebrale di Clemmie era stata causata da una malformazione artero-venosa (MAV), un groviglio anomalo di vasi sanguigni che collega vene e arterie. Le MAV sono rare e congenite, la maggior parte delle persone non sa neppure di soffrirne, proprio come Clemmie. L'eventualità di un'emorragia è ancora più rara, e si verifica soltanto nel 2-4 percento dei casi. Di solito, questa patologia viene scoperta in occasione di un sanguinamento che spesso si rivela fatale. Ecco la battaglia che Clemmie stava combattendo: il personale medico non sapeva se sarebbe sopravvissuta né quanto fosse esteso il danno, e raccomandò alla famiglia di prepararsi al peggio. La mia amica rimase in coma per diciassette giorni.

Ma sopravvisse. Anzi, fece di più. Nelle settimane e nei mesi seguenti, ribaltò qualsiasi previsione medica. A quanto pareva, il suo cervello era diverso da qualsiasi altro i dottori avessero mai esaminato. La sua neuroplasticità, ovvero la capacità del cervello di adattare struttura e funzionalità in reazione a vari fattori, era potenziata dal fatto che lei suonasse il violino da quando aveva due anni. Quando andai a trovarla, quattro settimane dopo l'emorragia, stava già muovendo i primi passi incerti, aiutandosi con un ingombrante marchingegno che, fissato al soffitto della palestra dell'ospedale, scorreva lungo dei binari. La sua bellissima testa aveva assunto una forma concava nel punto in cui era stata rimossa parte del cranio per ridurre il gonfiore cerebrale, e indossava un caschetto di plastica, scomodo e tenuto insieme dal velcro (in seguito si sarebbe sottoposta a un'operazione per ricostruire il cranio, e poté fortunatamente abbandonare l'odiato caschetto).

Ero nervosa all'idea di rivedere Clemmie. Non sapevo chi mi sarei trovata di fronte né quanto avrei potuto esserle d'aiuto. Dubitavo di essere all'altezza della situazione, ignoravo se e quanto fosse cambiata. Poi entrai in ospedale e la vidi: in sedia a rotelle, con quell'orribile caschetto, magra e scavata, ma indiscutibilmente e assolutamente lei. I suoi occhi si accesero non appena mi riconobbe e mi strinse in uno dei forti abbracci che conoscevo bene. E allora mi resi conto di quanto fossi stata sciocca a preoccuparmi. Era ancora lei, in tutto e per tutto. Riusciva a pronunciare soltanto brevi parole ma capiva e ricordava ogni cosa e, benché stesse imparando di nuovo a padroneggiare il linguaggio, possedeva una straordinaria capacità di comunicare. Spesso intuivo ciò che cercava di dire, anche quando le parole si perdevano nel percorso fra la sua mente e la sua bocca. Le erano stati diagnosticati due gravi disturbi neuropsicologici, l'afasia e l'aprassia, molto comuni nei pazienti che hanno subito un trauma cerebrale. L'aprassia le impediva di compiere movimenti e gesti coordinati, per quanto lo desiderasse, ed era chiaro quanta frustrazione le provocasse. Fra i sintomi dell'afasia, invece, ci sono la confusione mentale e la difficoltà nel trovare le parole per esprimere i pensieri.

Eppure, avevo la netta impressione che i ragionamenti e i ricordi di Clemmie, così complessi, sfumati e numerosi, fossero intatti.

«Non è affatto confusa» dissi ad Amanda, la sua logopedista.

«No, infatti» confermò lei con un sorriso.

Clemmie era sempre stata bravissima a creare legami, ed ecco che quella sua abilità scalpitava per poter essere usata di nuovo, con un'insistenza che rese la mia amica la paziente preferita dell'intero ospedale.

«Sono tutti innamorati di lei» mi disse James una sera, mentre gli raccontavo com'era andata la giornata in reparto. E aveva ragione.

Clemmie non mancava mai di chiedere a tutti come stessero, me compresa. Voleva che sfruttassi al meglio la permanenza a New York e che visitassi un po' la città, anziché rinchiudermi in ospedale con lei.

Io invece volevo soltanto tenerle compagnia, ma quell'attenzione fu l'ennesima prova dell'amore e dell'affetto che la caratterizzavano. Quella era Clemmie, nella sua essenza più pura. Non la sentii mai lamentarsi di qualcosa o esprimere rancore. Sì, a volte piangeva per l'angoscia e la frustrazione, eppure non chiedeva mai perché fosse capitato proprio a lei, non protestò mai contro quell'ingiustizia.

Mi disse di aver deliberatamente scelto la vita. Un giorno, in sala d'aspetto, si fece dare carta e penna e mi scrisse cosa le era successo durante il coma. Con il lato destro del corpo ancora fuori uso, scrisse con la mano sinistra, che non era quella dominante, delle parole scollegate per spiegarmi cos'aveva vissuto. Ricordava di aver visto una luce intensa che penetrava in una parte della sua testa. C'era il compagno della madre, morto qualche anno prima, e la sua presenza l'aveva rassicurata. Subito dopo quello scambio, buttai giù queste righe:

Una voce la attirava verso la luce, dicendo che lì dentro tutto era tranquillo, semplice; non c'erano dolore né ansia, e avrebbe fatto meglio a seguirla. Quando le ho chiesto con chi pensava di aver parlato, Clemmie ha scritto «angelo».

«E poi, stranissimo…» ha detto, prima di chiedermi di nuovo carta e penna per scrivere: «Kobe Bryant».

«C'era anche lui?» ho domandato.

Sì, e Clemmie aveva avuto l'impressione che fosse in atto una scelta fra i due, e di dover scegliere lei stessa fra due strade: una portava alla luce, l'altra nel mondo reale.

Kobe Bryant, leggendario giocatore dei LA Lakers, era morto tragicamente insieme alla figlia Gianna e ad altre sette persone in un incidente in elicottero il 26 gennaio 2020. In quei giorni, Clemmie era in coma in un letto d'ospedale, tenuta in vita da un respiratore. La mia amica inoltre non aveva una fede religiosa particolare, e quella visione rappresentava l'incontro più spirituale di cui avesse mai fatto esperienza. Ricordava che la voce le aveva proposto una scelta: avviarsi verso la beatitudine della luce o tornare alla sua vita, che però sarebbe stata costellata di dolore, sfide e difficoltà. Lei non aveva esitato neppure per un istante e aveva optato per la vita. E mi disse che sarebbe sempre stata grata per quella possibilità di scelta, che a tanti non veniva concessa.

In seguito lessi *My Stroke of Insight*[4] della neuroanatomista Jill Bolte Taylor, che a trent'anni era stata vittima di un'emorragia da MAV nell'emisfero sinistro del cervello e di un conseguente ictus, proprio come Clemmie. Anche lei aveva attraversato un frangente che descriveva come «nirvana» e «beatitudine», durante il quale aveva compreso a fondo le connessioni che componevano la sua vita e la loro bellezza. Anche lei era sopravvissuta, contro ogni previsione medica. Nel momento in cui scrivo, Bolte Taylor ha sessantatré anni e il TED Talk da lei tenuto nel 2008 occupa il secondo posto nella classifica dei più visti in assoluto[5].

«Scelgo la vita» diventò un mantra per Clemmie. Continuava a ripeterselo, senza sosta, quando affrontava i momenti più difficili. Poco tempo dopo la mia partenza da New York, la pandemia da Coronavirus costrinse al lockdown città e paesi interi. Clemmie fu la prima paziente dell'ospedale ad ammalarsi di Covid e dovette trascorrere lunghe e dolorose giornate in isolamento. Le sedute di riabilitazione si interruppero, le visite furono sospese e il personale medico iniziò a indossare tute anticontagio. Fu un periodo durissimo per lei, ma superò anche quello. Il 10 aprile 2020, meno di tre mesi dopo l'emorragia cerebrale che l'aveva quasi uccisa, uscì dall'ospedale sulle sue gambe, sfoggiando una maglietta con la scritta «Scegli l'amore».

Benché avesse scelto la vita – e l'amore –, il suo percorso di guarigione era ancora all'inizio e la attendeva una strada irta di ostacoli. Era vittima di frequenti attacchi epilettici che, oltre a essere spaventosi, annullavano molti dei progressi fisici che aveva raggiunto con fatica. Dovette orientarsi nel labirintico e costoso sistema sanitario americano per organizzare la propria riabilitazione. I medici dovevano modificare costantemente il dosaggio dei farmaci che assumeva per trovare il giusto equilibrio. Il suo sonno era disturbato, l'ansia fortissima. Non riusciva ancora a compiere semplici azioni quotidiane, come aprire un barattolo di burro d'arachidi per i suoi figli. Era quasi sempre esausta, un problema che nella sua vita precedente non aveva mai dovuto affrontare. Adesso invece trascorreva interi pomeriggi a letto nel tentativo di proteggere le precarie scorte di energia. Persino un breve tragitto in macchina sovraccaricava il suo sistema nervoso. Monitorava in continuazione l'ambiente in cui si trovava alla ricerca di minacce per sé o per la sua famiglia. Di norma, quando ci muoviamo nel mondo presumiamo che tutto andrà bene, almeno in linea di massima; accettiamo il pericolo intrinseco nell'attraversare una strada, prendere un aereo o permettere ai nostri figli di stare in piedi fino a tardi, minimizzando i rischi che corriamo. Se non lo facessimo, non riusciremmo a vivere, saremmo così bloccati dal terrore che potremmo soltanto rinchiuderci in una stanza antipanico e raggomitolarci in un angolo.

A Clemmie, invece, era successa una delle cose peggiori che si possano immaginare. E si era verificata di colpo, senza preavviso, in una limpida e ordinaria mattina di gennaio. Ora, la sua consapevolezza della fragile membrana che divideva la vita e la morte la terrorizzava e la faceva sentire sola; eppure era grata, straordinariamente grata, di essere ancora fra noi. Per quanto fosse riconoscente di aver avuto la possibilità di scegliere, quella scelta era accompagnata da una vera rivoluzione in tutto ciò che aveva conosciuto fino a quel momento. A quel punto non poteva più dare nulla per scontato, perché sapeva che ogni cosa poteva esplodere in un istante; e per il suo cervello non si trattava di una metafora o di un'esagerazione: il neurochirurgo non era riuscito ad asportare completamente la MAV, che quindi avrebbe potuto causare una nuova emorragia.

Era una situazione debilitante e deprimente. E dato che quella bomba a orologeria si trovava nel suo corpo e nella sua mente, Clemmie non riusciva a vedere i progressi che continuavano a stupire tutti noi. La sua capacità di esprimersi migliorava in modo esponenziale, per esempio. Quando potei tornare a farle visita, nel gennaio 2022, già da tempo aveva ripreso a scrivere articoli e a presentare episodi di podcast. Sì, erano attività che le richiedevano una quantità indescrivibile di energia e lei era la prima a sottolineare che non aveva più la lingua sciolta di un tempo, ma si trattava pur sempre di un traguardo eccezionale. Clemmie era sopravvissuta per miracolo, tuttavia in lei continuavano a convivere una scarsa autostima e l'intensa passione per la vita e l'amore per gli altri. Sotto innumerevoli aspetti era un evento straordinario: la nostra amica che non credeva di essere un prodigio era ancora con noi.

Quello fu un periodo speciale per la nostra amicizia. Durante i lockdown successivi, Clemmie e io ci sentimmo tutti i giorni, a volte per più di un'ora di fila. Dopo, su sua richiesta, mi annotavo i punti salienti di quelle conversazioni. Ero convinta (e lo sono ancora) che avrebbe scritto un libro meraviglioso sulla sua esperienza e che quegli appunti le sarebbero tornati utili. Ebbi l'occasione di conoscerla persino più a fondo di prima: scoprii i suoi pensieri, la sua filosofia, le dinamiche del suo cuore. Le sue risorse emotive mi stupivano costantemente. Riusciva a essere forte, determinata, elegantissima persino nei momenti peggiori.

Ero e sono davvero grata per la sua amicizia. In quel frangente però Clemmie dovette affrontare, fra le altre cose, la consapevolezza di avere meno amici di quanti avesse creduto. Alcuni le erano rimasti accanto nel lento e lungo processo di guarigione, mentre altri si erano fatti da parte perché non erano stati in grado di adattarsi alla nuova situazione. Per lei era stata dura accettarlo, soprattutto perché spesso quelle sparizioni erano avvenute senza la minima spiegazione. Immagino, ma è solo la mia opinione, che sia dipeso dal fatto che quelle persone avevano una vita già fin troppo piena, senza spazio da dedicare a un cambiamento così radicale, o forse trovavano la condizione di Clemmie troppo pesante, dato che le costringeva a guardare in faccia la mortalità, la malattia e la depressione.

Ho chiesto a Clemmie di parlare per esplorare insieme il cuore dell'amicizia vera. Cosa succede al rapporto fra due amici quando uno vive un trauma che gli sconvolge la vita? E, siccome Clemmie è sempre stata affascinata dalle domande che cercano di svelare il mistero dell'esistenza, mi ha fatto l'onore di accettare. Ci siamo sentite su Zoom un lunedì pomeriggio del maggio 2022. Lei era sdraiata a letto, nella sua casa di New York. I capelli, un tempo lisci e chiari, erano ricresciuti ma più mossi e di un castano molto scuro. La cosa l'aveva stupita e insieme divertita, ma appena se l'era sentita era andata dal parrucchiere a farsi dei colpi di sole biondi; inoltre, pian piano, aveva ripreso a indossare i gioielli. Quel giorno portava una collana d'oro e anelli alle dita affusolate. Le unghie erano smaltate di un rosso corallo acceso. Stava benissimo, anche se non credeva mai ai miei complimenti.

Le ho chiesto di cominciare descrivendo la sua visione dell'amicizia prima di quello che le era successo a gennaio 2020.

«L'amicizia per me è un obiettivo fondamentale» ha detto. «Ho sempre avuto l'impressione che gli altri siano molto più indipendenti di me, mentre io, fin da piccola, ero ossessionata dagli amici, ero convinta che le amicizie fossero l'elemento più importante della mia vita».

La sua infanzia era stata felice, seppur non del tutto convenzionale: con un padre assente, era stata cresciuta dalla madre, che aveva avuto due figli da una relazione precedente (con l'uomo apparso nella visione che Clemmie aveva avuto in coma, una presenza per lei costante e rassicurante). Era legata ai fratelli maggiori, con cui andava alle partite dell'Arsenal e guardava soap opera australiane dopo la scuola, ma i suoi amici giocavano un ruolo a parte.

Per lei stringere un'amicizia era «come innamorarsi. Ho sempre pensato che fra amici si instauri una vera e propria reazione chimica», e una discussione o una rottura con un amico la sconvolgeva «come quando venivo mollata da un fidanzato». Quei rapporti le offrivano «una specie di riassunto della vita, che riguardasse i valori della vita stessa o la ricerca dell'identità», e ne aveva così tanti da sapere esattamente chi chiamare in determinati contesti e occasioni: quale amico avrebbe apprezzato un concerto di musica classica, quale sarebbe andato volentieri a ballare in un locale e via dicendo. Clemmie aveva parecchia di esperienza nel creare legami. Quando ebbe l'ictus, fu sommersa dai messaggi di persone preoccupate che, a un certo punto della loro vita, le erano state vicine. Al contrario, suo marito James aveva «tre amici in croce».

CLEMMIE
Se chiedi a lui, ovviamente ti dirà che conosce un sacco di gente simpatica. Ma, per quanto riguarda gli amici per la pelle, ne ha un paio, al massimo tre o quattro. E non sente il bisogno di averne altri, non ne vuole altri, mentre io penso: «Con questa persona posso fare questo, con quell'altra quello… servono tutti». Anche se forse la lezione che ho imparato da questa esperienza da incubo è che in realtà ho due amici veri. Ho capito cosa intendeva James.

Mi ha detto che a quel punto divideva la sua vita in «un prima e un dopo», intervallati da fasi diverse (diventare madre, trasferirsi in un paese straniero, lo scoppio della pandemia), di cui quella fondamentale è stata l'emorragia cerebrale, che l'ha resa «molto coraggiosa e lucida», permettendole di capire «chi sono i veri amici». Subito dopo l'ictus, nei primi step della riabilitazione, si era ritrovata immersa in un turbine di attenzioni, che però erano scemate nel tempo. Dato che la pandemia aveva pressoché sospeso i viaggi internazionali per due anni, per gli amici inglesi era più difficile andare a farle visita, ma Clemmie sentiva che c'era dell'altro. Temeva che per loro fosse un obbligo troppo gravoso, visto che lei ormai poteva offrire poco in termini di amicizia.

CLEMMIE
Non sto dicendo di aver subito dei torti o degli sgarbi, ma solo che è terribile avvertire uno squilibrio nei rapporti d'amore o di amicizia, e nella vita in generale. È rarissimo trovarsi in una situazione di equilibrio e allineamento totali. A sedici, diciassette anni ero molto, molto amica di un ragazzo con cui chiacchieravo fino a notte fonda. Una volta mi disse che per lui i rapporti umani erano come dei pianeti, che spesso per stare in orbita ci serve un corpo celeste più piccolo, in un certo senso più debole, perché la cosa incredibile di questi corpi celesti piccoli è che, se smettono di orbitare, quelli più grandi si spostano sul proprio asse [...]. Credo che questo si verifichi nella maggior parte dei rapporti di amicizia. Stando alla mia esperienza personale, come dicevo, è difficilissimo ottenere un allineamento assoluto. E di solito va bene così, perché alla fine è una specie di danza: a volte siamo il pianeta più forte e altre no. Ma se entrambe le parti in causa ne sono consapevoli e vogliono coltivare il loro legame, possono decidere di farlo insieme.

ELIZABETH
Mi piace questa metafora.

CLEMMIE
Non si tratta di un abuso di potere, bensì di un occasionale squilibrio di potere.

ELIZABETH
Veniamo a una domanda importante: come si sono riallineati i pianeti dal 2020? Come si è evoluta la tua idea di amicizia da allora?

CLEMMIE
Il problema è che, non avendo di fatto indipendenza

o capacità di azione, a volte sono molto paranoica. Anche con le persone che mi stanno vicino, per dire. Ovviamente non mi aspetto un amore incondizionato, però ti assicuro che è spaventoso non essere più in grado di fare qualcosa per il prossimo! E parlo di qualsiasi cosa, come essere una normalissima amica con cui andare a una festa, a una cena... Quando non posso dare nulla in cambio tutti mi dicono che basto e avanzo io, ma in realtà non è così perché le persone che mi stanno vicine sono poche.

È stato doloroso sentirla parlare a quel modo; ho cercato di rassicurarla dicendole che da lei, come amica, avevo sempre e solo voluto che fosse sé stessa, cosa che innegabilmente era ancora. Anche nei momenti più bui restava empatica, generosa con le sue energie: mi chiedeva sempre come stessi; ogni tanto mi mandava dei regali inaspettati (una minigonna su cui erano stampati dei gatti o una tote bag con la scritta «Provo sensazioni intense», che adoro e uso per andare a yoga).

È stata anche una delle poche persone che capiva veramente il significato di un aborto spontaneo. Lei stessa ne aveva avuti tre fra la nascita dei suoi due figli e conosceva fin troppo bene il dolore che accompagnava il desiderio di un bambino che non arrivava. Mi aveva incoraggiata a parlare del mio percorso, sostenendo che era tra le sfide più difficili da affrontare, anche in confronto al suo ictus, e mi ha sempre offerto un porto sicuro in cui esprimere ciò che provavo. A volte mi sentivo in colpa a piangere su FaceTime con un'amica che aveva sopportato una sofferenza come la sua: chi mi credevo di essere? Ma Clemmie mi tranquillizzava dicendo che confessandole la mia tristezza le facevo un favore, perché sentiva di essere ancora un'amica capace di sostenermi.

Mentre chiacchieravamo, le ho chiesto se il restringersi di un'ampia cerchia di amicizie a un paio di confidenti fidati rispecchiasse non soltanto la sua situazione personale, ma pure una fase di rivalutazione più generale che in molti stavamo vivendo.

ELIZABETH
Mi sono resa conto che le persone che mi stanno vicine, che mi capiscono, che vogliono passare del tempo con me, sono decisamente meno di quante pensassi. In parte, forse, dipende dal periodo in cui ci troviamo, dalla pandemia e dalle sue conseguenze. Però è chiaro che il cambiamento radicale che hai vissuto ha accelerato il processo in modo drastico, per te.

CLEMMIE
È un'osservazione interessantissima e, come sempre, il tuo ragionamento mi sembra molto perspicace. È interessante perché le nostre vite, prima, erano abbastanza simili, non identiche per forza di cose, ma in un certo senso eravamo sulla stessa strada. La maggior parte delle persone nella nostra situazione avrebbe detto di trovarsi nella «stessa categoria». Tuttavia la tua stella – se mi concedi una metafora abusata ma efficace – ha brillato con un'intensità sempre più forte, mentre la mia ha seguito il percorso contrario, la sua luce si è attenuata tantissimo.
E così, dato che non sei una persona superficiale, continui a vedermi com'ero anni fa. Altre persone, invece, adesso non mi vedono affatto... Non penso che lo facciano in modo consapevole, con cattiveria o per mancanza di attenzione, ma questo lo rende soltanto più doloroso.

Clemmie mi ha spiegato che, se un conoscente l'aveva frequentata solo per sfruttare i suoi contatti e il suo successo professionale, l'interruzione delle comunicazioni dopo l'ictus era stata più semplice da accettare. Poteva derubricare quelle persone a «esseri umani del cazzo» (parole sue) e voltare pagina. Sospettava invece che alcuni degli amici che avevano smesso di chiamarla non si fossero nemmeno accorti di averlo fatto, e questo la turbava. Era come se volessero credere in una sua guarigione completa senza neppure prendersi il disturbo di chiederle se le cose stavano davvero così. Un po' dipendeva dal fatto che aveva mosso i primi, esitanti passi sui social, postando di tanto in tanto foto che, accompagnate da una didascalia espressiva, immortalavano i suoi progressi motori. Guardando quelle immagini, si poteva immaginare che tutto andasse a gonfie vele, per lei, anche perché la sua prosa lirica e l'abilità con le parole non erano cambiate. Ciò che dai profili social non emergeva era però lo sforzo sovrumano che doveva compiere per mettere ordine fra i suoi pensieri e per digitarli, lentamente e attentamente, con il pollice sinistro, perché il lato destro del corpo (quello un tempo dominante) aveva perso sensibilità e capacità di movimento. Ciò che dai profili social non emergeva – o, almeno, non emergeva appieno – era la realtà nuda e cruda dei passi che aveva fatto per giungere a quel punto. Per esserne a conoscenza, bisognava essere in contatto regolare con la donna che si celava dietro l'account Instagram, e non tutti erano disposti a farlo.

ELIZABETH
E questo deve aver acuito l'impressione di essere invisibile.

CLEMMIE
Già.

ELIZABETH
Resto sempre basita di fronte all'assenza di interesse o delle capacità necessarie ad andare oltre la superficie per arrivare a ciò che conta sul serio. È un po' come innamorarsi di un uomo deludente, rendersene conto e dire: «Ah, ecco chi sei davvero».

CLEMMIE
Sì, esatto. Eppure, come sai bene, fa male lo stesso. E a volte non è nemmeno colpa degli altri, ma ci si sente traditi lo stesso. La cosa peggiore è soffrire a causa delle nostre aspettative, perché volevamo che gli altri fossero qualcosa che non erano e non potevano essere.

La situazione era ancora più complessa perché, anche se prima dell'ictus Clemmie non si sarebbe definita una persona devota a una qualche religione, era ancora fermamente convinta che «la persona giusta può arrivare in qualsiasi momento, la chimica esiste, l'ho sempre pensato, e per me è un atto di fede il fatto che, in una giornata qualsiasi, sia possibile imbattersi in uno scambio casuale capace di arricchirci per sempre».

CLEMMIE
Sai, lo credo davvero. E in un certo senso, come ho detto, sono stata molto fortunata, perché ho avuto un sacco di amici incredibili e ho fatto un sacco di esperienze incredibili che probabilmente non avrò più modo di ripetere.

ELIZABETH
Io invece credo che ti capiteranno di nuovo, mia cara.

CLEMMIE
Da un certo punto di vista non voglio altri legami che possano essere messi a rischio o spezzarsi. In questo momento non ne ho proprio voglia. È fra le tante cose per cui…

ELIZABETH
… sei in lutto.

CLEMMIE
Proprio così.

Ogni tanto qualcuno di passaggio a New York la contattava e le proponeva di vedersi: da un lato era un gesto gentile, dall'altro costringeva Clemmie a indossare una maschera.

CLEMMIE
Penso che in molte cose esista un aspetto performativo. Bisogna… interpretare un ruolo, dire cose come: «Posso offrirti un tè?» È paragonabile al modo in cui le persone «interpretano» il lutto: hai subito la perdita di una per-

sona cara, e di colpo ti ritrovi a offrire una tazza di tè per farli sentire meglio.

ELIZABETH
Cos'hai imparato in merito? Che caratteristiche deve avere un buon amico? Come si struttura il rapporto con lui?

CLEMMIE
Sono convinta che la cosa più importante sia essere visti e riconosciuti per la persona che si è, nella propria totalità, ed essere abbastanza elastici da accettare il mutare delle situazioni. Ho riflettuto sul concetto di «promesse dell'amicizia», su cosa direi se dovessi farne e su quanto sia fondamentale rispettarle.
Nelle vere amicizie non ci sono aspetti transazionali, per così dire. Non immagini quante volte, dal 2020 in poi, qualcuno mi ha detto: «Non sapevo come affrontare il discorso...» E lo capisco. Mi è successa una cosa assurda e improvvisa, e so che è difficilissimo anche per gli altri. Cosa bisogna dire? Come bisogna comportarsi? Ma alle persone che mi dicono: «Non volevo disturbarti o romperti le scatole» vorrei rispondere: «Be', in realtà non faccio assolutamente un cazzo! Sono a letto tutto il giorno, tutto il santo giorno. Ogni giorno».
Però ci sono dei veri amici disposti a condividere questo fardello con me e a toccare gli argomenti più spinosi. Sono quelli che mi sono stati accanto e continuano a farlo con costanza. Con tutti gli altri ho l'impressione che sia passato troppo tempo. Non provo risentimento, non sono ferita, ma mi chiedo come potremmo affrontare quel discorso, adesso.

ELIZABETH
Non si può aggiornare tutti. Ogni volta che bisogna raccontare la propria storia dall'inizio a qualcuno che non l'ha vissuta in tempo reale si verifica una microaggressione, ed è traumatico.

CLEMMIE
Sì. Anche quando qualcuno mi chiede come sto, penso subito che lo saprebbe, se solo negli ultimi mesi ci fossimo parlati. Ci tengo a sottolineare che non mi aspetto attenzione a tutti i costi e non giudico la sua eventuale assenza, però vedere chi c'è stato e chi no è diventato un parametro utile, per me. L'emorragia mi ha privata delle sensazioni e delle percezioni legate al lato destro del mio corpo, dalla testa ai piedi; devo insegnare al mio cervello a capire che quel lato esiste, che si trova nello spazio anche se non lo vedo o non lo avverto. Con i veri amici accade la stessa cosa: so che ci sono anche se non li vedo, so che sono accanto a me. Ed è una cosa bellissima.

Sono rimasta colpita dal fatto che il desiderio di Clemmie di essere vista fosse soltanto un altro modo per esprimere il bisogno di amicizie empatiche: cioè quella capacità di immaginare le dimensioni stratificate di un'esperienza, anziché limitarsi ad accettare che le due dimensioni di un'immagine statica postata sui social o di un rapido messaggio WhatsApp possano raccontare la storia per intero. Per lei era stato più difficile, quando i pianeti dell'amicizia si erano disallineati. Clemmie aveva vissuto numerosi spostamenti e riallineamenti; il trasferimento in America aveva rappresentato una sorta di trapianto, e poi si era ritrovata a varcare il confine verso un luogo ancora diverso, un territorio sconosciuto che una sopravvissuta a un ictus fatica a descrivere, un posto i cui abitanti si sentono abbandonati e desiderano soltanto tornare al mondo in cui hanno sempre vissuto.

ELIZABETH
Dev'essere una condizione di profondo isolamento.

CLEMMIE
Sì, un isolamento incredibile. Così come la solitudine che si prova.

ELIZABETH
Credo che gli amici non possano essere [sempre] gli amici di cui abbiamo bisogno, per esempio se si sta lottando contro l'infertilità o si affronta un aborto... Allo stesso modo, credo che alcune persone non riescano a esserci quando accadono cambiamenti radicali come quello che è successo a te. Ti sembra che le due situazioni siano paragonabili?

CLEMMIE
Certo. Spero di starti vicino – camminando o zoppicando, vedremo – in quest'incubo legato alla fertilità proprio come tu mi stai accompagnando nel territorio dei sopravvissuti a un ictus. Ad accomunarci sono empatia, sostegno e amore. Ma è chiaro che l'empatia ha varie sfumature. Quando mi sento generosa nei confronti delle persone che mi hanno delusa, penso: «Be', in fondo perché qualcuno dovrebbe anche solo intuire come mi sento?» Eppure... tu non potevi saperlo, ma mi hai sostenuta e accompagnata passo dopo passo. E spero di avere l'empatia necessaria per capire il tuo dolore, o almeno una piccola parte di esso, perché io invece sono stata fortunata e ho due figli in ottima salute. Non posso nemmeno immaginare – scusa, lo so che è la frase più irritante del mondo –, non provo nemmeno a immaginare l'agonia che stai vivendo. Ma essere empatici non significa: «Ehi, lasciami pensare a una cosa paragonabile che è successa a me», non c'è bisogno di dire: «Sì, conosco questa sensazione», «Vorrei raccontarti di quella volta in cui un organo fondamentale del mio corpo ha smesso di funzionare», «Ora ti parlerò dei miei aborti spontanei» oppure: «A un certo punto nel mio villaggio è scoppiata una guerra e...» No, l'empatia consiste nell'avere un'immaginazione in grado di racchiudere anche ciò che nemmeno proviamo a immaginare.

L'ho trovata una definizione molto profonda di empatia, diversa da quella a cui siamo abituati. Dalla prospettiva di Clemmie, non coincide con il provare o con l'indovinare esattamente quello che qualcun altro sta vivendo: si tratta di avere il coraggio di accettare che non sempre possiamo sapere ogni cosa né risolvere un determinato problema. E questa, secondo me, è la chiave per assicurare la sopravvivenza e la prosperità delle amicizie a dispetto delle varie fasi che attraversano. Non è necessario trovarsi nella stessa situazione nello stesso momento. Ma, se si tiene abbastanza a un amico, si può creare una stanza per la sua sofferenza nella casa della propria immaginazione. Si può allestire uno spazio accogliente e sicuro, a disposizione per ogni necessità. A volte resterà vuoto per molti mesi, a volte persino per anni. A volte si incontrerà un amico proprio lì e ci si stupirà dell'affetto reciproco; altre, lo si occuperà da soli e si fisserà il soffitto in attesa che la tristezza passi. Tuttavia non sarà mai una vera solitudine, perché un vero amico sa che lo spazio silenzioso della comprensione è spesso più importante delle parole con cui si può cercare di mascherarne l'assenza. Nei rapporti autentici invece quello spazio, quella stanza, esiste, con tanto di lenzuola pulite nel letto e fiori freschi sul davanzale, ed è pronto ad accogliere qualsiasi sentimento.

Per me il concetto è espresso alla perfezione da una poesia di Rūmī, mistico persiano dal XIII secolo: si intitola *La locanda* e illustra la necessità di accogliere tutti i sentimenti (quelli negativi e quelli positivi, quelli buoni e quelli cattivi) nelle nostre case metaforiche, poiché ciascuno ci insegna qualcosa di significativo sulla vita. Recita così:

È come una locanda l'essere umano
ogni mattina, qualcuno che arriva.

Gioia, tristezza, squallore,
rapidi e fuggevoli si presentano alla coscienza,
visitatori inattesi.

Accoglili di buon grado!
Anche se una folla di afflizioni
irrompe impetuosa nella tua casa

spazzando via ogni arredo,
onora ogni ospite.
Forse ti sta ripulendo
per prepararti a un piacere nuovo.

Pensieri cupi, vergogna, risentimenti:
apri loro la tua porta ridendo,
invitali a entrare.

Ringrazia chiunque si presenti,
perché è una guida
che ti è stata mandata da lontano[6].

Rūmī sapeva il fatto suo, non trovate? E forse non avrei dovuto stupirmi quando, la prima volta che citai la poesia a Clemmie, molto tempo prima che fosse travolta dagli eventi di gennaio 2020, dicendole che la leggevo spesso per tirarmi su nei momenti più difficili, lei mi rispose: «È la mia preferita, sai?» Una decina di anni prima che le orbite dei nostri pianeti si incontrassero a quel matrimonio a Brooklyn, l'aveva usata come esergo del suo primo romanzo[7].

Nei suoi diciassette giorni di coma, agli amici di Clemmie era stato chiesto di inviarle dei vocali, in caso lei riuscisse a percepire la loro voce. Io lessi *La locanda* di Rūmī e mandai il messaggio. Diceva tutto ciò che c'era da dire, allora come oggi.

Le voci dell'amicizia

Sara

Sara Gulamali, venticinque anni
artista e co-fondatrice
del collettivo artistico
Muslim Sisterhood

Mia madre morì quando avevo quindici anni e in quel periodo le amicizie mi fornirono un sostegno materno, per così dire, perché c'erano cose di cui non volevo parlare con la mia famiglia. Furono un'àncora: se avevo dei problemi a casa o legati alla pubertà le mie amiche si trasformavano in un gruppo molto protettivo. All'epoca per me l'amicizia aveva quel significato.

Poi mi sono ritrovata all'università, e a esplorare quegli ambienti e, in qualità di donna di colore musulmana in un ambiente decisamente bianco, il collettivo Muslim Sisterhood è diventato una sorellanza a tutti gli effetti. Era più di un'amicizia, era un luogo in cui parlare di fede o di problemi... Senza le mie sorelle non sarei riuscita a superare tanti momenti difficili.

Dato che da ragazzina non ho avuto amici musulmani, ho dovuto creare una comunità di persone che capisce davvero quello che sto vivendo. Se un mio parente stava male, per esempio, potevo chiedere alle altre se avevano voglia di pregare per lui: un gesto di grande profondità che non avrei potuto ottenere da nessun altro.

Mio padre ripeteva spesso che «il sangue non è acqua», ma non sono mai stata d'accordo. Perché, per quanto mi riguarda, le mie amicizie sono in gran parte diventare la mia famiglia, e per me non ci sono differenze. È chiaro che gli amici vanno e vengono mentre i parenti restano per sempre al nostro fianco, però sono proprio gli amici a capire ogni aspetto della nostra vita, a non avere preconcetti su chi dovremmo essere. Con loro possiamo essere noi stessi e avere la certezza di essere accettati.

11. Fai doppio clic per mettere «Mi piace»
Le amicizie nell'era digitale

I social media non erano il modo giusto per comprendere appieno cosa stava vivendo Clemmie, però erano stati uno strumento utile per tenersi in contatto con lei quando aveva traslocato in America. Nei suoi primi tempi a New York, i suoi follower potevano vedere il nuovo appartamento, i libri che stava leggendo e gli ospiti che avrebbero partecipato al podcast. Instagram offriva uno scorcio prezioso sulla sua quotidianità, una finestra che fino a poco tempo prima sarebbe stata inconcepibile.

Nel 1998, nell'anno sabbatico fra diploma e università, mi trasferii per sei mesi in Sudafrica e partii con parecchie buste per le lettere che avrei scritto ai miei genitori per dire loro che ero ancora viva. I cellulari non esistevano o quasi, figuriamoci gli smartphone. Avevo sentito parlare vagamente del cosiddetto «cyberspazio» (detto anche «autostrada dell'informazione»: come suonano buffe, oggi, queste definizioni!), e non avevo ancora registrato davvero l'invenzione della posta elettronica. Approdai in una villetta a schiera a Mowbray, Cape Town, armata di uno zaino stracolmo – comprato in un negozio di attrezzatura per il campeggio e garantito a vita – e poco altro. Lo zaino non si apriva dall'alto ma aveva una zip anteriore, quindi non dovevo frugare sotto l'ammasso di vestiti in cerca di quello che mi serviva, che sicuramente si sarebbe trovato sul fondo: ai miei occhi, era il non plus ultra dell'ingegneria. A chi importava di internet, quando esistevano simili tecnologie avanguardistiche? Ricordo che James, uno dei miei coinquilini, mi parlò di «Hotmail»: come mi spiegò con grande pazienza, si trattava di un servizio per inviare una lettera elettronica che, *quasi all'istante*, veniva recapitata all'altro capo del mondo. Gentilissimo, si sedette accanto a me al computer in condivisione al primo piano e mi mostrò come aprire un account. Scelsi lo username e mi venne assegnato il suffisso «co.uk», due cose che da allora non mi hanno mai abbandonata (un po' come la garanzia a vita dello zaino). In seguito Hotmail, naturalmente, si sarebbe evoluta in Outlook e quasi tutti gli utenti avrebbero avuto il suffisso «.com». In linea di massima, solo i veterani come me restano aggrappati al dominio iniziale, con la stessa passione con cui si può conservare un vecchio vinile o un abito vintage. Quando ricevo una email da un indirizzo rétro come il mio provo sempre un brivido di piacere. Una volta intervistai un attore famoso, con cui restai in contatto via email per qualche mese. In quegli scambi avevamo flirtato un po' ma, ripensandoci adesso, non escludo che l'attrazione nascesse dal fatto che anche lui aveva un indirizzo hotmail.co.uk.

Anche se all'epoca non lo sapevo, l'anno successivo a quello in cui aprii la mia prima casella di posta sarebbe stato lanciato un sito particolare: LiveJournal, che consentiva agli utenti di pubblicare online pensieri, opinioni e ricette dei mac and cheese. E creò opportunità inedite per chi scriveva di professione, perché per la prima volta era possibile postare online il proprio lavoro, senza doverlo sottoporre al giudizio dei redattori di giornali, case editrici e riviste. Erano nati i blog.

Più o meno nello stesso periodo in cui questi nuovi diari si facevano strada sui nostri schermi, Julie Pankhurst, una donna che viveva a Barnet, a nord di Londra, si chiese cosa stessero combinando i suoi vecchi compagni di scuola. Insieme al marito mise a punto Friends Reunited, un sito che esordì nel 2000 e che un anno dopo contava 2,5 milioni di utenti. La versione originale era stata pensata per rimettere in contatto gli ex compagni di superiori o università. Al mio ingresso nel mondo del giornalismo, nel 2001, Friends Reunited era fra gli strumenti più potenti che avessi a disposizione, dato che spesso dovevo rintracciare compagni di scuola di persone che finivano sulle prime pagine dei giornali, o contattare i diretti interessati. Quel sito era il primo posto in cui cercavo, e in genere la gente a cui scrivevo accettava di parlare con me.

Nel 2002 fu invece lanciato LinkedIn, una piattaforma per collegare i professionisti interessati a fare carriera. Nel 2003 fu la volta di Myspace, che nel giro di tre anni diventò il sito più visitato del globo e contribuì a far decollare la carriera di numerosi artisti (fra cui Lily Allen, Arctic Monkeys e Adele), che sulle loro pagine personali potevano condividere i loro brani con il pubblico senza intermediari. Ma fu il 4 febbraio 2004 a segnare il punto di svolta per i social network: quel giorno, infatti, un diciannovenne dimesso cliccò sul tasto che avrebbe cambiato il mondo e l'avrebbe reso milionario, il tutto dalla stanza del suo studentato di Harvard (per la precisione la Suite H33 di Kirkland House). L'adolescente era Mark Zuckerberg, il sito Facebook e l'idea semplice: uno strumento di comunicazione con cui tenere traccia degli amici e tenerli aggiornati sulle proprie attività. Se altri siti dedicati alla socialità come Myspace e Friendster erano poco intuitivi e consentivano scambi perlopiù con sconosciuti, Facebook aveva l'obiettivo di far interagire online gli utenti con i loro amici della vita reale. Poteva essere usato come agenda sociale elettronica e come mezzo di espressione personale, ma forse i quattro studenti della Suite H33 erano più attratti dalla possibilità di flirtare con la ragazza per cui avevano una cotta godendo della relativa sicurezza garantita dallo schermo di un computer. Il sito crebbe in modo esponenziale, superando di gran lunga gli obiettivi iniziali, e oggi conta circa 2,93 miliardi di utenti attivi ogni mese.

Facebook spianò inoltre la strada ad altri social network: Twitter debuttò nel 2006, Instagram nel 2010, Snapchat nel 2011 e TikTok nel 2016. A gennaio 2022, sono utilizzati da oltre metà della popolazione mondiale; parliamo di 4,62 miliardi di persone, di cui 42 milioni sono utenti che si sono iscritti nel corso dell'ultimo anno. In media, passiamo su queste piattaforme due ore e ventisette minuti ogni giorno[1].

E così, nei ventiquattro anni trascorsi da quando aprii il mio indirizzo hotmail.co.uk, nel mondo è avvenuta la rivoluzione dei social media. Una rivoluzione che ha rovesciato regimi, causato una cascata di *fake news* e influenzato l'esito delle elezioni. E che ha pure modificato in modo drastico le nostre amicizie.

Nel momento in cui scrivo, sono iscritta a tre grandi piattaforme: Instagram, Twitter e TikTok. Tecnicamente sono anche su Facebook, ma non posto mai aggiornamenti e non cancello l'account solo perché non ho voglia di scaricare tutte le mie foto prima di farlo. Per il mio profilo LinkedIn vale lo stesso discorso: lo controllo di rado perché non ho il tempo né l'interesse di rispondere a Barry Goddard, impiegato presso sé stesso alla Goddard Derattizzazione di Aberdeen, anche se i promemoria quotidiani mi ricordano che il suo invito attende con ansia di sapere se ho intenzione di accettarlo o meno. Nel complesso, combinando le tre piattaforme di cui sopra, ho 280.000 follower; 971 amici su Facebook; quasi tremila follower sulla mia pagina come autrice, sempre su Facebook. Ciò nonostante, la quantità delle mie interazioni online è molto, molto inferiore a quella delle mie amicizie. Il che ha uno scopo: secondo Mark Granovetter, sociologo della Stanford University, avere anche legami più deboli nelle nostre cerchie sociali può rivelarsi utile; è grazie a questa estesa rete di contatti che veniamo a conoscenza di opportunità, lavorative e non solo[2]. E tanti di noi incontrano il partner proprio online: quando conobbi Justin su Hinge, nel marzo 2018, si trattava ancora di un'app che sfruttava l'elenco degli amici di Facebook per agevolare i contatti fra utenti (oggi funziona in modo diverso).

Mi sono iscritta ai social per non perdere di vista le persone che già conoscevo, eppure in poco tempo l'esperienza è cambiata, si è estesa, è diventata più pervasiva. Ora uso piattaforme come Instagram per informare, intrattenere e comunicare con una community coinvolta da ciò che produco (libri, podcast, programmi radio e tv) o che comunque condivide i miei interessi. E, come tutti, sui social ci sono pure alcuni degli amici che frequento nella vita reale, quelli che esistono da prima della pandemia e che sento con regolarità, anche se non riusciamo a incontrarci spesso quanto vorremmo. I social media sono uno strumento perfetto per mantenere i contatti con gli amici che si sono trasferiti lontano, per vedere le foto dei loro figli appena nati e delle loro feste di compleanno; clicco sul tasto «Mi piace» e lascio emoji allegre per comunicare che li penso con affetto. Fra i miei amici sui social ci sono inoltre le conoscenze più superficiali, persone che mi stanno simpatiche e con cui voglio mantenere un contatto, ma alle quali non riesco a dedicare del tempo nella vita reale.

A dire il vero, i miei amici più intimi utilizzano a malapena i social (sempre che abbiano un account). Me ne sono resa conto quando le restrizioni del lockdown sono state allentate e i londinesi hanno potuto ricominciare a vedersi dal vivo, in spazi aperti e in gruppi di sei persone al massimo. Ho deciso di organizzare una cena all'aperto; per una *friendaholic* come la sottoscritta limitare la lista degli invitati a cinque persone rappresentava una bella sfida, ma alla fine ho pensato che non potevo angosciarmi all'idea che qualcuno si offendesse per non essere stato coinvolto e contattai gli amici che avevo più voglia di vedere (e che pensavo sarebbero andati più d'accordo fra loro). Solo in seguito ho capito che ad accomunarli – a parte il fatto che mi conoscevano – era che nessuno di loro era attivo sui social media. E, benché io usi queste piattaforme con entusiasmo, devo ammettere che una parte di me si sentiva al sicuro con loro. Sapevo che mi stimavano per ciò che ero, e non per una versione di me che avrebbero potuto trovare online.

Com'è ovvio, il nome contiene già un indizio chiarissimo: social, sì, ma *media*. Lavorando come giornalista da sempre o quasi, ero abituata alle feste glamour a cui venivo invitata non come ospite ma come spettatrice, a quegli eventi immancabili e appariscenti in cui la gente si soffia baci da lontano e si complimenta per gli outfit… per poi ignorarsi all'occasione seguente. Il mio compito consisteva nell'assistere ai festeggiamenti e scriverne, non nel partecipare; ero un'osservatrice delle vite altrui.

Anche se agli esordi della mia carriera sviluppai un malsano bisogno di stare simpatica a tutti, capii piuttosto in fretta che la maggior parte delle persone che incontravo non sarebbe diventata mia amica, per quanto potessi impegnarmi. Se anche mi veniva commissionata un'intervista a una celebrità e fra noi si creava un'intesa, le probabilità di instaurare un legame di amicizia erano minime. In genere la celebrità in questione sapeva mettere paletti salutari e aveva un team di addetti alle PR, agenti e truccatori impossibile da aggirare. Inoltre, conosceva il mondo dei media ed era quindi in grado di proiettare un notevole fascino professionale senza rivelare troppo di sé.

Tutto ciò fece sì che, nel giro di qualche tempo, nella mia testa la distinzione fra i veri amici e le conoscenze «mediatiche» si delineasse con chiarezza. Con il passare degli anni ho sviluppato una sfiducia, una sorta di allergia, nei confronti degli «amici dei media». Ho amici che lavorano in quest'ambito, ma ora mi risulta evidente che ho dovuto conquistarmi la loro fiducia, e loro la mia. L'avvento dei *social* media, però, ha confuso i vari tipi di amicizia: abbiamo l'impressione di conoscere a fondo una persona famosa solo perché la seguiamo su Instagram, dimenticando che le foto postate sono solo un aspetto della sua vita e che siamo semplici spettatori e non partecipanti attivi in un rapporto biunivoco. Portando il concetto all'estremo, ciò crea un'«interazione parasociale» in cui una persona investe energia emotiva, interesse e tempo, mentre il destinatario di quest'attenzione ne ignora addirittura l'esistenza[3]. L'espressione viene usata soprattutto rispetto alle celebrità, però credo si possa adattare anche alle conoscenze «normali», cioè non famose. A tutti può succedere di focalizzare l'emotività su un amico poco consapevole del fascino che esercita su di noi, e spesso a rimetterci è la nostra salute mentale. E molti di noi conoscono fin troppo bene il nodo allo stomaco che avvertiamo scoprendo che una persona che ritenevamo amica non ha solo smesso di mettere «Mi piace» ai nostri post, ma ha proprio smesso di seguirci (attuando l'equivalente online del ghosting).

Ecco perché la cena con soli cinque invitati si è rivelata una delle migliori serate della mia vita (e non sto esagerando). Abbiamo bevuto un margarita dietro l'altro in giardino, giocato ai mimi e mangiato toast nel cuore della notte. Quando mi sono chiesta cosa l'avesse resa tanto speciale, ho capito che nessuno dei noi si era preoccupato di documentarla online. Questo non ci aveva soltanto resi più presenti a noi stessi, ancorandoci nel qui e ora, ci aveva anche trasmesso la netta impressione di godere di un divertimento segreto (come immagino accadesse agli avventori degli speakeasy durante il proibizionismo). Per provare il brivido del proibito, non c'è niente di meglio che vivere una serata fra amici senza postarla su Instagram!

Dopo molti anni di tentativi empirici, ho imparato che per me i social media non sono uno strumento per sostituire gli amici della cerchia più intima, ma mi consentono di gestire in modo salutare le conoscenze della cerchia meno stretta. E, quando si parla di cerchie di amici, è pressoché impossibile non citare lo psicologo evoluzionista Robin Dunbar, a capo del Social and Evolutionary Neuroscience Research Group presso il Dipartimento di Psicologia sperimentale della University of Oxford (vi sfido a mimarne il nome dopo aver buttato giù parecchi margarita). Nel 1992 Dunbar, grazie agli studi sui primati non umani, intuì che c'è una proporzione fra le dimensioni del cervello e le dimensioni dei gruppi in cui gli animali vivevano; la individuò sfruttando il neuroimaging e osservando il tempo dedicato alla cura di sé (o, in etologia, «tolettatura»). Arrivò a concludere che la dimensione della neocorteccia (l'area del cervello associata al linguaggio e alle funzioni di apprendimento) è legata alla dimensione ottimale di un gruppo sociale coeso. Tale proporzione limita il grado di complessità che un singolo sistema sociale è in grado di gestire. Utilizzando questa stessa correlazione per il cervello umano, Dunbar scoprì che il limite naturale di un gruppo in cui ogni individuo conosce gli altri (oltre a sapere quali sono i rapporti che li legano) è di centocinquanta. Si scoprì poi che questo «numero di Dunbar» si ripeteva in modo organico nell'organizzazione sociale umana: era la dimensione media di un villaggio inglese dell'XI secolo; è ancora oggi la dimensione di un'unità militare di base; la società che produce il tessuto Gore-Tex limita a centocinquanta le sue unità operative per scongiurare blocchi nella comunicazione. Perché, come riassunse il *New Scientist*, tale cifra è «il limite cognitivo che riguarda il numero di persone con cui un individuo è in grado di mantenere relazioni sociali stabili fondate su fiducia e obblighi»[4]. Fiducia e obblighi, due aspetti che si basano su una pari reciprocità e che non si possono ottenere con tutti, perché nessuno ha il tempo di coltivare una simile quantità di rapporti emotivi. Ecco che ritorna il concetto di sicurezza, quella che deriva da numeri limitati.

Centocinquanta è, inoltre, il numero medio di destinatari in una lista di biglietti di auguri natalizi[5]. Questo è uno dei motivi per cui, almeno secondo me, i social media sono uno strumento delle forze del bene. Mi considero molto fortunata a vivere in un'epoca in cui posso tenermi in contatto con qualcuno cliccando sul tasto «Mi piace». Ai tempi dei miei genitori, uno dei pochi modi per farlo consisteva nello scrivere durante le festività lunghe lettere che riassumevano com'era andato l'anno appena trascorso per tutti i membri della famiglia. Ricordo ancora con terrore l'improbo compito che mia madre e mia nonna affrontavano ogni dicembre, compilando a mano centinaia di cartoline natalizie. Ricordo il fatto che l'impresa aleggiava su tutta la famiglia come una nuvola temporalesca, nelle settimane che precedevano l'ultimo giorno utile per imbucarle prima di Natale; le corse frenetiche per comprare altri francobolli; l'ansia di non sapere se Tal dei Tali si era trasferito, se l'indirizzo del 1985 era ancora valido e via dicendo. Quell'esperienza mi ha segnato talmente tanto che mi rifiuto categoricamente di scrivere un biglietto natalizio, anche solo per rispondere a uno che ho ricevuto. Con mio grande sollievo, non sono tenuta a farlo… grazie ai social media (e anche perché sarebbe un gesto antiecologico).

Come tutto ciò che diventa troppo popolare e attira una forte attenzione, il numero di Dunbar è stato confutato da altri scienziati: secondo loro il cervello umano non può essere paragonato a quello dei primati, ma per me quella cifra resta valida[6]. Lo stesso Dunbar ha continuato a mettere alla prova la sua ipotesi e in *Amici. Comprendere il potere delle nostre relazioni più importanti*[7] saggio del 2021, ritocca il numero originario e sostiene che non si tratta tanto di un limite numerico assoluto, quanto di una serie di cerchi concentrici, o strati, ognuno dei quali rappresenta una tipologia di amicizia diversa a livello qualitativo ed è tre volte più grande del precedente: «Lo strato più interno, 1,5, è [il più intimo], e chiaramente riguarda i rapporti romantici» ha dichiarato Dunbar in un'intervista all'*Atlantic*. «Lo strato successivo, 5, è composto dagli amici veri, quelli che mollano tutto per venirci in soccorso quando il nostro mondo va a pezzi e sulla cui spalla possiamo piangere. Lo strato da 15 racchiude i precedenti e i partner sociali fondamentali, che ci offrono il contesto adatto al divertimento. Costituiscono inoltre la cerchia principale per il mutuo aiuto nella cura della prole: ci fidiamo quanto basta per affidare loro i nostri figli. Lo strato successivo, da 50, comprende le persone con cui organizziamo le grandi grigliate del weekend. E lo strato da 150 è composto dalla gente di matrimoni e funerali, quella che verrebbe a un evento unico che ci riguarda»[8].

Gli strati continuano a espandersi, come cerchi concentrici causati da un ciottolo sulla superficie di un lago. Per molti di noi, la cerchia dei social media si situerebbe fra il settimo (1500 persone) e l'ottavo strato; le cinquemila persone che compongono quest'ultimo sono quelle che Dunbar definisce «volti conosciuti»: magari li riconosceremmo in mezzo alla folla, ma non sappiamo di chi si tratta nel profondo perché il tempo che possiamo investire nelle interazioni con loro è, per forza di cose, limitato.

Da una ricerca condotta da Jeffrey Hall della University of Kansas è emerso che, perché uno sconosciuto diventi un buon amico, è necessario investire duecento ore spalmate nell'arco di qualche mese[9]. Senza girarci attorno, ciò significa che semplicemente non abbiamo abbastanza tempo per coltivare tutte le amicizie in cui potremmo imbatterci nel corso della nostra vita. Hall spiega anche perché, come sostiene Dunbar nel suo libro, «innamorarvi vi costerà due amicizie». Quando ci innamoriamo, dedichiamo molto tempo e molte energie al nostro partner... ed è comprensibilissimo, ma comporta fare spazio nella nostra cerchia più intima, se non vogliamo rischiare di sacrificare la stabilità dei nostri legami.

La prima volta che ho letto questo ragionamento è stato come se qualcuno avesse lanciato una granata nel paesaggio pacifico e ordinato della mia mente. Non avevo mai compreso appieno che l'abilità di coltivare amicizie non è inesauribile.

A vederlo scritto nero su bianco sembra stupido, eppure ero davvero convinta di dover tenere in vita ogni singola amicizia avessi mai instaurato. Forse dipendeva dal fatto che il dibattito culturale sull'amicizia (specialmente se fra donne) sostiene che questi rapporti debbano avere la priorità su qualsiasi altra cosa; che, se non li coltiviamo come abbiamo sempre fatto, a prescindere da ciò che la vita ci riserva, siamo *noi* il fallimento, i pessimi amici, quelli che scelgono qualcosa o qualcun altro al posto dei nostri cari. A contare di più dovrebbe essere la coerenza: del tutto scollegata dalle circostanze mutevoli dell'esistenza, è vista come una sorta di castello isolato che resiste alle maree. La realtà, ovviamente, è ben diversa. Incontriamo delle persone e ce ne innamoriamo, ci trasferiamo in città e paesi diversi, diventiamo genitori oppure no, affrontiamo malattie e malesseri di chi ci sta vicino, conosciamo successi e fallimenti, partecipiamo a matrimoni e funerali, veniamo sballottati dalla vita mentre cerchiamo di capirne la terribile bellezza. Se un'amicizia cade nel dimenticatoio, non significa necessariamente che sia un fallimento o che non possa essere in qualche modo «buona»; significa soltanto che non funziona più; che entrambe le persone coinvolte hanno imparato ciò che dovevano e possono voltare pagina con affetto; che quel rapporto non contava abbastanza da spingere le parti in causa a sforzarsi per tutelarla. La fine di un'amicizia, in sostanza, non ci rende per forza di cose dei pessimi amici.

Io, però, temevo che fosse proprio così. Avevo passato un sacco di tempo ad accumulare amicizie per non restare sola, senza sapere che quell'approccio, oltre a intaccare la qualità dei miei rapporti più significativi in nome della quantità, era insostenibile per *chiunque*. Non importava che fossi «portata» o meno per le amicizie; i punti focali erano il tempo, l'investimento emotivo e i freddi dati scientifici. Sì, le amicizie richiedono impegno, ma quelle energie dovevano concentrarsi principalmente sulla mia cerchia più intima. Chissà come mai ero sempre esausta! Non avevo il tempo materiale per assicurarmi che ogni mio singolo amico stesse ricevendo ciò che meritava.

Quella rivelazione fu per me un sollievo, però non tutti hanno letto le stesse ricerche, e questo può essere un problema. Di certo alcuni dei miei amici che ora si trovano ai confini della cerchia dei biglietti natalizi (vuoi perché le circostanze sono cambiate o perché io o loro abbiamo capito di non essere legati come credevamo) non capiscono perché non abbia più tempo per loro, soprattutto dal momento che la mia vita, almeno su Instagram, risulta molto pubblica. La trappola dei social media è che suggeriscono un'idea di intimità anche se quell'intimità ha smesso di esistere nella vita reale, e ciò causa uno squilibrio.

Un'amica che chiamerò India faceva continue frecciatine su quanto sembrassi «occupata», a giudicare dai miei profili social, e sul fatto che non avessi mai tempo per lei. Al primo anno di università eravamo state legatissime. All'epoca lei sfoggiava vecchie giacche dell'esercito, si avvolgeva i capelli in foulard di seta vintage e fumava sigarette ai chiodi di garofano che il padre le portava al ritorno dai suoi viaggi a Bali: tutto, in lei, mi colpiva. Rimasi sorpresa quando decise di essere mia amica ma, con il senno di poi, ho capito che le faceva comodo avermi come contrappunto introverso al suo fascino esotico. Quando eravamo soltanto noi due, India era molto gentile; quando invece eravamo con altre persone spesso mi prendeva in giro, fingendo che fosse un modo per esprimere il suo affetto nei miei confronti. Più di ogni altra cosa, comunque, aveva bisogno di essere adorata dagli uomini. Una volta, durante un'uscita, baciai il nostro amico Jacques, per cui avevo una cotta segreta da mesi. India la prese male, sosteneva che avrebbe «rovinato il nostro gruppo di amicizie» e lo assillò al punto che il poveretto mi scaricò nel giro di quarantott'ore.

«Non voglio mettere a rischio il mio rapporto con lei» mi disse Jacques, fissandomi desolato da dietro una frangetta degna di uno dei Backstreet Boys. «Mi piaci ma non ne vale la pena, non credi?» Ci abbracciammo e, malgrado avessi il cuore spezzato (una reazione del tutto sproporzionata), mi convinsi che fosse la cosa migliore. «Le amiche vengono prima dei fidanzati» ricordai a me stessa. «L'amicizia è ciò che conta di più». Dopo la laurea, India conobbe un uomo mentre era in vacanza e lo sposò su due piedi. Poco tempo dopo il matrimonio, si trasferirono fuori Londra per gestire l'azienda di famiglia di lui ed ebbero quattro figli in rapida successione.

Negli anni, lei e io mantenemmo una sorta di vicinanza fondata sulla lealtà retroattiva. Ricordavo le occasioni in cui era stata carina con me e liquidai i vecchi dissapori imputandoli all'inesperienza giovanile. «Non avremmo potuto fare diversamente» mi dicevo. E poi, in fondo, ci aveva visto giusto: la nostra amicizia era sopravvissuta, mentre nessuna delle due aveva più contatti con Jacques, che dopo l'università era uscito dalle nostre vite per non farvi più ritorno. A volte ridevamo di lui e India strillava: «Incredibile che ti piacesse!»; io annuivo e sorridevo, anche se in fondo mi era piaciuto davvero e avevo immaginato un futuro con lui, per quanto breve.

India buttava lì un sacco di promesse che non manteneva – sarei stata la damigella d'onore al suo matrimonio (non accadde), sarei stata la madrina di uno dei suoi figli (mai successo) e lei sarebbe assolutamente venuta a trovarmi non appena fosse passata da Londra (mai più vista) –, e in compenso mi chiedeva in continuazione di andare da lei. Un paio di volte lo feci, attraversando la campagna a bordo degli inaffidabili treni del weekend, trascinando il borsone sugli autobus sostitutivi e aspettando sotto la pioggia battente che un taxi locale mi portasse finalmente a destinazione. Quando varcavo la soglia di casa sua, spesso mi trovavo di fronte una donna esausta che mi metteva in braccio un bambino a cui dare il biberon mentre lei si occupava del bagnetto di un altro figlio. Parlava di frequente di quanto fosse faticoso essere madre, sembrava non apprezzare la genitorialità e allo stesso tempo mi incoraggiava a restare incinta il prima possibile. Mi chiedevo se fosse felice e provai più volte a domandarle come si sentisse davvero, ma lei rideva come se le mie perplessità fossero assurde.

A cena, lei e il marito si informavano sulla mia carriera con curiosità mista a stupore assoluto. Erano affascinati dagli aspetti più ridicoli del mio lavoro (raccontai in più occasioni della volta in cui avevo intervistato uno chef che cucinava animali investiti e avevo mangiato stufato di tasso)[10], parevano considerarlo una specie di passatempo quando invece avrei dovuto mettere la testa a posto e occuparmi di cose più importanti, come mettere su famiglia. Per farla breve, si mostravano compiaciuti e superiori.

La mia amicizia con India si era sempre basata sul fatto che ero quella meno importante delle due, più arrendevole e disposta a sottostare alla sua influenza. Lei era cool e alla moda, io no. All'università, quando non ero molto sicura di me e quindi felice di vivere nella sua ombra, non ero stata una minaccia bensì qualcuno che poteva beneficiare della sua generosità, proprio come in *Mansfield Park* di Jane Austen la povera, piccola Fanny Price viene accolta dai parenti ricchi, i Bertram.

Quella dinamica era proseguita per un po' anche dopo la laurea ma, negli anni, lei aveva cominciato a farsi sentire meno e io mi ero accorta di esserne sollevata. Di tanto in tanto la contattavo per invitarla con il marito a feste ed eventi di gruppo (a cui partecipavano), però non sacrificavo più i fine settimana per andarla a trovare. Quando conobbi Justin le comunicazioni si fecero ancora più sporadiche, anche se ogni tanto ricevevo una sfilza di messaggi convulsi che mi imploravano di unirmi a loro per un pranzo domenicale per «salutare i bambini», che sarebbero stati «felicissimi. Sono cresciuti così tanto che non li riconoscerai nemmeno! Non ti fai mai vedere!»

Sulle prime si potrebbe pensare che fosse un gesto gentile. Che fosse carina a invitarmi a un pranzo della domenica in famiglia. Tuttavia, il suo tono mi faceva sempre sentire in colpa, come se avessi sbagliato a non essere più presente. Di solito ne parlavo con Emma, che non usava mezzi termini: «Con tutto il rispetto, ai suoi figli non frega un cazzo di vederti» mi diceva.

Fu proprio Emma a dirmi che India aveva ragione quando sosteneva che non avessi più tempo per lei. A quel punto ero una donna prossima ai quaranta, stavo coltivando una relazione felice con un uomo che aveva già dei figli e perseguivo una carriera sempre più impegnativa per cui avevo lavorato sodo. Forse era corretto riorganizzare le mie priorità in base a questi cambiamenti, proprio come avevano fatto India e il marito quand'erano diventati genitori. Anzi: dedicare il tempo a mia disposizione ad attività arricchenti, anziché ad amicizie sfibranti, non era soltanto accettabile, bensì necessario.

E così, pian piano, diradai i contatti con India. Non

fui mai scortese e continuai a risponderle, solo in modo meno sollecito. Man mano che diventavo un po' più conosciuta a livello pubblico, il mio seguito sui social cresceva. All'inizio India disse che Instagram le sembrava «pacchiano ed elementare», e commentava il mio profilo con ironia pungente. Più i miei follower aumentavano, però, più lei seguiva la mia attività online: guardava le storie ogni giorno, pur non commentando mai un post né mettendo «Mi piace». Prese l'abitudine di scrivermi dopo aver visto qualche novità sui social, ma i messaggi non erano mai di sostegno e celavano sempre una rabbia latente: *Wow, un altro libro! Non so proprio dove trovi il tempo*; *Un altro viaggio all'estero? Fai il lavoro dei sogni, eh!*

Andò avanti così per mesi. *Ciao, che fine hai fatto? Ti sei divertita alla festa con i tuoi nuovi amici? Sembri sempre molto presa!* mi scrisse su WhatsApp dopo che avevo pubblicato una foto della festa estiva organizzata dalla mia casa editrice; al party avevano partecipato molti scrittori famosi e avvertivo l'invidia che trapelava dalle parole di India.

«Uff…» sbuffai girando il telefono sul tavolo, provando un'ondata familiare di vergogna e senso di colpa. Stavo cenando con la mia amica Francesca; quando lei mi chiese cos'era successo glielo spiegai e lei mi illustrò la tattica «fingiti felice e stupida», utile a difendersi da qualsiasi comportamento manipolatorio. In sostanza consiste nel prendere tutto alla lettera ed emanare la nonchalance spigliata di una persona costantemente di buonumore che, soddisfatta della propria vita superficiale, non cerca mai un significato più profondo. Lo misi in pratica subito, rispondendo: *È stata bellissima, grazie!*

India non si fece attendere: *Mi piacerebbe vederti, uno di questi giorni. Sempre che tu riesca a trovare il tempo per una persona banale come me!*

Un classico del suo repertorio: «uno di questi giorni» era un'indicazione vaga, quindi toccava a me trovare il momento giusto nella mia agenda fitta di impegni; in quel caso, ci saremmo proposte date a vicenda finché il sole non fosse imploso e si fosse verificato un secondo Big Bang, senza trovarne una che andasse bene a entrambe. E poi c'era «sempre che tu riesca a trovare il tempo», capolavoro di passivo-aggressività, e il definirsi una «persona banale» che di certo non mi interessava più, ora che andavo alle feste delle case editrici con Nigel Slater (ti voglio bene, Nigel!)[11]. E infine il pezzo forte, ovvero l'isteria repressa racchiusa del punto esclamativo per sottolineare che le frecciatine non andavano prese troppo sul serio e per poter sfoderare la difesa definitiva, in caso fosse servita: «Stavo solo scherzando!»

Di nuovo mi finsi felice e stupida e risposi che al momento stavo «lavorando come una matta» ma che mi sarei fatta risentire quando fossi «riemersa» (grazie, Joan).

Tre puntini di sospensione apparvero e scomparvero: India stava scrivendo qualcosa. E poi – *ding!* – un altro messaggio: *Fissiamo adesso una data fra qualche mese, prima che tu prenda troppi impegni?*

A quel punto, anche se mi vergogno ad ammetterlo, lessi il messaggio e tornai a concentrarmi sulla cena con Francesca. Una parte di me sentiva di aver chiarito la propria posizione e di non doverle dedicare ulteriore attenzione. Non c'è bisogno di esplicitare ogni confine o paletto. Dato che non esiste un lessico socialmente accettato dell'amicizia, può essere difficile e imbarazzante gestire la sovrapposizione di livelli di cui parla Dunbar. Cosa potremmo dire? «Un tempo eri nella mia cerchia più intima ma ora, per via di circostanze diverse e della lucidità acquisita negli anni, ho capito che è meglio che tu sia in una cerchia più esterna» non suona bene. E il problema è esacerbato dai social media, perché le piattaforme come Instagram possono dare l'impressione che una persona abbia una sconfinata disponibilità di tempo ed energie da dedicare alle amicizie, quando invece online mostriamo soltanto alcuni aspetti della nostra vita e di noi stessi. Benché si tratti di scorci assolutamente reali e autentici, non compongono un quadro esaustivo. E a volte è più semplice postare quello che ci accade su un social, in modo che tutti possano vederlo nello stesso momento, anziché aggiornare continuamente i centocinquanta singoli individui che si trovano alla periferia della nostra cerchia sociale (soprattutto quelli rancorosi come India). È come spargere le fiches sul tavolo della roulette, anziché mettere un gettone dopo l'altro in un videogioco rotto.

Provai una sensazione simile quando iniziai le registrazioni dal vivo di *How to Fail*, perché mi trovavo di fronte a una sala piena di gente con cui potevo comunicare nell'arco di un'unica serata. In quel modo non sottraevo nulla alle mie amicizie e cercavo di diffondere una reciprocità significativa a un livello più ampio. Spesso mi viene chiesto come possa considerarmi un'introversa, dato che riesco a salire su un palco e a parlare davanti a un pubblico. I motivi sono due: il primo è che ho passato un sacco di tempo ad allenarmi; alle medie facevo parte della squadra di oratoria e, siccome parlare in pubblico mi terrorizzava (specialmente se dovevo improvvisare), imparai a gestire la paura e a mostrarmi sicura di me. Ogni volta che metto piede su un palco avverto quell'ansia da tachicardia che conosco bene, ma sono anche fiduciosa: ce la farò perché l'ho già fatto molte volte in passato. In secondo luogo, la mia specifica introversione fa sì che spesso trovi più faticose le interazioni a due che quelle con un gruppo nutrito di persone. Se parlo con una sola persona mi sforzo di stabilire un legame, mi assicuro che si senta a proprio agio, che non ci siano silenzi imbarazzati e così via. Su un palco, mentre registro un podcast, oppure online, posso dire una cosa rivolgendomi a molti senza dover gestire la loro energia emotiva.

I social media funzionano in modo simile, per me. In linea generale sono io a decidere di leggere messaggi privati o di rispondere; e, a meno che qualcuno non mi tagghi in una recensione negativa dei miei libri o mi trolli nei commenti, posso credere di trovarmi in compagnia di un ampio gruppo di amici e comunicare con loro partendo da quel presupposto. Questo tipo di interazione racchiude secondo me una bellezza particolare, che spesso ignoriamo nella fretta di condannare i social per via di tutti gli indiscutibili svantaggi che portano con sé. Possiamo costruire una community online e lo sforzo richiesto per mantenerla è relativamente scarso, se paragonato a quello necessario a coltivare le amicizie nella vita reale. I social, inoltre, hanno reso più visibili alcune fasce emarginate della società: negli anni Ottanta, un adolescente gay che non aveva fatto coming out con la famiglia o gli amici si trovava in una situazione molto solitaria. Oggi, lo stesso adolescente ha la possibilità di creare dei legami con persone che attraversano la stessa esperienza. Non si tratta certo di una soluzione completa ai tormenti interiori, ma è pur sempre un aiuto. Come il fatto che, scrollando su Instagram, Twitter e TikTok sui nostri telefoni, vediamo tantissimi esempi di diversità. Ciò non significa che i social media arriveranno a sostituire le amicizie della vita reale o che dovrebbero farlo; significa solo che possono costituire un'aggiunta complementare. E possono essere uno strumento per stringere nuovi legami di persona: la mia amica Jo ha conosciuto su Instagram quello che poi è diventato un buon amico grazie alla passione comune per il K-pop.

Naturalmente, questo capitolo si concentra sulle amicizie fra adulti nell'epoca digitale: è quella la mia sfera di riferimento specifica, poiché quando avevo vent'anni quasi nessuno usava internet ogni giorno. Questo libro non tratta l'influenza dei social media sull'orribile realtà del cyberbullismo fra adolescenti, però posso dire di ritenermi molto fortunata a essere cresciuta in un periodo in cui i bulli non uscivano dai confini della scuola. Stando a una ricerca condotta dall'Office of National Statistics britannico, in Inghilterra e in Galles circa un bambino su cinque di età compresa fra i dieci e i quindici anni ha subito almeno una forma di bullismo online nei dodici mesi precedenti il marzo 2020[12]. Ma sappiamo anche che la forza positiva dei social media come motore delle amicizie, sia fra adulti sia fra adolescenti, è ampiamente riconosciuta.

La prima grande indagine sull'intersezione fra le vite online e offline delle persone è stata condotta nel 2011 dal Pew Research Centre. Lo studio, che ha analizzato

2255 soggetti, ha rivelato che gli utenti più attivi sui social avevano generalmente rapporti più solidi (anche se, trattandosi del 2011, Instagram stava muovendo i primi passi e i dati erano perlopiù relativi a Facebook). Gli utenti Facebook ricevevano un maggiore sostegno sociale (consigli, compagnia, aiuto in caso di malattia ecc.) rispetto alle persone che non avevano un account. «Chi usa Facebook più volte al giorno riceve da lì metà del sostegno complessivo che chi è sposato o convive riceve dal partner» scrissero i ricercatori[13].

Uno studio successivo, che nel 2021 ha preso in esame 387 adolescenti, ha rilevato che chi usava Instagram con maggiore frequenza «aveva amicizie più strette e intime nella vita reale»: erano la frequenza e la costanza della comunicazione online a cementare quei rapporti nella quotidianità[14]. O, per usare le parole di Lydia Denworth, autrice di *Friendship: The Evolution, Biology and Extraordinary Power of Life's Fundamental Bond*: «Più sfruttiamo i media per coltivare un rapporto, più probabilità ha quel legame di essere forte»[15].

Mentre scrivevo questo libro i figli maschi di Justin, di diciotto e sedici anni, stavano valutando la possibilità di organizzare un viaggio ad Amsterdam per incontrare degli amici che avevano conosciuto online, giocando ai videogame. Il sedicenne mi ha detto che non vedeva alcuna differenza tra gli amici che frequentava a scuola e quelli con cui interagiva dietro uno schermo; anzi, da un certo punto di vista gli sembrava di conoscere meglio questi ultimi, perché avevano trascorso insieme ore intere, coltivando un interesse comune. E poi, oltre a giocare, si erano sentiti su FaceTime (cosa che mi rassicurava perché indicava che non erano stati vittime di una truffa). Per molti adolescenti che soffrono di ansia sociale, le amicizie online possono rappresentare una pausa gradita dalle pressioni della vita reale. Lo conferma uno studio condotto nel 2020 per indagare il sostegno sociale offerto dal sistema del gaming online: i membri della stessa rete di gioco «potrebbero colmare un deficit di sostegno sociale presente nella vita reale, grazie agli amici incontrati in rete. In aggiunta, i membri che hanno mostrato più sintomi depressivi potrebbero chiedere aiuto ai legami informali che hanno creato online attraverso il gaming»[16].

Al contrario, la figlia tredicenne di Justin ha un vivace e nutrito gruppo di amicizie che coltiva in un mix di incontri dal vivo e comunicazione online. Ho visto con i miei occhi come questi rapporti siano basati su una conoscenza intima e approfondita, molto più di quanto capitava a me alla loro età. Questa caratteristica può avere lati positivi e negativi, ma senza dubbio la sua presenza online le permette di restare in contatto con più coetanei, che magari frequentano altre scuole, per più tempo di quanto fosse concesso a me ai tempi in cui componevo un numero fisso e chiedevo alla signora Tal dei Tali se potessi parlare con sua figlia. Senza contare che il canale online ha un vantaggio rispetto alle telefonate: è praticamente gratuito. Se, come me, appartenete alla Generazione X (o siete dei Millennial geriatrici... non riesco a tenere il passo con queste definizioni), sicuramente ricordate il terrore scatenato dalle bollette dettagliate che i genitori attenti controllavano per capire quanto spendevano per farvi chiacchierare a ruota libera con amici che avevate appena visto a scuola. Gli adolescenti che oggi hanno accesso a internet non sono più soggetti a quei limiti, se si esclude il costo della connessione internet casalinga o dei loro smartphone.

E neppure io, una donna sulla quarantina, lo sono, dato che la maggior parte delle mie comunicazioni con gli amici avviene tramite WhatsApp, un sistema di messaggistica istantanea creato nel 2009. È rarissimo che passi un giorno senza usarlo almeno una volta (che si tratti di mandare un messaggio di testo o un vocale). L'app ha un'estetica spigliata e leggera che la rende meno seriosa degli sms convenzionali: un WhatsApp può essere letto o ignorato, la scelta sta all'utente; la piattaforma permette di inviare gif, immagini, video ed emoji illustrativi per assicurare che il senso del messaggio arrivi in modo chiaro. E consente inoltre di silenziare e archiviare le chat, per chi non vuole un promemoria costante dei propri rapporti difficili, impressi nero su bianco sullo schermo.

Il motivo principale per cui apprezzo quest'app, però, è la sua gestione dei gruppi. Non ho mai avuto un ampio gruppo di amici interconnessi, e ho sempre invidiato un po' i conoscenti che hanno mantenuto i contatti con i compagni di superiori e università. Chi appartiene a queste cerchie può coltivare la socialità in un'unica occasione collettiva, anziché dover fissare molteplici appuntamenti singoli per soddisfare le esigenze di più individui. Il che può rivelarsi un'arma a doppio taglio: ho sentito parlare di amici dell'università che frequentavano soltanto i membri del loro gruppo; con il tempo, parecchi di loro avevano sposato un ex compagno di studi, e quelli che non avevano trovato un partner erano stati esclusi dal giro come se fossero stati eliminati da un gioco di società. Gli individui che si sono sposati – e che prima flirtavano con altre persone del gruppo, ora sposate a loro volta con membri del medesimo gruppo – vanno in vacanza con le altre coppie sposate e con i rispettivi figli, anch'essi destinati a diventare amici. Se una coppia osa prenotare un viaggio per i fatti suoi, il resto del gruppo rischia di offendersi. Il risultato è che nessuna di queste persone avverte il bisogno di crescere rispetto a quando aveva diciott'anni: da un lato dev'essere un ambiente molto aperto e tollerante (se i tuoi amici ti vogliono bene malgrado tu sia ancora la matricola ingenua che esagera con l'alcol, probabilmente te ne vorranno per sempre); dall'altro, persone simili mi ricordano quelle celebrità bloccate in una condizione di sviluppo sospeso: ferme all'età in cui hanno avuto successo, non sentono la necessità di sfidare il pensiero di gruppo che sostiene la loro visione del mondo. Benché fra quegli amici dell'università non sia ancora successo, non posso non chiedermi che effetto avrebbe un divorzio sull'equilibrio sottile che regola il gruppo.

Non sono mai stata tagliata per le amicizie di questo tipo, e la cerchia più ampia cui appartengo conta appena tre persone. Nella vita reale i gruppi composti da tre individui possono essere difficili da gestire, poiché spesso la triangolazione dell'attenzione impedisce di godere di momenti esclusivi a due e si rischia un'insoddisfazione generalizzata. Per me invece il gruppo WhatsApp perfetto è proprio quello composto da tre – al massimo quattro – persone. Faccio parte di diverse chat di gruppo dove interagisco con regolarità: condividiamo notizie che ci interessano, canzoni che ci piacciono, aggiornamenti sulla quotidianità, frustrazioni lavorative, sostegno nei momenti bui e battute. Tante, tantissime battute. Capita spesso che, leggendo uno di questi messaggi, mi pieghi in due dal ridere. Un gruppo in particolare è stato creato per mantenere i contatti con un'amica che aveva appena perso la madre, per evitarle di dover aggiornare me e un'altra conoscente su canali separati. Il fatto di essere in tre assicura che non ci sia nessun anello debole, per esempio una persona che conosciamo un po' meno delle altre che potrebbe lanciarsi in una filippica contro i vaccini quando meno ce l'aspettiamo. Mi è capitato di assistere allo sviluppo di gruppi più grandi rimasti attivi dopo eventi sociali come matrimoni e weekend fuori porta, e posso dire che non funzionano mai altrettanto bene. Dopo una prima fase in cui ci si scambiano aneddoti e foto divertenti, quasi tutti i partecipanti si rendono conto di non conoscersi quanto basta per portare avanti la chat sul lungo periodo. Nel frattempo, continuiamo a ricevere messaggi sullo scaldabagno rotto della damigella d'onore o domande come: *Ehi, ragazzi, qualcuno mi consiglia un bel romanzo per l'estate?*

Una chat WhatsApp a tre assicura invece che tutti i partecipanti si sentano protetti a sufficienza da rivelare i propri segreti e pensieri più profondi (una volta ho chiesto a un amico perché secondo lui quella soluzione funzionava per noi e mi ha risposto: «Perché ormai non esistono più luoghi sicuri, non si può più condividere un'opinione impopolare senza affrontarne le conseguenze». Stava scherzando, ma c'era un fondo di serietà).

Un gruppo WhatsApp assolve alla stessa funzione di un social media, ma su scala minore e offrendo una maggior protezione: possiamo tenerci in contatto tutti i giorni a prescindere dai fusi orari e dalle varie fasi della vita, senza dover trovare, per vedersi con la stessa regolarità, un momento che vada bene a tutti. E poi, quando alla fine ci incontriamo di persona, sappiamo già cosa stanno vivendo gli altri e non c'è bisogno degli accorati: «No, ma dimmi come stai *davvero*» che costellano tante amicizie alcoliche del mercoledì sera. E, in modo analogo, nessuno si sente costretto a rispondere a ogni singolo messaggio: se per caso ci sentiamo meno socievoli del solito, in linea di massima qualcuno del gruppo risponderà al posto nostro. Mia, che mi ha presentato proprio su WhatsApp un'amica in comune perché era convinta – a ragione – che saremmo andate d'accordo, a volte sparisce dalla nostra chat di gruppo per settimane a causa dei suoi impegni. Quando accade le scrivo in privato, senza passare dal canale condiviso, per sapere come sta. Fra noi vige la tacita consapevolezza che il gruppo, benché meraviglioso, non è sempre il luogo adatto per condividere i dettagli di una situazione personale difficile. E lo intuiamo senza bisogno di spiegazioni, dato che siamo tutte persone introverse che apprezzano il relativo distacco offerto da WhatsApp.

In *Connecting in College: How Friendship Networks Matter for Academic and Social Success*, saggio del 2016 della sociologa Janice McCabe, l'autrice identifica tre categorie principali di amici fra gli studenti universitari: gli affiatati, quelli che compartimentalizzano e i campionatori. Ecco la sua descrizione: «Gli affiatati hanno un gruppo di amicizie strettamente intrecciate in cui pressoché tutti i membri sono amici fra loro. Chi compartimentalizza forma dai due ai quattro gruppi, in cui gli amici si conoscono a vicenda all'interno dello stesso gruppo e di rado fra un gruppo e l'altro. I campionatori, invece, hanno uno o due amici che appartengono ad ambiti diversi, ma tali rapporti restano scollegati fra loro»[17].

Gli affiatati sono quei compagni di università che

vanno in vacanza insieme e si sposano tra loro. Io sono una campionatrice, ma WhatsApp mi offre l'opportunità di compartimentalizzare, cosa che ho apprezzato come non mai durante la pandemia e soprattutto in qualità di freelance, dato che nella mia quotidianità non ci sono le interazioni standard tipiche di un ufficio dal clima rilassato.

L'impressione che WhatsApp fosse positivo per le amicizie è stata confermata da alcune ricerche scientifiche. Uno studio del 2019 condotto dalle dottoresse Linda Kaye, *senior lecturer* in Psicologia alla Edge Hill University, e Sally Quinn della University of York, ha esaminato duecento utenti WhatsApp e ha rivelato che l'app di messaggistica «ha un impatto benefico sul benessere psicologico»[18]. La dottoressa Kaye ha dichiarato: «Più tempo gli utenti trascorrevano su WhatsApp, più si sentivano vicini ad amici e parenti, e più sentivano che tali rapporti erano di buona qualità. Inoltre, più tali amicizie erano intime e più gli utenti si sentivano legati ai gruppi WhatsApp, più crescevano in autostima e abilità sociali. L'affiliazione di gruppo faceva pure sì che gli utenti WhatsApp si sentissero meno soli. Ne risulta che utilizzare WhatsApp per tenersi in contatto con gli amici più stretti giovi a diversi aspetti del benessere personale»[19].

Si dice spesso che le amicizie online non possono sostituire le interazioni che avvengono nella vita reale, però io non sono d'accordo. Ogni amicizia ha un equilibrio interno e un preciso ciclo evolutivo. Alcuni amici necessitano di una presenza fisica, ma non tutti. I legami si possono formare in tanti modi diversi, in base alle situazioni che viviamo in un determinato momento. La vera amicizia non è caratterizzata da stasi e timori, bensì da crescita e accettazione, e questo processo consiste anche nel capire a fondo gli strumenti con cui possiamo coltivare tali rapporti nella loro complessità variegata, anziché limitarci a una vecchia e univoca concezione di come le amicizie *dovrebbero essere*. Alcuni rapporti funzioneranno meglio su Instagram, WhatsApp, Snapchat o tramite una casella di posta hotmail.co.uk; altri daranno il meglio se vissuti di persona. Un'amicizia non deve assumere alcuna forma particolare, se non quella che soddisfa al meglio le persone che coinvolge. E, se dovessi avere altre osservazioni in merito, probabilmente vi manderò un vocale di dieci minuti su WhatsApp.

Le voci dell'amicizia

SALLY

Sally Al-Roubaie, trent'anni,
account executive

Sono un'introversa che soffre di autismo e in linea di massima non amo molto andare alle feste o socializzare troppo, perché le trovo attività estenuanti. Mi capita di chiudermi in me stessa e di non spiccicare parola; in quei casi gli altri si accorgono del mio disagio ed evitano di invitarmi ad altri eventi.

Ho sempre avuto l'impressione di dover nascondere il più possibile questo lato del mio carattere, però spesso non ci riesco. È in quelle occasioni che la gente si allontana gradualmente. E una persona autistica, rendendosene conto, si convince che sia colpa sua.

Da quando mi è stato diagnosticato l'autismo, a ventiquattro anni, la lampadina nella mia testa, che fino ad allora era stata spenta, si è accesa di colpo. Prima mi addossavo la colpa di qualsiasi cosa: per com'ero fatta, perché non avevo molti amici e andavo d'accordo con poche persone. Prima non avevo alcuna spiegazione razionale che mi aiutasse, non potevo difendermi dicendo qualcosa come: «Non sono irragionevole. Sono gli altri a esserlo, perché scelgono di giudicare anziché capire».

Qualche mese dopo aver iniziato un nuovo lavoro, mio fratello mi ha domandato se mi fossi fatta degli amici; non sapevo come rispondere perché il termine «amici» mi sembrava un po' ambiguo. E così gli ho chiesto: «Quando dici "farsi degli amici" intendi farsi dare il numero di qualcuno e vederlo fuori dall'ufficio? O andare al lavoro e scambiare quattro chiacchiere con qualcuno?» Per me il concetto non era affatto chiaro.

Dato che decifrare i segnali degli altri non è il mio forte, non sempre capisco chi vorrebbe essere mio amico e chi invece no. E, pur sapendo che il problema non sono io, che non dipende da me, continuo a pensare di aver fatto qualcosa di sbagliato.

La cosa strana dell'autismo è che una parte di te desidera degli amici, vuole passare del tempo con loro; un'altra invece esige i propri spazi, vuole prendere le proprie decisioni [...]. Quando sono da sola mi sembra di riuscire a pensare con lucidità, è allora che mi vengono delle idee.

Per qualche ragione misteriosa, in Gran Bretagna la gente è così turbata dalle persone tranquille da mostrarsi persino ostile nei loro confronti, quasi non volessero esserne contagiate. L'ho sempre trovato strano perché agli iracheni, per esempio, non importa affatto che qualcuno sia tranquillo o esuberante. Sono felici che faccia parte del gruppo e basta, non ci sono prerequisiti per essere accettati.

12. Emma
Migliori amici

Nel corso di questo libro ho analizzato cosa significa per me l'amicizia, evitando volutamente di esaminare l'altro lato della medaglia: cosa offro io come amica? In parte ho ignorato la domanda perché si tratta di una questione difficile. So che a volte, in amicizie passate, non mi sono comportata in modo onorevole o affettuoso, so di essermi coperta più di vergogna che di gloria. E quindi è più facile distogliere lo sguardo da me stessa, incolpare gli altri delle mie evidenti mancanze… ma in questo modo racconto una storia a senso unico, anche perché sono io a guidare la narrazione. Per quanto aspiri alla sincerità, so bene che i miei punti deboli (che possono derivare dalla mia condizione di privilegio, da una memoria difettosa, dalla paura di sbagliare qualcosa o da un mix di tutti questi aspetti) mi impediscono di fornire un quadro del tutto corretto. Dato che nessuna conversazione sull'amicizia può prevedere una prospettiva univoca, ho cercato di inserire più voci possibili per compensare la mia visione necessariamente limitata. Eppure manca ancora un aspetto fondamentale, ovvero un dialogo sincero con me stessa.

Eccolo qui.

Sono una buona amica?

Come ogni studente di Storia che si rispetti, vorrei innanzitutto testare le premesse della domanda. Il termine «buono», *good* in inglese, è estremamente specifico, e l'*Oxford English Dictionary* lo definisce così: «1. Desiderato o apprezzato. 2. Dotato delle caratteristiche necessarie; di alto livello. Quando la parola *good* è usata come sostantivo, significa: 1. Ciò che è dotato di correttezza morale, giustizia 2. Beneficio o vantaggio per qualcosa o qualcuno».

La parola «buono» racchiude quindi il concetto di integerrima virtù e la convinzione che il suo valore sia determinato dall'opinione altrui («Desiderato o apprezzato») o da un parametro invisibile («Dotato delle caratteristiche necessarie»). Chi sceglie di concludere un'amicizia disfunzionale è quindi un «pessimo» amico? Oppure ha preso la decisione, consapevole ed empatica, di essere migliore nei confronti degli amici che ricambiano il suo affetto? E chi stabilisce gli standard dell'amicizia? Di certo non un comitato dell'Organizzazione Mondiale della Sanità che si riunisce con regolarità per discutere del Consorzio Internazionale dell'Amicizia. Poiché non esiste una definizione ufficiale e universalmente accettata dell'amicizia, è pressoché impossibile soddisfare gli standard suggeriti dalla parola «buono».

Credo che «vero» sia un termine più sensato, in quanto implica fedeltà, onestà, autenticità, accettazione e chiarezza, senza tirare in ballo l'aspetto morale, che per forza di cose è soggettivo.

Riformulo: sono una vera amica?

Nella colonna dei «no» scriverei:

Fatico a parlare di ciò che potrebbe generare un conflitto, e questo mi rende una codarda. Lascio credere alle persone che vada tutto bene, anziché spiegare con sincerità cosa mi fa soffrire, e così finisco per deluderle.

Non sono sempre stata onesta riguardo a come un amico mi ha fatto sentire, permettendo all'astio di degenerare e trasformarsi in risentimento.

Non sono brava a gestire la fine dei rapporti e talvolta mi eclisso dalla vita altrui senza dare nell'occhio per evitare scontri. Sì, ho ghostato a mia volta degli amici e me ne vergogno profondamente, ma ho troppa paura per ricontattarli e scusarmi.

Un «vero» amico dev'essere sempre sincero, e so di non esserlo sempre stata. Mi è capitato di mentire anziché affrontare di petto una questione potenzialmente controversa.

Wow, a vederlo scritto nero su bianco mi sento una persona orribile. Considerati i miei difetti, è un miracolo che qualcuno voglia essere mio amico. Ma, prima di aggiungere alla lista: *Amo crogiolarmi nell'autocommiserazione*, ci tengo a ricordare che un «vero» amico è caratterizzato anche da una dose di autenticità, e su quel fronte me la cavo un po' meglio. A livello etimologico, il termine deriva dalla parola greca che indica il concetto di «originario, primario», e che condivide la radice di «autore» e «autorità»: l'idea è che non si può essere un'autorità nella propria vita senza prima conoscere sé stessi. Spingendo oltre il ragionamento, direi che possiamo scrivere la narrazione della nostra esistenza soltanto vivendo appieno tale autenticità. Non si tratta di essere «reali», bensì di rivendicare il potere di raccontare la storia della nostra vita. Essere inautentici, al contrario, farà sì che gli altri proiettino la loro versione di noi sulla pagina bianca che mostriamo al mondo.

Tornando alla domanda di prima, nella colonna dei «sì» scriverei:

Sono fedele.

Sono tollerante, a volte anche fin troppo (ed è uno dei motivi per cui tendo a coltivare troppo a lungo rapporti disfunzionali e poi a sentirmi in colpa quando si concludono).

Ho iniziato a essere più autentica e mi sto sforzando di dire la verità senza girarci attorno.

In sintesi, sono in evoluzione.

È ironico: non sono sicura di poter essere considerata una buona amica, tuttavia non ho problemi a definirmi una *migliore* amica. Se il concetto di «buono» può essere sfumato, visto sotto luci diverse e soggettive a seconda delle caratteristiche di un'amicizia che ognuno di noi considera fondamentali, quello di «migliore» è univoco. Per me, inoltre, esiste soltanto al singolare. Ho una sola migliore amica, e la conoscete già perché percorre il libro che avete fra le mani come una spolverata di coriandoli. Si chiama Emma.

Definirla «migliore» ha un vantaggio: se si investe nel rapporto con l'unica persona che ha per noi quel tipo di valore, è più semplice mettere in chiaro cosa ci aspettiamo. Le due parti in causa si sono definite a vicenda, dicendosi: «Sì, tu. Voglio proprio te». Il significato di questo gesto è ben delineato, sia per i due migliori amici coinvolti, sia per il gruppo più esteso dei loro conoscenti. Da questo punto di vista, un «migliore amico» è ciò che più si avvicina a un contratto d'affetto platonico fra partner riconosciuto dalla società.

Emma e io abbiamo costruito la nostra amicizia nel tempo, ma i ricordi su come ci siamo conosciute non sempre coincidono. Per anni ho sostenuto di essere entrata nel bar dell'università, durante la settimana dedicata all'orientamento delle matricole, e di aver visto una splendida bionda che, circondata da un gruppo di ragazzi che rideva sguaiatamente a ogni sua battuta, indossava una maglietta con la scritta «*One for the Rogue*». Sembrava sicura di sé, divertente e a proprio agio. «Uff» avevo pensato mentre raccontava l'ennesimo aneddoto dai perfetti tempi comici, strappando un'altra risata al suo pubblico adorante, «chiunque sia, non mi starà mai simpatica».

Conoscevo vagamente uno dei ragazzi che la stava ascoltando e che mi aveva invitato a unirmi a loro. Quella donna, che sembrava rappresentare tutto ciò che io non ero (estroversa, sicura di sé, bionda...), mi incuriosiva e metteva in agitazione al tempo stesso. Non appena mi ero avvicinata, però, Emma si era interessata a me e a ciò che avevo da dire; non sembrava badare alla presenza dei ragazzi. E io avevo cambiato idea su di lei all'istante. Molto tempo dopo, ho scoperto di essermi sbagliata completamente sul suo conto: quella dimostrazione di spavalderia ed estroversione era stata solo un tentativo di mascherare l'insicurezza e il disagio che provava. E il suo colore naturale di capelli era il castano scuro, proprio come il mio.

Ho raccontato questa storia un sacco di volte, per anni, ad amici, parenti, ai due figli di Emma, che mi chiamano «zia Liz». Ne ho scritto in un mio libro precedente[1], e il mio terzo romanzo è dedicato proprio a lei: *A Emma, eccone un altro for the rogue*). È stato soltanto con la pandemia, durante una call su Zoom in cui sorseggiavamo margarita con i nostri mariti, che mi ha detto che mi sbagliavo. Quando ci eravamo conosciute lei non indossava quella maglietta: ne era sicura perché l'aveva comprata a dicembre a un concerto di Robbie Williams (il suo uomo ideale, prima di sposarsi), per la precisione alla tappa parigina del tour *One for the Rogue*[2], mentre la settimana delle matricole si era tenuta a settembre.

«Cosa?!» ho strillato. All'improvviso quel ricordo fondamentale, che mi era sempre sembrato scolpito nella memoria, è diventato sfocato, distorto. Ho imparato nel corso dei decenni che Emma possiede capacità mnemoniche degne di una spia in tempo di guerra (una volta le ho chiesto se le capita mai di arrivare alla fine di una frase e di aver dimenticato la parola necessaria a concluderla. «No» ha risposto, come se fosse una domanda strana. «Perché, a te sì?» L'ho guardata, confusa. «Stai scherzando? In continuazione!»).

E così ho dovuto ammettere di aver riscritto un dettaglio fondamentale del nostro primo incontro. Anzi, di averlo ripetuto più e più volte nelle tante versioni di quella storia, senza che Emma mi correggesse mai. L'aveva sempre saputo ma non me l'aveva detto per non mettermi in imbarazzo. Forse perché, al di là dei dettagli specifici, per lei aveva contato l'evento in sé, l'atmosfera generale.

Bisogna dire che nessuna delle due ricorda quale delle sue innumerevoli magliette con le scritte indossasse quella sera. Secondo Emma poteva trattarsi di un'imitazione da bancarella di una t-shirt di Tommy Hilfiger con la scritta «*Totty Highflier*» o di un'altra, con la scritta «*Bed Taker*» nella font del brand di abbigliamento Ted Baker. A nostra discolpa, era il 1998 e le magliette con le scritte andavano molto di moda. Poco dopo aver conosciuto Emma, ne comprai una a maniche lunghe: la parola stampata sul davanti era «*Naive*», accompagnata dal logo della Evian rovesciato. Lo so, era incredibilmente *tranchant*.

Anche se abbiamo legato subito, ci è voluto un po' di tempo a sceglierci a vicenda come migliori amiche. Da una certa prospettiva, questo percorso ha rispecchiato il processo del corteggiamento moderno: ci siamo notate all'interno di un gruppo e ci siamo piaciute; ci siamo frequentate; abbiamo deciso di avere un rapporto esclusivo, a due, dando così una definizione ufficiale alla nostra amicizia.

Nella cultura popolare è radicata l'idea erronea che gli amori più magici siano quelli che nascono con il cosiddetto colpo di fulmine, il momento improvviso e decisivo in cui si capisce di aver incontrato la propria anima gemella; subito dopo la coppia cede alla passione e scappa a Rio de Janeiro, dove vive felice e contenta per sempre, inseparabile, cullata dal proprio amore e dalle citazioni poetiche che si recitano l'un l'altra. Pensavo che questo valesse per le storie romantiche, ma alla precoce età di trentanove anni ho capito che l'amore più importante per me è quello che si sviluppa lentamente: quello che parte da una scintilla e si evolve per gradi, nel tempo, dandomi sicurezza grazie al crescere e sommarsi progressivo dei sentimenti. I fuochi d'artificio che esplodono con un gran fragore e poi si spengono rapidi nell'oscurità non mi interessano; preferisco un falò creato con metodo e alimentato con attenzione, che scalda più a lungo.

Adesso mi rendo conto che cerco la stessa cosa anche nelle amicizie. Spesso ho perso di vista questo aspetto, presa dalla frenesia da *friendaholic* che mi spingeva a stringere più legami possibili, per scoprire dopo qualche mese che l'amico di turno non era la persona che credevo fosse o aveva aspettative diverse dalle mie circa il nostro rapporto. E a quel punto fare un passo indietro era difficilissimo.

Come dicevo, il rapporto fra me ed Emma si è costruito nel tempo. All'ultimo anno di università eravamo coinquiline, ma la nostra vicinanza è aumentata dopo la laurea, quando abbiamo affrontato le sfide dell'età adulta (lavoro, denaro, fidanzati, storie concluse, traslochi e... tasse!).

Ci sono stati degli inevitabili momenti di rottura, in cui abbiamo – in modo più o meno consapevole – messo alla prova la forza della nostra unione. Quando ci siamo trasferite a Londra ho deciso che non avremmo vissuto insieme e ho optato per una casa in condivisione con altri tre studenti. All'epoca non volevo rischiare di inquinare ciò che Emma rappresentava per me con i piccoli stress quotidiani: chi doveva acquistare la carta igienica, come dividerci l'affitto, il classico: «Ehi, hai per caso finito tu l'hummus che avevo comprato?» Così facendo però l'avevo ferita; si era sentita ignorata ed esclusa, si era convinta che mi avrebbe persa, e io ero troppo immatura per capire come rimediare. Quando le ho parlato del capitolo che state leggendo, lei ha rievocato quel frangente e mi ha detto che lo considera uno dei punti di svolta nell'evoluzione della nostra amicizia.

EMMA
Mi sentivo meno sicura del nostro rapporto perché non ero sincera con me stessa. Credo sia questo a creare le insicurezze che tutti noi abbiamo. Alla fine dell'università c'è stato un momento in cui avrei voluto allontanarmi dal resto del mondo per stare soltanto con te. Ed è stata durissima perché tu, che eri la destinataria delle mie attenzioni, stavi vivendo un momento diverso. Stavi coltivando una serie di amicizie che soddisfacevano bisogni molto diversi. «Devo prendere una decisione, capire se ho intenzione di accettare che le altre persone abbiano degli amici a parte me e convivere serenamente con questa loro scelta»: ecco cos'ho pensato all'epoca.
Avrei preferito di gran lunga poterti «arruolare» e allontanarmi dal mondo con te. Ma, come dicevo, tu eri in una fase diversa. Ti stavi trasferendo a Londra e stavi ampliando la tua cerchia di conoscenze. Probabilmente avevo davvero bisogno di vivere quell'esperienza perché, anche se ho faticato a processare (e so che pure tu hai dovuto farlo, a modo tuo) diverse questioni, mi sono dovuta chiedere cosa volevo, e la risposta è stata: «Voglio crescere, e voglio che Liz sia sé stessa in tutto e per tut-

to». In quel periodo non capivo che era il modo in cui stavi affrontando delle questioni tutte tue, che alla fine di quel percorso avresti avuto una visione molto diversa rispetto all'inizio. Quindi sono felice di aver vissuto quel momento, perché è stato un atto di fede per entrambe. Io ho riacquisito fiducia nel nostro rapporto perché non mi sono aggrappata a te, e forse anche perché ho visto che non desideravi più i rapporti che coinvolgevano grandi gruppi.

Emma ha ragione: avere dei coinquilini non era stato come mi aspettavo, e alla fine sviluppai la consapevolezza di voler trascorrere più tempo da sola con lei perché era la persona che mi sosteneva e stimolava più di ogni altra. Sono comunque felice di aver fatto quell'esperienza (anche se avrei voluto gestirla diversamente), perché mi ha permesso di capire con maggiore chiarezza quanto lei fosse importante per me.

Fino a quel momento avevo evitato con cura qualsiasi tensione o disaccordo potesse sorgere nei rapporti con i miei amici, perché avevo troppa paura di perderli. Quella è stata una delle prime occasioni in cui ho scoperto che, nei legami solidi, i momenti di rottura possono essere affrontati e superati, e possono persino rivelarsi utili. Emma mi disse sinceramente come si sentiva, ed entrambe avemmo l'opportunità di spiegare le nostre motivazioni. Quell'esperienza salutare ci avvicinò ancora di più, costituì un altro mattone delle fondamenta della nostra amicizia.

Dopo la casa in condivisione mi trasferii in un appartamento in affitto, da sola. Emma mi cucì le tende e mi fece una coperta patchwork; si fermava spesso a dormire da me, sulla poltrona-letto che mi aveva lasciato il proprietario. Una sera, tornando dal lavoro, fui rapinata da quattro uomini. Mi rubarono il portatile, ma riuscii a tenermi stretta la borsa nonostante uno di loro mi avesse colpita in piena faccia. In seguito la polizia mi disse che avevano un coltello (sul fondo di uno dei miei sacchetti della spesa c'era un taglio netto) e che ero stata molto fortunata.

Scossa e confusa, feci l'unica cosa che mi venne in mente per sentirmi più al sicuro: mi trasferii nella via accanto a quella di Emma, dove per puro caso era stato messo in vendita un appartamento a due minuti a piedi dal suo. E, dato che era più o meno il 2005, riuscii a ottenere un mutuo versando un anticipo composto essenzialmente dalle monetine recuperate sotto i cuscini del divano.

In quell'appartamento trascorsi quattro anni meravigliosi; fu una delle fasi più felici e soddisfacenti dell'amicizia con Emma. Eravamo così vicine da poter mettere in pratica l'idilliaco (e improbabile) stile di vita di *Friends,* anche se lei abitava sopra uno squallido studio di tatuaggi e la cosa più simile a un baretto di quartiere era un McDonald's al centro commerciale Southside, a Wandsworth.

Ricordo che ridevamo tantissimo. Una volta, per fare colpo su un collega che le piaceva, Emma si mise a ballare con trasporto sul tavolino di un bar, indossando degli stivali dal tacco alto. Nell'ambizioso tentativo di imitare una ballerina di can-can perse l'equilibrio, cadde e si stirò non so quale muscolo della gamba. Decisa a non coprirsi ulteriormente di ridicolo, annegò il dolore nell'alcol e continuò a danzare[3]. Non so come, ma riuscì a tornare a casa benché fosse a malapena in grado di camminare. Il giorno dopo mi chiamò, mi disse che non era in grado di alzarsi dal letto e mi chiese di andare da lei a darle una mano. Cosa che ovviamente feci.

E poi ci fu la vigilia di Natale che passammo a giocare a «Indovina la canzone ascoltando solo le prime note», in cui lei azzeccò ogni brano, da *Agadoo* a *7 Days* di Craig David, in circa due secondi. Ci fu una serata da Carluccio's (RIP), in cui lei scattò una foto in cui ero venuta malissimo e che mi gettò in un baratro di disperazione.

«Ma ho davvero quella faccia?»

«No, è solo questione di luce e prospettiva. Guarda, ti faccio vedere...»

Trascorremmo la mezz'ora successiva a farci le foto peggiori del mondo, tanto per dimostrare quanto fossero inaffidabili le fotocamere dei telefoni. Alla fine, ridevamo come due matte. Ancora oggi, a volte, mi scatto un selfie orrendo e glielo mando su WhatsApp senza dare spiegazioni.

Se si esclude la nostra amicizia, i vent'anni furono per entrambe un decennio ricco di confusione e ansia. Stavamo cercando di costruirci un'identità e una carriera, mentre fingevamo di divertirci da morire nei fine settimana passati a ballare nei vari locali con gruppi di amici, tracannando Cosmopolitan come ci insegnava *Sex and the City*. Il problema era che non era mai divertente come ci aspettavamo. Preferivamo starcene noi due da sole, a dire idiozie. La compagnia reciproca ci dava sicurezza, quand'eravamo insieme non dovevamo fingere. Ci piaceva andare al cinema, sederci l'una accanto all'altra, in silenzio, senza essere costrette a chiacchierare mentre ci godevamo la tranquilla serenità di un'esperienza condivisa. Il nostro legame si rafforzava anche senza Cosmopolitan all'orizzonte.

Nel suo lavoro di psicoterapeuta, Emma cita spesso la teoria dell'attaccamento. Sviluppata dallo psicologo britannico John Bowlby, si concentra sui rapporti fra esseri umani, soprattutto su quello fra i bambini e i loro *caregiver* principali[4], e contempla quattro situazioni: l'attaccamento sicuro, in cui i piccoli danno segni di angoscia se vengono separati dal *caregiver*, ma si calmano con facilità al ritorno del genitore; l'attaccamento insicuro-ambivalente, in cui i piccoli cercano conforto ma allo stesso tempo tentano di punire il genitore per la sua assenza; l'attaccamento insicuro-evitante, in cui i piccoli non mostrano segni di angoscia per la separazione e ignorano o evitano del tutto i *caregiver* al loro ritorno; e l'attaccamento disorganizzato, in cui i piccoli non presentano schemi prevedibili di comportamento.

Influenzata o meno dalle esperienze vissute nella prima infanzia, la maggior parte di noi si identifica con una di queste forme di attaccamento. Dato che sono una persona ansiosa e insicura, se qualcuno mi dimostra affetto o mi fa una promessa d'amore, voglio mantenere viva la sua attenzione assicurandomi di godere sempre della sua approvazione. A spaventarmi più di ogni altra cosa è il rifiuto, perché temo che possa far cessare del tutto l'attaccamento (anche se, come sto imparando, a volte la distanza può essere positiva).

Ho cominciato a capire attorno ai trent'anni che questo aspetto aveva modellato il mio atteggiamento verso i rapporti sentimentali, ma soltanto ora mi rendo conto del peso che ha avuto sulle mie amicizie. Ecco come Emma spiega la teoria dell'attaccamento:

EMMA
Immagina di essere una bambina al parco giochi. Hai bisogno che i tuoi genitori, o il tuo *caregiver*, scelgano un punto preciso, stendano la coperta sul prato, si siedano e ti aiutino ad abituarti all'ambiente. Se lo fanno tu sarai libera di andare e venire come preferisci, a livello tanto pratico quanto metaforico; sarai in grado di sperimentare, esplorare, scoprire, crescere e svilupparti. Potrai provare tutti i giochi e gli spazi del parco, e ogni volta che ti girerai vedrai che quelle persone sono ancora lì dove le hai lasciate. Sarà proprio questo ad aiutarti a spingerti fin dove vorrai, sostenuta dalla certezza che, a ogni tuo ritorno, li troverai sempre in quel punto. Se al contrario non ci sono – perché stanno facendo una passeggiata, sono distratti, hanno cambiato posizione, si sono voltati o sono addirittura usciti dal parco –, non avrai la possibilità di farlo. Dovrai essere tu a girare attorno a loro, a stare nella loro orbita, e non potrai mai allontanarti più di tanto perché la responsabilità di mantenere quel legame ricadrà su di te, non su di loro. Non stanno condividendo quella responsabilità.

Emma ha un attaccamento insicuro-evitante, il che significa che ha la tendenza a evitare i rischi in blocco, per paura di essere delusa. Ecco perché voleva vivere con me – e con me soltanto – dopo la laurea. Secondo lei è questo aspetto a sancire in modo definitivo il nostro essere complementari.

EMMA
Se una persona adotta l'attaccamento insicuro-ambivalente (Elizabeth), trarrà giovamento da un'amica che resta lì dove l'ha lasciata (Emma): ciò non implica che quest'ultima non viva appieno la propria esistenza, non compia il proprio percorso e non faccia le proprie scoperte, ma solo che è molto solida, un'àncora. Ogni volta che la persona insicura-ambivalente si volta vede che quella evitante è esattamente dove l'ha lasciata, non è cambiata. Credo che i rapporti fra tali tipi di persone funzionino proprio per questo. Ed ecco l'altro lato della medaglia, cioè quello che tu dai a me: io tendo a sentirmi sicura quando resto ferma, nel mio ambiente, e non ho la certezza che il mondo mi accudirà se esco dal mio spazio... tu torni sempre da me, mi prendi per mano e mi dici: «Dai, proviamo questa cosa. Andiamo in quel posto. Che ne pensi di questo? E di quello?» Mi sfidi sempre ad avere fiducia, a credere in qualcosa, a correre rischi emotivi che per me sono enormi. Ed è una cosa che continui a insegnarmi, che imparo da te.

Ho ricordato a Emma che ci sono voluti anni (e non è un modo di dire) perché mi guadagnassi la fiducia sufficiente affinché mi permettesse di abbracciarla. E altri anni prima che lei si rilassasse a quel contatto, anziché tollerarlo e basta. Adesso ci abbracciamo sempre, a volte addirittura le piace.

E la sicurezza di quella metaforica coperta da picnic fa sì che, quando compio delle scelte sbagliate, Emma sa che la cosa migliore, più saggia e amorevole da fare è sostenermi mentre sonda, con delicatezza, le mie decisioni. Spesso ha atteso con grande pazienza che l'effetto di queste scelte sbagliate emergesse da sé, intuendo che ne avrei capito l'insegnamento soltanto quando sarebbe venuto il momento.

Nel periodo in cui eravamo praticamente vicine di casa, iniziai una relazione con un uomo che Bowlby avrebbe potuto incasellare nella categoria dell'attaccamento disorganizzato. Per dirla in modo semplice, era uno stronzo anaffettivo. Come da copione rimasi incantata dal suo fascino, dalla sua bellezza e dal fatto che era... be', molto alto. Non riuscivo a credere che fosse interessato a me, eppure lo era. Sto parlando di un tizio che se ne andava in giro con una confezione di salviette umidificate per assicurarsi che le sue sneakers bianche restassero tali: non appena le Stan Smith immacolate entravano in contatto con la minima particella di sporco lui ne estraeva una, si inginocchiava e sfregava energicamente per evitare che il cuoio si macchiasse, imprecando a bassa voce. Pensare che si trattasse di un'adorabile stravaganza, come facevo io, la dice lunga su quanto mi fossi illusa.

Ci volle un'eternità perché accettasse di conoscere Emma – altro campanello d'allarme – e, quando andammo da lei a cena, feci i salti mortali per riempire qualsiasi silenzio nella conversazione nella speranza che la mia amica lo trovasse attraente e divertente quanto me. Lei fu educata, cordiale, loquace. Lui, che ovviamente sfoggiava scarpe impeccabili e pulitissime, sfoderò, con precisione militare, il solito carisma. Dopo la serata Emma non disse granché su di lui, e pensai che fosse perché non era una da grandi dimostrazioni d'affetto o apprezzamento. Se anche nel profondo avevo capito che qualcosa non andava, scelsi di ignorarlo. Con il senno di poi devo ammettere che Emma non gli fece mai neppure un complimento.

Quel rapporto si trascinò più a lungo di quanto avrebbe dovuto. Ricordo di aver chiamato Emma in un'occasione, dopo circa sei mesi dall'inizio di quella storia, quando lui si era rifiutato di accompagnarmi alla festa per i trent'anni di un amico.

«Dice che avere troppi impegni sull'agenda lo stressa» le raccontai al telefono. «Cosa che capisco benissimo» precisai subito, lanciandomi in un'accorata difesa delle sue giustificazioni.

Lei rispose che era comprensibile che mi sentissi rifiutata e aggiunse: «Non è cattivo, però questa è una dimostrazione della sua immaturità. Si sta comportando in un modo un po'...» Cercò il termine appropriato nel suo lessico da psicoterapeuta. «Be', un po' di merda. Non è che non ti ami, è solo che...»

«È un po' uno stronzo?»

«Esatto».

Quello scambio mi fece sentire inaspettatamente meglio. Una persona poteva essere «un po' stronza», ma non significava che dovessi prenderla sul personale. In ogni caso, lui non mi accompagnò alla festa; ci andai con Emma e mi divertii molto più di quanto avrei fatto con lui. Uscii con quell'uomo per oltre un anno, finché non mi lasciò su due piedi dicendo di non essere «pronto» (con una classica mossa da stronzo, non specificò per cosa non si sentisse pronto, di preciso). Solo allora Emma mi disse cosa pensava davvero di lui, definendolo un «idiota immaturo». Non me l'aveva rivelato prima, quand'ero annebbiata dall'amore, perché sapeva che in quel caso mi sarei allontanata e avrei smesso di confidarmi con lei. E mi sarei sentita rifiutata dalla persona più importante della mia vita (cioè Emma, non l'idiota immaturo).

La sera in cui fui scaricata andai a dormire da lei. Il giorno dopo, per colazione mi preparò i *crumpets*, ricoprendoli di burro e Marmite. Mi lasciò sfogare e poi mi portò al cinema, dove ci dividemmo una porzione extralarge di popcorn. E poi ci trascinammo da Nando's, dove ordinai la quinoa con verdura: un chiaro segnale di quanto fossi a terra, perché tutti sanno che da Nando's bisogna ordinare sempre e soltanto il pollo.

Dopo qualche giorno di amorevoli cure da parte di Emma, mi sentii più forte. Non avevo avuto bisogno di spiegarle nulla. Sapeva quanto fossi triste e che la cosa migliore che poteva fare era offrirmi la sicurezza e il conforto della nostra coperta da picnic.

Anche lei, a vent'anni, intrecciò una relazione con un tizio che, dopo un inizio promettente, nel giro di qualche mese si era rivelato possessivo e geloso. Il loro rapporto viveva alti e bassi, si lasciarono e rimisero insieme parecchie volte prima di andare a convivere. La mia amica riusciva a vedere il suo potenziale, capiva che era stato ferito dalle esperienze passate. Cercò più volte di aiutarlo a ritrovare la sua vecchia identità, però non funzionò.

Quando le dissi che quel legame non mi sembrava sostenibile, lei rispose che non erano fatti miei. Fu la volta in cui ci avvicinammo di più a un litigio, e ancora oggi sto male se ci ripenso. Eppure aveva ragione: non spettava a me intervenire o giudicare, il mio compito era fare ciò che aveva fatto lei per me, ovvero sostenerla e accompagnarla nel suo percorso verso la consapevolezza, anziché dirle cosa non mi convinceva della sua vita sentimentale.

Quando si lasciarono – sul serio – e lui se ne andò di casa, lei mi chiese di starle vicino: io mi sedetti sul divano e la tenni d'occhio mentre riempiva gli scatoloni con i cd e la PlayStation del suo ex, immersa in una rabbia silenziosa.

EMMA

Se non avessimo vissuto quelle esperienze, secondo me oggi la nostra amicizia non ci trasmetterebbe la stessa sicurezza. Sarebbe un legame fondato sulla fiducia e sull'ottimismo, ma non sulle esperienze condivise. Se ripenso a quel periodo non mi riconosco, perché vedo quanto permettessi al lato più evitante di me di prendere il sopravvento, di fare delle scelte che *mi sembravano* obbligate anche se non corrispondevano a ciò che volevo…

Ogni volta che l'ho fatto non ero del tutto me stessa. E tu l'avevi notato: ti eri accorta che, quando mi comportavo in quel modo, ero meno autentica e liquidavo le tue osservazioni. Io ignoravo il fatto che non riconoscessi le mie azioni, che ti mettessero a disagio, che creassero distanza fra noi. Probabilmente lo facevo per non affrontare schemi comportamentali malsani, e soprattutto la realtà di quel rapporto. Perché…

ELIZABETH

… Perché volevi salvare la persona con cui stavi.

EMMA
Esatto.

Nei miei decenni di decisioni sbagliate, Emma ha sentito il bisogno di intervenire attivamente in una sola occasione: ero in una relazione con un uomo abusante e la mia amica temeva che non fossi al sicuro. Entrambe lo ricordiamo come un momento cruciale della nostra amicizia. Lei ha dimostrato un grande coraggio e ha affrontato la questione correndo il rischio che reagissi male; eppure era esattamente ciò di cui avevo bisogno in un frangente in cui ero troppo spaventata per fare qualsiasi cosa. Abbiamo soprannominato quel momento «lo schermo di plexiglass».

EMMA
È stata un'occasione per mettere a fuoco le cose. Con il passare dei mesi diventavi sempre più silenziosa, a livello psicologico, e sempre meno definita. Un giorno stavamo parlando e ho avuto l'impressione di avere di fronte una versione di te gestita da un'intelligenza artificiale; la tua vera personalità si era ridotta al punto da risultare praticamente impercettibile. Ricordo di averti detto che mi sembrava di bussare su uno schermo di plexiglass, perché stavamo discutendo di come ti sentivi e di quanto fosse a rischio la tua salute mentale. Ciò che rimaneva di te, quella piccola parte, rischiava di scomparire del tutto, o almeno quella era la mia percezione.
È stato allora che ho capito che non potevamo più rimandare. E da lì si sono susseguiti vari scambi su quello che stava accadendo realmente. [In altre occasioni] avevo lasciato che le cose facessero il loro corso, pur notandole, ma a quel punto non potevo più permetterlo... Ho fatto una specie di tuffo nella tua vita – cosa che non faccio mai – e, cercando di non giudicare, ti ho detto senza mezzi termini cosa, secondo me, doveva cambiare. Non mi è piaciuto comportarmi in quel modo, perché vorrei darti sempre lo spazio e il sostegno che ti servono per trovare da sola la tua strada.

ELIZABETH
Però in quel momento ne avevo bisogno.

EMMA
Cazzo, sì.

ELIZABETH
Sì, perché avevo come… smarrito la parte più profonda di me stessa. Avevo bisogno di qualcuno che mi ancorasse.

EMMA
I momenti peggiori, per me, sono stati quelli che hanno preceduto la nostra conversazione: ero terrorizzata. Quando eravamo al telefono, per esempio, in una di quelle rare chiamate per cui ci dovevamo preparare psicologicamente, sentivo il tuo partner entrare in casa e tu cambiavi tono: la tua voce normale si trasformava in quella di una bambina di sette anni che temeva la figura autoritaria appena arrivata. Diventava una voce autocritica, sminuente nei tuoi confronti e deferente nei suoi. Lì ho avuto paura sul serio.

Fu Emma a darmi la forza di chiudere quel rapporto, che mi aiutò a individuare una data in cui me ne sarei andata, che mi rassicurò dicendomi che stavo facendo la cosa giusta mentre venivo assalita dal panico, dall'incertezza e dalla confusione. Trascorsi mesi immersa nella totale sfiducia verso me stessa, con i nervi a pezzi, ma lei continuò a essere la mia roccia. Non mi giudicò mai perché ero finita in una dinamica tanto tossica, perché non ero riuscita a chiudere prima quel legame, perché mi credevo una fallita in tutto e per tutto. Al contrario, mi disse che mi voleva ancora più bene proprio perché ero una persona normale, reale. Mi aiutò a frantumare lo schermo di plexiglass e mi rimase accanto mentre, con suo enorme sollievo, tornavo a essere quella di un tempo.

EMMA
So anche che qualsiasi cosa io faccia, qualsiasi decisio-

ne prenda, posso venire da te e comunicartelo; e che tu mi dirai sempre: «Okay. Parliamo di questa scelta, capiamo di cosa si tratta e se può funzionare. Nessun problema». So che non mi dirai mai: «Secondo me non dovresti farlo».

ELIZABETH
A meno che tu non mi dica che stai cercando una nuova migliore amica. In quel caso non sarei per nulla collaborativa.

Ovviamente stavo scherzando. Tuttavia, come abbiamo visto, una fase conoscitiva iniziale non è affatto una cattiva idea, dato che fra gli aspetti cruciali di un'amicizia di successo (e soprattutto con i migliori amici) c'è il metro con cui le persone coinvolte giudicano il rapporto. Per alcune, il parametro di riferimento è il tempo: più tempo passano con l'amico in questione, più percepiscono quel rapporto come salutare. Per altre si tratta degli interessi in comune: si partecipa insieme allo stesso club di lettura o corso preparto, si è iscritti alla stessa palestra. Per altre ancora a essere fondamentale è il grado di attenzione, un concetto leggermente diverso da quello di tempo perché l'attenzione può essere data in momenti specifici che, ricchi di complimenti e rassicurazioni, possono verificarsi soltanto una o due volte all'anno. Il mio parametro è la generosità reciproca, più a livello spirituale che da una prospettiva pragmatica (non parlo di un prestito di denaro o di una torta... ma, se proprio volete saperlo, la *lemon drizzle cake* è la mia preferita). Ho bisogno che i miei amici si comportino in modo generoso con me, che mi concedano il beneficio del dubbio, che si sentano bendisposti nei miei confronti; e io mi impegno a fare altrettanto. Non dobbiamo per forza vederci spesso, sentirci sempre al telefono, ricordare i reciproci compleanni. L'importante è pensarci a vicenda, con la consapevolezza che ci vogliamo bene, con la certezza che ogni nostro incontro è corroborante e attento, che possiamo riprendere il rapporto dal punto in cui l'abbiamo lasciato. Che la coperta da picnic è sempre lì. L'importante è sapere che non cercheremo di farci sentire in colpa a vicenda, che non scriveremo mai un messaggio che comincia con le parole «Che fine hai fatto?». Che non avremo mai il dubbio di non essere rilevanti l'uno per altra, e che al contrario la nostra amicizia si fonda sul fatto che possiamo essere noi stessi. Sappiamo di gioire per i successi reciproci, di starci vicini nei momenti duri, ci sosteniamo al meglio delle nostre possibilità durante una crisi. A volte basta chiedere: «Come posso aiutarti?» e ascoltare – ascoltare davvero – la risposta.

La mia amica Haylie vive in Australia, a Perth, e io sono un disastro nel mantenere i contatti con regolarità. Sono una pessima madrina per sua figlia Uma, perché è difficilissimo trovare regali di compleanno e biglietti natalizi decenti in negozi che effettuano spedizioni all'altro capo del mondo, e non c'è verso che io riesca ad andare in posta per tempo. Ma una volta, durante un viaggio in Gran Bretagna, Uma – che all'epoca doveva avere cinque anni – mi disse: «Non mi importano i regali, mi importa l'amore». Ed era sincera. Adesso, anziché andare nel panico per i doni, le mando un breve video, e lei fa lo stesso con me. Poco tempo fa ho inviato a Haylie un vocale che avevo rimandato troppo a lungo; mi sono scusata per il ritardo e lei mi ha detto che, anche se ci sentiamo poco, mi considera sempre una delle sue «amiche preferite». E ha continuato: «Il tempo e lo spazio si ripiegano come origami! So che, quanto il foglio si ripiega su sé stesso, tu ci sarai come sempre, come se dieci anni non fossero passati». E ha ragione: quando ci rivedremo sarà ancora più bello, perché non avremo aspettative né proveremo sensi di colpa l'una nei confronti dell'altra.

Anche il rapporto con la mia amica Daisy funziona così. Fra noi non ci sono mai pressioni affinché una delle due si comporti in un determinato modo, o per frequentarsi con regolarità. Il risultato è che, quando ci vediamo, accade perché ne abbiamo davvero voglia. Una volta siamo andate in vacanza a Maiorca, lasciando i rispettivi partner a casa, e abbiamo trascorso splendide giornate stese a prendere il sole, immerse in un silenzio rilassato. Soggiornavamo in due camere d'albergo distinte e una sera abbiamo mangiato ognuna nella propria stanza, soddisfatte di avere un po' di tempo per noi stesse e felici di rivederci l'indomani a colazione.

Ma per alcune persone, come dicevamo, il metro di giudizio dirimente è il tempo; per loro, una separazione può equivalere a un rifiuto. Maggie, la mia vicina che voleva fare pranzi lunghissimi e dormire a casa mia, è una di loro. E pure India dava più valore al tempo che a tutto il resto, compreso il fatto che potessi non averne abbastanza per lei. Non avevamo mai parlato dei nostri parametri fondamentali in un'amicizia, non avevamo messo sul tavolo questi aspetti prima di allacciare un rapporto. Forse avremmo dovuto, perché la confidenza che provo verso Daisy, Haylie ed Emma fa sì che il nostro legame non dipenda dalla vicinanza fisica. In realtà, il nostro legame è più profondo proprio perché la prossimità fisica non è un requisito imprescindibile. E questa, per me, è una preziosa forma di generosità.

Benché Emma e io apprezziamo il tempo che trascorriamo insieme, per nessuna delle due è un fattore fondamentale. Siamo in grado di raggiungere quella che lei chiama «profondità relazionale» piuttosto in fretta, non abbiamo bisogno di chiacchiere introduttive e andiamo dritte al punto. Inoltre, la famiglia e il lavoro tengono molto impegnate entrambe, quindi abbiamo imparato a sfruttare al meglio i momenti condivisi, seppur brevi. Anziché disperarci per il tempo di cui non disponiamo, usiamo fino in fondo quello che abbiamo.

Secondo i risultati di un'indagine condotta nel 2020 su duemila americani, ci vogliono quattro anni di conoscenza prima di poter definire «migliore amico» qualcuno, e il rapporto stesso dev'essere messo alla prova: il 32 percento degli interpellati ha dichiarato che un migliore amico, per poter essere chiamato tale, deve averlo sostenuto durante la fine di un rapporto sentimentale[5].

Per poterci approcciare con generosità gli uni agli altri, dobbiamo partire dall'assenza di giudizio. Spesso esprimiamo giudizi a cuor leggero a causa dell'ignoranza (non conosciamo i motivi per cui una persona si comporta in un certo modo) o della paura (riteniamo che le scelte altrui rappresentino una minaccia per la nostra vita). Nelle amicizie, si diventa meno giudicanti man mano che ci si conosce meglio e si sente di poter parlare liberamente. Per me ed Emma, le prime esperienze di allontanamento e riavvicinamento sono state utilissime, poiché ci hanno insegnato a superare i disaccordi.

EMMA
Ho sempre saputo che hai delle buone ragioni per dire o fare ciò che dici o fai. E con me godrai sempre del beneficio del dubbio. Questo non significa che io non mi preoccupi per te o non ti pensi, né che non sarò disponibile se le cose non dovessero andare come speravi. Non cercherò mai di controllarti, anche perché controllo equivale a giudizio. Non cercherò mai di spingerti a pensarla come me, a confermare la mia visione delle cose o a farmi sentire meglio rispetto alle mie scelte personali.

ELIZABETH [*ridendo*]
Io invece te lo chiedo spesso, tipo: «Ehm, sto facendo la cosa giusta?»

EMMA
Sì, ma me lo chiedi direttamente. Non decidi di fare una cosa per poi crearmi sensi di colpa perché non seguo il tuo esempio, in modi subdoli o poco chiari, solo per sentirti meglio con te stessa. Non sei fatta così, e lo so.

ELIZABETH
Tra di noi non facciamo giochini, è vero. Un sacco di amici invece sì.

EMMA
Esatto… Mia figlia Elsa a volte mi racconta che qualcu-

no ha detto o fatto qualcosa che l'ha ferita, che l'ha fatta sentire trascurata o di cui comunque non ha capito il motivo. E, dato che ha otto anni, cerca di decidere come agire in base a ciò che le accade, e mi capita di spiegarle: «Sai, ogni tanto dico a zia Liz qualcosa nel tono sbagliato, magari le scrivo un messaggio di fretta oppure succede che lei non mi risponda». Quello che io e te ci doniamo a vicenda è un'interpretazione completa, positiva, generosa, affettuosa di ogni nostro gesto: sappiamo, senza bisogno di dircelo, che non abbiamo mai intenzione di ferirci, che a entrambe può capitare di essere impegnate, distratte o non raggiungibili perché stiamo facendo altre cose... Ma sappiamo che questo non rispecchia la qualità del nostro rapporto né lo influenza negativamente. E per me è una cosa molto rara. A volte non ti rispondo perché sono presa da altre cose, e non succede nulla di grave.

ELIZABETH
Sottoscrivo tutto. È davvero un dono, uno dei più preziosi.

Non giudicare, e concedere sempre all'altro il beneficio del dubbio. Considerare un amico meritevole di affetto anche quando lui non se ne rende conto. E so che, per entrambe, questo è il significato delle amicizie più sincere.

EMMA
«Essere amici» non è sinonimo di «essere amichevoli». Personalmente, mostrarmi amichevole con qualcuno non significa che voglia essere sua amica. Perché per me l'integrità dell'amicizia è sacra, così come lo è il suo scopo. A volte cadiamo nel tranello di credere che, se non siamo amici di qualcuno, ci stiamo comportando in modo poco amichevole, se non addirittura ostile. Invece posso incontrare una persona a una festa (in linea del tutto ipotetica, sai che non amo le feste) e dirle: «È stato bello conoscerti, mi sono proprio divertita. Ti auguro

il meglio», anziché: «Dobbiamo rifarlo!» e ammantare di romanticismo l'evento isolato che abbiamo condiviso.

ELIZABETH
Ma se poi questa persona ti contatta di continuo, pur avendoti vista una sola volta, e ti propone di uscire a pranzo, tu cosa fai? Le rispondi: «Temo che di non avere il tempo necessario da dedicare agli amici, grazie e arrivederci»? O ignori i messaggi e basta?

EMMA
Credo che in quel caso userei una comunicazione non verbale per mettere dei paletti chiari, e mi comporterei di conseguenza. Quindi non risponderei, oppure direi: «In questo momento non cerco nuove amicizie», o: «Non penso sia il caso di uscire a pranzo». Potrei anche dire: «Grazie per avermelo chiesto, ma credo tu stia cercando qualcosa che non posso offrirti».

ELIZABETH
Wow.

EMMA
Forse mi considero più una freelance delle amicizie: se c'è del potenziale e i termini vanno bene sia a me sia all'altra persona, perfetto. Ma non voglio diventare una dipendente, un'amica stipendiata che per andarsene deve dare un preavviso di un anno in modo che si possa trovare un sostituto adatto. Non voglio quel tipo di responsabilità.

ELIZABETH
Come definisci le vere amicizie e quali sono i loro scopi, secondo te?

EMMA
Le vere amicizie sono quelle che mi trasmettono amore incondizionato, che mi offrono la possibilità di essere accettata in modo completo e conosciuta in modi per me

ancora inediti. Sono quelle che mi fanno dare il massimo e che sono una rete di sicurezza nei momenti più bassi. Sono quelle che conservano una parte di me quando mi sembra di perdere il controllo su tutto. Quelle che stimano lati di me che non mi sono mai concessa di ammirare.
Credo che lo scopo più generale dell'amicizia riguardi la capacità di colmare tutti i vuoti che probabilmente risalgono alla nostra infanzia e di cui siamo più o meno consapevoli. Ma le amicizie non peggiorano la sofferenza; al contrario, la leniscono. E il loro scopo, almeno per me, è proprio la guarigione. Ora lo vedo con chiarezza: non appena percepisco un rapporto come dannoso, capisco che è già finito. A quel punto è solo una questione di tempo, però non ci vorrà molto perché io lo concluda, ammettendo che si è appunto già concluso, che magari non è mai davvero iniziato o che mi è servito per comprendere il lavoro che devo fare su me stessa. Comunque, per me, l'aspetto fondamentale resta la guarigione. Una vera amicizia deve permettermi di essere me stessa in tutto e per tutto.

La sua spiegazione mi è piaciuta moltissimo. Sathnam mi aveva detto che un amico è una persona in grado di aiutarci, ed Emma mi stava dicendo qualcosa di simile. Una vera amicizia contribuisce a sanare le delusioni del passato e a raddrizzare i torti del presente. Una vera amicizia è una zattera nelle acque mutevoli della vita. Quando le ho chiesto quale fosse, secondo lei, il mio approccio alle amicizie, Emma si è spinta oltre.

EMMA
Un'amicizia è un rapporto fra due persone che scelgono volontariamente di instaurare un legame reciproco per gli scopi positivi di cui abbiamo parlato. Qualsiasi variazione da questo schema comporta rimettere in scena uno o più traumi del passato. Per rispondere alla tua domanda, penso che tu stia imparando la differenza fra le due cose.

E ci ha preso in pieno. Tutti gli anni passati a stringere più amicizie possibili, tutto il tempo passato a chiedermi con ansia se stessi simpatica a qualcuno, tutte le serate passate a letto a preoccuparmi di non essere stata una buona amica perché non ero riuscita a soddisfare una qualche richiesta erano rivisitazioni delle occasioni in cui mi ero sentita sola e spaventata perché ero una bambina senza amici. E, siccome quella sensazione mi era fin troppo familiare, mi accompagnava costantemente. Era la sensazione a cui tornavo, sempre e comunque, quando un'amicizia smetteva di funzionare: quella sbagliata ero io; avevo fallito; avevo illuso l'altra persona perché non sapevo cosa volessi davvero; non meritavo le attenzioni altrui. Per evitare di affrontare quei fantasmi tanto radicati dovevo stringere un'amicizia dopo l'altra per sentirmi meno sola, e dovevo evitare a ogni costo i rifiuti. Ecco come ho alimentato un circolo vizioso che non faceva del bene a nessuna delle parti in causa, finché lo scoppio della pandemia mi ha costretta a rivalutare l'intera situazione.

E così mi sono imbarcata in questo viaggio in cerca di risposte, mi sono messa a scrivere il libro che ora avete tra le mani. Trecento pagine più tardi, scopro che sarebbe bastato chiedere alla mia migliore amica cosa ne pensasse. Perfetto.

Sentire le parole di Emma mi ha reso ancora più chiara l'importanza di avere una cerchia intima di confidenti – quelli che l'autrice americana Samantha Irby definisce «amici con la A maiuscola» – che ci capiscono e accettano, e sui quali investiamo gran parte del nostro tempo e delle nostre energie emotive[6]. Per me sono i rapporti che, costruendosi gradualmente, fanno sentire al sicuro entrambe le persone coinvolte. Sono gli amici che, anziché giudicare, offrono saggi consigli quand'è necessario. Com'è ovvio, e dimostrato dagli strati interconnessi di Dunbar, possiamo coltivare solo alcuni di questi legami, se non vogliamo minarne l'integrità. Ecco perché, almeno per me, la definizione di «migliore amico» è tanto importante. Può suonare infantile o semplicistica, ma si tratta di un modo rapido per dire al mondo cosa rappresenta per me una determinata persona e io per lei.

La presenza di un migliore amico ha un valore oggettivo, oppure si tratta di un concetto stucchevole e retrogrado? Nel 2017, un team di ricercatori specializzati nello sviluppo infantile scoprì che avere un migliore amico in gioventù influenza in modo significativo il benessere mentale futuro. Lo studio seguì 169 adolescenti con background socio-economici ed etnici diversi in tre momenti della vita: quindici, sedici e venticinque anni. Arrivati a questa età, i soggetti che intrattenevano rapporti stretti con gli amici (che secondo la ricerca si caratterizzavano per «un alto livello di attaccamento, scambi intimi e sostegno») avevano in media una minore ansia sociale, un'autostima maggiore e meno sintomi di depressione[7]. La definizione di «migliore amico» non doveva essere reciproca nella coppia di amici e a nessun soggetto venne chiesto di indicare la stessa persona nei vari momenti. Emerse che ad avere l'impatto più forte era la qualità delle amicizie e non la loro quantità. Di fatto, i soggetti che da adolescenti avevano preferito socializzare all'interno di cerchie più ampie, anziché concentrarsi su pochi amici selezionati, a venticinque anni soffrivano di maggiore ansia sociale: stando a Rachel Narr, una delle dottorande responsabili dello studio, questi soggetti davano la priorità all'essere popolari piuttosto che allo stringere rapporti più profondi. «Pensando a questi ragazzi e alla loro spiccata ansia sociale, si potrebbe affermare che si sentissero soli anche se circondati da tante persone» dichiarò[8].

Dire che questa frase mi abbia colpito sarebbe l'eufemismo dell'anno. Non appena lessi quella ricerca, mi sembrò di udire la sezione d'archi di un'orchestra suonare un crescendo travolgente. Come ho spiegato, durante l'adolescenza mi ero impegnata con tutta me stessa per creare un ampio gruppo di amici, convinta che un certo grado di popolarità mi avrebbe protetta. Ma non mi ero sentita accettata né più sicura di me stessa, anzi. Per restare vicina a quanti più coetanei possibile, diventai una specie di camaleonte sociale: innanzitutto mi sforzavo di capire cosa *loro* cercassero in un'amicizia, quindi adattavo la mia personalità di conseguenza. Non avevo mai avuto un migliore amico che mi accettasse per quello che ero in realtà. E quella finzione fece sì che io stessa lo scoprissi solo molto tempo dopo. A volte mi chiedo come sarei oggi, se avessi conosciuto Emma da bambina.

Avere un migliore amico durante l'infanzia produce effetti sulla nostra psiche, ma non solo. Uno studio pubblicato nel 2011 dalla University of Nebraska Omaha prese in esame 103 bambini di dieci e undici anni e rilevò che quelli che avevano un migliore amico mostravano livelli più bassi di cortisolo (il principale ormone responsabile dello stress) quando affrontavano un'esperienza negativa[9]. Da piccola desideravo da morire un migliore amico; ne leggevo sui libri e fantasticavo su quanto dovesse essere meraviglioso avere qualcuno che ti capiva appieno. Fra i miei romanzi preferiti a quell'età (ovvero la stessa dei soggetti dello studio della University of Nebraska) c'era *Anna dai capelli rossi* di L.M. Montgomery. Anna Shirley, l'orfana del titolo che si presentava sulla soglia della sua famiglia adottiva armata soltanto di un borsone, credeva fermamente nell'importanza di un migliore amico (o, per usare le sue parole, di un'«anima affine»). Benché il romanzo non dica esplicitamente che questo suo desiderio derivi dall'assenza di una famiglia biologica, l'autrice suggerisce che una ragazzina che perde i genitori a causa della febbre in tenera età, e che viene sballottata di qua e di là prima di finire in orfanotrofio e di approdare a casa dei Cuthbert, cerchi degli amici per sentirsi accettata.

Persino Marilla Cuthbert all'inizio è delusa dall'arrivo di Anna, dato che aveva chiesto all'orfanotrofio di mandarle un maschio che potesse aiutare con i lavori della fattoria; ma la bambina, grazie a un carisma irresistibile, riesce a conquistarla. Adoravo Anna Shirley, ne amavo l'esuberanza, il senso dell'umorismo, la fantasia, l'ossessione per le maniche a sbuffo e la capacità di farsi valere (quando Gilbert Blythe la tormenta a scuola, tirandole le trecce e chiamandola «Pel di Carota», lei rifiuta di interpretare il ruolo della vittima passiva e lo colpisce con una lavagnetta, sbattendogliela forte sulla testa)[10].

E amavo anche quanto fosse decisa a trovare la sua anima affine. Nei primi capitoli del romanzo scopriamo che Anna, piena di risorse, si è avvalsa di amici immaginari per sopportare la solitudine e la noia quotidiana. Anch'io alle elementari avevo un amico immaginario, che però non aveva una forma ben definita né un nome… era più una presenza rassicurante e comprensiva a cui talvolta confessavo i miei pensieri più intimi.

Quando Anna incontra la bella Diana Barry, la bambina dai capelli corvini che abita vicino a lei, decide che diventerà la migliore amica che aspetta da tanto. E così accade. Nel giro di poco tempo stringono solenni promesse in giardino, giurandosi di essere l'una l'amica del cuore dell'altra «finché il sole e la luna si rincorreranno nel cielo». Lo stesso giorno, Matthew Cuthbert dà ad Anna della cioccolata; lei chiede subito il permesso di regalarne metà a Diana all'incontro successivo perché «l'altra metà sarà ancora più dolce da gustare al pensiero che la condividerò con lei. Com'è incantevole l'idea di avere qualcosa da darle»[11].

Rileggendo queste pagine, la saggezza istintiva di Anna per l'amicizia emerge con chiarezza. In questo passaggio individua il bisogno di una reciprocità generosa e capisce che la quotidianità diventa estremamente più piacevole quando è vissuta con un amico. È poi interessante notare che Diana, pur essendo un'anima a lei affine, è diversa da Anna, a livello fisico ma anche caratteriale e comportamentale. Agli occhi di Anna Shirley, un'anima affine è un amico con cui si condividono empatia e intesa. Non è necessario essere identici, basta comprendere come ragiona l'altra persona. È il concetto aristotelico di *philìa*, visto dalla prospettiva della protagonista undicenne di un romanzo.

E che dire dei migliori amici in età adulta? Il «Friendship Report» di Snapchat, che nel 2019 interessò oltre

10mila persone sparse per il mondo, rivelò che l'età media in cui si incontra il proprio migliore amico è ventuno anni. La percezione culturale di come dev'essere, e di quanti devono essere questi amici, variava da paese a paese. Gli abitanti di India, Medioriente e Sudest asiatico dichiararono di avere il triplo dei migliori amici rispetto agli abitanti di Australia, Europa e Stati Uniti. L'Arabia Saudita deteneva il record dei migliori amici (6,6), mentre i britannici ne avevano meno di tutti (2,6). In genere gli americani avevano un solo migliore amico, e il 14 percento dei soggetti non ne aveva nessuno.

Stando al resoconto, in molti paesi asiatici (India compresa), il concetto di migliore amico prevedeva che il rapporto si basi sullo scambio e sulla parità, secondo il presupposto «Se io faccio una determinata cose per te, spero che ricambierai il favore», e quindi una cerchia più ampia è giustificata. I soggetti di India ed Emirati Arabi Uniti asserirono inoltre che le qualità più importanti in un migliore amico erano «la cultura e l'intelligenza», e che l'attività che preferivano fare con lui era visitare musei e gallerie d'arte. In Gran Bretagna, invece, solo il 16 percento degli intervistati risultava interessato a questi aspetti in un migliore amico: i miei connazionali e io abbiamo più probabilità di andare in un pub o in un locale con i nostri amici, come confermato dal 43 percento degli intervistati, che dichiarò trattarsi della propria attività preferita (rispetto al 25 percento dei soggetti di altra nazionalità). E, se siete mai stati a Newcastle di sabato sera, sapete bene che queste statistiche sono attendibili[12].

È stato pure dimostrato che avere un migliore amico migliora la produttività: un sondaggio condotto da Gallup nel 2010, che riguardò quindici milioni di persone, rivelò che il 30 percento dei dipendenti con un migliore amico nello stesso ufficio aveva probabilità sette volte maggiori di sentirsi coinvolto dai propri compiti e di ottenere risultati migliori, e minori probabilità di infortuni sul lavoro rispetto agli omologhi senza un collega fidato[13].

In definitiva, il desiderio di avere un migliore amico non dovrebbe quindi limitarsi al parco giochi. La sua presenza influisce positivamente sulla nostra salute, sul nostro benessere e sulla nostra autostima, in tantissimi modi diversi. E dato che «amicizia» è un termine tanto usato quanto vago, come abbiamo detto, vale la pena avere una categoria specifica rispettata e riconosciuta da tutte le parti in causa, oltre che dalla società in senso ampio.

EMMA
Con il passare del tempo per me è diventato sempre più importante, e speciale, il fatto che quello di «migliore amica» sia un ruolo riconosciuto che tu giochi nella mia vita e io nella tua. Somiglia un po' al matrimonio, non trovi? Offre un tipo di protezione di cui sento il bisogno. La definizione di «migliore amica» mi permette di innalzare il mio livello di vulnerabilità, ed è fondamentale se voglio ottenere ciò che mi sono prefissata e raggiungere gli scopi che io collego a un'amicizia. L'altra sera a cena i nonni hanno chiesto a mia figlia Elsa, che come dicevo ha otto anni, se avesse una migliore amica, e lei ha risposto: «Credo di sì». Poi ha spiegato di chi si trattasse, loro le hanno domandato se fosse simpatica e lei ha ribattuto: «È molto simpatica. Il problema è che è così carina che un sacco di bambini sono convinti che sia la loro migliore amica». E a quel punto ho pensato che conosco bene la sensazione di dover competere con gli altri per quel ruolo.

E lo capiva davvero. Immaginate di essere i migliori amici di una *friendaholic.* Forse lo siete già e quindi anche voi sapete di cosa parlavano Elsa ed Emma. Man mano che allargavo la mia cerchia di amicizie, tirando come un elastico al punto di rottura ogni opportunità di creare un legame, Emma continuò ad avere tre o quattro amici intimi al massimo. Mi abituai a organizzare feste con un sacco di gente (per il mio compleanno o per l'uscita di un libro) a cui lei non partecipava. Mi disse, con la trasparenza affettuosa che costituisce la base della nostra amicizia, che non amava particolarmente le feste e che non le andava di condividermi con persone che vedevano solo una versione monodimensionale della sottoscritta. Stare in mezzo a tante persone senza poter avere uno scambio significativo con me per lei era frustrante. Per anni l'ho invitata con la premessa: «So che non ti va, però…», ma è venuta soltanto al lancio del mio ultimo libro: è arrivata sul presto per evitare la folla ed è tornata a casa con il treno delle 21:30, trovando un compromesso che ha fatto sentire tutt'e due comprese e rispettate. Probabilmente dipende dal fatto che, ormai entrambe quarantenni, conosciamo meglio noi stesse e abbiamo la certezza che nessuno potrebbe prendere il posto che occupiamo l'una nella vita dell'altra.

EMMA
La nostra amicizia elimina la competizione, non esiste nessuno che potrebbe sostituirti a te nella mia vita. Ce lo ripetiamo spesso, e questo ci consente un legame profondo che non potrei mai raggiungere, senza questa sicurezza granitica. È un po' come se tu facessi parte della mia famiglia, a casa nostra tu sei la zia Liz e, quando penso ai miei parenti includo sempre anche te. Se fosse possibile firmare un documento ufficiale per aggiungere un membro alla propria famiglia, lo farei subito: la nostra amicizia mi trasmette proprio quella sensazione di stabilità e di protezione. So che alcuni lo troveranno sdolcinato e va benissimo, non c'è nessun problema. A ognuno il suo. È normale che sembri così se non si è mai sperimentato un rapporto simile. O se lo si osserva dall'esterno… in quel caso ci si può anche sentire esclusi. Mi è capitato un sacco di volte, ho anche fatto parte di amicizie a tre, ma adesso tu e io sappiamo che per noi una dimensione di gruppo non funziona. Le persone che hanno un migliore amico, secondo me, sanno che si tratta di qualcosa di speciale.

Ancora una volta, aveva ragione: è davvero speciale. Sotto tanti aspetti ho adorato scrivere questo capitolo perché mi ha fatta sentire molto vicina a Emma, mi ha fatto capire una volta di più quanto sono fortunata ad averla nella mia vita, eppure è stato anche difficile. Ho cercato di mettere nero su bianco un concetto che va al di là delle semplici parole. A rendere la nostra amicizia qualcosa di straordinario, appagante e dal potere curativo è il fatto che resterà, sempre e nella sua essenza più profonda, inafferrabile. Impossibile definirla appieno: esiste e basta. Emma è la mia *Totty Highflier*, la mia *Bed Taker*, la mia *One for the Rogue*. La donna che non ama le feste, che si ritrae dagli abbracci, la mia roccia, la mia psicologa *pro bono*, la mia anima affine, la commensale con cui rido fino a piangere, la testimone della volta che ho ordinato la quinoa, la mia compagna, il mio porto sicuro, la mia coperta da picnic, che ritrovo sempre lì dove l'ho lasciata. Per farla breve, Emma è la migliore delle migliori amiche.

Le voci dell'amicizia

Wilkie

Wilkie Bobin, dieci anni, studente di prima media

Credo che avere degli amici sia importante e che senza di loro la vita sarebbe difficile. Tipo, hai voglia di patatine ma non ti va di andare a prenderle, e non sai a chi chiedere il favore… Se invece hai un amico, puoi andarci con quella persona. E poi, se sei davvero depresso, gli amici ti possono consolare e tirare su di morale.

Sono molto amico di mio fratello e di mia sorella, ma so che loro ci saranno sempre. Non possono scappare da un giorno all'altro (e anche in quel caso scapperei con loro), mentre gli amici possono trasferirsi o smettere di trovarmi simpatico ecc., e quindi con loro bisogna impegnarsi di più.

Per me un amico è una persona che ho voglia di vedere, che mi invita a casa sua e che io invito a casa mia. Avere un amico è diverso che essere amichevole, perché si può essere amichevoli anche con qualcuno per cui non si prova simpatia, ma non si può essere amici di qualcuno che non ci sta simpatico.

A me le persone piacciono. A scuola ci sono cinquantasei studenti del mio anno, e sono amico di quindici o venti di loro. Al di fuori della scuola ho più o meno dieci amici. I miei genitori hanno un sacco di amici, quindi sono un po' obbligato a essere amico dei loro figli. E ho circa venti amici adulti. Mi piace mantenere i contatti con gli altri perché, se non lo faccio, li perdo di vista. Preferisco parlare con loro di persona o su FaceTime.

I miei amici hanno punti deboli e punti di forza. So chi chiamare se mi sento giù oppure quando sono pieno di energia e ho voglia di chiacchierare.

Non ho un solo migliore amico perché spesso dire queste cose fa sentire esclusi gli altri. Ho cinque migliori amici, più dieci «amici medi» che frequentano una classe diversa e che quindi vedo solo all'intervallo o nel pomeriggio.

Un sacco di gente è gelosa, ma io no e penso di essere unico in questo. Non mi importa se qualcuno smette di passare il tempo con me.

Credo che i maschi e le femmine prendano diversamente le amicizie. Non voglio essere sessista, però i maschi, quando litigano, si danno uno spintone e urlano: «Sei stato tu!», «No, sei stato tu!», «No, tu!», finché uno dei due dice: «Sì, okay, sono stato io». L'altro risponde: «Te l'avevo detto» e fanno pace.

Le femmine della mia scuola passano quasi tutto l'intervallo e il pranzo a parlare dei problemi che hanno fra amiche, quando basterebbe scusarsi a vicenda e chiudere la questione.

Le cinque qualità fondamentali che cerco negli amici sono: gentilezza; saper accettare se non gioco con loro, quindi essere rilassati; non essere troppo testardi ed essere curiosi verso le cose nuove; essere interessanti, perché essere amici di una persona noiosa sarebbe noioso; aver voglia di fare tante cose. Punti extra a chi dimostra rispetto e ha un buon senso dell'umorismo.

13. Conclusioni

Lasciarsi è sempre mostruoso. Sì, anche se l'altra persona ha l'abitudine di pulirsi le sneakers con le salviette umidificate. E, anche se sappiamo che è la cosa giusta da fare e la tristezza è accompagnata da una salutare dose di sollievo, il processo per dire a un essere umano con cui siamo stati in intimità che vogliamo chiudere il rapporto (o comunque cambiarne i termini) prende sempre l'aspetto di un'aggressione emotiva: sia per chi viene lasciato sia, seppur in modo diverso, per chi lascia. Per concludere una relazione romantica esistono modalità socialmente accettate, come abbiamo visto; basti pensare a una serie di frasi che sono state usate così tanto da trasformarsi in luoghi comuni: «Non sei tu, sono io», «Ti vorrò bene per sempre, ma non ti amo più» o «La persona con cui ho scelto di formare una coppia è…» (no, okay, l'ultima vale solo per i partecipanti di *Love Island*). Il discorso cambia quando si tratta invece delle amicizie, anche perché ci aspettiamo che questi rapporti durino per sempre, non che a un certo punto finiscano. Molti di noi rifiutano a priori l'idea che un'amicizia copra una fase specifica della nostra vita, che sia un'esperienza limitata con un inizio, uno sviluppo e una fine. Come Anna Shirley promette a Diana Barry, cresciamo nella convinzione che, per essere delle amicizie «positive», debbano durare per sempre.

La realtà ci insegna però che è irrealistico credere che tutte le amicizie ci accompagneranno per tutta la nostra esistenza. E un rapporto che si chiude non coincide con un fallimento: le conclusioni sono inevitabili e, se gestite bene, possono persino arricchire l'esperienza condivisa che le ha precedute.

Il XXI secolo, tuttavia, ha paura del concetto di fine. Viviamo più a lungo di prima: se nel 1950 l'aspettativa media era di appena quarantacinque anni, nel 2022 è salita a settantadue (72,98, a voler essere precisi)[1]. Nel mondo occidentale la morte è fonte di terrore, in qualsiasi modo avvenga. Ci iniettiamo botox nel viso per apparire più giovani; investiamo capitali in diete e programmi di allenamento all'avanguardia per migliorare il nostro stato di salute; cerchiamo persino di influenzare la vita dopo la morte congelando criogenicamente i nostri corpi. In un'epoca caratterizzata da innumerevoli scoperte medico-scientifiche e dalla possibilità di monitorare tantissimi fattori, non tolleriamo l'idea che qualcosa possa sfuggire al nostro controllo. In sostanza non accettiamo di *subire* qualcosa; vogliamo che ogni cosa duri il più possibile, nell'errata convinzione che la permanenza a tutti i costi sia la chiave per il successo.

In parte dipende dal fatto che le rotture sono ancora più difficili da affrontare, in un'era in cui la comunicazione è onnipresente. Ormai, le scuse per non tenersi in contatto con qualcuno sono pochissime, a prescindere dalle distanze geografiche e dalle fasi che stiamo vivendo. Se anche vogliamo evitarlo, è probabile che un ex amico trovi comunque il modo di contattarci. Inoltre, potrà – se abbiamo degli account social – seguire i nostri movimenti, i nostri progressi, le nostre interazioni con altre persone. Si chiederà come mai non è stato invitato alla festa di compleanno di nostra figlia, perché siamo in vacanza con un conoscente comune o per quale motivo non rispondiamo al messaggio che ci ha mandato settimane fa. Nel 2022, la possibilità di sparire sta sparendo.

Emma però ci è riuscita. Non è sparita in senso letterale, ma si è trasferita a Southsea (un posto contro cui non ho nulla, sia chiaro, anzi: lo adoro). Ha sempre avuto una cerchia ristretta di amici e, per assicurarsi che resti tale, sa che alcuni rapporti vanno chiusi. In vita sua

Emma ha «lasciato» tre amici, e la trasparenza empatica con cui l'ha fatto l'ha resa il mio guru in materia. Prima di comunicare qualcosa di sgradevole a una persona cara o a un collega, di solito chiedo il suo parere. In passato mi ha preparato delle bozze di messaggi e email; dopo averle lette attentamente, inorridita dalla loro sincerità, le ho riscritte addolcendole quanto bastava prima di cliccare su «invio». «Mi sa che devi aggiustarle un po', metterci un po' di Liz» mi dice in quelle occasioni.

Ho sempre ammirato la sua capacità di essere diretta e fedele a sé stessa. È un atteggiamento illuminato perché non lascia mai spazio a malintesi e incertezze. Agendo con integrità, non dobbiamo farci carico del senso di colpa altrui.

Emma, poi, ha notato un *fil rouge* che accomuna la fine delle sue amicizie. Ogni volta che le è capitato di chiuderne una, si è accorta che i valori della persona in questione non erano più allineati ai suoi. L'amico prendeva decisioni che lei non condivideva e chiedeva la sua approvazione. Quando le ho chiesto come ha gestito quelle rotture, mi ha detto di essere una fervente sostenitrice dei «paletti non verbali»: in un caso, per trasmettere un messaggio chiaro le è bastato non invitare al suo matrimonio quello che ormai considerava un ex amico.

EMMA

Credo che il fraintendimento derivi dall'idea che le amicizie sono permanenti, una certezza, a meno che non ci sia un buon motivo per interromperle. E si tratta di un mito, né più né meno. Dovremmo accettare il fatto che questi rapporti hanno un ciclo di vita ben determinato perché, in caso contrario, si finisce con l'accumulare rapporti superficiali che è impossibile coltivare. Legami su legami che prima o poi deludono e generano un'enorme pressione: ci si sente giocolieri che tentano di mantenere in aria troppe palline. Sono convinta che quello di amicizia non sia un concetto immutabile: questi rapporti vanno creati, alimentati e mantenuti finché a tutte le persone coinvolte sembra giusto farlo; dopodiché si smette, ci si ferma, e il legame cambia. Non deve trattarsi per forza di una rottura violenta o brutale.

Sul momento mi è sembrato tutto molto ragionevole. Dopo però mi sono chiesta quale sia la differenza tra i paletti non verbali e il ghosting. Forse sono la stessa cosa; forse, in determinate circostanze, il ghosting è un modo accettabile per concludere un rapporto ormai insostenibile, per quanto sia dura subirlo. A volte si sviluppa una consapevolezza condivisa – benché implicita – per cui capiamo che un rapporto ha smesso di funzionare (per citare le parole di Emma, «danneggia anziché guarire»), e il ghosting viene attuato da entrambe le parti. Con Becca, invece, non ho nemmeno sospettato che la nostra amicizia fosse per lei un peso finché non ha interrotto le comunicazioni con una rapidità scioccante. Forse, se il processo fosse stato più graduale, accettarlo sarebbe stato più semplice. Non mi aspettavo una spiegazione precisa di tutto ciò che provava, tuttavia il silenzio improvviso, dopo anni di vicinanza e intimità, mi ha ferita. Da questo punto di vista, non posso dire di essere innocente. Anche se non credo di aver mai ghostato un amico come ha fatto Becca con me, mi è capitato di lasciar passare sempre più tempo prima di rispondere a un messaggio o a una chiamata, di fare un passo indietro, prima appena percepibile e poi più evidente. E mi è dispiaciuto così tanto che sono riuscita solo in un'occasione (cioè con Ella) a spiegare le mie ragioni. Come sottolinea Emma, ho sempre pensato di aver bisogno di dover fornire un motivo, una dimostrazione valida e ben argomentata che fosse comprensibile per me e per l'altra persona. Forse, però, è sufficiente la sensazione che un'amicizia non abbia più la forza arricchente di un tempo. Forse, come accade nelle storie romantiche, a volte l'amore semplicemente finisce. L'amore, come la sua improvvisa assenza, non si può sempre spiegare; esiste a modo suo, punto e basta. E forse, come accade nelle storie romantiche, bisogna tentarle tutte e accettare che le amicizie a volte si spengono malgrado i nostri sforzi per mantenerle in vita: perché siamo diventate persone diverse, con bisogni, desideri, speranze e ambizioni differenti. Forse le rotture ci permettono di avere meno rimpianti, non indicano per forza che la nostra idea di amicizia sia migliore, peggiore o più valida a livello morale di quella degli altri; denotano soltanto che c'era una discrepanza circa le aspettative legate al rapporto.

Perché, in ultima analisi, non sono sicura che esista un modo salutare per concludere un'amicizia. Se non forniamo spiegazioni, rischia di essere un'esperienza crudele. D'altronde possiamo risultare insensibili anche quando ci sforziamo di chiarire le nostre ragioni. La mia amica Bonnie, oggi settantenne, ricorda ancora la lettera ricevuta venticinque anni fa da una cara amica che elencava, con una trasparenza brutale, ogni suo presunto difetto, citato come scusa per interrompere il loro legame.

L'approccio più salutare è, secondo me, quello che prevede di accettare che le amicizie sono cicliche, come le stagioni. Alcuni rapporti riescono a rigenerarsi mentre altri, pur giungendo alla loro fine naturale, continuano a influenzarci: ed è questo l'aspetto che permane nel tempo. Non l'amicizia in sé, bensì i segni che lascia su di noi. Le esperienze che abbiamo condiviso con un'altra persona, fianco a fianco, ci definiranno per sempre. Un'amicizia che ormai appartiene al passato avrà sempre un impatto su quelle future perché ci ha insegnato qualcosa su di noi, sulle persone che eravamo, aiutandoci a cambiare.

Come ho detto, la generosità di spirito è il metro con cui valuto le amicizie, e lo applico anche ai rapporti ormai conclusi. Pensare con generosità alle persone a cui un tempo sono stata vicina (capire per esempio che anche loro stavano affrontando delle difficoltà, che la vita è complicata e che tutti hanno sofferenze personali e private) mi permette di continuare a rispettare ciò che abbiamo condiviso. Il fatto che un'amicizia si concluda non comporta la fine delle interazioni con una determinata persona. Restiamo in contatto con il suo ricordo e quindi, in un certo senso, quel legame continua a esistere, un po' come un vulcano può modificare radicalmente il paesaggio circostante anche se rimane inattivo. E non voglio nemmeno dire che le rotture debbano essere permanenti. Molte delle persone più vecchie di me che ho intervistato per questo libro mi hanno detto che a volte i legami si riallacciano nel tempo, che i vulcani tornano a essere attivi. Qualche anno fa, Bonnie ha ricontattato la donna che le aveva scritto la lettera per augurarle buon Natale. Non si aspettava nessuna reazione, perché nei decenni aveva accettato l'accaduto e capito di non volere sopportare più a lungo l'energia negativa legata a quello scambio. L'ex amica invece le ha risposto, si è scusata per quello che aveva scritto e le ha spiegato che all'epoca stava attraversando un periodo molto duro. E hanno ricominciato a frequentarsi.

Oltre ad accettare che le amicizie possono finire o vivere un momento di pausa, dovremmo esaminare con onestà cosa potremmo aver fatto noi per creare situazioni insostenibili. Con India, per esempio, avevo mostrato una versione di me che si sforzava senza sosta di soddisfare le sue richieste, andandole sempre incontro a livello tanto metaforico quanto pratico. Con Ella avevo dato l'impressione errata per cui sarei sempre stata l'amica con cui uscire a divertirsi, bloccando la mia personalità sulla modalità «festa». Con Becca mi ero calata volentieri nel ruolo di apprendista, affidandomi a lei per consigli e dritte su ogni cosa, dal divorzio ai piercing, senza rendermi conto che per lei era «soffocante».

L'elemento che unisce queste situazioni sono io: ho contribuito io a costruire amicizie fondate su mezze verità e su promesse impossibili da mantenere su me stessa, su ciò che potevo offrire e su ciò che desideravo a mia volta. Ho cercato di essere l'amica che volevano, senza capire che le amicizie «giuste» non funzionano così. Devono basarsi sulla reciprocità, e non sulla co-dipendenza... e con «reciprocità» non intendo interessi e impegni condivisi al cento percento, ma solo che lo scambio dev'essere biunivoco.

Quando si contribuisce a creare una disfunzione simile, c'è il pericolo che qualcuno se la prenda, nel momento in cui il contatto si esaurisce. Chiudendo un rapporto malsano e sottraendosi alla sua dinamica, il rischio è di essere investiti dalla rabbia legittima dell'altra persona. Emma paragona il fenomeno alla «rabbia dei parassiti» di cui ha scoperto l'esistenza quando i suoi figli hanno preso i pidocchi. Stava per debellarli, applicando con metodo lo shampoo apposito, quando i fastidi dei bambini erano peggiorati, perché i pidocchi stavano cercando in tutti i modi di opporsi. Ho subito pensato agli uomini in posizioni di potere che, anziché cedere il comando al momento giusto, pestano i piedi, sostengono che le elezioni siano state truccate e si trincerano nelle loro residenze ufficiali finché non vengono cacciati con la forza. Sanno benissimo che la fine è vicina, eppure si impuntano perché non vogliono rinunciare a quello che considerano un diritto. Il fatto che una persona vada su tutte le furie o rifiuti di accettare una conclusione naturale non significa che abbia ragione. Anzi, spesso significa il contrario. Nessuno può arrogarsi il diritto di decidere della nostra vita e l'amicizia, al pari del potere, può essere corrotta.

Come sarebbe andata con Ella, Becca e India se fossi stata sincera fin dall'inizio? Se tutte noi avessimo avuto il coraggio di mostrare il nostro CV per le amicizie e di dire: «Odio i gruppi troppo numerosi», «No, non mi piace giocare a tennis», «Sì, adoro uscire a cena», «Preferisco andare al cinema che in un bar», «Mi stai davvero simpatica, ma in questo periodo ho moltissimi impegni», «Non amo stare al telefono, però vediamoci di persona» o, semplicemente: «Non ho tempo per pranzare con te»? E se avessimo permesso ad altri potenziali amici di dirci le stesse cose? Che sia questa la strada per ottenere rapporti migliori? Non «buoni» o «cattivi», ma rapporti che ci permettono di essere noi stessi, con tutti i nostri difetti, e che riescono a soddisfare bisogni differenti. Si parla tanto, e giustamente, di *body diversity* e della necessità che tale diversità trovi una rappresentazione sui vari media; forse dovremmo introdurre lo stesso concetto anche per quanto riguarda le amicizie: l'idea che alcune sono più profonde di altre; che esistono metri di giudizio diversi e che non tutti i rapporti esigono lo stesso grado di attenzione. Non tutte le amicizie devono essere strettissime o particolarmente intime; si può essere amici a distanza, vedersi soltanto fuori dalla scuola dei figli, incontrarsi una volta ogni cinque anni... e ognuno di questi rapporti può essere apprezzato per la sua particolare natura e per ciò che offre, anziché criticato per le sue mancanze. Non penso più che conoscere una persona equivalga al primo passo verso un legame più profondo, a patto di investire tempo ed energie sufficienti. Alcuni rapporti apparterranno sempre alle cerchie più superficiali, ma non si tratta di un demerito; sono elementi fondamentali di un ecosistema più ampio, i pianeti più piccoli di cui parlava Clemmie.

Il filosofo esistenzialista Friedrich Nietzsche aveva qualcosa da dire al riguardo. In *La gaia scienza*, saggio del 1882, sosteneva che le amicizie sopite giocano un ruolo perpetuo nelle nostre vite: anziché piangerne la fine, dovremmo accoglierne l'eco che continua a risuonare mentre imbocchiamo strade diverse. Definì tali amicizie «stellari», per indicarne tanto la natura abbagliante quanto i percorsi differenti: alcune sfrecciano ed esplodono rapide verso l'orizzonte, altre brillano per decenni nello stesso spicchio di cielo. Ecco un lungo passaggio dell'opera, che trovo splendido: «Eravamo amici e siamo diventati estranei. Ma è giusto così e non vogliamo dissimularci e mettere in ombra questo come se dovessimo vergognarcene. [...] Ma proprio allora l'onnipossente violenza del nostro compito ci spinse di nuovo l'uno lontano dall'altro, in diversi mari e zone di sole e forse non ci rivedremo mai – forse potrà anche darsi che ci si veda, ma senza riconoscersi: i diversi mari e i soli ci hanno mutati! [...] Appunto per questo il pensiero della nostra trascorsa amicizia deve diventare più sacro! Esiste verosimilmente un'immensa invisibile curva e orbita siderale, in cui le nostre diverse vie e mete potrebbero essere *intese* quali esigui tratti di strada, innalziamoci a questo pensiero!»[2]

Nietzsche ci dice che nel corso della vita tutti noi cambiamo, accumulando esperienze specifiche e uniche. Ci evolviamo e cresciamo, e talvolta ci allontaniamo dalle cose e dalle persone che un tempo sentivamo vicine. Ma è giusto che sia così, è in questo modo che affrontiamo «l'onnipossente violenza del nostro compito», man mano che ci destreggiamo fra tempeste e giornate di sole.

Alcune amicizie, tuttavia, si interrompono prima che le parti in causa siano pronte ad accettarlo. Ci sono rotture che sono spietate nella loro inappellabilità. Può capitare che i nostri amici più cari muoiano, e in quei casi si tratta di lutti tanto profondi che mi basta scriverne per ritrovarmi con le lacrime agli occhi. È una delle mie paure più grandi.

Oltre alla morte del mio ex fidanzato Rich, ho affrontato quella di due amici. Il primo era un collega: faceva parte della mia cerchia meno intima, non l'avrei definito un'anima affine, però era un uomo gentile, divertente, che sapeva farmi ridere. Aveva dei problemi di dipendenze e fu trovato morto dalla polizia in casa sua, dopo che degli amici preoccupati avevano allertato le autorità. Non festeggiò mai il suo quarantesimo compleanno. Per anni conservai il suo numero in rubrica, non volevo cancellare quell'ultima traccia della sua esistenza, mi rifiutavo categoricamente di farlo.

Nel secondo caso si trattò della mia amica Camilla, che tutti chiamavano con il nomignolo datole dalla sua famiglia, Moo. Era il tipo di persona che tutti erano sempre, immancabilmente felici di vedere. Aveva un'energia contagiosa, una risata profonda e spontanea, e un'intelligenza emotiva tale che le permetteva di capire cosa provassi con uno sguardo. E poi emanava allegria. Fra i ricordi più cari che ho di lei c'è quello della volta in cui, ancora studentesse, facemmo volantinaggio all'Oval, lo stadio di cricket, per arrotondare un po'. Avere a che fare con uomini ubriachi che indossavano ridicoli pantaloni rossi e tendevano ad allungare le mani non era il lavoro migliore del mondo, eppure di quell'esperienza ricordo soltanto le risate che ci facemmo e l'indomabile ottimismo di Moo.

A ventisette anni le venne diagnosticato un linfoma. Dopo quattro anni di cure, una fase di remissione e ulteriori trattamenti, il cancro tornò. Moo morì a trentun anni.

Il suo funerale fu incredibilmente bello, una cerimonia cattolica con un coro al gran completo e una chiesa strapiena di amici e parenti. Ci fu detto di non vestirci di nero ma di mettere abiti coloratissimi. Al ricevimento che seguì c'erano un sacco di torte e dolci.

Voglio raccontarvi altre cose di Moo, ma prima devo parlarvi della sua migliore amica, Alice. La conobbi più o meno nello stesso periodo in cui incontrai Emma, dato che frequentavamo tutte e tre la stessa università. Al secondo anno condivisi la stanza proprio con Alice, e quell'estate partimmo per un viaggio zaino in spalla in Messico, durante il quale bevemmo parecchia tequila di pessima qualità e ci inerpicammo su ziggurat inca. Ancora oggi è senza dubbio fra le persone che preferisco al mondo. La nostra amicizia è cresciuta negli anni in modo armonioso e significativo. Alice ne accetta gli eventuali cambiamenti, offre sempre affetto e una comprensione attenta. Senza contare che è anche molto saggia e che di recente è diventata una psicoterapeuta infantile. Non so cosa dica di me il fatto che due delle mie più care amiche siano psicologhe, ma tant'è. In ogni caso, Alice fa parte dello strato più intimo individuato da Dunbar.

Dopo la laurea Alice mi invitò a raggiungerla in Francia, dov'era in vacanza con la famiglia, e lì incontrai Moo. Avevamo tutte vent'anni, e loro due si conoscevano dalla nascita: i loro padri erano migliori amici fin dai tempi della scuola e Moo e Alice erano nate a due settimane di distanza l'una dall'altra. Il loro legame era in un certo senso scritto nelle stelle, dettato dal destino.

ELIZABETH
Che tipo di migliore amica era?

ALICE
Era divertentissima, faceva un sacco di battute, era sempre allegra. Non facevamo altro che ridere. Ed era incredibilmente fedele, la persona più leale e affettuosa del mondo. Sapeva tutto di me. Aveva una memoria eccezionale, si ricordava ogni minimo dettaglio. Io invece ho una memoria pessima, e quando è morta ho avuto l'impressione che metà della mia vita se ne fosse andata con lei.

Quando ho iniziato a scrivere questo libro, sapevo che non sarebbe stato completo se non avessi parlato di cosa succede quando muore un amico. Di cosa accade quando perdiamo qualcuno che abbiamo conosciuto in modo davvero intimo, a cui abbiamo voluto un bene dell'anima e con cui abbiamo condiviso tantissimo, pur non avendo legami di sangue e in mancanza di un riconoscimento formale che rappresenti quella vicinanza. Che forma assume quel lutto, come può essere processato? Dato che la società mette gli amici su un piano diverso rispetto ai coniugi e ai familiari, forse perderli risulta più difficile? Il lutto diventa più soverchiante, se viene considerato in un certo senso di serie B? E come gestire il silenzio, il dolore che ne deriva? E così ho chiesto ad Alice se le andasse di parlarmi di Moo e di cosa significa per lei l'espressione «migliore amico».

ALICE
Ho bisogno che gli altri sappiano che era la mia migliore amica perché in qualche modo aiuta a spiegare quanto fosse importante, capisci? Non si tratta di una gara, ma per me riconoscere la sua importanza – il fatto che fosse davvero la migliore delle amiche – è fondamentale per

onorare il suo ricordo e quanto sia stata fondamentale per me. E mi aiuta anche a capire perché averla persa è stato un colpo così duro: era una persona davvero speciale.

ELIZABETH
Temo si tratti di un tipo di dolore che la società non riconosce quanto dovrebbe e potrebbe fare, e che quindi viene minimizzato.

ALICE
Sì, esatto. Non ne parlo spesso perché è difficile da spiegare. Quando però mi capita, le parole non sono mai sufficienti. Dico che era la «migliore delle migliori amiche», ma era più di questo; allora dico che «era come una sorella», però non basta nemmeno quello. Era una parte di me, e non esistono parole per esprimere appieno il concetto o per trasmetterne la profondità.

Quando Alice ha chiesto alla madre di Moo come avrebbe descritto la loro amicizia, lei ha parlato di «anime gemelle»: ecco che, ancora una volta, dobbiamo rifarci al lessico dell'amore romantico per spiegare qualcosa di tanto prezioso. Forse, come Nietzsche, dovremmo guardare verso il cielo per trovare una terminologia adeguata. Forse Alice e Moo avevano un'amicizia planetaria, un fortunatissimo allineamento di un intero sistema solare in cui ogni orbita era parte integrante del tutto. Quando il pianeta di Moo è svanito nell'oscurità dello spazio, ha modificato per sempre l'universo di Alice.

Malgrado la sofferenza causata da un lutto dolorosissimo, Alice aveva trovato delle ragioni per cui sentirsi grata: il tempo che avevano trascorso insieme fra la diagnosi e la morte, per esempio, che aveva concesso loro l'opportunità di dirsi ciò che sentivano.

Quando la morte arriva all'improvviso, di colpo, tutte le cose non dette ci tormentano in modo persistente e disperante, subiamo la tortura delle domande che non avranno mai risposta. La persona che non c'è più sapeva quanto le volevo bene? Era felice? Ha sofferto? Ha pensato a me? Immaginava quanto avrei sentito la sua mancanza? L'uccellino che è passato davanti alla mia finestra era un segno, un messaggio dall'aldilà? Santo cielo, come posso continuare a vivere dopo quello che è successo? Come posso continuare a puntare le mie fiches piene di speranza in questa scommessa avventata che è l'esistenza umana?

Con Moo, Alice aveva avuto l'opportunità di parlare, di condividere, di trascorrere del tempo. Anche se, naturalmente, ne avrebbe desiderato di più.

ALICE
Quando si è ammalata le sono stata il più possibile vicina. Abbiamo passato intere giornate insieme a riguardare vecchi episodi di *Dawson's Creek*, sedute sul divano, tenendoci per mano. Ho cercato di aiutare la sua meravigliosa mamma, Sue, per quanto potevo. La accompagnavo a fare la chemio al Royal Marsden e mi sforzavo di creare un'atmosfera leggera. Ma ero sempre attanagliata dal panico: stavo facendo abbastanza? Quello che facevo era sufficiente? Avrei dovuto essere più presente, trascorrere più tempo con lei?

ELIZABETH
Sei in pace con il modo in cui se n'è andata?

ALICE
Sì. Ci siamo dette tutto, quindi provo sensazioni semplici. Sento che vorrei che fosse qui, che le voglio bene, che di lei mi manca ogni cosa. Ma non è niente di complicato, ecco. Non ho rimpianti né non detti. Solo, dovrebbe essere qui con me. E credo che questo faccia la differenza nel nostro processo di guarigione. È amore, puro e semplice. È straziante, però penso che… che lei lo sappia.

Sullo sfondo di questo trauma al rallentatore, c'erano anche stati sprazzi di felicità e risate inaspettate. Per uno scherzo del destino, che appare bellissimo o tragico a seconda della prospettiva (o forse entrambe le cose), Alice aveva scoperto di essere incinta per la prima volta quando era arrivata la diagnosi di Moo. Quando Moo era morta, Alice era di nuovo incinta.

ALICE
Un giorno mi ha chiesto di tagliarle i capelli, perché li stava perdendo a causa della chemio e la cosa la turbava. E così ho preso le forbici del mio fidanzato, l'ho fatta sedere al tavolo della cucina di suo padre e le ho praticamente tagliato i capelli a zero. Stava benissimo. Siamo uscite per una passeggiata e lei ha esclamato: «Oh! È una sensazione splendida!» Io ero incinta, stanca, sovrappeso, lei rasata. E, mentre camminavamo, un gruppo di operai ci ha fischiato. «Ciao, belle!» hanno gridato. E Moo ha commentato: «State scherzando? Io ho il cancro e lei è incinta di otto mesi!» È stata fantastica come sempre.

ELIZABETH
[*ride*] E loro hanno risposto?

ALICE
No, sembravano mortificati e spaventati. È stato molto divertente. Moo era fatta così, sprizzava vita da tutti i pori, amava la musica e ballare. Ballava a occhi chiusi perché la faceva sentire libera. E, ogni volta che rideva, finiva per piangere. Te lo ricordi, vero?

ELIZABETH
Sì.

ALICE
Rideva fino alle lacrime. Era davvero piena di vita.

Quando, poco tempo dopo, Alice si era sposata, Moo aveva spostato le sedute di chemio per poter partecipare.

ALICE
Si era fatta fare un bellissimo turbante dorato, abbina-

to a un abito turchese. Aveva un coraggio incredibile. E non lo dico nella solita accezione retorica e paternalistica, lei era… audace, forse è questa la parola giusta. E spettacolare. Malgrado tutta la paura e il terrore che doveva provare, malgrado il dolore, ha trovato la forza di onorare il mio momento speciale. Era fatta così.

Moo è morta il 10 febbraio 2011. Di quei primi giorni di lutto, Alice ricorda soprattutto la stanchezza, il peso e la fatica di ogni cosa. Il funerale le aveva dato un po' di sollievo. Ma oggi, a più di dieci anni di distanza, Alice ha capito che ciò che la aiuta di più è trascorrere del tempo con le persone che hanno voluto bene a Moo quanto lei.

ALICE
Passare del tempo con la sua famiglia mi è di enorme aiuto, anche se a volte è doloroso. Uno dei suoi nipoti le assomiglia tantissimo, e vederlo mi spezza il cuore. Mi sono abituata, ma quando lo rivedo dopo esserci allontanati per qualche tempo rimango sempre senza fiato, perché è uguale a lei. Anche stare in compagnia di sua madre mi aiuta, e pure di suo padre, perché ha la sua stessa risata. È come riavere dei pezzetti della mia amica, capisci?
Non provo soltanto rabbia per il fatto che non ha potuto vivere fino in fondo e fare le cose che avrebbe voluto, cose che mi sarebbe piaciuto fare con lei. Sono arrabbiata anche perché mi manca tutto di lei, davvero. Se fosse ancora qui, la mia vita sarebbe molto più divertente e intensa. Lo è comunque, però, sai… Sarebbe stata fantastica con i miei figli, e loro l'avrebbero adorata.

ELIZABETH
Parlare di lei aiuta? Ti capita di parlarne con i tuoi figli?

ALICE
Sì, di continuo. La casa è piena di sue foto, e in un certo senso mi fa stare meglio.

ELIZABETH
Ma allo stesso tempo è doloroso?

ALICE
No. Nulla che la riguardi mi provoca dolore. Però vedere due migliori amici che si comportano, appunto, da migliori amici mi ferisce. Sono pochi i film e le serie tv che riescono a descrivere questi rapporti nel modo giusto, ma quando ci riescono... Per esempio guardare *Girls* [la commedia drammatica creata e interpretata da Lena Dunham] per me è stato straziante: vedere quel livello di intimità fra le amiche sullo schermo mi ha ricordato ciò che non ho più. A volte vedere te ed Emma insieme mi fa soffrire, anche se non te l'ho mai detto.

ELIZABETH
Sono felice che ne stiamo parlando perché ne sono consapevole. Ti voglio bene, tantissimo, in modo diverso da come ne voglio a Emma e da come Moo ne voleva a te e tu a lei, ed è un sentimento con una sua splendida integrità. Ne sono consapevole e vorrei solo che... vorrei che tu lo sapessi, ecco.

ALICE
È splendido avere un migliore amico, non tutti hanno questa fortuna, e sono molto felice del rapporto che lega te ed Emma. Quindi non si tratta di gelosia, è solo che... mi manca Moo.

ELIZABETH
E nessuno può fare qualcosa per alleviare questo dolore, perché la cosa che ti fa soffrire di più è la sua assenza. La mancanza di Moo. Nulla può cancellare o attenuare questa sensazione.

ALICE
Esatto. Credo che lei esisterà sempre, in un certo senso. I compleanni sono durissimi... Quando stavo per compiere quarant'anni, ho notato che evitavo di organizza-

re qualcosa, ma non capivo perché. Forse dipendeva dal fatto che sarebbe stato così vicino al suo compleanno… non lo so. E non so cosa potrebbe aiutarmi.

Quando una persona cara muore in modo inaspettato, la nostra fiducia e le nostre certezze vengono scosse nel profondo. È come se non valesse più nessuna regola, come se l'asse su cui ruota il mondo si fosse spostato. Ci ritroviamo immersi in un'atmosfera strana e surreale pervasa dal lutto, che fa apparire il futuro spaventoso, irto di pericoli inattesi.

ALICE
Ora, quando sto poco bene, penso subito al cancro. Se mi viene l'herpes a un labbro penso subito che si tratti di un tumore… Di sicuro non ho ancora elaborato ogni cosa, ho ancora molto da processare e affrontare. E credo che queste cose irrisolte emergano sotto forma di paure.

C'è una frase famosa che dice: «Il lutto è il prezzo che paghiamo per l'amore». Spesso erroneamente attribuita a una schiera di guru del self-help, fu in realtà resa popolare dalla regina Elisabetta dopo l'attacco terroristico alle Torri Gemelle avvenuto nel 2001 a New York. La frase originaria, più lunga, è però di Colin Murray Parkes, uno psichiatra, che ha scritto: «Il dolore del lutto fa parte della vita tanto quanto la gioia dell'amore: è forse il prezzo che paghiamo per l'amore, il costo dell'impegno»[3].

Ma forse esiste un altro prezzo per l'amore, e forse la nostra paura rientra nell'equazione. Dobbiamo renderci vulnerabili per poter amare un'altra persona, per affidarle il nostro cuore, e questo implica la spaventosa possibilità di essere feriti. Ecco perché troviamo tanto difficili le conclusioni: perché, dove un tempo c'era vicinanza, ora c'è un'assenza che ci impedisce di dare un senso a noi stessi. I ricordi creati da due persone non possono appartenere a una soltanto, e di conseguenza l'esperienza che facciamo della vita si riduce. Forse, l'unico modo per accettarlo è capire quanto siamo stati fortunati ad amare ed essere amati con un'intensità tale che l'assenza di quell'amore causa un dolore altrettanto profondo. Il dolore è un corollario dell'amore che proviamo. Nulla può cancellarlo, così come nessuno potrà mai sostituire l'amico che non è più qui per accompagnarci lungo i sentieri della vita e ballare a occhi chiusi.

14. Cos'ho imparato sull'amicizia

Mi chiamo Elizabeth Day e sono una *friendaholic* in via di guarigione.

Ho molti amici; alcuni li avete incontrati in queste pagine, ma – com'è giusto che sia – oggi sono meno di quelli che avevo un tempo. Tutti cresciamo, cambiamo, affrontiamo fasi diverse della vita, ed è ragionevole che non tutti i nostri rapporti sopravvivano alle distanze che talvolta ci allontanano. Ho imparato che uno dei segreti per avere amicizie appaganti è concepirle come cerchi, strati o sistemi planetari. Pochi confidenti intimi sono collocati nell'orbita più vicino a noi; procedendo verso l'esterno troviamo cari amici la cui attrazione gravitazionale, pur essendo meno intensa e frequente, è fondamentale per la nostra felicità; poi ci sono le conoscenze per cui proviamo affetto, la cui traiettoria di tanto in tanto incrocia la nostra in modo significativo; e infine ci sono le «amicizie stellari» di Nietzsche, quegli amori platonici del passato con cui non interagiamo più ma che continuano a influenzare la galassia che condividiamo. L'esistenza di tutti questi legami è necessaria per l'equilibrio generale. E ogni pianeta o stella del nostro sistema, a loro volta, sarà al centro del loro. Non esistono amici integralmente «buoni» o «cattivi»; ciascuno gioca il proprio ruolo nella nostra comprensione del mondo, nel suo equilibrio intrinseco.

Ho imparato che tutti noi abbiamo dei metri di giudizio diverso riguardo alle amicizie; a volte si riveleranno complementari rispetto a quelli degli altri, e a volte no. Il mio parametro è la reciproca generosità di spirito, l'idea che pensiamo sempre il meglio l'uno dell'altro. Per me non contano la vicinanza fisica, gli hobby in comune, le telefonate o la quantità di tempo trascorso insieme; ciò che per me è importante è l'affetto magnanimo, l'indole ospitale delle persone coinvolte, una natura che dice: «Vedo tutti i tuoi pregi e i tuoi difetti, e ti accetto in modo incondizionato» e che ci permette di provare curiosità verso la vita, fianco a fianco. Il mio parametro non consiste nell'avere tutte le risposte, bensì nell'avere qualcuno a cui porre le domande. Un amico è una persona che aiuta, che guarisce, che ascolta. Un vero amico non ci farà mai sentire in colpa (anche se, occasionalmente, potremmo essere noi stessi a farci sentire così). Una vera amicizia, per me, racchiude la saggezza di Joan, la limpidezza di Sharmaine, la compagnia platonica di Sathnam, la fedeltà di Clemmie e la generosità di Emma. E risate, un sacco di risate.

E no, l'amicizia non riguarda assolutamente la quantità, come ho creduto – sbagliando – per tanti anni. Ho dovuto imparare che era giusto lasciar andare qualche rapporto. Non solo giusto, addirittura necessario. Non potevo nemmeno sperare di essere l'amica che volevo essere per le persone che contavano, se continuavo a investire tempo ed energie nell'insensato tentativo di dimostrare a tutti che ero, essenzialmente, degna di affetto. Non potevo far cambiare idea ai bulli che tanti anni prima mi avevano tormentata a scuola. Era inutile… a meno che prima di tutto non diventassi amica di me stessa.

Ho imparato che, nelle amicizie, non sempre sono all'altezza dei miei standard. Tendo a evitare i conflitti, a fare un passo indietro anziché esprimere chiaramente le sensazioni negative che provo. Nelle prime fasi di una nuova conoscenza ho ancora la tendenza a farmi prendere la mano e a dare l'impressione sbagliata circa l'amica che posso essere. Vengo ancora presa dal panico all'idea di aver involontariamente offeso qualcuno; che una persona possa odiarmi in segreto; di non valere nulla se non sto simpatica a tutti. In quei giorni, però, ricordo a me stessa che tutti facciamo del nostro meglio. Tutti viaggiamo all'interno del nostro sistema solare individuale e, mentre solchiamo il cielo, abbiamo la certezza che il resto dell'universo sia sconfinato, e ricco di infinite possibilità.

Ecco cosa fanno le vere amicizie, in ultima analisi: offrono una promessa di comprensione, di trasformazione, di riallineamento planetario. Ci danno la cosa più importante di tutte: la speranza.

Ringraziamenti

Il primo e più scontato ringraziamento spetta ai miei amici. Come ho scritto, ho la fortuna di avere nella mia vita tantissime persone meravigliose, gentili e fedeli, ma per citarle tutte servirebbe un altro libro. Spero sappiate a chi mi riferisco e spero sappiate quanto sono grata per la vostra presenza. Vorrei anche ringraziare gli amici con cui non sono più in contatto per i motivi più diversi: mi avete insegnato molto e vi penso con affetto.

Grazie alla mia agente Nelle Andrew, che mi ha dato l'idea per questo saggio. È stata a lei che, in una passeggiata durante il lockdown, mi ha chiesto quali fossero le mie passioni. Dopo aver risposto: «I gatti», ho detto: «L'amicizia», e da lì è partito tutto. Nelle, ti ringrazio perché mi guardi sempre le spalle, per la tua instancabile etica lavorativa e per il tuo splendido gusto in fatto di accessori.

Grazie a Michelle Kane, un'editor dallo straordinario intuito e talento. Mi sento davvero privilegiata (#blessed, come si dice sui social) ad averti incontrata, e sono felice di percorrere questa strada – nella vita e nell'editoria – insieme a te. Spero di continuare a inciampare con te dopo aver bevuto troppi margarita per molti anni ancora.

Naomi Mantin, sei l'ufficio stampa migliore con cui abbia mai lavorato, e non solo. Ti ringrazio perché non ti dimentichi mai di me e perché sei sempre incredibilmente affettuosa, anche quando ti mando deliranti vocali da dieci minuti. Liv Marsden, capa indiscussa del mondo digitale, grazie per le tue idee creative e per aver assecondato le mie ossessioni legate a TikTok.

Grazie a tutte le persone di 4th Estate che hanno contribuito allo sviluppo di questo libro: sono incredibilmente fortunata ad avere un editore simile. Grazie soprattutto a Katy Archer, Amber Burlinson, Paul Erdpresser, Bethan Moore e Petra Moll. Per le serate divertenti e gli abbracci da uomini altissimi, grazie a David Roth-Ey e Charlie Redmayne. Il merito dell'eccezionale cover originale è della geniale Jo Thomson.

Grazie a Beatrice Kight, Alex Fane, Serena Brett e Jacob Beecham, che tengono insieme i pezzi della mia vita (e della sottoscritta).

Grazie a Emma Reed-Turrell: averti conosciuta mi ha cambiato la vita (e continua a farlo) nel miglior senso possibile. Grazie per avermi mostrato il significato della vera amicizia.

Grazie a chiunque abbia accettato di parlare con me mentre scrivevo questo libro, nello specifico Joan Harrison, Sathnam Sanghera, Sharmaine Lovegrove, Clemency Burton-Hill, Francesca Segal e Alice Patten. Sathnam, so che odi i sentimentalismi, quindi copriti le orecchie per un secondo: non sapete quanto vi voglio bene.

Grazie a Daisy Harrison e Raymond Gilmore per avermi permesso di soggiornare a Bloodyburn quando dovevo concentrarmi sulla scrittura: è stato un periodo davvero speciale.

Grazie a Rosie Beaumont-Thomas per le sue fantastiche capacità di ricerca e a Andrew Lumsden, Kyla Harris, Libby Hall, Mark Ford, Paula Akpan, Ray Winder, Sally Al-Roubaie, Sara Gulamali, Danielle Bayard Jackson e al mio figlioccio onorario Wilkie Bobin per avermi affidato le vostre storie.

Grazie ai miei genitori, Tom e Christine, per avermi sopportata mentre parlavo estasiata di Cicerone su FaceTime e per altri, innumerevoli gesti di generosità e amore.

Infine, grazie a Justin Basini. Essere sposato con una *friendaholic* non è sempre facile, e ti amo perché capisci come mai sono fatta così. Grazie per il tuo amore, il tuo sostegno e la tua attenzione costanti. Ti ringrazio di essere mio marito… e mio amico.

Note

Introduzione

1. David Marjoribanks, *You're not Alone: The Quality of the UK's Social Relationships*, resoconto di ricerca di Relate, marzo 2017.

2. Julianne Holt-Lunstad, Timothy J. Smith, J. Bradley Layton, «Social Relationships and Mortality Risk: A Meta-analytic Review», in *PLOS Medicine*, luglio 2010.

3. Christina D. Falci, Clea McNeely, *Too Many Friends: Social Integration, Network Cohesion and Adolescent Depressive Symptoms*, University of Nebraska-Lincoln, giugno 2009.

4. Ziggi Ivan Santini, Paul E. Jose, Robin Dunbar, Vibeke Jenny, Koushede, «Can Having Too Many Friends Affect Your Mental Health?», in *The Conversation*, ottobre 2020.

5. Kao Si, Xianchi Dai, Robert S. Wyer Jr., «The Friend Number Paradox», in *Journal of Personality and Social Psychology*, 120, 1, 2021, pp. 84-98.

6. Glenn Adams, Victoria C. Plaut, «The Cultural Grounding of Personal Relationship: Friendship in North American and West African Worlds», in *Personal Relationships*, 10, 3, 2003, pp. 333-347.

7. Monika Keller, «A Cross-Cultural Perspective on Friendship Research», Max Planck Institute for Human Development, ottobre 2014.

8. «The Friendship Report», Snapchat, 2019.

9. Abaj Kunanbaev (1845-1904), *Book of Words*, pp. 31-40.

10. Il *Bihar al-Anwar* è una raccolta esaustiva di racconti (*ḥadīth*) scritta dallo studioso sciita del XVII secolo Muhammad Baqir Majlisi, anche noto come ʿAllāmeh Majlesī, tra il 1106 AH (1694 d.C.) e il 1110 AH (1698 d.C.). Fra le raccolte di *ḥadīth*, è considerato secondo per importanza dopo *I Quattro Libri* dello sciismo.

11. Vangelo di Luca 6,31; Vangelo di Matteo 7,12, *Nuovo Testamento*, CEI 2008 [l'autrice cita dalla versione di re Giacomo, N.d.T.].

12. Vangelo di Giovanni 15,13, *Nuovo Testamento*, CEI 2008.

13. *Samyutta Nikaya. Raccolta dei discorsi riuniti*, trad. it. di Enzo Alfano, SN 45.2., https://static1.squarespace.com/static/554dbc3ce4b04c602810a785/t/5f99dcb8976b8803477b4679/1603919036513/samyutta-nikaya.pdf.

14. «The Friendship Report», cit.

1. La pandemia. Cos'ho imparato sull'amicizia grazie al lockdown

1. Si trattava di Hinge, in caso foste curiosi.

2. Spero non siate infastiditi dal fatto che si tratta di una catena. Adoro i bar indipendenti di quartiere (soprattutto District a Nine Elms), però credetemi: il tè di Starbucks è il meglio che la grande distribuzione possa offrire. Anni fa, quando avevo rinunciato al caffè su consiglio di uno specialista della fertilità, mi documentai a fondo. Avevo bisogno di un tè verde che mi desse la carica ma che non avesse un sapore metallico, di pesce. Quello al gelsomino di Starbucks soddisfa il requisito con estrema eleganza.

3. Aminatou Sow, Ann Friedman, *Big Friendship, How We Keep Each Other Close*, Simon & Schuster, New York 2020.

4. Marco Tullio Cicerone, *De amicitia*, in *Opere politiche e filosofiche*, UTET, Torino 2007, pp. 585, 577.

2. Stringere amicizia. Perché lo facciamo?

1. Eric Grundhauser, «The Rapid Rise and Spectacular Fall of London's Greatest Bonesetter», in Atlas Obscura, 28 novembre 2017, disponibile all'indirizzo: https://www.atlasobscura.com/articles/crazy-sally-mapp-bone-setting.

2. Bernard I. Murstein, «Stimulus-value-role: A Theory of Marital Choice», in *Journal of Marriage and Family*, 32, agosto 1970, pp. 465-481.

3. Irwin Altman, Dalmas A. Taylor, *Social Penetration: The Development of Interpersonal Relationships*, Holst, Rinehart and Winston, New York 1973.

4. George Levinger, «A Social Psychological Perspective on Marital Dissolution», in *Journal of Social Issues*, 32, 1, 1976, pp. 21-47.

5. Richard Borshay Lee, Irven DeVore, *Man the Hunter*, Routledge, London 1968.

6. «Hunter-gatherers Were Way More Advanced on Equality Than Modern Humans», in Metro, 5 novembre 2020, disponibile all'indirizzo: https://metro.co.uk/2020/11/05/9000-year-old-female-hunter-gatherer-shows-men-didnt-do-all-thework-13541236/.

7. Sandi Toksvig, «And Woman Created...», in *The Guardian*, 23 gennaio 2004, disponibile all'indirizzo: https://www.theguardian.com/world/2004/jan/23/gender.uk.

8. «Relationships Improve Your Odds of Survival by 50 Percent, Research Finds», in *ScienceDaily*, 29 luglio 2010, disponibi-

le all'indirizzo: https://www.sciencedaily.com/releases/2010/07/100727174909.htm.

9 *Malory Towers* è una serie di sei romanzi scritti dall'autrice britannica per ragazzi Enid Blyton. I libri si ispiravano alla Benenden School, il collegio femminile frequentato dalla figlia di Blyton.

10. *Non dire niente. Un caso di omicidio e tradimento nell'Irlanda del Nord* (Mondadori, Milano 2021) di Patrick Radden Keefe offre un'ottima analisi della turbolenta storia politica della zona.

11. Menelaos Apostolou, Despoina Keramari, Antonios Kagialis, Mark J.M. Sullman, «Why People Make Friends: The Nature of Friendship», in *Personal Relationship*, 15 ottobre 2020.

3. Joan. L'amicizia oltre la differenza d'età

1. https://www.spinalinjury101.org/details/levels-of-injury

2. Secondo accessibility.com, l'espressione *crip time* viene «utilizzata da alcuni teorici e portavoce della disabilità per descrivere il rapporto unico che gli individui disabili intrattengono con il tempo. Il concetto indica la complessità dell'esperienza disabile in un mondo dalle numerose barriere che impediscono l'accessibilità. In questa accezione, l'espressione rimanda al tempo supplementare – e al bisogno di adattamento temporale – di cui una persona potrebbe aver bisogno per svolgere una serie di compiti. Rimanda inoltre a un conflitto con il tempo normativo, con la ripartizione o segmentazione apparentemente normale del tempo nella quotidianità».

4. Ghosting. Quando gli amici scompaiono

1. Cassell, *Cassell's Household Guide*, Petter and Galpin, London 1869.

2. E. Cobham Brewer, *Dictionary of Phrase and Fable*, Cassell and Company, London 1898.

3. Emily Post, «The Cut Direct», in *Etiquette*, Funk & Wagnalls, New York 1922.

4. Gili Freedman, Darcey N. Powell, Kipling D. Williams, Benjamin Le, «Ghosting and Destiny: Implicit Theories of Relationships Predict Beliefs About Ghosting», in *Journal of Social and Personal Relationships*, 36, 3, 2018, pp. 905-924.

5. Sathnam. Le amicizie maschili, l'importanza del genere e il dilemma di Harry, ti presento Sally

1. Ashley Fetters, «The Evolution of the Desire to Stay Friends With Your Ex», in *The Atlantic*, 19 agosto 2019, disponibile all'indirizzo: https://www.theatlantic.com/family/archive/2019/08/why-do-people-want-stay-friends-after-breakup/596170/.

2. Rebecca L. Griffith, Omri Gillath, Xian Zhao, Richard Marti-

nez, «Staying Friends with Ex-romantic Partners: Predictors, Reasons, and Outcomes», in *Personal Relationships*, settembre 2017.

3. Billy Baker, *We Need to Hang Out: A Memoir of Making Friends*, Simon & Schuster, New York 2021.

4. https://www.moscasdecolores.com/en/lgbt-glossary/bromance/.

5. Billy Baker, *op. cit.*

6. Marco Tullio Cicerone, *op. cit.*, p. 539.

7. Saunt Raven, «One in Five Men Have no Friends as Loneliness Epidemic Leaves Hundreds of Thousands Living in Isolation», in *Daily Mail*, 21 settembre 2019, disponibile all'indirizzo: https://www.dailymail.co.uk/news/article-7488709/One-five-men-no-friends-loneliness-epidemic-leaves-thousands-livingisolation.html.

8. Daniel A. Vox, «The State of American Friendship: Change, Challenges, and Loss», in Survey Center on American Life, disponibile all'indirizzo: https://www.americansurveycenter.org/research/the-state-of-american-friendship-change-challenges-and-loss/.

6. Contratti. Compilare il CV per le amicizie, con l'aiuto di The Real Housewives

1. Cari lettori, non mi è mai successo. Ma io ero comunque vestita da Dio.

2. Aristotele, *Etica Nicomachea*, Laterza, Bari-Roma 1999, p. 393.

3. C.S. Lewis, *I quattro amori*, Jaca Book, Milano 2009, p. 60.

4. Rui F. Oliveira, José Miguel Simões, Magda C. Teles, Catarina R. Oliveira, Jörg Dieter Becker, Joao S. Lopes, «Assessment of fight Outcome Is Needed to Activate Socially Driven Transcriptional Changes in the Zebrafish Brain», in *Proceeedings of the National Academy of Sciences*, 113, 5, 2016, e654-e661.

5. «FRIENDSHIP: What Is It and Why Do We Need It Now More Than Ever?», episodio del podcast *We Can Do Hard Things*, 25 gennaio 2022: disponibile all'indirizzo: https://podcasts.apple.com/au/podcast/we-can-do-hard-things-with-glennon-doyle/id1564530722.

6. Walter B. Cannon, *La saggezza del corpo*, Bompiani, Milano 1956.

7. Nel 2009, il sociologo Gerald Mollenhorst della Utrecht University, Paesi Bassi, condusse un sondaggio che coinvolse 1007 persone fra i diciotto e i sessantacinque anni. Sette anni più tardi, tornò a parlare con 604 membri del gruppo originario, ponendo loro domande come «Con chi parli delle tue questioni personali?», «Chi ti aiuta con i lavoretti di fai-da-te in casa?», «Chi vai a trovare?», «Dove hai conosciuto quella persona?», «E dove la incontri adesso?» Dalla sua valutazione emerse che, benché le dimensioni delle varie cerchie sociali fossero rimaste stabili, solo il 48 percento circa dei loro componenti originari ne faceva ancora parte.

7. Sharmaine. La gioia della trasparenza

1. Breonna Taylor, operatrice sanitaria nera, è stata uccisa da proiettili sparati dagli agenti della città di Louisville nel marzo 2020, durante una perquisizione in casa sua. Nessun agente è stato accusato dell'omicidio.

2. Ahmaud Arbery era un uomo nero di venticinque anni che viveva nella Georgia del Sud e che nel febbraio 2020 è stato inseguito e ucciso da un colpo di pistola sparato da due bianchi. Gli assassini sono stati ritenuti colpevoli di omicidio e condannati all'ergastolo.

3. Aminatou Sow, Ann Friedman, *op. cit.*

4. Wesley Morris, «Dumber Than Your Average Bear», in *Grantland*, 24 giugno 2015, disponibile all'indirizzo: http://grantland.com/features/dumber-than-your-average-bear/.

8. Nemici-amici. Quando gli amici non desiderano il meglio per noi

1. Eugen Bleuler, *Dementia praecox o Il gruppo delle schizofrenie*, Polimnia Digital Editions, Sacile 2017.

2. «Gwyneth Paltrow Reveals Battle with Past "Frenemy"», in accessonline.com, 17 aprile 2009, disponibile all'indirizzo: https://www.accessonline.com/articles/gwyneth-paltrow-reveals-battle-with-past-frenemy-70037 .

3. Henning Hoff, «Editorial: A World of Frenemies», in *Berlin Policy Journal*, 6 gennaio 2020, disponibile all'indirizzo: https://berlinpolicyjournal.com/editorial-a-world-of-frenemies/.

4. Jessica Mitford, «Poison Penmanship: The Gentle Art of Muckraking», Alfred A. Knopf, New York 1979.

5. Elena Ferrante, *L'amica geniale*, e/o, Roma 2012, p. 40.

6. Ivi, p. 252.

7. Elena Ferrante, *Storia della bambina perduta*, e/o, Roma 2015, p. 429.

8. Julianne Holt-Lunstad, Bert N. Uchino, Timothy W. Smith, Chrisana Olson-Cerny, Jill B. Nealey-Moore, «Social Relationships and Ambulatory Blood Pressure: Structural and Qualitative Predictors of Cardiovascular Function During Everyday Social Interactions», in *Health Psychology*, 22, 4, 2003, pp. 388-397.

9. Julianne Holt-Lunstad, Benjamin D. Clark, «Social Stressors and Cardiovascular Response: Influence of Ambivalent Relationships and Behavioral Ambivalence», in *International Journal of Psychology*, 93, 3, 2014, pp. 381-389.

10. Julianne Holt-Lunstad, Bert N. Uchino, Timothy W. Smith, Angela M. Hicks, «On the Importance of Relationship Quality: The Impact of Ambivalence in Friendships on Cardiovascular Functioning», in *Annals of Behavioral Medicine*, 33, 2007, pp. 278-290.

11. Bert N. Uchino, Richard M. Cawthon, Timothy W. Smith,

Kathleen C. Light, Justin McKenzie, McKenzie Carlisle, Heather Gunn, Wendy Birmingham, Kimberly Bowen, «Social Relationships and Health: Is Feeling Positive, Negative, or Both (Ambivalent) about your Social Ties Related to Telomeres?», in *Health Psychology*, 31, 6, 2012, pp. 789-796.

9. Fertilità. Non avere figli quando tutti i tuoi amici ne hanno

1. Nel mio saggio *How to Fail: Everything I've Ever Learned From Things Going Wrong* (HarperCollins, London 2019) trovate un capitolo dedicato al tema (si intitola *How to Fail at Babies).*

2. «New Extend Fertility Research Analyzes Estimated Success Rates After 1 Or 2 Cycles Of Egg Freezing», in extendfertility.com, 1 luglio 2020, disponibile all'indirizzo: https://extendfertility.com/extend-fertility-research-egg-freezing-success-rates-one-cycle/#:~:text=Number%20of%20eggs%20frozen%20per%20cycle&text=Our%20analysis%20demonstrated%20that%20a,freeze%20half%20that%2C%20 or%20less.

3. «Ancient Greece has something to say about the three-person baby debate», in *The Conversation*, 3 febbraio 2015, disponibile all'indirizzo: https://theconversation.com/ancient-greece-has-something-to-say-about-the-three-person-baby-debate-37121

4. Brené Brown in conversazione con Oprah Winfrey a *Super Soul Sunday*, agosto 2013.

5. Elizabeth Day, «What Not to Say About My Miscarriage», in *You Magazine*, 22 febbraio 2020.

6. Sheila Heti, *Maternità*, Sellerio, Palermo 2019.

7. Derek Healey, «The Politicization of Mumsnet: Never mind the biscuit...», in *The Courier*, 16 ottobre 2020, disponibile all'indirizzo: https://www.thecourier.co.uk/fp/politics/scottish-politics/1658545/the-politicization-of-mumsnet-never-mind-thebiscuits/.

10. Clemmie. Le amicizie possono sopravvivere ai grandi cambiamenti?

1. https://www.stephenongpin.com/artist/237018/ludolf-bakhuizen.

2. https://rkd.nl/en/explore/artists/3414.

3. Alain de Botton, «For the Love of Art: Alain de Botton on Art as Therapy», in *Sotheby's*, 14 aprile 2020, disponibile all'indirizzo: https://www.sothebys.com/en/articles/for-the-love-of-art-alain-de-botton-on-art-as-therapy.

4. L'espressione idiomatica significa «colpo di genio», ma *stroke* è anche il termine per «ictus». [N.d.T.]

5. Jill Bolte Taylor, *My Stroke of Insight*, Hodder & Stoughton, London 2009.

6. Rūmī, *La locanda*, citata in Zindel V. Segal, J. Mark G. Williams,

John D. Teasdale, *Mindfulness. Al di là del pensiero, attraverso il pensiero*, Bollati Boringhieri, Torino 2014, p. 261.
7. Clemency Burton-Hill, *The Other Side of the Stars*, Headline, 2007.

11. Fai doppio clic per mettere «Mi piace». Le amicizie nell'era digitale
1. Simon Kemp, «Digital 2022: Global Overview Report», in *Datareportal*, 26 gennaio 2022, disponibile all'indirizzo: https://datareportal.com/reports/digital-2022-global-overview-report.
2. Mark S. Granovetter, *La forza dei legami deboli e altri saggi*, Liguori, Napoli 1998.
3. «Parasocial Relationships: The Nature of Celebrity Fascinations», in National Register of Health Service Psychologist, disponibile all'indirizzo: https://www.findapsychologist.org/parasocial-relationships-the-nature-of-celebrity-fascinations/.
4. Robin Dunbar, «Dunbar's number», in *NewScientist*, disponibile all'indirizzo: https://www.newscientist.com/definition/dunbars-number/#:~:text=Although%20an%20individual's%20social%20network,and%20people%20are%20mere%20acquaintances.
5. Tim Harford, «The Christmas Card Network», in *Financial Times*, 5 dicembre 2014, disponibile all'indirizzo: https://www.ft.com/content/29881680-7b3d-11e4-87d4-00144feabdc0.
6. Scotty Hendricks, «Study: Dunbar's Number Is Wrong. You Can Have More Than 150 Friends», in *Big Think*, 20 maggio 2021, disponibile all'indirizzo: https://bigthink.com/neuropsych/dunbars-number/.
7. Robin Dunbar, *Amici. Comprendere il potere delle nostre relazioni più importanti*, Einaudi, Torino 2022.
8. Sheon Han, «You Can Only Maintain So Many Close Friendships», in *The Atlantic*, 20 maggio 2021, disponibile all'indirizzo: https://www.theatlantic.com/family/archive/2021/05/robin-dunbar-explains-circles-friendship-dunbars-number/618931/.
9. Jeffrey A. Hall, «How Many Hours Does It Take to Make a Friend?», in *Journal of Social and Personal Relationships*, 36, 4, 2018, pp. 1278-1296.
10. Ho fornito altri, drammatici dettagli di questo aneddoto nel mio libro precedente, *How to Fail*, cit.
11. È curioso che Nigel Slater, quando nel 2019 partecipò al mio podcast *How to Fail*, abbia citato fra i suoi tre fallimenti il fatto di essere «un amico tremendo». Ecco cosa raccontò: «Credo che l'amicizia, quella positiva, dovrebbe fondarsi più sul dare che sul ricevere. E penso di ricevere molto più di quanto do. Non saprei nemmeno spiegarti quanto sono meravigliosi i miei amici. Sono l'aspetto più importante della mia vita e penso che farebbero qualsiasi cosa per me. Mi piace pensare che anch'io farei qualsiasi cosa per loro, quindi se qualcuno mi chiama e mi dice: "Ho biso-

gno di parlarti. Devo parlarti di una cosa", ci sono. Sono bravo ad ascoltare. Se qualcuno mi chiede: "Usciamo a cena?" rispondo: "Certo, arrivo subito". Ma se qualcuno mi propone di fare qualcosa che non mi va... Ecco un esempio delle frasi che alle mie orecchie suonano infernali: "Sto organizzando una cena, vieni? Dai, ci tengo"; "Ti prego, vieni al mio matrimonio"; "Faccio una festa e devi partecipare, sei fondamentale nella mia vita"... Insomma, in quei casi dico di no. Non faccio nulla che non mi vada di fare». La sincerità con cui lo disse fu molto liberatoria. Ora definirei Nigel un amico; ci vediamo pochissimo ma questo, anziché intaccare l'affetto reciproco, lo amplifica. (Il fatto che si trovasse a quel party estivo ha del miracoloso, se consideriamo quanto poco gli piacciono i grandi gruppi di persone).

12. «Online Bullying in England and Wales: Year Ending March 2020», in *Office for National Statistics*, 16 novembre 2020, disponibile all'indirizzo: https://www.ons.gov.uk/peoplepopulationandcommunity/crimeandjustice/bulletins/onlinebullyinginenglandandwales/yearendingmarch2020.

13. Keith N. Hampton, Lauren Sessions Goulet, Lee Rainie, Kristen Purcell, «Social Networking Sites and Our Lives», in *Pew Research Center*, 16 giugno 2011.

14. J. Loes Pouwels, Patti M. Valkenburg, Ine Beyens, Irene I. van Driel, Loes Keijsers, «Social Media Use and Friendship Closeness in Adolescents' Daily Lives: An Experience Sampling Study», in *Developmental Psychology*, 57, 2, 2021, pp. 309-323.

15. Lydia Denworth, «Why the Digital Age Is Not Destroying Friendship», disponibile all'indirizzo: https://forge.medium.com/social-media-can-have-a-positive-effect-on-friendship-2c675c8ef2d0.

16. Tyler Prochnow, Megan S. Patterson, Logan Hartnell, «Social Support, Depressive Symptoms, and Online Gaming Network Communication», in *Mental Health and Social Inclusion*, 16 gennaio 2020.

17. Janice M. McCabe, *Connecting in College: How Friendship Networks Matter for Academic and Social Success*, The University of Chicago Press, Chicago 2016.

18. Linda K. Kaye, Sally Quinn, «Psychosocial Outcomes Associated with Engagement with Online Chat Systems», in *International Journal of Human–Computer Interaction*, 36, 2, 2019, pp. 190-198.

19. Jasper Hamill, «WhatsApp has a powerful effect on your mental health, psychologists say», in *Metro*, disponibile all'indirizzo: https://metro.co.uk/2019/07/03/whatsapp-can-powerful-effect-mental-health-doctors-say-10109149/.

12. Emma. Migliori amici

1. Elizabeth Day, *Paradise City*, Bloomsbury, London 2015.

2. *Rogue* significa «canaglia»; il nome del tour è un gioco di parole con l'espressione «One for the road», cioè il bicchiere della staffa. [N.d.T.]

3. Cari lettori, il collega in questione è ora suo marito.

4. Kendra Cherry, «What Is Attachment Theory?», in *verywellmind*, 22 febbraio 2023, disponibile all'indirizzo: https://www.verywellmind.com/what-is-attachment-theory-2795337.

5. Zoya Gervis, «This Is How Long Most People Know Someone Before They Consider Them a "Best Friend"», in *New York Post*, 9 marzo 2020, disponibile all'indirizzo: https://nypost.com/2020/03/09/this-is-how-long-most-people-know-someone-before-they-consider-them-a-best-friend/.

6. «How to Survive This Absurd Life with Samantha Irby», episodio del podcast *We Can Do Hard Things*, 30 giugno 2022, disponibile all'indirizzo: https://podcasts.apple.com/us/podcast/how-to-survivethis-absurd-life-with-samantha-irby/ id1564530722?i=1000568222443.

7. Rachel K. Narr, Joseph P. Allen, Joseph S. Tan, Emily L. Loeb, «Close Friendship Strength and Broader Peer Group Desirability as Differential Predictors of Adult Mental Health», in *Child Development*, 90, 1, 2017, pp. 298-313.

8. Cristal Ponti, «Why Having a Best Friend Is Good for Your Health», in *The Cut*, 14 settembre 2017, disponibile all'indirizzo: https://www.thecut.com/2017/09/why-having-a-best-friend-is-good-for-your-health.html.

9. Adams, Ryan E., Santo, Jonathan Bruce, Bukowski, William M., «The Presence of a Best Friend Buffers the Effects of Negative Experiences», in *Developmental Psychology*, 47, 6, 2011, pp. 1786-1791.

10. Lucy Maud Montgomery, *Anna dai capelli rossi*, Gribaudo, Milano 2022, p. 126.

11. Ivi, pp. 100, 102.

12. «The Friendship Report», cit.

13. Tom Rath e Jim Harter, «Your Friends and Your Social Well-Being», in *Gallup*, 19 agosto 2010, disponibile all'indirizzo: https://news.gallup.com/businessjournal/127043/friends-social-wellbeing.aspx.

13. Conclusioni

1. «World Life Expectancy 1950-2023», in *macrotrends*, disponibile all'indirizzo: https://www.macrotrends.net/countries/WLD/world/life-expectancy.

2. Friedrich Nietzsche, *La gaia scienza e Idilli di Messina*, Adelphi, Milano 1977, p. 201.

3. Colin Murray Parkes, *Bereavement: Studies of Grief in Adult Life*, Penguin, London 1972.

Questo libro è stampato col sole

Fabbricato da Grafica Veneta S.p.A. con un processo di stampa e rilegatura
certificato 100% carbon neutral in accordo con PAS 2060 BSI

Stampato per conto di Neri Pozza Editore
da Grafica Veneta / Trebaseleghe (Padova)
nel mese di gennaio 2024
Printed in Italy